HEYNE‹

TERESA SIMON

Die Frauen der Rosenvilla

ROMAN

WILHELM HEYNE VERLAG
MÜNCHEN

Verlagsgruppe Random House FSC® N001967
Das für dieses Buch verwendete
FSC®-zertifizierte Papier *Holmen Book Cream*
liefert Holmen Paper, Hallstavik, Schweden.

Originalausgabe 03/2015
Copyright © 2015 by Teresa Simon
Copyright © 2015 dieser Ausgabe by Wilhelm Heyne Verlag, München,
in der Verlagsgruppe Random House GmbH
Redaktion: Catherine Beck
Printed in Germany 2015
Umschlaggestaltung: © Nele Schütz Design unter Verwendung von
shutterstock/Nejron Photo
Satz: Christine Roithner Verlagsservice, Breitenaich
Druck und Bindung: GGP Media GmbH, Pößneck

ISBN: 978-3-453-47131-3

www.heyne.de

Für Anna & Emma

Schokolade ist der Stoff, aus dem die Träume sind.
Üppige, dunkle, samtweiche Träume,
die die Sinne umhüllen und Leidenschaft wecken.
Schokolade ist Wahnsinn, Schokolade ist Entzücken.

JUDITH OLNEY *(amerikanische Autorin)*

Wenn der Sommer sich verkündet,
Rosenknospe sich entzündet,
wer mag solches Glück entbehren?

JOHANN WOLFGANG VON GOETHE

Prolog

Dresden, Juni 1913

Dieser Brief ist an Dich gerichtet, meine geliebte Emma, obwohl er Dich niemals erreichen darf, selbst dann nicht, wenn meine Augen für immer geschlossen sind. Aber ich muss ihn schreiben, weil die Schuld mir sonst den Atem raubt.

Während ich hier an dem zierlichen Biedermeiersekretär aus Wien sitze, der noch von Gustavs Großmutter Hermine stammt, schläfst Du nur wenige Türen weiter in Deinem Himmelbett – kein Kind mehr, das kann ich deutlich sehen, und dazu wären nicht einmal die bewundernden Männerblicke nötig, die jetzt immer öfter Dir anstatt mir folgen, wenn wir beide zusammen im Großen Garten flanieren. Aber natürlich bist Du auch noch keine erwachsene Frau. Noch lange nicht.

Ich weiß, Du bräuchtest die Mutter, die Dich auf diesem schwierigen Weg begleitet. Niemand hätte es mehr verdient als Du, mein Zaubermädchen! Mit Deinem Lachen, Deiner Fröhlichkeit, der Lebendigkeit, die aus Dir sprudelt, hast Du uns alle angesteckt, vom allerersten Tag an, als ich in Deine dunklen Augen geschaut habe.

Manche behaupten ja, alle Kinder kämen blauäugig zur Welt, doch Deine Augen waren so rund und groß wie polierte Kastanien, und genauso sind sie bis heute geblieben. Ich kann mich in ihnen verlieren, Dein Vater tut es für sein Leben gern – und nicht anders wird es einmal dem Glücklichen ergehen, der in Liebe zu Dir entbrennt. Wie sehr würde ich mir wünschen, sein Werben um Dich mit jeder Faser auskosten zu können, doch es wird mir nicht vergönnt sein, meine Emma. Ich spüre, wie meine Kraft schwindet, von Tag zu Tag ein wenig mehr. Sie rinnt aus mir heraus, und ich finde nichts, womit dies aufzuhalten wäre.

Was habe ich getan!

Und tat es doch nur Deinetwegen ...

Bis jetzt ist mir noch niemand auf der Spur, aber ich rechne jeden Tag mit einem herrischen Pochen an unserer Tür. Ob Dein Vater das überleben wird, weiß ich nicht. Gustav ist nicht so stark, wie er scheint. Das wirst Du auch noch bemerken, falls Du es nicht schon längst weißt, was ich vermute. Sein Ordnungssinn, sein Streben nach Redlichkeit und Anstand sind nichts anderes als eine geschickt kaschierte Furcht vor den starken, wilden Gefühlen, die in ihm brodeln. In dieser Hinsicht ist er wirklich Dein Vater, Emma.

Manchmal kann ich es kaum ertragen, welch starke Verbündete Ihr beide geworden seid, obwohl es auch ganz anders hätte kommen können, so, wie die Dinge nun einmal liegen ...

Es gibt Tage, da fühle ich mich fast wie eine Fremde, wenn ich Euch beide zusammen sehe. Ich erschrecke darüber und bin gleichzeitig froh, denn es wird Dir den Abschied von mir leichter machen. Das niederzuschreiben fällt mir schwer. Und doch muss ich es tun, wenigstens ein einziges Mal, bevor ich Euch verlasse.

Ja, Du hast richtig gehört, Emma: Ich kann nicht länger bleiben, obwohl ich mir nichts anderes wünsche. Das Glück mit Euch beiden war alles, was ich jemals wollte. Dafür habe ich alles riskiert – und alles verspielt. Das Unsagbare lässt sich nicht mehr abwischen. Wie ein feiner roter Film hat es sich auf meine Haut gelegt, verfolgt mich im Wachen, im Träumen.

Wenn ich überhaupt noch schlafe …

Die Nächte, früher Freunde, die mir bunte Träume geschenkt haben, sind längst zu Feinden geworden. Ich liege im Bett neben deinem Vater, hellwach und mit entzündeten Augen, in denen ungeweinte Tränen brennen. Du würdest dich voller Grauen von mir abwenden, hättest Du nur die geringste Ahnung, Du, die jedes aus dem Nest gefallene Vögelchen, jedes weinende Kind, jedes Unrecht dieser Welt berührt. An Gustavs Reaktion will ich lieber erst gar nicht denken …

Ich habe den Faden zerschnitten, der mich unlösbar an Euch beide band. Dabei habe ich sie niemals gehasst – nicht einmal an jenem schrecklichen Tag, an dem sie mir alles nehmen wollte. Denn was ich in ihr sah, hat mich weich gemacht, versöhnlich. Ich spürte ihre Not, hatte sie ja viele Jahre selbst durchlitten. Doch dann kam jener kalte, jener entsetzliche Moment, in dem sie mir drohte – und ich außer mir geriet.

Eine schwarze Wand. Dumpfes, leeres Rauschen. Und dann – nichts.

Ich weiß nur noch, dass sie plötzlich auf dem Boden lag.

Leblos. Unfassbar jung, fast wie ein schlafendes Mädchen, wäre da nicht ein rotes Rinnsal aus ihrem Kopf geflossen … Ich wusste, dass ich fliehen musste, so schnell wie möglich. Niemand war in der Nähe. Keiner hatte uns beobachtet – bis auf jenes seltsame Kind. Ein Junge. Sechs, höchstens sieben Jahre alt. Mager, fast schon spillerig. Auf dem Kopf eine dunkle Schiebermütze, unter der er beinahe verschwand. Darunter ein weißes, dreieckiges Gesicht mit einem energischen Kinn. Nie werde ich seinen Blick vergessen. Kieselgraue Augen, wissend und abwägend, als würden sie einem erwachsenen Mann gehören.

Einem Mann, der seine Rache plant …

Ach, meine Emma, ich verliere mich in Ängsten und habe dabei noch nicht einmal das Wichtigste zu Papier gebracht:

Du bist das Licht meines Lebens.

Das Kind, das ich mir stets gewünscht habe.

Mein über alles geliebtes, kluges Mädchen.

Verzeih mir, wenn Du kannst! Und bring mir eine Rose, wenn sie mich gefunden haben, eine cremeweiße Damaszenerrose mit zartrosa Innenleben, wie wir beide sie so sehr lieben.

Ich fürchte, ich bin die schlechteste Mutter der Welt. Und wollte Dir doch vom ersten Tag an die allerbeste sein! Ich küsse Dich und schicke Dir einen Engel, der über Dich wachen soll.

Leb wohl, geliebtes Herz!

Deine Mutter

1

Dresden, April 2013

Anna liebte Freitage, seit sie ein kleines Mädchen war.

Vielleicht weil die Woche dann beinahe aufgeräumt schien? Oder weil sie an einem Freitag kurz vor Mitternacht geboren war, und in einer Glückshaube noch dazu, wie ihr Großvater immer so gern erzählt hatte?

Jedenfalls hatte sie ihre neue Schokoladenmanufaktur unbedingt an einem Freitag eröffnen wollen, auch wenn zahlreiche Um- und Neubauten den Termin bis nach Ostern verschoben hatten. Die *Schokolust*, wie Anna sie genannt hatte, lag in der Dresdner Neustadt und unterschied sich bis auf die Namensgleichheit in so gut wie allem vom »Stammhaus« in der Altstadt. Hier gab es weder Goldornamente noch ovale Metalltischchen oder gedrechselte Stuhllehnen, keinerlei Schnickschnack, auf den die Touristen aus aller Welt abfuhren.

Stattdessen hatte sich Anna bei der Wandfarbe für ein duftiges Mint entschieden, das dem Raum angenehme Frische verlieh, und Tische und Stühle in hellem Ahorn gewählt, die in ihrer optischen Schlichtheit an Bauhausmöbel erinnerten. Es gab eine raffiniert zu öffnende Glaskühltheke, in der die hausgemachten Pralinen und Tartlets bestens zur Geltung kamen. Erst heute Morgen hatte

Anna sie liebevoll dort drapiert. Und hinter dem Tresen stand eine der besten Kaffeemaschinen, die der Markt zu bieten hatte – die chromblinkende *Vulcana,* die nicht nur verführerischen Crema zaubern konnte, sondern auch Milch so duftig aufschäumte, dass sie jede der hochwertigen Trinkschokoladen aus ihrem Sortiment zum Hochgenuss veredelte.

An den Wänden waren schmale Holzregale angebracht, auf denen die edlen Tafeln präsentiert wurden: sortiert nach Kakaogehalt und Herkunftsland sowie raffinierten Zusätzen wie Chili, Meersalz, Hirschschinken, Nüssen oder diversen anderen ausgefallenen Beimischungen. Kleine elfenbeinfarbene Kärtchen, von Anna eigenhändig beschriftet, wiesen nicht nur die Preise aus, sondern erklärten in Stichworten das Wichtigste. Für Kinder gab es zwei große Glastrommeln, bestückt mit bunt eingewickelten Schokobonbons aus eigener Produktion, hochklassige Milchschokolade, die bei den Kleinen gut ankam. Ja, die Gäste konnten kommen.

»Aufgeregt, mein Mädchen?«, hörte sie eine rauchige Stimme hinter sich.

Anna fuhr herum. »Und wie! Musst du dich eigentlich immer anschleichen?« Ihr Schimpfen klang liebevoll. »Eines Tages werde ich vor Schreck noch tot umfallen!«

»Gewiss erst lange nach mir, mein Anna-Kind. Und jetzt sag mir, was es noch zu tun gibt, bevor wir aufschließen.«

Henny Kretschmar hatte Anna schon gekannt, als sie gerade laufen lernte. Eine Freundin und enge Vertraute ihres Großvaters und, wie Anna erst später begriff, noch viel mehr als das, obwohl die beiden ein stattlicher Altersunterschied trennte. Ihre mittlerweile fast siebzig Jahre sah man Henny nicht an, und zum alten Eisen, wie sie zu sagen pflegte, gehörte sie mit ihrem quirligen Wesen, der schlanken Figur im malvenfarbenen Twinset sowie passendem Bleistiftrock und den sorgfältig blondierten Haaren ohnehin noch lange nicht.

»Also, wenn du schon so fragst, dann richte doch bitte für jeden Tisch einen Probierteller her. Du weißt ja, wie wir das immer machen. Während ich mich …«

»… zum Zaubern in die Küche verziehe«, vollendete Henny.

Anna nickte lächelnd.

»Und wie wird sie dieses Mal heißen, die Praline des Monats?«, fragte Henny weiter. »Deine Mandel-Eier vom März waren wirklich ein Traum!«

»Zitronen-Nuss-Kuss, wenn du es genau wissen willst. Mein süßer Gruß an den Frühling.«

Anna stieg die drei Stufen zu den hinteren Räumen hinauf. Links ging es zu ihrem kleinen Büro, in dem es noch ziemlich chaotisch aussah, weil im Vor-Eröffnungsstress viel Papierkram unerledigt geblieben war. In der Mitte lag die Küche, vor der sie aus einer spontanen Laune heraus einen alten Wandspiegel angebracht hatte. Eigentlich entsprach er gar nicht ihrem sonstigen Geschmack, und vielleicht gefiel er ihr gerade deshalb so gut: oval, mit breitem Rahmen, auf dessen verblasstem Cremeton zahlreiche Keramikrosen in Pink und Rot prangten. Für einen Moment hielt sie inne und musterte ihr Spiegelbild. Natürlich war sie wieder einmal viel zu blass. Ihre Mutter würde sofort ihre unvermeidlichen Tees und Pastillen auspacken, um die einzige Tochter rosig und gesund zu kriegen, wenn sie sie jetzt sehen könnte. Aber wie sollte eine echte Rothaarige zu Frühlingsbeginn auch einen gebräunten Teint haben?

Das Gesicht, das ihr entgegenschaute, war dreieckig und besaß trotz aller Apartheit, die ihr immer wieder bescheinigt wurde, etwas flirrend Mädchenhaftes, obwohl Anna bereits zweiunddreißig war. Sie hatte rehbraune, weit auseinanderstehende Augen unter rötlichen Brauen, die so regelmäßig wuchsen, dass sie wie gestrichelt wirkten. Die Nase war kurz und gerade, das Kinn energisch. Dazwischen ein großer roter Mund mit blitzenden, nicht ganz geraden Zähnen, der gern lachte, sich aber ebenso schnell kritisch verziehen konnte. Und Myriaden von Sommersprossen, während der endlosen Wintermonate zwar dezent verblasst, nun aber, wie Anna nur allzu gut wusste, lediglich auf die ersten Sonnenstrahlen lauernd, um in alter Frische hervorzubrechen.

Eigentlich sah sie niemandem in der Verwandtschaft richtig ähnlich – mit Ausnahme ihres Großvaters, der als junger Mann ebenfalls rötliches Haar gehabt musste, schenkte man der Familienfama Glauben. Auf den verblichenen Schwarz-Weiß-Fotografien aus jener Zeit ließ sich das nicht verifizieren. Anna hatte ihn nur weißhaarig gekannt. Allerdings war seine Haut so empfindlich gewesen, dass Kurt Kepler sich in kürzester Zeit einen Sonnenbrand einfangen konnte, wenn er nicht aufpasste – genau wie sie.

Du könntest eigentlich ganz schön stolz auf mich sein, Opa Kuku, dachte sie. *Meine zweite Schokomanufaktur steht un-*

mittelbar vor der Eröffnung, und die erste läuft besser denn je.
Nur so konnte ich seit Jahren jeden verfügbaren Cent in das
Haus stecken, das man dir erst lange nach der Wende zurück-
erstattet hat – und das auch noch in äußerst marodem Zu-
stand. Du würdest das ramponierte Gebäude, zu dem du mich
als Siebenjährige zum ersten Mal geführt hast, kaum wieder-
erkennen, so prachtvoll sieht die Rosenvilla inzwischen wie-
der aus – auch wenn ich die Kredite für die Renovierung noch
eine halbe Ewigkeit abstottern muss.

Aus dem Verkaufsraum hörte Anna fröhliches Trällern
und warf einen letzten prüfenden Blick hinunter. Hennys
Hände mit den akkurat manikürten Perlmuttnägeln
steckten in Hygienehandschuhen, wie es sich gehörte. Sie
hatte eben Gefühl und Geschmack! So lagen die Scho-
kostückchen auch keineswegs planlos auf den mintgrünen
Tellern, sondern waren wie kleine Dominosteine in Reih
und Glied drapiert – und dennoch musste Anna bei diesem Anblick doch noch einmal hinunterlaufen.

»Doch niemals die weiße *Venti* mit Mandeln und Pistazien *nach* der gesalzenen 80 %igen von Carolla anbieten«,
rief sie. »Wie sollen sie denn so jemals richtig schmecken
lernen? Das ist für die Zunge ungefähr so, als müssten die
Beine nach einem Tango ohne Vorwarnung in einen rus-
tikalen Ländler übergehen!«

In Hennys grünen Augen standen auf einmal Tränen.
»Du bist genau wie er«, murmelte sie. »Weißt du das eigentlich? Manchmal glaube ich Kurt zu hören, wenn du so
redest! Und genau deshalb liegt dein neuer Laden ja auch
hier – habe ich recht? Weil nur ein paar Häuser weiter
früher seine alte Fabrik war!«

»Dann weißt du ja auch, was zu tun ist«, sagte Anna. Ja, sie wollte ihrem Großvater nah sein, und es gefiel ihr, dass sie es auf diese Weise sein konnte. Auf den zweiten Teil von Hennys Satz ging sie trotzdem nicht ein. Was sie zur Wahl dieses Standorts bewogen hatte, wollte sie für sich behalten. »Und jetzt muss ich wirklich ›zaubern‹ gehen, sonst wird das heute nichts mehr mit unserer Praline des Monats.«

Sie ging zurück nach oben in ihr kleines Reich. Auf den ersten Blick gab es hier nichts Besonderes: weiße Wände, viel Edelstahl, zwei sauber geplante Küchenreihen, die alles boten, was man zum Backen und Pralinenmachen brauchte: Herd, Vorratsschrank, zwei Kühleinheiten, Spüle, Spülmaschine, dazwischen große Arbeitsflächen, die einfach sauber zu halten waren.

Das wichtigste Gebot beim Pralinenmachen, Anna, ist und bleibt die Sauberkeit. Wer hierbei schlampert und kleckst, wird niemals zu den Großen gehören.

Heute bekam sie den Großvater wirklich nicht aus dem Kopf.

Jedes Mal, wenn sie hier zu hantieren begann, merkte sie wieder voller Stolz, wie gut alles durchdacht war. Weder musste sie sich verrenken, um an die zahlreichen Schüsseln und Gefäße zu gelangen, die sich auf einem langen Wandbord stapelten, noch bei den zahllosen Spülgängen, die zwischendrin unweigerlich anfielen. Selbst nach langen Stunden in ihrer Küche fühlte sich Anna selten erschöpft, sondern war meist noch in der Lage, sich weitere aufregende Variationen in Schoko, Nuss oder Frucht auszudenken. Wenngleich ihr der große, der einzigartige Wurf bis heute noch nicht gelungen war – doch der Wunsch danach ließ sich einfach nicht aus ihrem Kopf vertreiben …

Die Vollmilchkuvertüre im Wasserbad war mittlerweile entschieden zu warm geraten. Behutsam schüttete Anna eine weitere Ladung Schokochips hinein und begann zu rühren, um alles herunterzukühlen. Früher waren die Lippen des Patissiers der einzige Maßstab gewesen, heute jedoch verwendete Anna dafür ein handliches Thermometer. Doch eines hatte sich seit damals nicht geändert – rühren, rühren und noch einmal rühren lautete die Devise, um eine geschmeidige, sämige Grundmasse zu bekommen, die danach weiter veredelt werden konnte.

Zu diesem Zweck holte Anna die alten Metallformen aus dem Kühlschrank, die noch aus der Zeit vor dem ersten Weltkrieg stammten und die Dresdner Bombennacht vom Februar 1945 als eine der wenigen Stücke aus dem einstigen Familienbesitz überstanden hatten. Schon als Kind hatte Anna sie immer wieder neugierig inspiziert und sich, sobald sie lesen konnte, gefragt, was die verschlungenen Initialen EB auf der Rückseite wohl bedeuten mochten.

B – diesen Nachnamen trug niemand unter ihren Verwandten, soweit sie wusste, und auch jemand, dessen Vorname mit einem E begann, war nirgendwo bekannt.

Woher also stammten sie ursprünglich? Ihr Großvater, sonst ein Füllhorn an Wissen und Geschichten, wenn es um Schokolade ging, war auffallend einsilbig geworden, als sie ihn danach gefragt hatte – daran erinnerte sie sich noch genau. Immer wieder hatte sich Anna vorgenommen, noch einmal nachzubohren, es aber im Lauf der Jahre vergessen.

Nachdenklich strich sie mit den Fingern über die eingravierten Buchstaben. EB – welcher Patissier mochte sich einst hier verewigt haben? Oder war es gar eine Frau gewesen, worauf der Schwung und die Eleganz der Buchstaben eventuell hindeuten mochten?

Leider würde sie es nicht mehr erfahren. Der Großvater konnte es ihr nicht mehr sagen, denn er war nun schon seit zwölf Jahren tot, und aus ihren Eltern hatte sie alles Wissenswerte längst herausgequetscht. Im Gegensatz zu ihr schienen sich weder Greta noch Fritz Kepler sonderlich für die Familiengeschichte zu interessieren. Die Mutter ging ganz in ihrem Beruf als Apothekerin auf, besonders seit sie sich nach der Wende mehr und mehr auf Naturheilkunde spezialisiert hatte und schließlich zu einer begeisterten Jüngerin der Hildegard-Medizin geworden war. Der Vater, einstmals Lehrer und seit einem Herzinfarkt vor ein paar Jahren frühzeitig pensioniert, verbrachte die meiste Zeit bei seinen Kakteen.

Nicht einmal Henny hatte ihr weiterhelfen können, obwohl ihre Augen bei Annas Nachfrage eine Spur dunkler geworden waren. »Keine Ahnung«, hatte sie gemurmelt und sich jäh weggedreht. »Glaubst du vielleicht, er hätte mich in alles eingeweiht? Nein, Kurt hatte immer seine Geheimnisse. Bis zum Schluss. Wahrscheinlich hat er mich genau deshalb so fasziniert.«

Anna drehte die Form um, griff zu einem Wattebausch und wischte die Vertiefungen sorgfältig aus. Danach wiederholte sie die gleiche Prozedur mit Küchenkrepp.

Auf dem Herd wurden derweil Sahne und Zitronensaft warm, eine heikle Mischung, bei der man aufpassen musste, damit sie nicht umkippte. Anna zog den Topf von der Platte und gab seinen Inhalt in die Kuvertüre. Sie hob den Abrieb einer Zitrone darunter und begann erneut zu rühren, bis die Masse Zimmertemperatur erreicht hatte.

Ein samtig-frischer Geruch erfüllte die Küche, und Anna spürte, wie ihr das Wasser im Mund zusammenlief. Das beste Zeichen, denn ein absoluter Geschmackssinn ließ sich niemals betrügen. Zuerst füllte Anna die Metallformen mit temperierter Kuvertüre, um für die nachfolgende Ganache einen Schokoladenhohlkörper zum Füllen zu bilden und ein knackiges Erlebnis im Mund zu garantieren. Danach goss sie die Masse vorsichtig in die vorbereiteten Schokoladenhohlkörper. Zum Schluss setzte sie jeweils eine lohfarbene halbierte Pekannuss in die Mitte. Die neue Mischung musste mindestens zwei Stunden im Kühlschrank aushärten, bevor sie diese Pralinen zu den anderen in der Theke legen konnte.

Anna krempelte gerade die Ärmel ihrer tannengrünen Strickjacke auf, als ihr Handy vibrierte. »Jan?«, fragte sie. »Was gibt's?«

»Wir rücken schon heute an. Ist das für dich okay?« Die Stimme des jungen Gartenbauers klang leicht verzerrt.

»Heute?« Annas Augen flogen zu der alten Uhr, die neben der Tür hing. »Wie stellst du dir das vor? Ich mache in ein paar Minuten meinen neuen Laden auf. Wir hatten doch extra morgen vereinbart …«

»… da müssen wir ganz überraschend nach Wittenberg.

Lutherhaus. Großauftrag. Kann ich leider nicht sausen lassen. Die Zeiten sind hart, das weißt du ja.« Sie spürte sein Zögern mehr, als sie es hörte. »Dann eben nächste Woche. Dienstag? Würde das passen?«

»Nein«, widersprach Anna. »Geht es nicht doch morgen? Wir sind doch ohnehin sehr spät mit den Rosen dran, wenn sie richtig gut einwachsen sollen! Wer hätte denn auch gedacht, dass es so lange dauert, bis die Lieferungen aus Frankreich endlich eintreffen?«

»Na ja, es mussten ja auch partout die ausgefallensten Sorten sein …«

»Schluss damit«, unterbrach sie ihn. »Nicht schon wieder. Also, was ist nun?«

Jan zögerte.

»Ich könnte unter Umständen Hennig nach Wittenberg schicken«, sagte er schließlich. »Zusammen mit dem neuen Lehrling, aber besonders wohl ist mir dabei ehrlich gesagt nicht. Kannst du es nicht doch heute irgendwie einrichten?«

Anna spulte innerlich den Tag im Schnelldurchlauf ab. Die Journalisten würden gegen Mittag eintreffen, falls sie überhaupt kamen, und die ersten Kunden vermutlich bald nach dem Aufschließen der *Schokolust*. In der Regel wurde es gegen Nachmittag ruhiger. Außerdem konnte sie sich auf Henny blind verlassen.

»Also gut, meinetwegen«, seufzte sie. »Wenn es unbedingt sein muss!«

»Prima. Kommt mir sehr entgegen. Ich hasse es nämlich, dich zu enttäuschen.« Seine Stimme klang plötzlich angespannt.

Jan hätte sich so viel mehr von ihr gewünscht. Sie wussten es beide, obwohl wohlweislich keiner daran rührte. Ja, es hatte diese Nacht vor drei Jahren gegeben, doch danach hatte sich Anna für Ralph entschieden. Daran kaute Jan noch heute, obwohl Annas Beziehung mit Ralph längst vorbei war.

»Dann tu es doch einfach nicht«, sagte sie und spürte wieder den vertrauten Schmerz, den der Gedanke an Ralph immer noch in ihr auslöste. Dabei war sie es doch gewesen, die die Trennung vorangetrieben hatte – nicht er. Weil sich Anna plötzlich wie in einer Falle gefühlt hatte, voller Angst, sich doch nicht für den Richtigen entschieden zu haben. Wieso überkam sie jedes Mal dieses lähmende Gefühl der Ausweglosigkeit, sobald es mit einem Mann ernst wurde? Trotz endloser Grübeleien hatte sie noch keine Antwort darauf gefunden.

»Vor Nachmittag werde ich es heute nicht schaffen. Aber ihr könnt ja schon mal ohne mich anfangen. Du hast doch noch immer den Schlüssel für das Gartentor?«

»Habe ich. Gut – dann später bei dir in Blasewitz.« Wieder dieses Zögern, das Anna früher immer so anziehend gefunden hatte, weil es für sie nach Tiefe und ungewöhnlicher Ernsthaftigkeit geklungen hatte. »Ich freu mich auf dich – und die Setzlinge sind der Hammer. Wird alles genauso, wie du es dir vorgestellt hast: die Wiederauferstehung des Rosengartens!«

Anna hielt das Telefon noch einen Augenblick in der Hand, nachdem Jan aufgelegt hatte, weil ihr Herz plötzlich überlaut zu pochen begonnen hatte. *Geschafft*, dachte sie. *Nun hat das lange Warten endlich ein Ende!*

Dann legte sie es zurück auf das Regal, wusch sich die Hände und ging mit einem Lächeln hinunter in den Laden.

*

Sie war spät dran, obwohl sie so energisch in die Pedale getreten hatte, dass ihr auf der Lessingstraße sogar ein Polizist warnend nachgepfiffen hatte. Der neue Laden hatte sich gleich nach dem Aufsperren zügig gefüllt, und zu Annas großer Freude waren es nicht nur Neugierige gewesen, die schnell mal die Nase hereinstecken wollten, sondern echte Kunden, die großzügig eingekauft hatten. Allerdings waren trotz ihres ehrgeizigen E-Mail-Verteilers nur zwei Journalisten erschienen: eine aufgetakelte Blondine von *Radio Energy*, die den Probierteller blitzschnell abräumte, aber so lustlos Fragen stellte, dass Anna nichts Großes erwartete, und ein älterer Herr von der *Sächsischen Zeitung,* der sich überall umschaute und seine Eindrücke in einem schwarzen Ringbuch festhielt.

Dafür drängten sich noch lange nach Mittag die Kunden in der *Schokolust,* und als es ruhiger wurde und sie endlich Zeit hatte, auf die Uhr zu schauen, war sie erschrocken, wie spät es schon war.

Zum Glück hatte sie das alte Fahrrad von Großvater Kurt auch heute nicht im Stich gelassen. Einen wahrhaft stolzen Betrag hatte Anna bereits in seinen Erhalt gesteckt, eine Summe, für die sie sich gut und gern ein fabrikneues Exemplar der gehobenen Klasse hätte leisten können. Aber wer außer ihr kurvte heute noch mit einem Original Brennabor-Herrenrad von 1932 durch Dresden?

Als Anna abstieg, beschmierte sie sich die helle Jeans mit Öl. Fluchend nahm sie sich zum wohl hundertsten Mal vor, endlich für ein passendes Schutzblech zu sorgen – was sie jedoch ebenso wenig in die Tat umsetzen würde wie die anderen Male zuvor. Denn das Fahrrad war das Heiligtum ihres Großvaters gewesen und hatte ihn durch die dunkelsten Zeiten seines Lebens getragen. Dass er es ihr neben der Villa testamentarisch vermacht hatte, war für Anna Ehre und Ansporn zugleich. Deshalb blieb es genau so, wie er es ihr hinterlassen hatte, selbst wenn der alte Ledersattel alles andere als bequem war. Nur die stets defekte Lichtanlage hatte sie vor Kurzem durch moderne LED-Beleuchtung ersetzt.

Sie fuhr sich mit der Hand durch die zerzausten Haare. Dann holte Anna das kleine Kuchenpäckchen aus dem Korb und betrat durch die rückwärtige Pforte den Garten.

Beim ersten Mal hatte der Anblick ihr schier den Atem verschlagen, doch selbst jetzt, da der Garten ihr vertraut war und sie für sich beanspruchte, nahezu jeden Winkel zu kennen, war die Wirkung noch immer enorm. Die alten Eichen an der Ostseite, die Kirsch-, Apfel- und Pflaumenbäume im Westen. Nach Süden erstreckte sich vor dem großen Wohnzimmer die Terrasse, die sie im vergangenen Sommer mit mattgrauen Schieferplatten hatte auslegen lassen. Von dort führte zwischen großen Rasenflächen ein schmaler Kiesweg hinunter zur Elbe. Er gabelte sich vor dem Holzpavillon mit dem von außen optisch leicht verunglückten Dach, das von innen aber wie ein geöffneter Palmwedel wirkte und von einer schlanken Säule mittig gestützt wurde. Rechts ging es zu einer Pinien- und Zederngruppe, unter der eine alte Marmorbank stand; links zu dem ovalen Seerosenteich, umstanden von Japangras, an dessen Stirnseite ein bemooster Steinbuddha im Gras ruhte.

»Bin da!«, rief sie, als sie beim Näherkommen Jans aschblonden Kopf zwischen den bereits ausgepackten Setzlingen sah. Neben ihm kauerte Kito, sein sorbischer Mitarbeiter mit der schwarzen Igelfrisur, der in der Regel kein Wort zu viel verlor. »Tut mir leid, die Herren, ging beim besten Willen nicht eher! Soll ich euch eine Kleinigkeit bringen, damit die Arbeit noch mehr Spaß macht?«

»Endlich«, knurrte Jan, ohne aufzusehen, doch Anna wusste genau, dass er das nicht lange durchhalten würde. »Höchste Zeit, dass du hier aufschlägst. Sonst wird dein Garten nämlich so, wie ich es will!«

Sie lachte, um die schlechte Stimmung zu vertreiben – und weil sie genau wusste, dass er die Rosen niemals irgendwo gegen ihren Willen einsetzen würde. Schließlich hatten sie alles gemeinsam geplant, aufgezeichnet und außerdem wochenlang alte Bücher und aktuelle Kataloge gewälzt, um den Garten so traditionsgerecht wie möglich zu gestalten.

Über das Wie waren sie dabei allerdings ein paar Mal aneinandergeraten, weil Anna stets das letzte Wort behalten wollte. Verbissen hatte sie in ihrer Erinnerung nach den wenigen Sätzen gekramt, die der Großvater über den Garten geäußert hatte.

Ein Blumenparadies … Das war ihr schließlich wieder eingefallen. Überall nur die allerschönsten Rosen. Ihnen verdankt das Haus schließlich seinen Namen – *Rosen-villa* …

»Ich kann gar nicht verstehen, dass eine junge Frau wie du so stur am Gestern klebt«, hatte Jans Hauptvorwurf gelautet. »Damit wirst du die Vergangenheit auch nicht wieder lebendig machen – und wenn du noch so viele alte Rosensorten anschaffst!«

»Als ob ich das nicht wüsste«, lautete Annas Verteidigung. »Und stell dir vor, das will ich auch gar nicht! Ich möchte nur das Gestern in das Heute einladen und sehen, wie die beiden sich vertragen.«

Aber war das wirklich die ganze Wahrheit?

Etwas in ihr, das sie nicht genauer benennen konnte, sehnte sich nach Tradition und Kontinuität, und seitdem die Rosenvilla nach und nach ihr altes Gesicht wieder-bekam, wuchs dieses Verlangen noch weiter. Anna erzählte niemandem davon, erst recht nicht Jan, weil sie sein Frotzeln über ihre altmodische Art, wie er es nannte, gründlich leid war.

Doch sie brauchte seine Erfahrung und sein Wissen, um den verwilderten Garten nach ihren Vorstellungen zu gestalten. Was die Rosen betraf, hatten sie sich schließlich auf einen Kompromiss geeinigt, und heute, an diesem sonnigen Aprilnachmittag, an dem nur ein auffrischender Wind daran erinnerte, dass der hartnäckige Winter noch gar nicht so lange vorbei war, schien es, als könne vielleicht sogar ein kleines Wunderwerk daraus entstehen.

Wenn sie doch nur mehr Fotos von früher gehabt hätte! Ihr Großvater war in dieser Hinsicht äußerst zurückhal-tend, ja fast schon knausrig gewesen, und Anna selbst war bei seinem Tod vor zwölf Jahren noch zu jung, um diese Erinnerungsstücke energisch genug einzufordern. Hatte er sie vernichtet oder an einem geheimen Ort deponiert? In Kurt Keplers Hinterlassenschaft jedenfalls fand sich nicht mehr als ein kleiner Stoß Fotografien, was sie zutiefst bedauerte. Dennoch hatte niemals die Ahnung sie verlassen, dass er nicht ganz bei der Wahrheit geblieben war, wenn er behauptete, Krieg, Bombardierung und vor allem die »Hunnenjahre« der frühen DDR, wie er zu sagen pflegte, seien schuld daran gewesen. Immer wieder hatte sie das Gefühl beschlichen, dass er etwas vor ihr verbergen wollte.

Er hatte es nicht anders gewollt, davon war sie mittlerweile überzeugt. Aber was genau gab es zu verbergen, das keiner sehen durfte?

Jetzt entdeckte sie voller Freude, dass Jan und Kito die *Rosa Gallica* bereits eingepflanzt hatten. Natürlich musste sie noch ein paar Wochen Geduld aufbringen, bis sie das kräftige Rot sehen und sich am betörenden Duft dieser alten Sorte erfreuen würde, die schon von den Apothekern des Mittelalters als Medizinpflanze verwendet worden war – aber ein Anfang war gemacht.

»Die *Zentifolia* setze ich unterhalb der Terrasse«, rief Kito. »Die Büsche müssen weit auseinander, also wundere dich nicht! Sonst gehen sie nämlich nicht richtig auf. Deine werden in Rosa und Pink blühen. Oder gibt es inzwischen andere Wünsche?«

»Nein«, sagte Anna, die spürte, wie die Freude in ihr immer größer wurde. »Alles prima. Ich kümmere mich um Kaffee und Kuchen. Bin gleich wieder bei euch!«

Sie sperrte die Terrassentür auf und ersparte sich damit die halbe Umrundung der Villa. Doch auch so hatte sie eine ordentliche Strecke zurückzulegen, bis sie endlich in der Küche angelangt war, von der sie ein ganzes Stück abgetrennt und zur neuen Vorratskammer umfunktioniert hatte.

Die geöffneten weißen Flügeltüren ermöglichten sogar von hier aus den Blick ins Grüne. Wo einst der Salon gewesen sein mochte, hatte Anna sich Bibliothek und Esszimmer eingerichtet, weil sie schon als Kind davon geträumt hatte, mit Freunden und Gästen vor gut gefüllten Bücherregalen zu speisen. Daneben schloss sich der Wohnraum an, den sie trotz seiner Größe nur spärlich möbliert hatte, um kein Gefühl von Enge aufkommen zu lassen. Am meisten liebte sie hier den geschwungenen Kamin aus hellem Marmor, vor den sie einen dicken Berberteppich gelegt und eine bequeme rote Couch gestellt hatte.

Was sie mit der Eingangshalle anfangen sollte, von der aus die leicht geschwungene Treppe zu den oberen Räumen führte, wusste Anna noch immer nicht. Man hätte hier ohne Weiteres mehrere Billardtische aufstellen oder sie zur Ausstellungsfläche mit wechselnden Gemälden oder Skulpturen machen können, so geräumig war sie. Wer auch immer dieses Haus geplant hatte, war an verschwenderischem Platz und Luftigkeit interessiert gewesen. Der gläserne Halbkreis mit den lasierten Strahlen, eingelassen in der Eichentür, durch die man von der Straßenseite aus hereinkam, machte den Eingang einladend und festlich.

Welch ein Wahnsinn, dass ich hier allein wohne, schoss es Anna nicht zum ersten Mal durch den Kopf, während sie die Kaffeemaschine anwarf. Aber ihre Eltern waren durch nichts aus ihrer gemütlichen Wohnung in der Albertstadt herauszubekommen und fast erleichtert gewesen, dass sie Kurts Erbe angenommen hatte.

Und Annas eigene Lebensplanung? *Ein Haus wie dieses verlangt nach Reden und Lachen*, dachte sie, *nach stimmungsvollen Abendgesellschaften und gemütlichen Kaffeetafeln. Nach Kinderfüßen und regelmäßigen Größenmarken an den Türstöcken. Nach einem tapsigen Hund, der durch die Räume fegt und sich im Garten übermütig im Gras wälzt. Nach Katzen, die sich vor dem Kamin räkeln.*

Es müsste ein Familienzuhause sein, voller Wärme, Aufregungen und Geborgenheit. Doch nichts von alldem war momentan in Sicht. Und seitdem Ralph und sie nicht mehr zusammen waren, erschien ihr dieser Traum manchmal sogar unerreichbar. Natürlich gab es jede Menge plausibler Gründe, die ihr dazu einfielen. Annas Arbeit für die Schokomanufakturen verschlang den Löwenanteil ihrer Zeit. Außer gelegentlichen Kinoabenden mit ihrer Freundin Hanka, den Besuchen bei ihren Eltern und wenigen Abendessen mit Jan, die sie bewusst selten stattfinden ließ, gab es nur noch die kostbaren Stunden, in denen sie über neuen Pralinenrezepten brütete.

Doch die Arbeit war nicht der wahre Grund für ihr Alleinsein, wie Anna sehr wohl wusste. Sie hatte sich zurückgezogen, als es mit Ralph ernster und verbindlich zu werden begann, als er immer häufiger vom Zusammenziehen gesprochen hatte, von Heirat.

Und von gemeinsamen Kindern.

»Worauf wartest du, Anna?« Seine verletzte Stimme, als sie wieder einmal ausgewichen war, hatte sie noch immer im Ohr, und auch den plötzlichen Schmerz in Ralphs blauen Augen vor sich – als sei es erst gestern gewesen und nicht schon Monate her. »Auf einen Prinzen, der dich mit seinem Schwert aus dem Dornendickicht heraushaut, das du mühsam um dich errichtet hast? Der bin ich leider nicht – sorry!«

Danach war er gegangen. Und hatte bis heute auf keine SMS mehr reagiert.

Mühsam scheuchte Anna diese Erinnerungen fort, während sie Kaffee durch die Maschine laufen ließ und die Tartlets auf einem Teller drapierte. Danach trug sie das Tablett zu den beiden Männern nach draußen.

Die Wolken, die zuvor an einem frühlingshaft blauen Himmel vorbeigezogen waren, hatten sich vermehrt. Jetzt blies der Wind nicht mehr frisch, sondern pfiff kalt. Anna fröstelte und war froh, dass sie im Vorbeigehen den alten Schal aus dem Wohnzimmer mitgenommen hatte, den sie sich nun um die Schultern schlang. Zartlila Rosenblüten auf verblasstem Grün, ein Gewebe so weich und leicht zerschlissen, dass es fast an Spinnweben erinnerte. Anna hatte den Schal, sorgfältig in Seidenpapier eingeschlagen, in einer der Kisten auf dem Dachboden gefunden, die ihr Großvater noch vor seinem Tod dorthin hatte bringen lassen.

Wer ihn wohl früher getragen haben mochte?

Großmutter Alma, die schon lange tot gewesen war, als Anna geboren wurde? Auf den wenigen Fotos, die es von ihr gab, wirkte sie mit den ondulierten dunklen Haaren und den zarten, leicht melancholischen Zügen abwesend, fast traumwandlerisch. Als sei sie in Gedanken weit fort. Körperlich erschien sie Anna so fragil, als könne der nächste Lufthauch sie umwehen. Wie passte das zu einem Mann wie Kurt, der vor Energie schier explodierte und selbst im hohen Alter noch voller Pläne und Ideen gesteckt hatte?

Neben Alma sah er kräftig aus, fast robust, als könnte ihm der Mangel der letzten Kriegsjahre nichts anhaben. Dichte helle Brauen in einem dreieckigen Gesicht, der Mund schmal und energisch. Die hellen Augen hatte er leicht zusammengekniffen. So hatte er meistens ausgesehen: kritisch, stets wachsam, innerlich auf der Lauer. Nur in Gegenwart seiner Enkelin war sein Blick manchmal weich geworden – daran erinnerte sich Anna bis heute gern.

Ein zarter Duft stieg ihr in die Nase. Magnolia, wenn sie nicht irrte. Für ihren Geschmack eigentlich zu süß und schwer, doch als Gedanke an die unbekannte Großmutter durchaus willkommen.

»Sie war eine Dame – vom Scheitel bis zur Sohle«, hatte Kurt über seine früh verstorbene Frau gesagt. »Nicht ganz von dieser Welt, wenn du weißt, was ich damit meine. Vielleicht ist es sogar besser, dass sie uns so früh verlassen hat und den harten Neuanfang nach Kriegsende nicht mehr erleben musste!«

Hatte sie einstmals in diesem Garten gestanden und bestimmt, wo die Rosen gepflanzt werden sollten – so wie Anna heute? Oder hatte Alma dies wie so vieles andere ihrem tatkräftigen Gatten überlassen, der ohnehin am liebsten seinen Willen durchgesetzt hatte?

Plötzlich wurde es Anna noch kühler. Sie schlang den Schal enger um sich. Jan und Kito hatten den Kaffee ausgetrunken und die Tartlets hungrig verschlungen. Wahrscheinlich hatten sie nicht einmal bemerkt, was da gerade an Raffinesse ihren Gaumen gekitzelt hatte.

»*Die Rose de la Reine* kommt also seitlich der Terrasse«, murmelte Jan, tief in seinen Plan versunken. »Richtig? An der wirst du lange Freude haben, Anna, die blüht nämlich fast den ganzen Sommer – und zwar lila-rosa.«

»Richtig«, bekräftigte Anna. »Und die karminrote *Rose du Roi* setzt du bitte in die Nähe. Stell dir vor, diese Sorte war schon alt, als sie in Frankreich die Revolution ausgerufen haben!«

»In Ordnung, Chefin«, sagte er mit leisem Spott. »Die Zufriedenheit unserer Kunden ist und bleibt unser Himmelreich.«

Kito hatte einstweilen weitere Rosenballen herbeigeschleppt. »Und hier die Königinnen«, sagte er. »Damaszenerrosen. Darf ich vorstellen? *Madame Hardy,* blüht cremeweiß, mit einem Hauch von Rosa. Wohin damit?«

»Zum Pavillon«, sagte Anna, ohne nachzudenken. »Ich möchte ihren Duft in der Nase haben, wenn ich dort sitze.«

Von dieser Rosensorte hatte der Großvater stets am meisten geschwärmt: die weiße Schönheit, in deren Mitte ein imaginierter Blutstropfen für die zarte Farbgebung sorgte.

Sie begleitete Kito, während er die wurzelnackten Rosen

zum Pavillon trug. Der Garten war noch immer groß – und doch klein im Gegensatz zu dem, was einst zum Anwesen der Rosenvilla gehört hatte. Anna war nichts anderes übrig geblieben, als Teile des Grundstücks zu verkaufen, um den Kredit für die Renovierung nicht noch weiter aufzustocken. Was einst ihrem Großvater gehört hatte, war in Kriegs- und Nachkriegszeiten abgewohnt und zum Teil mutwillig zerstört worden.

Die anschließenden Jahre des SED-Regimes hatten nichts daran verbessert – ganz im Gegenteil. Bis zu zehn unterschiedliche Mietparteien waren hier untergebracht gewesen; Küche sowie Sanitärräume hatten niemals auch nur den Hauch einer Überholung erfahren. Im Nachhinein wunderte es Anna, dass das alte Eichenparkett überhaupt noch vorhanden und nicht irgendwann als Brennmaterial im Ofen gelandet war. Ähnliches galt für den zurückhaltenden Deckenstuck, der zu ihrer Verblüffung nur an wenigen Stellen beschädigt gewesen war, obwohl man unzählige Farbschichten abtragen musste, um das ursprüngliche Cremeweiß wieder zum Vorschein zu bringen.

Und auch den hölzernen Pavillon hatten sie erstaunlicherweise verschont, zumindest weitgehend. In seinem Inneren fanden sich zwar krude Spuren von Löchern und Nägeln, die sich aber mit einigem Aufwand wieder beseitigen ließen. Anna hatte den Pavillon abbeizen und die Holzbank, die um die Mittelsäule lief, neu schreinern lassen. Inzwischen war sie mit Kissen und bunten marokkanischen Kissenbezügen bestückt, die sie bei einem Schokoladen-Seminar in München entdeckt hatte. Sobald die

Sonne darauf fiel, leuchteten sie in Curry, Magenta und Gold und verliehen dem Ganzen mit der sich ins Dach auffächernden Säule einen orientalischen Touch – und luden so die Opulenz des Orients an die Elbe ein.

Kito kniete vor dem Beet. Blank lag es vor ihm, penibel von allem Unkraut gesäubert.

»Lockeres Erdreich«, sagte er zufrieden. »Geradezu ideal.« Seine kräftigen Hände glitten durch die Erdkrumen, als wollten sie sie massieren, um sie noch aufnahmefähiger zu machen – als er plötzlich stutzte.

»Was ist los?«, fragte Anna besorgt. In den vergangenen Wochen hatte sie sich eifrig durch die entsprechende Fachliteratur gelesen. »Doch nicht irgendwelche dieser fiesen Wurzelunkräuter, die meine Rosen kläglich eingehen lassen werden?«

Er schüttelte den Kopf. »Jan!«, rief er. »Komm doch mal.«

Jan kam herbeigelaufen und kniete sich neben ihn.

»Fühlst du das?«, fragte Kito, als Jan ebenfalls seine Hände in der Erde vergaben hatte.

»Klar.« Auf Jans Stirn erschien eine tiefe Falte. »Hart ist es. Fühlt sich an – wie Metall.« Er wandte sich zu Anna um. »Bringst du uns bitte zwei Schaufeln?«

»Aber es ist doch keine – Bombe, oder?«, fragte sie erschrocken.

»Dafür ist es mir entschieden zu kantig«, sagte Jan. »Es sei denn, die Nazis hätten in letzter Verzweiflung viereckige Bomben gebaut.«

Anna mochte seinen sporadisch auftretenden Sarkasmus nicht besonders, erst recht nicht an diesem Tag.

Trotzdem folgte sie Jans Aufforderung und holte zwei Schaufeln.

Die beiden Männer begannen zu graben. Schon bald hatten sie ein erdverkrustetes viereckiges Etwas zutage gebracht: eine längliche Schatulle aus Metall.

»Vielleicht ein Schatz?«, fragte Kito mit schiefem Lächeln. »Du machst es auf – und darin ist lauter Gold!«

»So sieht es nicht gerade aus«, murmelte Anna, die die Metallkiste oberflächlich mit den Händen zu reinigen versuchte. Doch die Erde klebte geradezu daran. Vermutlich musste sie mit heißem Wasser und Reiniger daran gehen.

»Könnte ein altes Bankschließfach sein«, rief Jan. »Ganz im Ernst, eines dieser Dinger, die sie im Film immer rausholen und ausleeren, wenn ihnen die Polizei schon auf der Spur ist.« Er rieb vorsichtig daran. »Ich tippe auf Zink. Dann könntest du Glück gehabt haben.«

»Glück – weshalb?«, fragte Anna.

»Weil Zink kein oder kaum Wasser durchlässt. Was immer sich darin auch befinden mag, ist vermutlich in keinem allzu schlechten Zustand.«

Jan zerrte an der Kiste. Doch sie ließ sich nicht öffnen.

»Solides Schloss«, fuhr er fort. »Alle Achtung. Wer auch immer sie vergraben hat, wollte den Inhalt wirklich schützen.« Sein Blick bekam etwas Bohrendes. »Sollen wir es für dich aufzwicken? Ich wette, deine Zangen kriegen das nicht hin!«

Anna zögerte.

»Keine Angst, dein Gold klaut dir schon keiner von uns!«, setzte er lachend hinzu. »Wir sind mit einmal Armensuppe pro Woche mehr als zufrieden.«

»Später vielleicht«, sagte sie aus einem plötzlichen Impuls heraus, den sie sich selbst nicht so recht erklären konnte. Aber sie wollte unbedingt allein sein, wenn sie die Schatulle öffnete – ohne neugierige Blicke. Und ohne Kommentare. »Wir sollten erst einmal zusehen, dass die Rosen in die Erde kommen. Dort hinten werden die Wolken nämlich ganz schwarz!«

*

Es dauerte bis zum frühen Abend, bis alles im Boden war. Dann hatten auch die *Chinarosen* den richtigen Platz nahe der Eichen gefunden, die sie mit ihren niedrigen Büschen und den fast stachellosen Blättern optisch auflockern würden. Der Schweizer Katalog hatte duftende, halb gefüllte, dunkelrote Blüten versprochen, ein reizvoller Gegensatz zu den lachsfarbenen *Remontant-Rosen*, die weiter unten angepflanzt waren und bis zu zwei Meter hoch werden konnten. Wenn Anna Glück hatte, erwartete sie im Herbst sogar eine zweite Blüte – aber jetzt mussten sie erst alle richtig im Erdreich wurzeln und überhaupt erst einmal zum Blühen kommen!

Jan schien enttäuscht, dass sie ihn nicht zum Abendessen eingeladen hatte, womit er offenbar gerechnet hatte. Stattdessen musste er mit Kito abziehen, tropfnass dazu, denn ein ordentliches Gewitter war über Blasewitz hinweggefegt, das seit seiner Eingemeindung um 1920 als eines der besten Viertel Dresdens galt. Beinahe wäre Anna im allerletzten Augenblick doch noch schwach geworden, als er so nass und kläglich vor ihr stand wie ein Welpe, der versehentlich in den Kanal gefallen war. Doch sie entschied sich dagegen.

Inzwischen war das Prasseln in rauschenden Dauerregen übergegangen, der die angenehme Tagestemperatur empfindlich gesenkt hatte. Garantiert unter fünf Grad, also war eher Novemberfrösteln angesagt anstatt launiger Aprilverheißung. Jetzt half auch der alte Schal nicht mehr viel, doch die Heizung wieder anzuwerfen hatte Anna wenig Lust. In ihrem Herzen herrschte heute eindeutig Frühling, mochte das Wetter auch noch so verrückte Kapriolen schlagen.

Sie ging zum Kamin im Wohnzimmer, der mit Gerümpel und verbranntem Stoff verstopft gewesen war und bei den ersten Versuchen derart gequalmt hatte, dass sie gefürchtet hatte, auf der Stelle ersticken zu müssen. Inzwischen hatte Bezirkskaminfeger Krause ihn gereinigt, gelüftet und wieder zum reibungslosen Abziehen gebracht.

Anna stapelte ein paar Scheite Buchenholz, legte Zweige dazu und platzierte den Anzünder an der Stelle, die Krause ihr gezeigt hatte. Dann hielt sie ein brennendes Streichholz daran.

Die Flammen leckten erst noch zögerlich an den Scheiten, flackerten dann aber auf und verbreiteten friedliche Wärme. Anna zog die rote Couch heran und schaute nach draußen. Noch ragten im Garten nur nackte Zweige in die Dämmerung, die sich langsam über Dresden senkte, doch schon bald würden Blüten in allen nur erdenklichen Farben diesem Haus den Namen zurückgeben, den es einst getragen hatte – Rosenvilla.

Sie zuckte zusammen, als plötzlich ihr Handy läutete.

»Anna-Mädchen?« Das war Hennys Stimme, die am Telefon noch eine Spur verruchter klang als in Wirklichkeit. Ob es stimmte, dass der Großvater sie in einer Russenbar aufgelesen hatte? »Alles gut bei dir?«

»Alles wunderbar. Und bei dir?«, fragte Anna. »Ich wollte dich auch gerade anrufen. Ganz schön schäbig, dass ich dich ausgerechnet heute allein gelassen habe! Aber ich musste unbedingt überwachen, dass die Rosen auch an der richtigen Stelle eingesetzt werden. Ich glaube, sie werden wunderbar! Obwohl man noch nicht allzu viel davon sieht. Ist alles weiter gut gegangen im Laden?«

»Ja.« Hennys Stimme hörte sich plötzlich brüchig an. »Du gibst ni off, stimmt's? Darin biste genau wie er.« Anna hörte etwas, das wie heftiges Schnäuzen klang. »Na ja nu. Habsch mich wo' ganz gudd geschlagen für ne alte Frau«, fuhr Henny fort. »Aber morgen möcht'sch meine junge Chefin wieder an der Seite ha'm. Det klappt doch, oder?«

Sie musste wirklich *sehr* müde sein. Sonst verfiel sie nicht ins Sächseln.

»Klar«, sagte Anna. »Ich schau morgens nur kurz am Altmarkt vorbei, damit Melanie und Nina wissen, dass ich noch lebe – dann bin ich sofort bei dir.«

Sie zögerte abermals.

Sollte sie Henny etwas von dem überraschend gehobenen Schatz berichten? Sie entschied sich, es lieber zu lassen. Es war unwahrscheinlich, dass Kurt seine Langzeitgeliebte darüber informiert hatte, falls diese Schatulle überhaupt von ihm stammen sollte. Und wenn doch, dann würde sich Henny ohnehin erst einmal ahnungslos geben, so gut kannte Anna sie inzwischen.

Der alte Werkzeugkasten ihrer Mutter stand schon bereit. In der Familie war es stets Greta gewesen, die die kleineren und größeren Malheure behoben hatte: Greta mit den geschickten Händen, die ebenso mühelos Lösungen destillieren wie Nägel ziehen oder Bretter durchsägen konnten, während ihr Vater Fritz stets als unbeholfen gegolten hatte. Irgendwann hatte sie sich eine neue Werkzeugkiste gegönnt und die alte an die Tochter weitergereicht.

Anna öffnete die Flügelklappen und nahm eine der Zangen heraus. Als sie sie am Schloss ansetzte und zudrückte, hielt sie kurz den Atem an. Dann ertönte ein metallisches Geräusch. Das Schloss war geknackt. Aber warum ließ sich die Schatulle trotzdem nicht öffnen? Anna zog und zerrte, bog und bohrte. Irgendetwas klemmte.

Schließlich holte sie einen der alten Speidel und setzte ihn an. Für einen Augenblick schien der Deckel nachzugeben, dann aber rutschte das Werkzeug ab und bohrte sich in ihr Fleisch, statt die Zinkschatulle zu öffnen. Die Wunde blutete sofort heftig. Anna musste ins Bad laufen und nach Verbandsmaterial kramen. Alles, was sie schließlich aus diversen Schubladen zutage förderte, war eine nicht mehr ganz blütenweiße Mullbinde, doch das musste für den Moment genügen. Sie schlang sie sich um den Daumen, verknotete das Ganze und kehrte wieder vor den Kamin zurück. Überall hatte sie Blutstropfen hinterlassen, auf dem Boden, ihrer hellen Jeans – und auf der Schatulle selbst, die plötzlich im Feuerschein zu glühen schien.

Jetzt konnte es Anna nicht schnell genug gehen. Wieder setzte sie den Speidel an, dieses Mal offensichtlich geschickter, denn die Schatulle sprang auf. Sie konnte nicht hineinschauen, ohne zuvor einen Schluck Rotwein zu trinken, den sie sich vorsorglich in das große Glas eingeschenkt hatte.

Auf verblichenem, hellgrünem Samt, mit dem die Schatulle ausgeschlagen war, lagen die unterschiedlichsten Gegenstände:

Ein schmaler goldener Armreif mit einem ziselierten Schlangenkopf und funkelnden grünen Edelsteinaugen.

Eine zerrissene Perlenschnur.

Eine Haarsträhne, hellrot.

Ein Umschlag mit weißblonden Babyhärchen.

Ein Seidensäckchen, das vier Milchzähne enthielt.

Eine uralte Armeepistole. Sechs Patronen.

Eine Spiegelscherbe.

Manschettenknöpfe, Onyx in Gold gefasst.

Ein Eisernes Kreuz 1. Klasse

Eine Blechbüchse mit Samen.

Eine verbeulte Mundharmonika.

Ein altes Schulheft, das nur noch eine einzige Seite enthielt.

Ein Bündel verblasster Briefe, mit einer gedrehten blauen Kordel zusammengeschnürt.

Die Fotografie einer Frau, die Anna wie aus dem Gesicht geschnitten war. Aber sah sie nicht auch Großvater Kurt sehr ähnlich?

Vor allem aber unzählige lose Blätter, wie herausgerissen aus einem Tagebuch, oder auch aus mehreren.

In Annas Magen ballte sich ein harter, heißer Knoten zusammen, so aufgeregt war sie auf einmal. Womit sollte sie beginnen? Sie nahm die Fotografie in die Hand und betrachtete sie neugierig. Ein dreieckiges Gesicht, zu schmal und zu entschlossen, um wirklich als hübsch zu gelten. Die Frau trug ein cremefarbenes Kleid mit Stehkragen, *sommerlich*, das kam Anna dabei sofort in den Sinn. Unter einem ausladenden Strohhut mit breitem Band quoll störrisches, leicht gelocktes Haar hervor.

Rot, dachte Anna. *Drauf könnte ich wetten. Hellrot. Ungefähr der gleiche Farbton wie meine Haare, wenn ich zu lange in der Sonne war.*

Wer war die Fremde?

Sie drehte die Fotografie um. *Mathilde Kepler,* stand da, in Sütterlin, das sie nur mühsam entziffern konnte. *Konditorsgattin. Dresden 1913.*

Fieberhaft begann sie nachzurechnen. War es Großvaters Mutter Mathilde – und damit ihre Urgroßmutter? Von der Kleidung her könnte es hinkommen, und von der Ähnlichkeit ebenso. Aber hatte er nicht immer erzählt, dass er von klein auf als Halbwaise aufgewachsen war? Nun, eine Mutter musste er trotzdem gehabt haben.

Anna trank einen weiteren Schluck Rotwein und ließ diesen Gedanken in ihrem Herzen Platz nehmen.

Aber warum hatte Großvater dann niemals auch nur einen Ton von ihr erzählt?

Das Feuer vor ihr knackte und prasselte.

Weil er sich seiner Mutter geschämt hatte?

Anna vertiefte sich abermals in die Fotografie.

Nein, das war keine Frau, für die man sich schämen musste! Die Augen dunkel, der Blick vielleicht eine Spur zu hart, aber durchaus einnehmend. Der schlanke Hals

wuchs aus dem weißen Kragen wie ein anmutiger Blüten-
stängel. Die Taille war gertenschlank, was ein breiter Gürtel unterstrich. Ein inneres Feuer schien in ihr zu lodern,
ließ sie stolz, fast hochmütig erscheinen – obwohl sie
trotzdem nicht wie eine vornehme Dame wirkte.

Vielleicht lag es an den Händen. Sie hatte sie mit hellen
Glacéhandschuhen bedeckt, als wollte sie sie lieber nicht
zeigen. Aber hatten nicht alle Frauen zu jener Zeit Handschuhe getragen?

Das Foto war also unmittelbar vor dem Ersten Weltkrieg entstanden. Nachdem halbe Nationen in den Schützengräben verendet waren, war es für immer vorbei gewesen mit Stäbchenmiedern, Handschuhen und bodenlangen
Röcken mit eng geschnürter Taille.

Wann genau war Kurt noch einmal zur Welt gekommen? 1906, wenn sie sich recht erinnerte. Dann musste er
zur Entstehungszeit der Fotografie sieben Jahre alt gewesen
sein. Genauso alt wie sie damals, als er sie zum ersten Mal
vor die Rosenvilla geführt hatte. Anna ließ das Bild sinken.

Ihr Daumen blutete noch immer so stark, dass die Mullbinde ganz durchweicht war. Die Wunde pochte, und sie
hoffte, dass sie sich nicht entzündete, denn so was konnte
sie in der Schokomanufaktur überhaupt nicht gebrauchen.

Und trotzdem konnte sie sich jetzt nicht darum kümmern – nicht, bevor sie nicht tiefer in die Geheimnisse
dieser Schatztruhe eingedrungen war! Etwas Seltsames
hatte sie erfasst, eine Mischung aus Faszination, Neugier
und der Gewissheit, auf einer wichtigen Fährte zu sein.
Annas Nase kribbelte, ihr Atem ging schneller, so fasziniert war sie von dem unerwarteten Fund.

Sie nahm ein Küchenhandtuch, das neben der Weinflasche lag, und wickelte es sich fest um den Daumen. Dann griff sie nach dem Armreif. Er war ungewöhnlich groß. Welche Frau mochte ihn getragen haben?

Anna warf den Schal ab, krempelte einen Ärmel ihres Shirts hoch und schob den Reif auf ihren Oberarm. Dort saß er wie angegossen.

Erneut griff sie in die Schatulle und zog das erste der losen Blätter hervor. Anna rückte näher an die Stehlampe heran. Plötzlich begannen ihre Hände zu zittern – warum, wusste sie selbst nicht. Das Blatt war über und über mit dunklen Flecken bedeckt, die im Schein der Lampe rostig aufleuchteten. Blut?

Es musste älter sein als ihres, viel älter.

Anna begann zu lesen ...

Ich brenne. Ich glühe. Bin wie im Fieber.
Darf ihn niemals wiedersehen und werde es doch schon bald.
Noch heute!
Wie ich allerdings die Stunden bis dahin lebend überstehen
soll, wissen allein die Götter ...

2

Dresden, April 1919

Ich brenne. Ich glühe. Bin wie im Fieber.
Darf ihn niemals wiedersehen und werde es doch schon bald.
Noch heute!
Wie ich allerdings die Stunden bis dahin überstehen soll,
wissen allein die Götter. Dabei wäre es fatal, müsste ich
auf der Stelle sterben, denn heute ist doch der Tag, auf den
ich mich seit Weihnachten gefreut habe, mehr noch als auf
meinen morgigen 19. Geburtstag. Unsere erste Soiree nach
dem Krieg — mit mir als Hausherrin!
Papa tut nach außen, als sei es nichts Besonderes, dabei
bekommt er schon seit Tagen die roten Flecken nicht mehr
aus dem Gesicht. Ich gehe mit wichtiger Miene durch das
Haus, kontrolliere Gläser und Besteck, laufe immer wieder
in die Küche, um mit Mamsell Käthe die Speisenabfolge zu
besprechen ...
Ach, was schert mich eigentlich dieser ganze Kram?
Was kümmern mich Geheime Kommerzienräte, Bürgermeister, Fabrikanten, Leutnants der Reserve — wo ich doch nur
noch an ihn denken kann, an ihn: kantiges Kinn. Schwarze
Augen. Hände, so warm und zart, dass man vor Glück fast
vergehen möchte. Und diese dunkle Locke, die ihm immer
wieder in die Stirn fällt!

Wie soll ich mich da diesem Langweiler Richard Bornstein
widmen, der mich waidwund anstiert und nach alten
Socken riecht? Habe ich denn schon einmal richtig gelebt?
Nicht mehr, nachdem sie vor sechs Jahren Mamas Sarg in
die kalte, dunkle Erde hinuntergelassen haben ...

Das Klopfen an der Tür wurde ungeduldiger.

»Ja?« Blitzschnell schob Emma Klüger ihr Tagebuch unter den Stapel frischer Leibchen, die längst in der Kommode liegen sollten – wäre sie nicht von ihren Gefühlen überwältigt worden, die zu Papier gebracht werden mussten.

Die Tür ging auf. Lou Fritzsche, ihre beste Freundin, schob sich herein.

»Ach, du«, murmelte Emma.

»Wen sonst hast du denn erwartet?«, erwiderte Lou ein wenig spitz. Ihren ungeliebten Vornamen Louise hatte sie ebenso konsequent abgelegt wie die geschliffenen Manieren, die ein teures Mädchenpensionat ihr mühsam eingetrichtert hatte. Sie sei eben ein Kind der neuen Zeit – so lautete ihr gegenwärtiger Lieblingsspruch: frivol. Frech. Skrupellos.

»Oder ist bei unserem Fräulein Wankelmut inzwischen alles schon wieder ganz anders? Dann kann ich ja auf der Stelle auf dem Absatz kehrtmachen!«

»Natürlich nicht«, rief Emma. »Bleib bloß da. Wir wollten doch meine Haare abschneiden!«

»*Du* wolltest das. Und vielleicht überlegst du es dir lieber noch einmal ganz in Ruhe«, sagte Lou ungewohnt vernünftig. »Mein Vater hat geschlagene zwei Wochen nicht mehr mit mir geredet, als ich mit meinem Bubikopf ankam. Verdirb also dir und vor allem uns nicht den lang ersehnten Abend! Danach können wir ja immer noch …«

»Damit du mir die Schau stiehlst?« Emma sprang auf. »Aber daraus wird nichts, Schätzchen. Diese altbackenen Flechten kommen ab – und damit Schluss! Alle Frauen, die chic und modern sind, haben jetzt kurze Haare. Meine Mutter hat sie sogar schon vor dem Krieg so getragen!«

Lou nahm den dunkelroten Hut ab und schälte sich aus dem gleichfarbigen Wollmantel. Der kinnlange Schnitt mit dem geraden Pony brachte ihr ovales Gesicht perfekt zur Geltung. Ihre Haare waren fein, glatt und dunkel wie Rauch. Jetzt wirkte der schlanke Hals, um den sie einige Ketten geschlungen hatte, noch länger und graziler.

Emma musste sich gegen den Anflug von Neid wehren, der unversehens in ihr aufzusteigen drohte. Ihr eigenes Haar war dick und störrisch. Nur ein Hauch von Nebel oder ein kurzer Regenguss – und es waren keine Wellen mehr, sondern eine richtige Krause. Und doch hatte Max es kurz berührt, als er ihr neulich nach dem Bohren den Becher zum Ausspülen gereicht hatte. Und hatte er dabei nicht auch noch erwähnt, der Messington erinnere ihn an Botticellis schönste Frauendarstellungen?

Die Erinnerung an jenen Moment machte sie noch sehnsüchtiger, was Lou offenbar sofort bemerkte.

»Doch nicht etwa schon wieder jener – Dentist?«, fragte sie. Ihre Stimme war ungewöhnlich tief für ein junges Mädchen und klang leicht rauchig, was ihr heimlicher Zigarettenkonsum noch weiter förderte. »Unser guter alter Doktor Brückner ist seinen Ziegenpeter längst wieder los. Warum also gehst du nicht zu ihm?«

»Was hast du gegen Max Deuter?« Emma gab dem Spiegel auf der Kommode einen Schubs, damit sie nicht Gefahr lief, sich dauernd anzustarren und dabei neue Mängel zu entdecken. »Außerdem ist er kein Dentist, sondern ein echter Arzt. Und ein sehr guter noch dazu!«

»Meinetwegen«, fauchte Lou. »Aber garantiert nicht der richtige Umgang für ein junges Mädchen, das kurz vor seiner Verlobung steht!«

»Das wüsste ich aber«, schnappte Emma zurück. »Ich mache nicht alles, was mein Vater will, kapiert? Bevor ich die Frau dieses Fieslings werde, stürze ich mich lieber in die Elbe.«

»Was bei einer Rettungsschwimmerin wie dir allerdings nicht sonderlich viel nützen würde«, kommentierte Lou trocken. »Es sei denn, du entschließt dich noch heute dazu, wo der Fluss höchstens sieben Grad hat. Und das wäre jammerschade – wir beide sind neunzehn und haben noch nie eine anständige Soiree erlebt!«

Emma nickte kurz.

Lou hatte recht, mit jedem Wort. Seit dem Tod der Mutter hatte es keine größeren Festivitäten mehr in der Rosenvilla gegeben, abgesehen von ein paar eher lauen Geburtstagsfeiern und den unvermeidlichen Weihnachtstraditionen. Zuerst hatte sich das Trauerjahr wie ein dichtes, dunkles Tuch über sie und ihren Vater gelegt und alle Freude, jeden Übermut erstickt. Unmittelbar danach hatte der große Krieg begonnen. In Dresden hatte die Mobilmachung 1914 keineswegs kollektive Begeisterung ausgelöst, und als schon bald jede Aussicht auf ein rasches Ende erlosch und sich stattdessen an den festgefahrenen Fronten endloses Sterben einstellte, hatte das auch das Leben der Zivilisten einschneidend verändert: Nahezu jede Familie bangte, trauerte und hungerte.

Nicht einmal der Friedensschluss im düsteren Herbst 1918 hatte der Stadt echtes Aufatmen gebracht, ebenso wenig wie der »vereinigte Arbeiter- und Soldatenrat Dresden«, der die Republik Sachsen ausgerufen und den sächsischen König Friedrich August III. zur Abdankung gezwungen hatte. Immer wieder war es danach in Dresden zu blutigen Ausschreitungen und Barrikadenkämpfen mit zahlreichen Todesopfern gekommen, zuletzt im Januar, wo bei einer Schießerei vor dem Zirkus Sarrasani zwölf Menschen getötet und viele verletzt wurden.

Doch seit Februar gab es endlich einen Lichtblick: Erstmals hatten die Dresdener auf demokratische Weise ein neues Stadtverordnetenkollegium gewählt. Hoffnung lag in der Luft. Die lahmgelegte Wirtschaft zog langsam wieder an, und in den Schaufenstern gab es Dinge zu bestaunen, die man jahrelang nicht mehr gesehen hatte. Lokale und Gaststätten füllten sich endlich wieder.

Das Leben konnte neu beginnen. Und für Emma begann es auf ganz besondere Weise zum ersten Mal, da sie nun eine junge Dame war. Mit Richard Bornstein und seinem Vater würde sie schon fertig werden. Seit Tagen schon kribbelte es ihr in den Füßen. Gestern waren endlich die grünen Satinschuhe aus Berlin angekommen. Tanzen wollten sie … Fliegen … Träumen. Sie hatte ihrem Vater wochenlang in den Ohren gelegen, eine ordentliche Plattensammlung für das neue Grammofon anzuschaffen – trotz der schlechten Zeiten, über die er ständig jammerte.

»Also«, sagte sie. »Dann los!« Sie ließ sich auf den Stuhl vor der Kommode fallen.

Lou drehte den Spiegel wieder auf die richtige Seite und zog eine große Schere aus der Tasche. Emma löste die Hornnadeln, die ihre Locken zu einer Hochsteckfrisur gebändigt hatten. Schwer fielen sie herab, reichten bis zur Mitte des Rückens und vorne weit über die Brüste. Lou griff zur Bürste und striegelte nachdenklich Emmas dichte Mähne.

»Andere Frauen würden dich schon um die Hälfte beneiden«, sagte sie. »Du solltest deine Haare zu Geld machen. Oder wenigstens für die Nachkommenschaft aufheben.«

»Welche Nachkommenschaft?« Emmas Grinsen fiel etwas kläglich aus, jetzt, wo es wirklich ernst wurde.

»Na, diesen Stall entzückender kleiner Bornsteins, die du Richard sicherlich bald schenken wirst …«

Emma sprang auf und wollte Lou die Schere aus der Hand nehmen. Dabei riss sie versehentlich die Leibchen zu Boden. Jetzt lag ihr aufgeschlagenes Tagebuch schutzlos vor Lous neugierigen Augen.

Blitzschnell hatte diese die Schere losgelassen und danach gegriffen.

»Ich brenne«, las sie und hielt es hoch über ihren Kopf. *»Ich glühe. Bin wie im Fieber…«* – Mensch, Emmalein, ich staune. Du bist ja eine verkappte Dichterin!«

»Gib sofort her!«, forderte Emma.

»Aber nicht doch! Lass mich wenigstens noch ein klitzekleines Stückchen weiterlesen.« Lou drehte sich weg. *»Darf ihn niemals wiedersehen und werde es doch bald wieder.*

Noch heute …« Sie runzelte die Stirn. »Ich glaub es nicht. Doch nicht dieser Lebemann Deuter. Du hast doch nicht alle Tassen im Schrank!«

»Das ist *mein* Tagebuch«, sagte Emma. »Her damit – auf der Stelle.«

»Das sollte dein Vater mal lesen«, kreischte sie. »Weißt du, was dann los wäre? Sein heiß geliebter Augenstern – und ein Jude!«

»Jetzt reicht es!« Emma packte die Schere und stürzte sich damit auf die Freundin, kam aber auf einem der Hemdchen ins Rutschen, suchte nach Halt und kippte halb zur Seite. Dabei bohrte sich die Schere in ihren Handballen. Erschrocken hielt sie inne.

»Tut mir leid, Prinzessin«, murmelte Lou. »Das wollte ich doch nicht. Liebe Güte, das hört ja gar nicht mehr auf zu bluten …«

Die Tagebuchseite hatte zahlreiche Flecken abbekommen, und auch auf dem Boden waren überall hellrote Tropfen. Aber was war das schon gegen die innere Aufregung, die in Emma glühte? Bei ihrem ersten und einzigen Besuch in Max Deuters Praxis hatte sie sich Hals über Kopf in ihn verliebt – in seine nachdenkliche Art zu sprechen, in seine schönen Augen und in die Wärme, die sie hinter seiner zurückhaltenden Art zu spüren glaubte. Dass er Jude war, war ihr ganz egal, im Gegenteil, es zog sie nur umso mehr an. Er wirkte so klug, so erwachsen, so weltgewandt, dass es ihr schier die Sprache verschlagen hatte. Einem Mann wie ihm war sie noch nie zuvor begegnet, und dass er ausgerechnet am Schillerplatz in Blasewitz als Zahnarzt praktizierte, unweit der Rosenvilla, war für Emma nicht weniger als ein Wink des Schicksals. Denn sie war nur zufällig in seine Praxis geraten, da Doktor Brückner, der sie seit Kindertagen behandelte, plötzlich krank geworden war.

Ob er wohl ebenso empfand wie sie? Sie würde alles daransetzen, es so bald wie möglich herauszufinden. Und mit diesem unangenehmen Pochen im Zahnfleisch, das sie schon seit gestern malträtierte, hatte sie sogar einen berechtigten Grund, ihn abermals aufzusuchen.

»Das muss jetzt leider daran glauben!« Emma nahm eines der Hemdchen und wickelte es sich als Verband um den Finger. »Und jetzt endlich ab mit den verdammten Zotteln – oder muss ich dazu erst vor deinen Augen verbluten?«

*

Der Kopf war ihr ungewohnt leicht, und am Hals spürte sie plötzlich Kühle. Gegen die Frühlingskälte hatte Emma eine Baskenmütze aufgesetzt, aber auch, um die neue Frisur vor aufdringlichen Blicken zu verbergen.

So etwas tragen doch nur Kokotten. Leichte Mädchen, wenn du verstehst, was ich meine. Willst du etwa zu denen gehören, Emma-Kind?

Sie hatte die Stimme des Vaters noch im Ohr, weinerlich, nicht einmal zornig, was noch schwieriger auszuhalten gewesen war. Er hatte sie angestarrt, als sei sie einem Albtraum entsprungen. Dabei hatte sie extra ein schlichtes dunkelblaues Kleid angezogen, bevor sie sich ihm präsentiert hatte, und dazu Mamas lange Perlenschnur angelegt. Über die Kurzhaarfrisur seiner Frau dagegen, wie sie sie vor ihren Tod getragen hatte, hatte er niemals auch nur ein

Wort verloren. Wo war das schweigende Einverständnis ihrer Kinderjahre geblieben, die Gewissheit, sich immer und in allem auf den geliebten Vater verlassen zu können? Seitdem Helene nicht mehr lebte, war nichts mehr so, wie es einmal gewesen war. Ihr Schatten war riesig. Emma konnte es in nichts mit ihrer verstorbenen Mutter aufnehmen – auch wenn sie nun ihre einstige Frisur trug.

Helene Klüger war eine lichte, hellblonde Prinzessin gewesen, mit einem Teint wie Rosenblüten, aufregenden Rundungen, die Männer in den Wahnsinn treiben konnten, und einem Sopran, so silbrig und rein, dass jeder Chorleiter sich darum gerissen hätte.

Emma dagegen war mager, nicht schlank. Flachbrüstig, nicht vollbusig. Rothaarig, nicht weizenblond. Trug sie das Verkehrte, wirkte sie fast wie ein Junge, der heimlich in die Kleider seiner älteren Schwester geschlüpft war, zumal ihre schmalen Füße ungewöhnlich lang waren. Sie glich ihrer schönen Mutter einfach gar nicht.

Heute freilich hatte sie versucht, das Beste aus sich zu machen. Der alte braune Mantel – noch aus Vorkriegszeiten – wirkte mit Mamas Rotfuchs, den sie als provisorischen Kragen drapiert hatte, geradezu mondän. Den grünen Tonnenrock mit Überwurf konnten nur überschlanke Frauen wie sie tragen, ohne unförmig zu wirken. Und die dünne, helle Seidenbluse brachte ihre schmale Taille bestens zur Geltung.

Leider pochte ihr Oberkiefer inzwischen wie verrückt. Und war nicht auch ihr Gesicht bereits ganz dick geworden? Emma hatte schon versucht, sich mithilfe zweier Spiegel Gewissheit zu verschaffen, aber was auch immer ihr derart zusetzte, lag entschieden zu weit hinten im Mund, als dass sie es hätte sehen können. Liebe Güte – was, wenn sie nun weiter anschwoll wie ein Luftballon?

Ihr Herz schlug schneller, als sie den Klingelknopf an der Haustür betätigte. Nebenan vor der Fleischerei wartete eine lange Schlange, ein paar Männer, zahlreiche Frauen und eine Handvoll magerer Kinder, hoffnungsfroh, obwohl jedem Dresdner aktuell nicht mehr als 200 Gramm Fleisch pro Woche zustanden, Pferdefleisch wohlgemerkt, das die meisten ohne langes Nachdenken verschlangen, als sei es das saftigste Kalbsragout.

Die Butter- und Kartoffelaufstände der Kriegsjahre, die zum Teil mit Verletzten und sogar Toten geendet hatten, waren vorbei – doch die Menschen in der Elbestadt hungerten noch immer. Und an kräftigende Schokolade, die ihre Familie reich gemacht hatte, war in Dresden derzeit nicht zu denken.

Nicht zum ersten Mal überfiel Emma ein tiefes Gefühl von Scham, wenn sie an die regelmäßigen Mahlzeiten in der Rosenvilla dachte. Auch sie hatten häufig Rüben, Linsen, Spreißelbrot und Zichorie auf den Tellern gehabt, und dass ihr Vater in den letzten beiden Kriegsjahren wegen der Blockade der Alliierten gar nicht mehr an Schokobohnen gekommen war und damit seine Produktion auf Kekse und Marmeladen hatte umstellen müssen, hatte ihm schwer zugesetzt. Doch jeder, der unter ihrem Dach lebte und arbeitete, hatte sich sogar im Steckrüben-Winter 1917/18 zweimal täglich halbwegs satt essen können, und das war sehr viel mehr, als die meisten Dresdner von sich behaupten konnten.

Ihr Vater, Gustav Klüger, der die Schokoladenfabrik 1880 von seinem Vater August übernommen und noch vor der Jahrhundertwende vergrößert und zu einer Firma mit internationalem Export ausgebaut hatte, hing voller Stolz an seinen mannigfaltigen Produkten, die er jetzt so bald wie möglich wieder auf den Markt bringen wollte. Deutschland brauchte Schokolade, *seine* Schokolade, davon war er überzeugt. Sobald die Bänder endlich wieder liefen, würde auch der Reichtum zu ihnen zurückkehren. Dann, so sein allabendlicher Spruch, den Emma beinahe singen konnte, so oft hatte sie ihn inzwischen gehört, würde sich für die Familie Klüger alles wieder zum Guten wenden …

Emma klingelte erneut, und der Summer ertönte. Sie trat in den Hauseingang mit den geschmackvollen hellen Fliesen, die weinrote Rauten akzentuierten. Max Deuter öffnete selbst und lächelte so freundlich, als habe er mit ihr gerechnet.

»Ach, das werte Fräulein Klüger!«, sagte er. »Dann mal hereinspaziert!«

Leicht befangen trat Emma ein, ließ sich in der Diele von ihm aus dem Mantel helfen und legte nach kurzem Zögern auch die Baskenmütze ab.

Max Deuters markantes Gesicht wurde plötzlich ernst. »Bemerkenswert«, murmelte er.

»Was meinen Sie damit?«, fragte Anna bang.

»Dass ich noch nie zuvor jemanden gesehen habe, dem diese aparte Kopfbedeckung so gut steht«, sagte er. »Nicht einmal in Frankreich.«

»Sie waren in Frankreich?« Emma biss sich auf die Lippen, als sie sah, wie sich sein Gesicht augenblicklich verfinsterte.

»Waren wir das nicht alle in den vergangenen vier Jahren?« Jetzt klang seine Stimme plötzlich scharf. »Irgendwie müssen die rund neun Millionen Kriegstoten ja zustande gekommen sein, auch wenn die ersten Politiker schon jetzt nichts mehr davon hören wollen – und wenigstens ein paar von uns am Leben geblieben sind!«

Er fuhr sich mit seiner schlanken Hand über das Gesicht, als wollte er etwas wegwischen. »Verzeihen Sie«, sagte er. »Ich wollte Sie damit nicht behelligen.« Jetzt wirkte sein Lächeln plötzlich bemüht. »Was führt Sie zu mir?«

»Mein Kiefer pocht«, stieß Emma hervor. »Oben – rechts *und* links. Das ganze Zahnfleisch ist heiß und geschwollen. Ich hab das Gefühl, meine Wangen wachsen stündlich ins Unermessliche, und dabei haben wir heute Abend doch das Haus voller Gäste. Könnten Sie freundlicherweise mal nachsehen?«

Als sie dann auf dem Zahnarztstuhl saß, den Mund weit aufgesperrt, und nur sein behutsames Hantieren spürte, wurde sie langsam ruhiger.

Nach einer Weile zog Max Deuter Kürette und Mundspiegel wieder heraus und musterte sie eingehend.

»Tritt nicht oft so auf«, sagte er. »Aber es kann so auftreten. Sagten Sie nicht, dass Sie ein festliches Ereignis vor sich haben?«

Emma nickte.

»Ist es sehr schlimm?«, fragte sie beklommen.

»Eigentlich das Natürlichste der Welt! Wie alt sind Sie noch einmal, Fräulein Klüger?«

»Emma«, sagte sie. »Bitte nennen Sie mich doch Emma. Morgen, am 11. April, werde ich neunzehn.«

»Dann kommt es haargenau zur rechten Zeit.« Er stieß sich auf seinem Drehstuhl ein Stück nach hinten.

»Jetzt sprechen Sie schon!«, rief Emma. »Muss ich in die Klinik?«

Sein intensiver Blick lag länger auf ihr als notwendig. Aber was hatte das zu bedeuten?

»Wohl kaum. Bei Ihnen brechen derzeit in geradezu lehrbuchhafter Manier die *dentes serotini* durch, auch *dentes sapientes* genannt.«

»Noch mehr Zähne?« Emma schaute ihn fassungslos an.

Jetzt grinste Max Deuter wie ein frecher Faun. »Keine Lateinerin, wie ich annehme?«, sagte er.

»Nein, bloß Lyzeum. Papa meinte, ich solle mich lieber auf die wesentlichen Dinge im Leben konzentrieren. Was habe ich denn nun?«

»Sie bekommen die Weisheitszähne, Emma. Auf beiden Seiten gleichzeitig. Spätestens bis in zwei Tagen müssten sie durch sein. Das ist die gute Nachricht.

»Und die schlechte?«

»Dass ich die Spitzen derer im Unterkiefer auch schon spüre. Ich fürchte, die werden Ihnen ebenfalls bald Schwierigkeiten bereiten.«

*

Im abendlichen Dämmerlicht betrachtete sich Emma im Spiegel. Wie war es eigentlich dazu gekommen, dass sie ihn eingeladen hatte?

Sie hatte einfach in einem Augenblick alles über Bord

geworfen, was man ihr in einem züchtigen Mädchenleben beigebracht hatte, und war einzig und allein der Stimme ihres Herzens gefolgt.

»Ein weiteres hilfreiches Mittel kann Alkohol sein«, hatte Max Deuter gesagt, nachdem er ihr Zahnfleisch mit Nelkenöl bestrichen hatte. »Am besten hochprozentig. So haben wir es jedenfalls an der Front gehalten. Was natürlich nicht heißt, dass Sie sich jetzt besinnungslos betrinken sollen.«

»Warum passen Sie dann nicht auf mich auf?«, hatte Emma gekontert. »Heute Abend zum Beispiel hätten Sie die allerbeste Gelegenheit dazu.«

Zu ihrer Überraschung hatte er sofort zugesagt, und sein schelmisches Lächeln ging ihr nicht mehr aus dem Sinn.

Papa würde ihr den Kopf abreißen, Mamsell Käthe die Augen zum Himmel heben, weil sich doch kein anständiges Mädchen an einen Mann heranmachte, und Lou vermutlich einen ihrer hysterischen Anfälle bekommen, aber was half das jetzt noch? Max Deuter – sehr bald Dr. Deuter, wie er zum Abschied mit einem Schmunzeln hinzugefügt hatte – würde heute Abend Gast in der Rosenvilla sein.

Die Vorstellung, ihn so bald wiederzusehen, und das auch noch in ihrem Zuhause, ließ Emmas Herz so stark gegen die Rippen pochen, dass sie Angst hatte, es könne herausspringen. Sie starrte in den Spiegel und strengte sich an, sich mit *seinen* Augen zu sehen. War das Kleid nicht doch zu lose geschnitten? Und entblößte der viereckige Ausschnitt zu viel von ihren Schlüsselbeinen? Sie hatte es aus einer von Mamas glamourösen Abendroben umarbeiten lassen, weil der raschelnde nilgrüne Taft ihr gefallen hatte. Außerdem waren so kurz nach Kriegsende kostbare Stoffe noch immer rar und kaum zu bezahlen.

Lag nicht zu viel Rouge auf ihren Wangen?

Es betonte die Dreiecksform ihres Gesichts – aber ließ es sie nicht gleichzeitig billig aussehen? Und erst dieser Lippenstift, den Lou ihr geborgt hatte – wie die gewöhnlichste Theaterschminke kam er Emma auf einmal vor. Sie wischte an sich herum, mit dem Ergebnis, dass sie alles verschmierte und echte Mühe hatte, den Mund wieder sauber zu bekommen. Ihre Haare reichten gerade noch bis zum Kinn, waren links gescheitelt und fielen in kühnen Wellen in die Stirn. *Wie ein Vamp,* dachte Emma und unterdrückte ein nervöses Kichern. Ein Vamp, der allerdings eine gewisse Ähnlichkeit mit einem traurigen Clown hat.

Sie nahm die Kette mit den Mondsteinen aus dem Kästchen, die sie an ihrer Mutter immer so geliebt hatte, und legte sie an. Als Letztes schob sie den goldenen Armreif mit dem Schlangenkopf auf ihren Oberarm. Die kolumbianischen Smaragde, die als Augen eingesetzt waren, funkelten bei jeder Bewegung.

»Dann eben so.« Emma erhob sich, ging zur Tür und lief doch noch einmal zurück, um den Rosenschal vom Bett zu holen, den sie ebenfalls den unerschöpflichen Beständen ihrer Mutter verdankte. »Etwas Besseres habe ich heute nicht zu bieten!«

Die ersten Gäste waren bereits eingetroffen, während sie die Treppe hinunterschritt, und plötzlich sah sie sich wieder als Kind dort hocken, im Nachthemdchen, die Stirn atemlos gegen das Geländer gepresst, während unten die Damen und Herren tranken, plauderten und tanzten.

Zu Helene Klügers Lebzeiten war die Rosenvilla bekannt gewesen für ihre Einladungen, Soireen und Bälle, und das wohlhabende Dresden hatte danach gegiert, dort Gast zu sein. Die bildschöne, lebenslustige Hausherrin, die zwar aus einer Gärtnerei stammte, aber wie eine echte Dame wirkte, und der sonore, erfolgreiche, um einiges ältere Fabrikant – das war eine Mischung gewesen, die viele angezogen hatte. Schon bei der Verlobung hatte die halbe Stadt darüber geklatscht, und erst recht bei der Hochzeit in der Marienkirche, bei der Gustav Klüger derart aufgelöst gewesen war, dass er vor lauter Rührung kaum das Ja-Wort herausgebracht hatte.

Dann, nach Jahren und zwei schmerzlich betrauerten Fehlgeburten, endlich das einzige, heiß ersehnte Kind, das den Bund der beiden noch fester geschmiedet hatte. Es folgten Jahre des Glücks, des Reichtums und Erfolgs. Bis das Schicksal vor sechs Jahren plötzlich eine dramatische, ganz und gar unerwartete Wendung genommen hatte. Man fand nur noch ein leeres Ruderboot, das im Herbstnebel auf der Elbe trieb. Erst Tage später konnte die Leiche von Helene Klüger geborgen werden.

An das, was danach folgte, erinnerte sich Emma nur noch wie an einen bleiernen Albtraum: die Befragung durch die Polizei, die Neugierde der Presseleute, jene seltsame Mischung aus Befangenheit und Sensationslust, die ihnen auf einmal entgegengeschlagen war. Helene Klügers

Tod hatte sie in gewisser Weise zu Aussätzigen gemacht, auch wenn niemand öffentlich dem Witwer oder gar der Tochter Schuld daran gab.

Noch heute redete man nur in gedämpftem Tonfall darüber, wenngleich es Stimmen gab, die felsenfest behaupteten, die Klügerin sei schon eine Zeit vor ihrem rätselhaften Tod abwesend, ja geradezu in sich gekehrt gewesen. Der Krieg, der die ganze Welt verändert hatte, hatte einiges davon in Vergessenheit geraten lassen, weil die Menschen quer durch alle gesellschaftlichen Schichten ums Überleben kämpfen mussten. Doch jetzt, wo das Schlimmste überstanden schien, kehrten auch diese Erinnerungen wieder zurück.

Emma sah es an manch leicht betretenen Miene, während sie lächelnd und nach allen Seiten grüßend durch die große Halle schritt und das Esszimmer betrat, wo das Büfett aufgebaut war. Überall kleine Grüppchen von Herren in Frack oder Smoking, die gefältelten Hemdbrüste blendend weiß. Die Roben der Damen schimmerten im Licht des großen Kandelabers, der von der Decke hing, waren samten, seiden oder aus Spitze gefertigt, wenngleich es dazwischen einige gab, die aussahen, als seien die letzten guten Damastvorhänge dafür geopfert worden. Gläser klirrten, weil Gustav Klüger die Champagnerreserven aus der Vorkriegszeit ausschenken ließ. Eine seltsame Stimmung herrschte, halb ausgelassen, halb angestrengt, als hätten die Gäste während der schweren Jahre das Feiern gründlich verlernt und müssten sich bemühen, an glückliche frühere Tage erst wieder anzuschließen.

Dienstpersonal eilte umher, dirigiert von Mamsell Käthe,

die das Schwarzseidene trug und ihr bissigstes Gesicht aufgesetzt hatte, mit dem sie freilich niemanden lange beeindrucken konnte. Jeder, der näher mit ihr zu tun hatte, erkannte schon bald, dass sie die Güte in Person und alle Strenge nur gespielt war.

»Nein, nein und abermals nein, Junge!«, rief sie gerade. »Hab ich es dir nicht schon mindestens dreimal gesagt? Die Torten auf die Anrichte, nur die Süßspeisen kommen auf die Emailletischchen!«

Der Gescholtene hatte glühende Ohren und schien den kurz geschorenen Karottenschopf angesichts ihrer Zurechtweisung noch weiter einzuziehen. Seine dünnen Hände umklammerten den Tortenteller so fest, dass die Adern hervortraten. Als schließlich alles zu Mamsells bester Zufriedenheit erledigt war, atmete er sichtlich auf.

Emma beäugte ihn. Müde sah er aus, aber er hatte auch etwas Selbstbewusstes an sich. Dennoch hätte er längst im Bett sein sollen. Sie verspürte etwas wie Scham, weil ihre Soiree ihn daran hinderte. Mussten jetzt schon Kinder abends zur Arbeit in den alten Herrenhäusern antreten?

»Wie alt bist du?«, fragte sie. »Und wie heißt du?«

»Dreizehn.« Sie überragte ihn knapp, aber er würde bald aufholen, das erkannte sie an seinen Füßen, die riesig waren und in bemitleidenswertem Schuhwerk steckten. »Ich bin der Sohn vom Konditormeister Kepler.«

»Der Konditormeister am Altmarkt? Du bist doch nicht etwa allein hier?«

Der Junge schüttelte den Kopf. »Die Torten sind von meinem Vater«, sagte er. »Der kommt ein wenig später. Ärger im Geschäft. Einer unserer Gesellen ist heute von den Kommunisten auf offener Straße zusammengeschlagen worden.« Sein blasses Gesicht färbte sich leicht rötlich. »Bis auf die dort.« Sein Finger deutete auf eine dreistöckige Buttercreme-Pistazien-Komposition, die ohne Weiteres als Hochzeitstorte durchgegangen wäre. »Die stammt von mir.«

Der Stolz in seiner Stimme war unüberhörbar, aber noch etwas anders schwang darin mit, etwas, das Emma irritierte, auch wenn sie es nicht genau bestimmen konnte. Zorn? Aufmüpfigkeit? Widerwille? Nichts jedenfalls, was zu diesem schmächtigen Kerl mit den großen Füßen und der schäbigen, viel zu kurzen Hose gepasst hätte.

»Jetzt übertreibst du aber!«, rief sie. »Die hast du doch nie und nimmer allein gemacht! Du gehst doch sicherlich noch zur Schule …«

Er schüttelte den Kopf. »Schon seit letztem Herbst nicht mehr. Drei unserer Leute hat die Spanische Grippe erledigt, da hat Vater mich in der Backstube gebraucht. Er grübelt ohnehin zu viel, seitdem Mutter nicht mehr lebt. Außerdem meinte der Lehrer, er könne mir nichts mehr beibringen …« Er stockte. »Dabei gäbe es schon noch so einiges, was ich wissen möchte«, murmelte er weiter. »Aber das lernt man wohl nicht auf der einfachen Volksschule.«

»Also bist du ein Lehrling«, sagte Emma. »Ein Lehrling mit einer großen Zukunft, wie mir scheint. Meine Mutter ist übrigens auch tot. Ich weiß also, wie traurig das einen machen kann.«

»Wer sind Sie überhaupt?«

Große Güte, hatte der Junge Augen! Emma gingen sie durch und durch – sie schienen bis auf den Grund ihrer

Seele zu schauen. Plötzlich fühlte sie sich wie ertappt, obwohl es dafür doch keinen Grund gab.

»Ich? Nur die Tochter des Hauses«, sagte sie seltsam beklommen und ärgerte sich, dass sie sich so leicht in Verlegenheit bringen ließ – und das von einem Halbwüchsigen, der nicht einmal anständige Kleider hatte. »Und die muss jetzt dringend ihre Gäste begrüßen!«

Sie eilte davon und hatte den Jungen schon im nächsten Moment vergessen.

Emma genoss den Abend in vollen Zügen. Inzwischen erschienen ihr die Blicke der Gäste nicht mehr skeptisch, sondern vor allem bewundernd. Komplimente flogen ihr zu, sie plauderte und flirtete und vergaß alle Ängste, die sie vor diesem Fest jemals gehabt hatte.

Schließlich machte ihr sogar der Walzer mit Richard Bornstein nichts aus. Warum sollte sie an diesem wundervollen Abend auch nicht mit Richard tanzen? Es hatte doch nicht die geringste Bedeutung.

Dort drüben stand der, für den allein sie sich herausgeputzt hatte, trank, lachte, schien vertieft in ein amüsantes Gespräch mit Lou, die immer wieder den Kopf zurückwarf und perlend lachte. Versuchte die Freundin etwa, sich an ihn heranzumachen – an den Lebemann und Juden, wie sie ihn nur Stunden zuvor verunglimpft hatte?

»Du weißt schon, was unsere Herrn Väter drüben im Salon gerade ausbaldowern?« Jetzt streifte Richards Mund ihr Ohr. »Ich mag übrigens deine kurzen Haare«, murmelte er. »Wenngleich die langen dich weiblicher gemacht haben!«

Emma ließ ihn gewähren. Wenigstens hatte er sich

heute offenbar ausgiebig mit Eau de Cologne bestäubt und roch nicht so abgestanden wie sonst. Trotzdem stieß er sie ab mit seinen dünnen, aschblonden Haaren, eng mit Gelatine an den Kopf gekämmt, und den unbestimmten Gesichtszügen, die bald schon schwammig werden würden.

Lou hatte gesagt, dass er trank.

Nun, von ihr aus konnte Richard Bornstein literweise Bier oder Cognac in sich hineinschütten!

»Lass die beiden alten Herren doch ruhig baldowern«, sagte sie. »Was kümmert es uns?«

Max Deuter hatte ein Etui aufgeklappt, nahm eine Zigarette heraus, zündete sie an und nahm einen langen, genussvollen Zug. Niemand rauchte so aufregend wie er. Niemand machte im Smoking eine annähernd so gute Figur. Bislang hatte sie Angst gehabt, ihm ganz und gar gleichgültig zu sein, doch das stimmte nicht. Max verfolgte sie mit Blicken, das spürte Emma, auch wenn sie nicht hinsah. Sie wärmten sie, ihren Hals, den Rücken, die Brüste.

Wie es sich wohl anfühlen würde, wenn seine Hände nicht nur ihren Kopf, sondern auch ihren Körper berührten? Plötzlich konnte Emma es kaum mehr ertragen, so weit von ihm entfernt zu sein.

»Wir haben die Blechdosen und die Maschinen«, sagte Richard. »Ihr habt die Schokolade und die guten alten Rezepte, jetzt, wo das Embargo endlich fällt. Könnte doch nicht besser zusammenpassen, was meinst du?«

Was redete er da?

»Kann sein, aber ich bin leider keine Gans, die goldene

Eier legt«, sagte sie. »Und ich brauche auch niemanden, der mir einen Bräutigam sucht, bestell das bitte deinem verehrten Herrn Vater. Das kann ich nämlich ganz allein!«

Sie drehte sich weg und wollte endlich zu Max, Richard aber ließ sie nicht gehen, sondern hielt ihr Handgelenk umklammert wie in einem Schaubstock.

»Ich glaube, du verkennst die Lage, schönes Kind«, sagte er. »Und zwar gründlich. *Pacta sunt servanda.*« Sein Lachen war kurz und unangenehm. »Ach, du bist ja gar keine Lateinerin, ich entsinne mich wieder! Aber immerhin eine Fabrikantentochter, die eigentlich wissen sollte, wie die Dinge im Leben laufen.«

»Was soll das heißen?«, zischte Emma.

»Dass du mich heiraten wirst, wenn du nicht möchtest, dass der Pleitegeier weiterhin über der Rosenvilla und eurem Werk in der Alaunstraße kreist. Hat dein Alter dir etwa nichts davon gesagt?« Seine Mundwinkel zuckten abermals, als belustige ihn der Gedanke. »Dann würde ich allerdings vorschlagen, dass Vater und Fräulein Tochter sich dringend miteinander unterhalten!«

Er ließ sie so abrupt los, dass sie beinahe gestürzt wäre.

Was redete er da? Die Zeiten waren schwierig, natürlich, aber das war doch nichts, was einen Gustav Klüger zum Aufgeben bringen konnte! Sie hatten Mamas Tod überlebt und den Krieg überstanden. Sie würden auch mit wirtschaftlichen Problemen fertig werden.

Und doch, etwas Dunkles, Bedrohliches machte sich in Emma breit, gegen das sie sich kaum wehren konnte. Jetzt war ihr Max' Blick, den sie auf sich spürte, beinahe unangenehm.

Steifbeinig verließ Emma den Speisesaal und ging durch die Flügeltür in das Wohnzimmer, von dort aus weiter in den Wintergarten. Hier standen die Orangenbäumchen, für die es draußen noch zu kalt war. Und die Hortensien, die ihre Mutter immer am liebsten in den Vasen gehabt hatte. Helene hatte es selten übers Herz gebracht, in den Garten zu gehen und Rosen abzuschneiden, daran erinnerte sich Emma plötzlich.

Warum hatte sie sie nur verlassen? Allein in ihrer Nähe zu sein hatte alle Ängste und Kümmernisse unbedeutend und klein werden lassen, so stark und leuchtend war sie gewesen. Emma wünschte sich, sie könnte jetzt bei ihr sein und ihr einen Rat erteilen. Energisch drängte sie die aufsteigenden Tränen weg. Sie brauchte einen klaren Kopf, nichts anderes hätte die Mutter auch gesagt.

Die kühle Luft im Wintergarten tat ihr gut. Nach ein paar Atemzügen war sie wieder in der Lage, halbwegs vernünftig zu denken. Richard täuschte sie nur, anders konnte es nicht sein. Ja, von einer Verlobung war durchaus ab und zu die Rede gewesen, aber nur als Möglichkeit und doch keineswegs als beschlossene Sache. Niemals würde ihr Vater sein einziges Kind für ein paar Blechdosen verkaufen …

Und wenn doch?

War diese Soiree, zu der sogar Bürgermeister Beutler geladen war, wenngleich Emma ihn bis jetzt noch nicht unter den Gästen erblickt hatte, nichts als eine Farce? Einzig und allein dazu veranstaltet, um sie vor den Augen der feinen Dresdner Gesellschaft an den Höchstbietenden zu verschachern?

Die schmerzstillende Wirkung des Nelkenöls war mit einem Mal verflogen. Das Pochen im Zahnfleisch meldete sich zurück, wütend, geradezu unerträglich. Emma presste beide Hände gegen den Kiefer.

»So schlimm?« Max Deuters Stimme hinter ihr war voller Mitgefühl.

»Zum Aus-der-Haut-Fahren«, stammelte Emma.

»Warten Sie: Vielleicht hilft Ihnen das ja!« Er holte zwei weiße Tabletten aus seiner Innentasche und reichte sie ihr.

»Was ist das?«

»Ein starkes Schmerzmittel. Nehmen Sie es. Ausnahmsweise.«

Emma schluckte die Tabletten mit einem Glas Wasser, das ihr Max reichte.

Ihre Augen trafen sich. Sie glaubte einen Schlag zu spüren, eine starke Welle, die ihren Körper durchfuhr. Plötzlich war er ihr ganz nah, roch nach Rauch, nach bitteren Gräsern, nach Abenteuer.

Emma schloss die Augen.

Seine warmen Lippen auf ihren, seine Zunge, die ihren Mund erkundete – Emma fühlte sich, als würde der Boden unter ihnen aufbrechen. Etwas, das sich wie Schweben anfühlte und das sie noch nie zuvor gespürt hatte.

Emma klammerte sich an Max, spürte seine Hände an ihren bloßen Armen. Die goldenen Schlangen an ihrem Arm schienen plötzlich zu glühen …

*

Dresden, April 2013

Die goldenen Schlangen an ihrem Arm schienen plötzlich zu glühen, doch noch mehr glühte Annas Gesicht. War sie beim Lesen zu nah ans Feuer gerückt? Jedenfalls saß sie nicht länger auf der Couch, sondern hockte im Schneidersitz auf dem hellen Teppich.

Anna zog den Schlangenreif herunter und wog ihn nachdenklich in der Hand. Er fühlte sich schwer an. Massives Gold. Sie musste nicht nach dem Stempel schauen, um das zu wissen.

Wer vergrub so etwas unter einem Blumenbeet, um es selbst in schlechten Zeiten nicht zu Geld zu machen? Und wer war diese Emma Klüger, von der sie noch nie etwas gehört hatte? Offenbar hatte sie in der Rosenvilla gelebt – und diesen Schal getragen, in den sich Anna gewickelt hatte. Dann hatte er also gar nicht Großmutter Alma gehört, wie sie immer angenommen hatte.

Aber in welcher Beziehung standen diese beiden Frauen zueinander – Emma und Alma? Waren sie verwandt? Oder waren sie Freundinnen gewesen? Was jedoch vom Alter her nicht zusammenpasste, denn es trennten sie fast zwanzig Jahre.

Annas Blick glitt zu ihrem Smartphone, doch inzwischen war es viel zu spät geworden, um noch bei den Eltern anzurufen. Außerdem wartete morgen viel Arbeit auf sie.

Anna, dachte sie noch. *Und Emma. Seltsam eigentlich. Beides Namen mit nur vier Buchstaben …*

3

Dresden, April 2013

Am folgenden Morgen erschien Anna alles wie ein Traum, doch als sie die Augen aufschlug, *war* die Schatulle eindeutig da. Grau und unscheinbar lag sie auf dem Stuhl neben ihrem Bett. Aus einem plötzlichen Impuls heraus räumte sie sie in ihren Schrank, als wollte sie sie vor fremden Blicken verbergen.

Dann stieg sie unter die Dusche, schlüpfte in Jeans und Pullover und merkte beim anschließenden kritischen Blick in den Spiegel, dass sie in dem edlen, aber doch sehr schlichten Grau, das sie gewählt hatte, etwas farblos aussah – und das trotz der störrischen roten Mähne. Jetzt hätte sich die lange Perlenschnur, die zerrissen neben den anderen Fundstücken in der Schatulle lag, gut an ihrem Hals gemacht. Sie würde sie bei Gelegenheit neu knüpfen und mit einer modernen Schließe bestücken lassen.

Aber durfte sie das überhaupt? Dieser Gedanke ließ Anna vor der Kaffeemaschine innehalten. Was, wenn jemand einen Anspruch auf das erhob, was sie gestern in dem Rosenbeet entdeckt hatte?

Es ist mein *Haus, versuchte sich Anna zu beruhigen. Vom Notar beglaubigt, eingetragen im Grundbuch, dem gesetzmäßigen Besitzer endlich rückerstattet, genauso, wie Großvater es immer gewollt hat. Also stehen mir auch die Dinge zu, die ich auf meinem Grund und Boden finde.* Aber ein seltsames Gefühl blieb dennoch.

Und es hielt sich hartnäckig, auch während sie das Fahrrad bestieg, heute gegen den Wind in eine camparirote Daunenjacke gehüllt, die mit dem Messington ihrer Haare um die Wette leuchtete.

Messing – wie die schönsten Frauengestalten von Botticelli …

Die gelesenen, nein, die geradezu aufgesogenen Worte schwangen noch immer in ihr nach, so intensiv, dass sie kaum einen Blick für den vertrauten Elbradweg hatte. Dabei hätte es einiges zu sehen gegeben. Alte Linden, die die ersten Blätter bekamen. Die Wiesen hatten ihre blasse Winterfarbe endgültig abgestreift und leuchteten saftig grün; überall sprossen Frühlingsblumen hervor. Der gestrige Regen hatte Fluss und Ufer reingewaschen, und die Sonne, die Anna den Rücken wärmte, schien von einem Himmel herab, so blank wie feinstes Emaille.

An diesem strahlenden Samstag fuhr sie unter der Albertbrücke durch, die mit den Jahren immer baufälliger geworden war, und danach unter der provisorischen Brücke für Radfahrer und Fußgänger, die sich ein Stück daneben über die Elbe spannte. Als die Carolabrücke in Sicht kam, machte sich ein warmes Gefühl in ihrer Brust breit: Da war sie, Dresdens weltberühmte Silhouette mit der Brühlschen Terrasse, der Kunstakademie, deren Turm wegen seiner ausgefallenen Form bei den Einheimischen »Zitronenpresse« hieß, mit Frauenkirche, Hofkirche, Semperoper und den Anlegestellen der Flussschiffe – tausendmal gesehen und doch noch immer ein Erlebnis. *Für mich ist es die schönste Stadt der Welt,* dachte Anna. Natürlich wollte sie noch viele andere sehen – und doch immer wieder hierher zurückkommen.

Am Altmarkt bremste sie ab, klickte das Spezialschloss zu, das ihr außergewöhnliches Fahrrad bisher erfolgreich vor Diebstahl geschützt hatte, und betrat das Stammhaus der *Schokolust.*

Schon das Schaufenster, in dem Pralinen in bunter Folie dekoriert waren wie verschwenderische Blumensträuße, wirkte neben den anderen Läden ringsum besonders einladend. Sechs Jahre lief die *Schokolust* in der Altstadt bereits, mit wachsendem Erfolg, und noch immer mochte Anna die Farben, auf die sie damals bei der Einrichtung gesetzt hatte. Die spiegelblanke Glasfront enthüllte einen stattlichen Tresen im Inneren aus cremeweiß gebeiztem Holz mit goldenen Stuckelementen, die so verschwenderisch angebracht waren, dass sie wie ein übermütiges Rokokozitat wirkten. An ihn schloss sich eine Glastheke mit den hausgemachten Pralinen und Tartlets an, während die teuren Schokoladetafeln auf schmalen Metallschienen an den Wänden prangten. Die Tische im vorderen Teil des Ladens bestanden aus weiß lackiertem Metall, ebenso wie die geschwungenen Stühle, die mit Sitzkissen in frechem Pink bestückt waren, und verbreiteten heimelige Kaffeehausatmosphäre.

Nach der ersten Zeit, die sie hier zunächst allein bestritten hatte, musste sie sich nach Verstärkung umsehen, um dem wachsenden Kundenandrang gerecht zu werden. Immer mehr Leute strömten zu ihr, darunter viele Menschen, die sich mit dem Anbau von Kakao und seiner Vermarktung kritisch auseinandersetzten und denen es wichtig war, dass die Schokolade nicht nur hochklassig war, sondern auch auf faire Weise geerntet und vor allem vertrieben wurde. »Fair Trade«, wie jetzt auf vielen der hochpreisigen Tafeln stand, die Anna verkaufte, war inzwischen zu einem Markenzeichen geworden, das nicht nur eine neue Käuferschicht anzog, sondern auch perfekt zu ihrer eigenen Philosophie passte. Die Zeiten, in denen sich massenhafter Gewinn auf dem Rücken einiger Ausgebeuteten machen ließ, waren für sie lange vorbei. Kakao konnte und sollte für die »Entwicklungsländer«, wie man sie einst genannt hatte, eine echte und reelle Erwerbsquelle werden.

Mit Melanie und Nina Engel hatte Anna schließlich eine ideale Besetzung und Vertretung gefunden: zwei Schwestern, wie sie unterschiedlicher nicht sein könnten – ständig wegen irgendwelcher Kleinigkeiten entzweit und dennoch einig in ihrer Hingabe an die süße Götterfrucht.

Es duftete so intensiv nach warmer Schokolade und etwas Frischem, Würzigem, dass sie auf der Schwelle stehen blieb und das Aroma tief in sich einsog.

»Mellys weltberühmte Ingwer-Limetten-Mischung«, rief sie. »Ich könnte auf der Stelle dahinschmelzen!«

Die Idee mit den Bruchschokoladen war durch ein Missgeschick entstanden. Eine Ladung feinster Qualitäten aus Italien war derart mitgenommen in Dresden angekommen, dass ihnen nichts anderes übrig geblieben war, als alles einzuschmelzen und etwas Neues daraus zu kreieren. Seitdem waren die handgeformten, absichtlich unregelmäßig geformten Tafeln zum Verkaufshit Nr. 1 geworden – und so in den Mägen der verschiedensten Nationen gelandet.

»Wie geht's im neuen Geschäft?«, erkundigte sich Nina. »Alles paletti am anderen Ufer?«

Eine kleine Spitze, die Anna sofort verstand. Henny würde nicht mehr ewig arbeiten, das hatte sie der hübschen Dunklen mit der großen Klappe bereits zu verstehen gegeben. Dann durfte Nina in die Neustadt umziehen – und konnte sich endlich aus dem Schatten ihrer älteren Schwester lösen.

»Dein Vater war übrigens vorhin da«, schrie Melly aus der Küche, wo sie eifrig rührte. Niemand war so überzeugt wie sie, dass ein besonderer Zauber entstand, wenn man Schokolade nur lange und liebevoll genug mit der Hand bearbeitete. »Hab ihm gesagt, dass wir dich erwarten, und ihn mit einem Zimt-Cappuccino zum Dableiben verlocken wollen. Aber er schien es ungemein eilig zu haben – und weg war er wieder.«

Irritiert runzelte Anna die Stirn. Fritz Kepler und eilig – um diese Uhrzeit? Hoffentlich war nichts Schlimmes mit ihrer Mutter, die in letzter Zeit immer mal wieder über hohen Blutdruck geklagt hatte, gegen den all ihre Hildegardkräuter offensichtlich machtlos waren.

»Hast du ihm nicht gesagt, dass ich jetzt erst einmal in der Alaunstraße bleibe?«, fragte sie. »Um den Laden richtig in Schwung zu bringen?«

»Natürlich! Allerdings hatte ich den Eindruck, dass er gar nicht richtig zugehört hat …«

Was Anna nur allzu gut kannte. Wenn Fritz Kepler nichts hören wollte, dann hörte er eben nichts.

»Dann wird er schon noch bei mir auftauchen«, sagte Anna. »Ich bestelle heute übrigens eine Ladung neuer Schokochips. Wenn ich jetzt noch wüsste, wie viel ihr braucht ...«

»Hier.« Nina schob ihr eine Liste entgegen. »Alles schon fein säuberlich für Montag notiert. Und Trinkschokolade geht auch bald aus, also bitte nicht vergessen! Sonst noch was, Chefin?«

Die junge Frau brauchte dringend neue Aufgaben. Dieser Gedanke beschäftigte Anna, während sie über die Carolabrücke radelte und auf der anderen Elbseite die Neustadt erreichte. Insgeheim hoffte Nina schon länger auf eine Partnerschaft, das wusste sie. Aber sie hing zu sehr an ihren beiden Läden, um sie jetzt schon frohen Herzens mit jemand anderem teilen zu können.

An Hennys betretener Miene erkannte sie, dass ihr etwas entschieden gegen den Strich ging. Noch bevor sie den gebückten Mann mit den eisgrauen Haaren auf einem der Stühle sitzen sah, wusste Anna bereits, dass es nur ihr Vater sein konnte.

Seit Anna denken konnte, waren sich Fritz und Henny spinnefeind. Wahrscheinlich hatte Kurt Kepler seinen Teil dazu beigetragen, denn auch mit ihm war Fritz nie zurechtgekommen. Doch aus keinem der beiden war darüber auch nur ein vernünftiges Wort herauszubekommen. Als er sie erblickte, sprang er auf und sah sie mit großen Augen vorwurfsvoll an.

»Wo steckst du denn?«, fragte er. »Ich muss dich sprechen. Es ist wichtig!«

»Dann komm mit in die Küche.«

Erleichtert folgte er ihr und schien noch erleichterter, als Anna die Tür hinter ihnen schloss.

»Musst du diese alte Schabracke eigentlich noch immer beschäftigen?«, fragte er, an den Arbeitstisch gelehnt. »Die hat doch längst das Rentenalter erreicht. Eigentlich hatte ich immer gehofft, wir würden sie irgendwann mal los.«

Zwischen Kurt und seinem Sohn hatte es nie gestimmt, das hatte Anna schon als Kind gespürt. Dennoch missfiel ihr, wie ihr Vater über Opa Kuku redete – und über Henny.

»Henny arbeitet für *mich*«, entgegnete Anna. »Die Kunden lieben sie, und ich kann mich auf sie verlassen. In allem!«

Er gab ein verächtliches Schnaufen von sich.

»Wenn du dich da mal nicht mächtig täuschst«, sagte er. »Das haben schon ganz andere vor dir geglaubt – und dafür irgendwann teuer bezahlt …«

»Du weißt genau, dass ich dein kryptisches Geunke nicht ausstehen kann«, unterbrach sie ihn. »Wenn du etwas Konkretes weißt, dann raus damit. Sonst lass solche Andeutungen lieber bleiben!«

»Als dein Vater werde ich schließlich doch noch …« Seine blaue Schläfenader begann verräterisch zu pochen.

Anna schluckte ihren Ärger herunter. Er durfte sich nicht aufregen, wollte er keinen neuen Infarkt riskieren. Der nächste könne ihn das Leben kosten, hatten die Ärzte gesagt. Er müsse lernen, nicht gleich immer aus der Haut zu fahren – eine ernst gemeinte Warnung, die Fritz Kepler allerdings geflissentlich ignorierte.

»Was willst du, Papa?« Jetzt klang sie freundlicher. »Wieso läufst du mir hinterher?«

»Na, weil Mama doch nächste Woche Geburtstag hat.«

Für einen Moment war sie ebenso erleichtert wie seltsamerweise auch gleichzeitig enttäuscht. Dann aber siegte Annas Vernunft über die zwiespältigen Gefühle. Er konnte ja nicht wissen, was sie gestern im Garten entdeckt hatte.

»Und jetzt willst du mit mir absprechen, was wir ihr schenken sollen?«, setzte sie hinzu.

Fritz Kepler zuckte die Achseln. »Du nimmst das am besten alleene in die Hand«, sagte er. »Ich bin doch immer so däpp'sch, was solche Dinge betrifft …«

Anna hielt sich gerade noch zurück. Die Kräche und Streitigkeiten sollten ein für alle Mal der Vergangenheit angehören, das hatte sie für sich beschlossen. Jeder ging eigene Wege; jeder machte, was er wollte. Anna und ihr Vater waren einfach zu unterschiedlich, das hatte sie vor ein paar Jahren endlich akzeptiert. Was allerdings auch hieß, dass sie ihm schon lange nichts wirklich Wichtiges mehr aus ihrem Leben erzählt hatte.

»Dann kümmerst du dich also um das Geschenk, Anna?«, fragte er, während er langsam zur Tür ging.

»Versprochen.«

Wieder einmal hatte er sein Ziel erreicht. Doch ganz so schnell würde sie ihn heute nicht vom Haken lassen.

»Wer hat eigentlich vor Großvater und Alma in der Rosenvilla gewohnt?«, fragte Anna.

»Na, wer wohl? Seine Eltern, nehme ich an«, brummte er mit abgewandtem Gesicht.

»Also Konditormeister Hermann Kepler und seine Frau Mathilde?«, setzte Anna hinterher.

Jetzt drehte er sich doch um. »Woher weißt du das?«, sagte er. »Das mit dem Konditormeister?«

Es versprach, interessant zu werden. Annas Fingerspitzen begannen zu prickeln.

»Hast du ihn nicht neulich erst erwähnt?«, fragte sie unschuldig.

»Hab ich nicht. Das wüsste ich.«

»Na, dann war es vielleicht Mama.« Anna öffnete den Vorratsschrank und nahm eine Packung Schokolinsen heraus. »Ist ja schließlich auch egal.« Sie goss eine Glasschale halb voll. »Obwohl – eigentlich schon irgendwie komisch. Wo du doch in der Rosenvilla zur Welt gekommen bist!«

»Ich war gerade mal drei, als Dresden in Schutt und Asche fiel«, sagte er, »und wir die Villa verloren haben. Das vergisst du immer wieder, liebes Kind! Meinen Großvater habe ich niemals kennengelernt.«

»Weshalb eigentlich nicht?«, fragte Anna, während sie ein Wasserbad ansetzte. »Hat er Dresden verlassen? Oder ist er im Krieg umgekommen? Ihr habt alle immer ein Riesengeheimnis daraus gemacht!«

»Nun, die Großmutter ist gestorben, als mein Vater selbst noch recht klein war. Ein Unfall, glaube ich. Er hat nicht gern darüber geredet. Und der Großvater …« Abermals ein Achselzucken. Dann verstummte er.

»Sagt dir vielleicht der Name Klüger etwas?« Anna begann, gleichmäßig in der Schokoladenmasse zu rühren. »Emma Klüger? Oder Gustav Klüger?«

»Sonst noch was?« Sein ganzer Körper war in Abwehrstellung. »Du stellst heute vielleicht seltsame Fragen, Anna!«

»Lass gut sein. Und richte Mama einen Gruß von mir aus. Ja, ich finde sicherlich etwas Schönes für sie. Mach dir also keine Sorgen!«

Sie würde es bei Greta versuchen, zu einem anderen Zeitpunkt.

Anna schielte zur Uhr. Der Vormittag war gerade erst angebrochen, aber wenn sie ehrlich war, konnte sie es kaum erwarten, wieder zu Hause zu sein und die Schatulle weiter zu erforschen.

*

Dresden, Juni 1919

Ich kenne seine Wohnung.

Sein Bett. Sein Geheimnis. Ich liebe seine komischen Zehen, die er vor allen versteckt, weil er sie für missgebildet hält, dabei ist es doch nur eine spielerische Laune der Natur, mehr nicht. Ich weiß, wie sein Atem klingt, wenn die Lust in ihm erwacht. Und dass seine Hände so zärtlich und kühn sein können wie keine anderen auf der ganzen Welt ...

Keine Ahnung, wie lange Papa mir diese Ausreden mit den Französisch-Stunden noch abkauft, die ich angeblich bei Madame Manchot nehme! Die zarte alte Dame ist meine Verbündete, und das Geld, das ich zu ihr trage, kann sie bei ihrer schmalen Witwenrente gut gebrauchen. Sie ist froh, ›une petite amie‹ zu haben, wie sie gern sagt, denn Französinnen sind seit Kriegsende in Dresden nicht mehr beliebt. Diese gestohlenen Stunden gehören nur Max und mir — und ich habe sie bislang selbst Lou verschwiegen, obwohl ich manchmal beinahe daran ersticken könnte. Aber sieht man mir das Glück nicht trotzdem an? Leuchten meine Augen nicht mehr als sonst? Ist mein Schritt nicht federender, mein Lachen heller?

Fremden Männern scheint es aufzufallen, dieses gewisse Etwas, das eine verliebte Frau ausstrahlt, denn mit einem Mal kann ich mich vor Avancen und Komplimenten gänzlich Unbekannter kaum noch retten. Sie steigen mir nach, sprechen mich an, wollen mich einladen oder unbedingt wiedersehen.

Dabei gehöre ich doch ihm ganz allein – Max, der mein Herz so zart und sicher in seinen wundervollen Händen hält.

Seine Wohnung am Schillerplatz, nur ein Stockwerk über der Praxis gelegen, ist unsere Arche, zu der die restliche Welt keinen Zutritt hat. In seinen Armen vergesse ich alle Sorgen – manchmal sogar, wie grau und eingefallen Papa geworden ist, denn um unsere Fabrik steht es nicht gut.

Dreißig Leute hat er jüngst entlassen müssen, das setzt ihm zu, wo er doch mit seinen Krippenplätzen, den Zahlungen im Krankheitsfall und großzügigen Überstundenabschlägen immer zu dem Vorbildlichen in seinem Berufszweig gehört hat. Er ist so ganz anders geworden, melancholisch, extremen Stimmungsschwankungen unterworfen, und seine langweiligen Beschwörungen der rechtschaffenen und strebsamen Familie Bornstein haben inzwischen nahezu Litaneicharakter angenommen. Ich bemühe mich, sie geflissentlich zu überhören, was alles andere als einfach ist.

Ach, wäre Mama doch nur noch am Leben!

Sie würde ihm schon beibringen, dass man Liebe niemals erzwingen kann. Und erst recht keine Ehe, die nichts als Unglück und Leid für beide Teile mit sich brächte.

Emma starrte noch einmal auf die letzten Sätze. Hatte sie das wirklich geschrieben? Sie musste verrückt sein, solcherlei zu Papier zu bringen, denn wenn es entdeckt würde, wäre alles verloren. Max war geschieden, das hatte er ihr erst gestern anvertraut. Zum Glück war es Emma gelungen, ihr Entsetzen darüber zu verbergen.

Eine Kriegsehe, geschlossen, als die Einberufung drohte, und nach zwei Jahren der Trennung derart zerrüttet, dass seine Frau die Beendigung gefordert hatte. Er hatte sofort zugestimmt, zumindest behauptete er das. Aber weshalb gab es dann noch dieses Aquarell im Flur, das Mina Morgenstern als junge Verlobte zeigte, so zart und geheimnisvoll, als sei sie ein flüchtiges Traumbild?

Emma wagte nicht, ihn zu bitten, es abzuhängen. Und hätte doch nichts lieber getan …

»Bereust du es?«, hatte sie ihn gefragt, an seine Brust gelehnt, während er durch ihr Haar strich.

»Das Heiraten? Nein. Weshalb fragst du? Eigentlich keine schlechte Idee«, hatte Max geantwortet. »Vorausgesetzt, man eignet sich dafür. Ich tue es leider nicht.«

Eine seiner typischen Formulierungen, von ihm scheinbar lakonisch hingeworfen, die anschließend tagelang in ihr arbeiteten.

»Natürlich eignest du dich dafür«, hätte sie am liebsten erwidert. »Und ich weiß auch schon, wer die Richtige für dich wäre« – doch da war er wieder gewesen, jener Schatten über seinem Gesicht, der ihn weit weg von ihr getragen hatte.

»Ich tu dir nicht gut, Liebes. Und das weißt du. Wir sollten es sein lassen. Das wäre besser für uns beide.«

»Hör auf mit diesem Unsinn. Du *tust* mir gut, mehr als alles andere …«

Er stand auf, ging in die Küche und kam erst nach einer Ewigkeit mit abgestandenem Tee zurück. Was hatte er dort die ganze Zeit gemacht?

Was wusste sie schon von ihm? Nur, dass sie ihn liebte und begehrte wie noch keinen anderen Mann zuvor! Aber Max war dreizehn Jahre älter als sie, das ließ sich nicht leugnen, ein »jugendlicher Greis von Zweiunddreißig«, wie er manchmal spöttisch zu sagen pflegte. In seinen Augen entdeckte sie bisweilen eine Dunkelheit, die ihr Angst machte.

Und erst diese Gemälde, die im Flur und an einigen Wänden seiner sonst eher spärlich möblierten Wohnung hingen, weil er Weite brauchte, wie er gern sagte, und jede Art von Enge nach den Schützengräben nicht mehr ertragen konnte! Für Emma zeigten sie ausnahmslos die hässlichsten Seiten der Menschheit, Porträts, schonungslos und kalt, Soldaten mit zerschossenen Gesichtern, Paare, die sich aneinanderklammerten, voller Geilheit, ohne jegliche innere Anteilnahme.

Emmas heftige Reaktion auf seine Kunstsammlung, an der ihm offenbar viel lag, schien Max Deuter eher zu belustigen als zu verärgern.

»Ja«, sagte er nachdenklich, als sie sich wieder gefangen hatte. »So muss ein schönes, gesundes, verwöhntes Geschöpf wie du vielleicht sogar darauf reagieren. Aber wir Kriegsversehrte haben nun mal gewisse Dinge erlebt …«

Sie hatte ihn nicht ausreden lassen. Dieses Mal und auch nicht die anderen Male davor, wenn er auf seine Verletzungen angespielt hatte. Ihre Hände kannten sie inzwischen nur allzu gut. Den Lungendurchschuss an Rücken und Brust, der ihn beinahe das Leben gekostet hätte. Die Erfrierungen an beiden Beinen, die er sich in eisigen Grabennächten zugezogen hatte. Die Narbe am Schlüsselbein, die von einer Messerstecherei stammte, über die er sonst kein Wort verlor, und wenn Emma noch so sehr in ihn drang. Sie liebte sie alle – weil sie Max liebte, heftig, voller Leidenschaft und unerfüllter Sehnsucht.

Denn wie körperlich nah sie ihm manchmal auch sein mochte, sie konnte ihn niemals wirklich erreichen, das spürte Emma, nicht einmal, wenn er sie so berührte, dass sie am liebsten zu atmen aufgehört hätte.

Ob es anders sein würde, wenn sie mit ihm geschlafen hatte? Denn so weit waren sie noch nicht gegangen, obwohl Emmas Gedanken seit Tagen um nichts anderes kreisten.

»Du bist noch so jung«, sagte er, bevor er sich von ihr löste. »So hoffnungsfroh! Nicht einmal volljährig. Manchmal fast noch ein Kind. Ich habe kein Recht, dein Leben zu zerstören, Emma!«

»Aber du zerstört es doch nicht, ganz im Gegenteil, du machst es erst bunt und warm und lebenswert …«

Emma schreckte hoch – ihre Gedanken schweiften schon wieder zu Max!

Dabei hatte Papa sie aufgefordert, anwesend zu sein und sich hübsch anzuziehen, wenn Richard Bornstein und sein Vater Otto heute zum Mittagessen kamen.

»Deine Französischlektionen musst du heute ausnahmsweise absagen, Emma.« Sein Blick hinter der Nickelbrille, die er seit Neustem trug, weil die Augen nicht mehr wie früher wollten, war auf einmal so streng geworden, dass Emma die kalten Flügel der Angst streiften. Hatte jemand sie gesehen?

Nur zweimal war sie bisher mit Max im Café Kepler am Altmarkt gewesen, weil es sie gereizt hatte, sich mit dem Mann ihrer Träume auch öffentlich zu zeigen, obwohl sie gleichzeitig um die Gefährlichkeit dieses Tuns wusste. Natürlich war es dabei ganz gesittet zugegangen. Sie hatten sich angesehen, unter dem Tisch Händchen gehalten wie verknallte Tanzstundenschüler, Kuchen gegessen und Tee getrunken – und dabei keinen einzigen Bekannten getroffen, was Emma insgeheim bedauerte.

Bis auf den mageren Lehrling, der so gute Torten machen konnte. Mehlbestäubt war er aus der Backstube hervorgekommen, hatte sich neben ihren Tisch gestellt und mit einer Stimme, die im ersten Satzteil quäkte, um im zweiten rostig einzubrechen, nach Angelegenheiten gefragt, die ihn gar nichts angingen.

»Haben Sie eigentlich Geschwister, Fräulein Klüger?«

Emma schüttelte den Kopf.

»Leider nicht«, sagte sie. Was wollte der Bursche von ihr?

»Ihre Mutter hieß doch Helene, richtig?«, bohrte er weiter.

»Ja«, entgegnete sie, inzwischen voller Widerwillen. »Wozu willst du das wissen?«

»Weiß ich doch längst.« Er klang fast triumphierend, so als hätte er einen Sieg errungen.

»Wieso fragst du mich dann?«

»Weil man immer ganz sicher sein soll. Das hat meine Mutter mir beigebracht.«

Seine grauen Augen bohrten sich in sie hinein. Emma verspürte auf einmal tiefes Unbehagen. Plötzlich stahl sich etwas Bittendes in seinen Blick.

»Soll ich Ihnen ein paar Tortenstücke für zu Hause einpacken?«, murmelte er.

»Bloß nicht«, sagte Emma spitz, um ihn endlich loszuwerden. »Mein Bedarf an Süßem ist für heute gedeckt!«

Dass manche Menschen Höflichkeit gleich mit Interesse an ihrer Person verwechseln mussten! Auf der Soiree war sie nur freundlich zu ihm gewesen, weil der Kleine sie irgendwie gerührt hatte. Und weil sie beide die Mutter verloren hatten. Er war gekränkt gewesen, vielleicht sogar wütend, das hatte ihr sein blitzender Blick verraten. Zumindest schien er von ihr enttäuscht zu sein. Aber was konnte sie schon dafür, wenn er mit seinen dreizehn Jahren noch immer nicht gelernt hatte, wohin er gehörte! Dieser dreiste Kerl würde es doch nicht tatsächlich wagen, zu ihrem Vater zu schleichen und sie zu verpetzen.

Gustav Klügers Augen ruhten noch immer unverwandt auf seiner Tochter. »Wir haben deine Mutter verloren, Emma«, sagte er. »Und dann auch noch dieser unselige Krieg, der uns so vieles genommen hat …« Er nahm ein Zigarillo aus dem silbernen Etui, das er jetzt umständlich ansteckte.

»Aber jetzt ist doch Frieden, Papa«, entgegnete sie. Worauf wollte er hinaus? Da war etwas in seinem Blick, das ihr Gänsehaut bereitete.

»Es wird nie mehr wie früher werden«, sagte er langsam.

»Die Welt dreht sich anders … Nichts ist mehr an seinem Platz.«

»Die Menschen werden wieder Schokolade essen wollen«, sagte Emma. »Jetzt, wo niemand mehr sterben muss!«

»Das schon – aber ob es auch unsere Schokolade sein wird?« Der aufsteigende Rauch war hell und dünn. »Vielleicht wirst du deine Französischlektionen künftig sogar ganz einstellen müssen, Emma«, fuhr er fort. »Es sei denn, wir beide durchtrennen den Gordischen Knoten. Es liegt an dir, ob das gelingen kann.«

Emma musste nicht lange warten, um zu erfahren, was genau er damit gemeint hatte. Kaum saßen nämlich die beiden Bornsteins mit ihnen am Tisch, kam der Alte schnell zur Sache. Kugelrund war er, mit roten Wangen, schmalen, wasserhellen Augen und einem mächtigen kahlen Schädel, glänzend wie eine polierte Billardkugel.

»Mein Sohn ist verrückt nach Ihnen, Emma«, sagte er. »So habe ich Richard noch nie zuvor erlebt, und es macht mir Angst, wenn Sie diese Offenheit verzeihen. Wieder und wieder habe ich mit ihm geredet – vergeblich. Richard weiß sehr genau, dass ich Verrücktheit für keine gute Grundlage einer soliden Verbindung halte, aber in Ihrem Fall will ich einmal eine Ausnahme machen.«

Mamsell Käthe hatte mit Lauchsuppe, Tafelspitz mit Meerrettichsauce und Klößen sowie warmen Schokotörtchen zum Dessert alles aufgeboten, was der Schwarzmarkt an Köstlichkeiten hergab. Doch Emmas Magen war zugeschnürt. Sogar die winzigsten Bissen vermochte sie kaum zu schlucken.

»Die Zeiten sind hart, und sie könnten schon bald noch härter werden. Politisch braut sich einiges zusammen. Da müssen wir Fabrikanten an einem Strick ziehen, wenn wir überleben und anderen Menschen die Arbeitsplätze sichern wollen«, fuhr er fort. »Aus ebendiesen Gründen sind mein lieber Freund Gustav …«

Emma schaute irritiert von ihrem Teller auf. Geschäftspartner – das ja. Aber seit wann waren die beiden Freunde?

»… und ich zu einer Lösung gekommen, die für uns alle nichts als Vorteile bietet. Ja, wir sind entschlossen, die Produktion unser beider Fabriken zu koordinieren und damit auszuweiten – gleich nach eurer Hochzeit.«

Otto Bornstein stand auf, hob sein Glas und prostete Emma zu.

»Wäre meine liebe Fanny noch am Leben, dann würden ihr diese Worte zustehen. So aber wirst du sie heute aus meinem Mund vernehmen: Dann also aufs Herzlichste willkommen in unserer Familie, liebes Kind!«

Es dauerte ein paar Augenblicke, bis Emma begriff. »Niemals«, murmelte sie, während sie sich wie in Trance erhob.

Richards Gesicht schien in sich zusammenzusacken, ein unfertiges Bauwerk, dem man das Gerüst zu hastig abgeschlagen hatte.

»Emma, bitte!« Gustav Klüger war wachsbleich geworden. »Vergiss doch nicht deine gute Kinderstube!«

»Niemals, hört ihr!« Jetzt schrie sie. »Eben *weil* ich meine gute Kinderstube nicht vergessen will. Ich lass mich doch nicht für ein paar Silberlinge verkaufen …«

Emma stieß den Stuhl zurück und rannte aus dem Zimmer.

*

Dresden, April 2013

Annas Hände zitterten leicht, als sie das Blatt zurück zu den anderen in die Schatulle legte. Stundenlang hatte sie versucht, eine halbwegs logische Reihenfolge in die Loseblattsammlung zu bringen, was alles andere als einfach war, denn auf einigen Seiten war die Tinte zerlaufen, als sei ein Tränenstrom darüber geflossen. Andere wieder waren halb verbrannt, als habe jemand sie aus dem Feuer gerissen, wieder andere wie von Mäusen angenagt, nur halb beschrieben oder gar nicht datiert.

Sie konnte sich nur an der Handschrift orientieren, die auf manchen Seiten schwierig genug zu entziffern war. Und dennoch schälte sich während des Lesens nach und nach eine junge Frau heraus, die großen Eindruck auf Anna machte. Wie stark sie war, diese Emma, bei all ihrer Jugend, wie zielstrebig! In eine schwierige Zeit hineingeboren, ließ sie sich nicht vorschreiben, was sie zu tun hatte, sondern versuchte, einen eigenen Weg zu beschreiten.

Wie sehr sie lieben konnte!

Die eigenen Beziehungen, die hinter ihr lagen, kamen Anna auf einmal eng, kleinlich und unbedeutend vor. Woran hatte es eigentlich gelegen, dass sie nach einiger Zeit stets wieder auseinandergegangen waren? An Besserwisserei, Lügen und gekränkten Eitelkeiten. An überzogenen Vorstellungen. An Eigen- und Fremdbildern, die sich nicht erfüllt hatten, überzogenen Erwartungen und Hoffnungen, die im Alltag auf der Strecke geblieben waren. Und an jeder Menge Missverständnissen, die sich mit ein klein wenig mehr Engagement beider Seiten vielleicht aus dem Weg hätten räumen lassen.

Dabei wäre alles eigentlich ganz einfach gewesen. Niemand hatte hungern müssen. Keiner hatte mit jahrelangen Kriegstraumata oder Verletzungen zu kämpfen. Nicht einer ihrer ehemaligen Liebhaber hatte um die Grundlage seiner Existenz fürchten müssen – ebenso wenig wie sie. Und trotzdem waren sie zusammen kläglich gescheitert.

Selbst mit Ralph war es nicht anders verlaufen. Nach einer wunderschönen schwebenden Anfangszeit, die sie beide sehr genossen hatten, hatte Anna es nicht geschafft, die nächste Stufe zu erklimmen, bei der es um mehr Nähe, Zukunftsplanung und ein gemeinsames Heim gegangen wäre. Plötzlich hatte sie sich nur noch in die Ecke gedrängt gefühlt, wie erstickt, mit Händen und Füßen um sich schlagend – fast wie bei Jan, der sie mit seiner grenzenlosen Anbetung schon sehr bald erdrückt hatte.

Und Fabi? Ach, Fabi!

Da waren sie beide ja fast noch Kinder gewesen, gerade mal neunzehn, im zweiten Lehrjahr in einer quirligen Promiküche angestellt und noch zu sehr auf der Suche nach sich selbst, um schon einen anderen Menschen in all seiner Fülle und Widersprüchlichkeit anzunehmen. Die große Liebe in ihrem Leben fehlte. Würde sie sie noch erleben? Mit einem Mal fühlte sich Anna traurig. Was nützte schon diese fabelhafte Villa, was alle alten Rosensorten dieser Welt, was die herrlichsten Schokokreationen – wenn sie für immer allein bleiben würde? Sie blieb ruhig sitzen, bis das überlaute Schlagen ihres Herzens sich wieder etwas beruhigt hatte.

Ein wenig half es, dass sie dabei nacheinander zwei der neuen Pralinenkompositionen im Mund zergehen ließ, die sie sich heute Nachmittag ausgedacht hatte. Blaubeer-Crunch schmeckte vielversprechend, war aber nichts, was sie in Ekstase verfallen ließ. Ähnlich verhielt es sich mit Cassis, eher für die gedacht, die es sehr süß mochten. Und auch Pistazien-Nougat gab nicht das her, was sie sich zunächst davon versprochen hatte. Haselnuss-Räuchersalz dagegen, eher ein Zufallsprodukt, aus vorhandenen Zutaten auf die Schnelle komponiert, hatte durchaus das Talent zum Bestseller. Anna schloss die Augen und schmeckte nach. Ja, so konnte Schokolade eben sein, wenn sie mit Wissen und Liebe zubereitet wurde: mild und sinnlich, dunkel und üppig, seidig und glatt, himmlisch und luxuriös. Ruin oder Glück, Vergnügen oder Ekstase – und vor allem Trost. Und sie half beim Denken. Jedenfalls ihr, das stellte Anna in diesem Moment wieder einmal fest.

All diesen Menschen, die ihr beim Lesen immer vertrauter wurden, war etwas gemeinsam: Sie hatten die Mutter verloren. In ihrem Leben aber war das anders. Sie schielte zur Uhr – es war spät, das wusste sie, vielleicht nach normalen Maßstäben sogar zu spät, doch heute ging es eben nicht anders.

»Mama?« Ihre Mutter war gleich nach dem zweiten Klingeln am Apparat, als hätte sie den Anruf bereits erwartet.

»Anna? Ist etwas passiert?« Die Stimme blieb ruhig, nur ganz weit hinten hörte Anna ein leichtes Vibrieren.

»Könnte man so sagen. Hättest du für mich Zeit?«

»Jetzt?«

»Jetzt!«, bekräftigte Anna. »Bestell dir ein Taxi, okay?«

»Wozu das denn?«

»Ich möchte nicht, dass du noch Auto fährst, wenn du schon müde bist. Außerdem ist es draußen stockdunkel. Da fühlst du dich am Steuer nicht mehr so sicher, das hast du neulich erst gesagt.«

»Gut. Lieb, dass du daran denkst. Dann bis gleich!«

4

Dresden, Juni 1892

Ich bin mir nicht sicher, ob ich ihn wirklich mag. Gut,
sein Blick gefällt mir, und auch die Art, wie er sich bewegt, schwungvoll, trotz einer gewissen Fülle – aber ist
er nicht zu alt für mich? Ein schmucker Leutnant ist er
jedenfalls nicht, dieser Gustav Theodor Klüger, um die
Taille schon leicht beleibt und im Rücken nicht ganz
gerade. Aber eine der besten Partien der ganzen Stadt,
wenn man dem Klatsch Glauben schenkt. Sein Geld
verdient er mit Schokolade, und man braucht nur das
Thema darauf zu bringen, um ihn regelrecht in Ekstase
zu versetzen.
»Sie interessieren sich für Cacao, Fräulein Helene?«
Wenn er nur endlich dieses steife »Fräulein« weg-
ließe!
»Durchaus«, habe ich ihm geantwortet, worauf er erneut
verstummte. »Und noch mehr, wenn er als Schokolade
in meinem Mund schmilzt.«
Ich weiß, welchen Eindruck es auf Männer machen
kann, wenn ich die Lider senke und nur noch die Wimpern spielen lasse. Pechschwarz sind sie, so hat eine
freundliche Natur sie mir geschenkt, während meine
Haare lockig und weizenblond sind. Wimpern, so lang

90

und dicht, dass sie bei bestimmten Licht Schatten auf
meine Wangen werfen. Gustav hat sie mit Schmetter-
lingsflügeln verglichen, allerdings bereits bei unserem
letzten Ausflug, da waren wir schon bedeutend weiter.
Heute dagegen wirkt er so steif und formell, rückt unablässig seine Melone zurecht, hat ständig etwas am Kragen des rehbraunen Sakkos zu nesteln oder an der gleichfarbigen Stoffweste, die er darunter trägt. Vielleicht liegt
es daran, dass Tante Marianne mit dabei ist, obwohl sie
versucht, sich dezent im Hintergrund zu halten.
Ich bin fast 23 Jahre alt und habe noch immer eine
Anstandsdame an der Seite, die mich bewacht.
Dabei arbeite ich seit Jahren in unserer schönen Fami-
liengärtnerei in der Hofgartenstraße, zeige großes
Geschick im Umgang mit Kunden und noch mehr darin,
Blumen zu anmutigen Sträußen zu binden.
»Mein schönes Blumenmädchen« – so hat Gustav mich
heute genannt, als er im feschen Zweispänner angefah-
ren kam, um die Tante und mich einzuladen.
Vielleicht, weil ich ihm von meiner Liebe zu Rosen
erzählt habe? Ich weiß, sie ist die Königin aller Blumen,
nicht nur für mich, sondern für viele, und doch habe ich
das Gefühl, dass alle Rosen heimlich nur mit mir sprechen, weil ich ihnen so sehr zugetan bin. Es bricht mir
fast das Herz, wenn sie in der Vase zu welken beginnen,
obwohl dieser Moment der späten, üppigen Blüte gleichzeitig ihr schönster sein kann. Stundenlang kann ich sie
ansehen und habe viele von ihnen auch schon gezeichnet, nicht ganz ohne Talent, wie ich bescheiden anmerken
kann.

*Doch nun zurück zu diesem seltsamen, aufregenden Tag,
den ich heute mit Gustav Klüger verbracht habe ...*

»Ist Ihnen kalt, Fräulein Helene?«

Sie spürte seine Hitze, obwohl sie ihm gegenübersaß. Neben ihr in der Kutsche thronte der rundliche, warme Körper von Tante Marianne, die sie ab zu kurz von der Seite musterte.

»Kalt – an diesem wundervollen, sonnigen Junimorgen?« Sie lachte. »Wie kommen Sie darauf?«

Seltsamerweise schien er enttäuscht zu sein. Was hatte sie jetzt schon wieder Falsches gesagt? Tante Marianne schien es zu wissen, denn sie stieß der Nichte unauffällig in die Rippen.

»Obwohl ...« Helene suchte nach den richtigen Worten. »Ein wenig Kühle bringt der Fahrtwind schon mit sich.«

Ein Leuchten huschte über Gustavs Gesicht. Wenn er lächelte, mochte sie ihn doch ziemlich gern. Er hatte freundliche graublaue Augen und hellbraunes Haar, das an der Stirn schon leicht zurückwich, wie sie entdeckt hatte, als er die Melone kurz abgenommen hatte.

Seine Stimme war tief und klang sonor, was Helene bei Männern anzog, und es schien nicht einfach zu sein, ihn aus der Ruhe bringen – kein schlechter Gegensatz zu ihrem eigenen nervösen Temperament, das immer wieder Kapriolen schlagen konnte.

Was kramte er da umständlich hinter seinem Rücken hervor? Es war ein schmales, längliches Paket, dezent in helles Seidenpapier eingeschlagen.

»Hier.« Er legte es auf ihren Schoß. »Für Sie. Ich dachte, Sie könnten es mögen.«

Helene wechselte einen kurzen Blick mit Tante Marianne, die ihr aufmunternd zunickte. Sie war bei ihr aufgewachsen, nachdem ihre Eltern innerhalb eines Jahres verstorben waren: der Vater nach einem Sturz vom Hausdach, das er hatte reparieren wollen, die Mutter im Winter danach an der Lungenkrankheit. Die Tante war Helene keine zweite Mutter geworden, aber eine zuverlässige, ein wenig knorzige Vertraute, die es gut mit ihr meinte, wenngleich ihre Sparsamkeit Helene bisweilen verdross.

Dann löste sie die dünne Kordel, die das Paket zusammenhielt, und schlug es auf. Blasslila Rosen auf zartgrünem Grund – ein Gewebe, so zart, dass es ihre Finger zu streicheln schien. Einen so hinreißenden Schal hatte sie in ihrem ganzen Leben noch nicht besessen.

»Aber Gustav!«, rief sie. »Sie machen mich ja vollkommen sprachlos!«

Er strahlte und sah auf einmal aus wie ein fröhlicher Junge. »Bitte legen Sie ihn um«, verlangte er. »Tun Sie es für mich!«

Es fühlte sich an, wie in eine Wolke gehüllt zu sein. Außerdem passte die Farbkombination exakt zu ihrem fliederfarbenen Kleid, das sie gewählt hatte, weil es ihre Augen noch blauer machte. Allerdings war das Korsett, das ihre Taille filigran wirken ließ, so eng geschnürt, dass sie immer wieder verstohlen nach Luft japsen musste. Bei der Arbeit bevorzugte Helene bequeme Reformleibchen, über die andere Frauen, die sich Müßiggang leisten konnten, sicherlich die Nase gerümpft hätten. Ihr jedoch und auch der wesentlich älteren Lore Bausch aus Pieschen, die ebenfalls in der Gärtnerei angestellt war, ermöglichten sie ein ungezwungenes Hantieren, das genügend Bewegungsfreiheit ließ. Heute jedoch kam es auf etwas anderes an. Und so ertrug Helene die ungewohnte Beengung ohne Murren.

»Ein Traum!«, sagte sie und merkte zu ihrer eigenen Überraschung, dass ihre Stimme leicht zitterte. Sie rückte den ausladenden Strohhut sanft zurecht, weil sie auf einmal nicht mehr wusste, wohin mit den Händen. »Ich werde ihn in großen Ehren halten, das verspreche ich.«

Gustav Klüger nickte kurz, inzwischen wieder ganz ernst. »Ich habe ihn erst jüngst in Zürich erstanden«, sagte er, »als ich mich dort nach neuen Maschinen umgesehen habe. Ursprünglich scheint er aus Kaschmir zu stammen, einer Region in Nordindien. So jedenfalls wurde es mir in dem Geschäft versichert.« Als er weitersprach, klang seine Stimme fast beschwörend. »So vieles muss ich jetzt auf einmal verändern! Manchmal wird mir ganz schwindelig bei diesen Gedanken. Die halbe Produktionsweise, den Standort meiner Fabrik und dann auch noch das Private …« Erneut brach er ab.

Helene sah ihn aufmunternd an, aber da er offenbar lieber schweigen wollte, schwieg auch sie. Wie weit wollten sie eigentlich noch aus der Stadt hinausfahren? Die Frauenkirche lag schon eine ganze Weile hinter ihnen. Links und rechts der Straße wuchsen Kiefern, Linden und Kastanien. Überall gab es blühende Wiesen und Felder.

Als könnte Gustav ihre Gedanken lesen, sagte er plötzlich: »Wir kommen jetzt in eine der schönsten Gegenden rund um Dresden – Blasewitz. Einst ein Dorf, inzwischen mehr und mehr von stattlichen Villen bestanden. Sehen Sie, Fräulein Helene? Wer es sich leisten kann, der baut jetzt hier: Fabrikanten, Komponisten, Geheimräte, Professoren – eben die feine Dresdener Gesellschaft!«

Gustav hatte recht. Helene entdeckte mehrere Baustellen inmitten großzügiger Grundstücke, manche der Häuser noch im Rohbau, andere schon weiter nach oben gezogen. Einige der Villen waren bereits fertig. Edel und gediegen schimmerten die hellen Mauern zwischen üppigem Grün hervor.

Das Trillern einer Lerche mischte sich in den glockenartigen Ruf der Singschwäne, der vom Wasser heranwehte.

»Haben Sie gehört, Gustav?«, rief sie. »Wer hier lebt, kann die Ruhe der Natur und die Anbindung an die Stadt vereinen. Das muss herrlich sein!«

»Und die Elbe im Wandel der Jahreszeiten erleben, vorausgesetzt, das Grundstück liegt günstig«, erwiderte er. »Nur noch ein wenig Geduld. Wir sind gleich am Ziel!«

Bald ließ er den Kutscher anhalten. Gustav Klüger stieg aus, bot Helene ritterlich die Hand und half danach Tante Marianne aus der Kutsche.

»Wenn ich die Damen bitten dürfte …« Er deutete auf einen schmalen Weg. »In diese Richtung! Lassen Sie sich ruhig Zeit, genießen Sie die herrliche Natur – ich darf schon mal vorausgehen …« Mit energischen Schritten war er zwischen den Bäumen verschwunden.

Tante Marianne hielt ihren kleinen Sonnenschirm fest umklammert, während sie neben Helene herging.

»Du könntest dein Glück machen, Kind, wenn du klug bist – und ich weiß, das bist du«, sagte sie leise. »Du, eine mittellose Waise, und Gustav Klüger – ein Mann, der einer Frau die Welt zu Füßen legen kann.« Ein kurzes Räuspern. »Ganz anders als jener Referendar, der dir im letzten Winter so dreist nachgestiegen ist!«

Tante Marianne hatte Philipp Geissler nicht ausstehen können und keinen Tag versäumt, das ihrer Nichte mitzuteilen. Ein Habenichts, ein Tunichtgut, auch wenn er noch so schwärmerische Gedichte schrieb und seine Geige für sie weinen ließ. Zum Glück hatte Helene ihr niemals erzählt, wie gut Philipp küssen konnte, und dass sie sich sogar einige Male mit in das Zimmer geschlichen hatte, das er bei einer Professorenwitwe zur Untermiete bewohnte. Sie hatte es so satt gehabt, ständig auf diese leidige Jungfernschaft aufzupassen, die alle in höchsten Tönen priesen! Geradezu mutwillig hatte sie es an einem stürmischen Herbstabend darauf ankommen lassen, sie endlich loszuwerden.

Doch der Akt war viel zu schnell vorbei und kein bisschen lustvoll für sie gewesen. Außerdem hatten die dunklen Bluttropfen auf seinem nicht ganz sauberen Laken Helene rasch wieder zur Vernunft gebracht. Philipp stammte ebenfalls aus eher bescheidenen Verhältnissen und kam zudem aus Hessen, wohin er nach seinem Referendariat beim hiesigen Landgericht auch wieder zurückkehren wollte. Ja, mit Worten hatte er sich ausgekannt! Ihre Augen als Himmelssterne gerühmt, von ihren Brüsten behauptet, sie würden ihn in die Raserei treiben, ihre Haut mit Milch und Honig verglichen – von Verlobung oder gar Heirat dagegen war niemals etwas über seine Lippen gekommen.

Freundlich, aber konsequent hatte sich Helene ihm schließlich entzogen, heilfroh, dass ihre zuverlässige Monatsblutung sie trotz allen Leichtsinns nicht im Stich gelassen hatte. Seitdem war sie auf der Hut. Für eine junge Frau in ihrer Lage gab es viel zu verlieren, das war ihr nach dieser Episode klarer geworden als jemals zuvor. Natürlich konnte sie weiterhin in der Gärtnerei Sträuße, Gestecke und Trauerkränze binden, so lange, bis sich ihre Hände vom kalten Wasser und den schlecht geheizten Verkaufsräumen so rheumatisch verkrümmten wie die von Tante Marianne – aber war es wirklich das, wovon sie immer geträumt hatte? Erben würde eines Tages ohnehin ihr Vetter Rudolf, und wenn sie in dessen kalte, helle Augen blickte, die sie ohne jedes Mitgefühl musterten, konnte sie sich schon jetzt ausrechnen, wie ihr Leben dann aussehen würde.

»Helene?«, hörte sie Gustav rufen. »Hören Sie mich? Bitte kommen Sie doch einmal zu mir!«

Jetzt achtete sie nicht mehr auf die Absätze, die der Schuster gerade frisch beschlagen hatte, raffte ihren Rock und lief ihm entgegen, obwohl das Mieder ihr dabei fast den Atem nahm.

Er hatte die Arme weit ausgebreitet und fing sie auf, als sei sie ein übermütiges Kind. Und er ließ sie nicht mehr los, während Helenes Blick voller Verblüffung über das stattliche dreistöckige Bauwerk glitt, das noch eingerüstet war.

»Nächste Woche feiern wir Richtfest«, sagte er. »Dann ist auch der Dachstuhl fertig. Innen muss natürlich noch viel gemacht werden – der Wintergarten, die Halle, das Esszimmer, die Badezimmer –, so vieles, dass mir manchmal ganz schwummrig wird, weil ich neben der Arbeit in meiner Fabrik so wenig Zeit habe, mich darum zu kümmern. Aber ich glaube, dass der Einzug bis zum Herbst trotzdem möglich sein wird.«

»Das ist Ihre Villa?«, fragte Helene. »Dieses große, wunderschöne Haus?«

Die ungewohnte Nähe zu ihm irritierte sie, aber sie stieß sie nicht ab – ganz im Gegenteil. Es war gut, bei ihm zu sein. Gustav fühlte sich an wie ein Baum, an den man sich lehnen konnte. Wie jemand, der Schutz und Heimeligkeit vermittelte.

Er nickte. »Gefällt sie Ihnen?«

»Ja«, flüsterte sie. »Sehr. Ich glaube, Ihre Villa wird ein einziger Traum!«

Gustav zog ein blaues Samtkästchen aus seiner Jackentasche und klappte es auf. Nein, es war kein Ring, der in dem Kästchen lag, sondern ein ungewöhnliches Collier. An einer zarten Kette aus winzigen rötlichen Goldperlchen baumelte ein geschwungener Anhänger mit drei ovalen, milchig weißen Steinen, ebenfalls in Gold gefasst, die bläulich schimmerten, als er ihn leicht bewegte.

»Darf ich?«, fragte er leise.

Helene neigte den Kopf, um ihm entgegenzukommen, spürte etwas Kühles auf ihrer Haut und dann ein leichtes Gewicht an ihrem Hals.

»Indische Mondsteine«, erklärte er, »und wie für Sie gemacht! In jenem fernen Land tragen sie Frauen, die sich viele Kinder wünschen. Ein schöner Brauch, finden Sie nicht auch?« Dann griff er nach ihrer Hand. »Kommen Sie, Helene«, sagte er. »Ich muss Ihnen noch den Garten zeigen!«

Gemeinsam umrundeten sie die sonntäglich ruhige Baustelle, auf der niemand arbeitete, bis sie auf der Wasserseite angelangt waren. Vor dem Haus erstreckte sich eine große Fläche bis hinunter zu den Elbwiesen.

»Was sehen Sie?«, fragte er eindringlich.

Helene riss die Augen auf. »Aber da ist ja – nichts!«, rief sie schließlich. »Nur eine Wiese! Doch was könnte man daraus machen! Vor dem Wohnzimmer vielleicht eine große Terrasse, im Osten ein paar Eichen. Dort hinten könnte man Obstbäume pflanzen, verschiedene Sorten, damit sie im Frühling nacheinander blühen. Und unten am Wasser ein chinesischer Pavillon …«

Sie drehte sich zu ihm um und sah ihm direkt in die Augen.

»Und überall dazwischen Rosen – nichts als Rosen!«

»Ganz genau.« Gustav nickte, offensichtlich mehr als zufrieden. »Und deshalb brauche ich ja auch dringend eine Gärtnerin. Eine Frau, die Rosen liebt. Eine Frau, die dieses Haus und diesen Garten mit Lachen und Leben erfüllen wird, ebenso wie mein Herz. Eine Frau, die genauso ist wie du – dich!«

Er zog Helene an sich, hielt sie fest in seinen Armen.

»Willst du meine Frau werden, Helene Waever?«, fragte er. »Und für uns hier den schönsten Rosengarten der Stadt anlegen, in dem einmal unsere Kinder glücklich spielen werden?«

Statt einer Antwort hob sie den Kopf zu ihm empor und küsste ihn.

*

Dresden, April 2013

Anna und Greta, die abwechselnd die Zeilen verschlungen hatten, ließen die Blätter sinken und schauten sich an.

»Dann ist das also Helenes Schal«, sagte Greta schließlich. »Und jetzt trägst du ihn!«

»Helenes und danach Emmas«, erwiderte Anna nachdenklich. »Sie müssen Mutter und Tochter gewesen sein! Ach, wenn dazwischen nur nicht so viel fehlen würde! Ich kann es kaum erwarten, die ganze Geschichte zu kennen. Weißt du nicht mehr darüber? Schließlich war die Schatulle hier vergraben – in Opas altem Garten!«

»Deinen Vater habe ich doch erst Ende der Siebziger kennengelernt«, sagte Greta. »Da war die Villa schon lange zwangsenteignet und, unter uns gesagt, mehr als heruntergekommen. Ein seltsames Gesindel hat damals hier gehaust, alles Leute, denen man lieber nicht zu nahe kommen wollte. Und der Garten? Vollkommen verwildert! Niemand wäre jemals auf die Idee verfallen, hier unbefugt zu buddeln. Wozu auch? Große Schätze hätte doch keiner irgendwo vermutet.«

»Und nach der Wende? Als die Villa wieder an Opa zurückgegeben worden war?«

»Du weißt, wie dein Großvater war«, sagte Greta, und ihre Stimme klang plötzlich belegt. »Mehr als eigen, um es vorsichtig auszudrücken. Die Rosenvilla war einzig und allein seine Angelegenheit. Das hat er uns immer spüren lassen. Was er für sich behalten wollte, ging niemanden etwas an. Und dann ist er ja auch schon bald darauf krank geworden.« Sie schüttelte den Kopf, als wollte sie unerfreuliche Erinnerungen vertreiben. »Schau mal, ich hab zumindest ein wenig Ordnung geschaffen«, fuhr sie betont munter fort. »Vielleicht hilft dir das ja weiter.«

Greta, ganz sorgfältige Naturwissenschaftlerin, die Chaos hasste, hatte die Blätter in verschiedene Stapel sortiert.

»Das habe ich auch schon versucht«, sagte Anna. »Und dabei festgestellt, dass es zwei verschiedene Handschriften sind.«

»Zwei?«, unterbrach Greta sie. »Für mich sind das mindestens drei – schau doch mal!«

Sie hatte recht, wie Anna sofort einräumen musste. Die dritte ähnelte Emmas Schrift verblüffend, doch beim genaueren Hinsehen verrieten markante Ober- und Unterlängen, dass es sich wohl doch um eine andere Person handeln musste.

»Ob sie auch den Rosenschal getragen hat?«, fragte Anna nachdenklich.

»Wenn sie auch aus dieser Linie stammt, bestimmt!« Greta gähnte. »Leider bin ich jetzt so müde, dass mir fast die Augen zufallen!«

»Du kannst doch hier schlafen«, bot Anna an. »Platz genug ist ja.«

»Nein, ich lass mich lieber zurück zu deinem Vater kutschieren!« Sie erhob sich ein wenig steifbeinig. »Sonst macht er sich Sorgen, wenn er aufwacht und ich nicht da bin. Außerdem hänge ich dann in ein paar Stunden wie ein nasses Laken über meinem Apothekentresen!«

»Morgen ist Sonntag, Mama. Da hast sogar du frei.«

»Eben nicht. Meine neue Aushilfe ist krank geworden und kann den Notdienst nicht übernehmen. Da muss eben wieder mal ich ran.« Greta hatte ihre Tasche schon über der Schulter hängen und ähnelte plötzlich einem trotzigen Kind.

Doch Anna ließ sie nicht gehen – noch nicht.

»Die Wahrheit, Mama! Du … Du magst die Rosenvilla nicht besonders, oder?«, fragte sie. »Deshalb wolltest du auch niemals mit Papa hier einziehen – habe ich recht? Diese ganzen wochenlangen Diskussionen über die Einliegerwohnung, die alle im Sand verlaufen sind – da hast du nur freundlich mitgeplappert, weil du von Anfang an genau wusstest, dass es ohnehin niemals dazu kommen würde!«

Greta blieb stehen und presste die Lippen zusammen. »Kluges Mädchen«, sagte sie schließlich. »Aber das wusste ich schon, als du ganz klein warst, Anna-Kind! Du konntest kaum laufen, da hast du schon mit deiner ständigen Fragerei angefangen und erst damit aufgehört, wenn du alles erfahren hattest, was du wissen wolltest!«

»So hat Großvater mich auch immer genannt …« Anna brach ab. »Den mochtest du auch nicht, stimmt's? Vor mir habt ihr beide das meistens fein säuberlich verborgen, aber gespürt hab ich es trotzdem! Und einmal, als ich noch klein war, da hast du ihn mitten auf der Straße angebrüllt.«

Sie war fünf Jahre alt und wartete vor der Kita auf die Mutter, die nach der Schicht im Krankenhaus abgehetzt angelaufen kommen würde, um sie abzuholen. Von einer eigenen Apotheke hatte Greta damals nur träumen können, und doch verging kein Tag, an dem sie nicht darüber redete. Manchmal wünschte sich Anna, sie sei nicht auf der Welt, damit sich dieser Herzenswunsch endlich für die Mutter erfüllen könnte. Kurt hatte oft genug angeboten, für sie einzuspringen, was Anna wunderbar gefunden hatte. Ihn zu sehen war jedes Mal ein Fest für sie gewesen, weil er aus seinen Taschen immer kleine Überraschungen für sie hervorgezaubert hatte. Bis er und Greta eines Tages aneinandergerieten.

»Hör endlich auf damit, mir mein Kind abspenstig zu machen!«, schrie Greta. »Deine Hilfe kommt zu spät. Das hättest du alles bei deinem eigenen Sohn tun sollen. Aber den hast du ja nach Strich und Faden hängen lassen …«

»Damals waren die Zeiten anders«, versuchte er einzuwenden. »Ich hatte vieles zu tun.«

»Dass ich nicht lache! Ein gottverdammter Opportunist warst du, der die Menschen verachtet und für seine Zwecke missbraucht hat. Einer, der sich nach dem Wind gedreht hat und vor nichts zurückgeschreckt ist …«

Sie hatten nur aufgehört, weil Anna in Tränen ausgebrochen war. Aber die Erinnerung an diese unschöne Szene stand ihr plötzlich so lebendig vor Augen, als sei alles erst gestern gewesen. Fragend sah Anna ihre Mutter an.

»Sollten wir diese schwierigen Themen nicht lieber besprechen, wenn wir beide ausgeschlafen sind?«, fragte Greta leise.

»Jetzt kneifst du schon wieder!« Annas Stimme war laut geworden. »Jedes Mal, wenn die Sprache auf Großvater kommt, weicht ihr aus, Papa und du. Aber ich bin alt genug für die Wahrheit! Ihr wisst doch etwas über ihn und das Haus, *mein* Haus – etwas, das ihr bis heute verschwiegen habt!«

Greta ging auf sie zu und zog sie in ihre Arme. »Du bist das Beste, was mir im Leben passiert ist«, flüsterte sie an Annas Ohr. »Das Kind, das ich mir immer gewünscht habe – auch wenn der Zeitpunkt deiner Zeugung vielleicht nicht gerade ideal war, unmittelbar nach meinem Studium. Und ohne eigene Wohnung! Aber du warst mein Zaubermädchen. Vom allerersten Moment an …«

Anna spürte, wie sich der harte Kloß in ihrem Magen langsam auflöste. In ihrer Kehle wurde es eng, dann spürte sie das Salz von Gretas Tränen auf ihrer Haut.

Sie wartete, bis die Mutter wohlbehalten im Taxi saß, dann griff sie nach dem nächsten Stoß und fing an zu lesen.

*

Dresden, Juni 1938

Dr. Deuter darf nicht länger praktizieren. Ich habe es heute auf der Straße von seiner Frau Louise erfahren, die früher einmal die beste Freundin meiner Mutter gewesen sein soll, auch wenn ich mir das kaum vorstellen kann, so verschieden, wie die beiden sind. Nach den jüdischen Anwälten, die schon vor Jahren Berufsverbot erhalten haben, verlieren ab sofort nun auch alle jüdischen Ärzte die Approbation. Keiner, egal, welcher Fachrichtung, darf weiter Patienten behandeln. Wie alt diese Louise ausgesehen hat, wie grau und eingefallen sie geworden ist, das Gesicht schmal und weiß, die Stirn ganz faltig! Aber so kommt es wohl, wenn einen die drückenden Sorgen nicht mehr loslassen. Ich wollte gleich zu ihm, weil er für mich nicht nur der beste Zahnarzt der ganzen Stadt ist, sondern auch so etwas wie ein väterlicher Freund, obwohl ich ihn leider nicht so gut kenne, wie ich mir das eigentlich wünschen würde, aber sie hat mich nicht gelassen.

Er braucht Ruhe, Charly, hat sie zu mir gesagt. Wie weich mein Spitzname aus ihrem Mund klang! Vielleicht ist sie doch viel netter, als ich bislang geglaubt habe. Und ich brauche sie auch. Max und ich müssen jetzt erst einmal allein sein …

Was soll nun aus ihnen werden?

Nach den Nürnberger Rassegesetzen hätten die Protestantin und der Jude niemals heiraten dürfen, geschweige denn Kinder bekommen. Aber sie haben endlich ein kleines Mädchen, Lilli mit dem dunklen Pagenkopf und den großen Kirschenaugen, die erst fünf Jahre alt ist und an Asthma leidet. Ich war einmal dabei, als sie nach Luft gejapst hat und auf einmal ganz blaue Lippen bekam. Zum Glück war ihr Vater nicht weit, hat sie gepackt, in die Kutscherhaltung gesetzt, ihr vorgemacht, wie sie die Lippen schmal machen soll und ihr so lange gut zugeredet, bis sie wieder halbwegs normal atmen konnte – ein zu Herzen gehen- der Anblick, den ich bis heute nicht vergessen habe. Ich weiß, dass sie alle zusammen so schnell wie möglich nach England wollen, das hat Dr. Deuter mir gegenüber einmal kurz erwähnt, und natürlich werde ich niemandem ein Wort davon verraten. Die aufregenden

Gemälde in seiner Praxis, die ich immer so gern betrachtet habe, während er meine Zähne untersuchte, gibt es schon lange nicht mehr. Ich nehme an, er hat sie verkaufen müssen, um an Geld zu kommen. Doch die Papiere, die sie zur Emigration brauchen, wollen trotzdem nicht eintreffen.

Eine Scheidung würde für Louise und das Kind alles einfacher machen. Bleiben die Eltern zusammen, sieht es dagegen anders aus. Als Mischling ersten Grades wird Lilli nun offiziell geführt – wie hässlich und abwertend das klingt! Allerdings ist das Schimpfwort »Judenbankert«, das sie immer öfter zu hören bekommt, noch weitaus verletzender. Ob ihre Eltern sie christlich getauft haben, weiß ich nicht, aber mir ist zu Ohren gekommen, dass sogar das nichts mehr helfen soll. Außerdem haben die beiden fünfzehn Jahre Ehe hinter sich.

Wie kann man sie da noch trennen?

Darüber bin ich mit Papa schon mehr als einmal aneinandergeraten, der sich immer wieder lauthals darüber aufregt, dass Louise Fritzsche ausgerechnet einen Juden zum Mann genommen hat. Er kann Dr. Deuter nicht ausstehen und hat mir schon vor Jahren verboten, mich weiterhin von ihm behandeln zu lassen, doch darum hab ich mich bis heute nicht geschert. Schließlich war ja auch Mama früher seine Patientin. Als ich klein war, sind wir zusammen zu ihm gegangen. Ich sei eine rotzfreche Göre, hat Papa mich angeschrien, die nichts von Politik verstehe. Und eine verdammt undankbare noch dazu. Wer sonst wohne schon in solch einer herrlichen Villa mit Schränken voller Kleider und einem Rosengarten, um den uns die halbe Stadt beneidet?

Manchmal hasse ich diese Rosen beinahe, weil sie so schön und unberührbar sind. Sie blühen und vergehen. Nichts kümmert sie. Auch nicht, was mit uns Menschen geschieht. Ich dagegen bemerke sehr wohl, was sich in den letzten Jahren alles in unserer schönen Stadt verändert hat. Dieses ganze Nazi-Gelichter ist mir aus tiefstem Herzen zuwider. Wie meine Mutter vermag ich nicht daran zu glauben, dass ausgerechnet die deutsche Rasse vor allen anderen aus-gezeichnet und der Welt Heilsbringerin sein soll. Ich verab-scheue das sinnlose Jungmädel-Herumgehopse in Reih und Glied, zu dem sie uns verdonnert haben, ebenso wie die martialischen Aufmärsche am Königsufer und die Horden von Braunhemden, die sich in der Stadt herumtreiben und einem im Vorbeigehen schlüpfrige Sprüche hinterherrufen. Vor allem jedoch machen mich jene Schikanen und Ernied-rigungen zornig und traurig zugleich, die die Juden jetzt zu erdulden haben – und das beileibe nicht nur von jenen Herrschaften, die ein Parteiabzeichen tragen wie nun auch Papa.

Was hatte er sich nicht alles davon versprochen, vor allem für die Fabrik, wie er mir weitschweifig erklärt hat, doch wie wenig ist bislang davon wahr geworden! Sie mögen ihn nicht besonders, seine Herren Parteigenossen, selbst wenn er sich noch so bei ihnen anwanzt und sie immer wieder zu opu-lenten Abendessen in die Rosenvilla bittet, die meist in wüsten Besäufnissen münden und unser Zuhause besudelt zurücklassen. Papa ist nun mal kein Mann der ersten Reihe, sondern jemand, der sich lieber hinter anderen versteckt und von sicherer Position aus lauthals nach vorn geifert, das weiß nicht nur ich, das haben auch sie sicherlich längst gemerkt.

Und dann, ganz unvermittelt, erlebe ich an ihm wiederum Momente tiefster Verlorenheit, in denen er mir vorkommt wie einer jener bunten Papierdrachen, die wir als Kinder im Herbst so gern steigen ließen – ein Drachen allerdings, der sich von seiner Schnur losgerissen hat und nun haltlos und zerfetzt im Wind taumelt. Ab und zu habe ich sogar Angst vor ihm. Da ist etwas in seinem Blick, das alles in mir kalt und starr werden lässt. Dann stiert er mich an wie eine Fremde. Dabei bin ich sein einziges Kind, aber leider eben nur ein Mädchen, das lässt er mich jeden Tag deutlicher spüren.

Er hat wieder zu trinken angefangen. Ich weiß es, auch wenn er die Flaschen unauffällig anliefern lässt und eigens in großen Tüten heimlich aus dem Haus schafft, damit niemand es bemerkt. Seine Augen sind oft schon am Morgen glasig, dann kippt ihm die Stimme, und dann kann man darauf warten, dass er herumzubrüllen beginnt. Ich bin erleichtert, sobald er das Haus verlassen hat, um in die Fabrik zu gehen, während ich mich schlafend stelle, obwohl es mir eigentlich besser gefallen würde, wenn er mich öfter dorthin mitnehmen würde. Wie war das alles anders, als Mama noch bei uns war! Wie konnte sie vor sechs Jahren blindlings in diesen verdammten Eiswagen hineinlaufen, der ihr Leben mit einem Schlag ausgelöscht hat? Ausgerechnet sie, meine schöne, lustige, schlagfertige Mutter, die sich vorgenommen hatte, mindestens hundert Jahre alt zu werden?

Ihr Tod im Mai 1933 war für mich ein eisiger Grenzstein. Dieser Verlust hat so vieles verändert, denn in Mamas Gegenwart ist alles zum Leben erwacht, und dafür musste sie Dinge oder Menschen nicht einmal berühren. Da war ein

Strahlen, sobald sie einen Raum betrat, ein helles Funkeln, das alles und jeden beseelte. Sie hat sich stets flink bewegt, mit spontanen, leichten Gesten, die anmutig wirkten und selbst Schrecklichem für einen Moment die Schwere nehmen konnten. In ihren Armen habe ich mich als Kind unsterblich gefühlt.

Was ist mir von ihr geblieben?

Eine Ahnung von Schutz, Wärme und Fröhlichkeit, die ich ängstlich heraufbeschwöre, wenn alles um mich herum dunkel zu werden droht. Das Rascheln ihrer Bluse, das ich ab und zu noch zu hören glaube. Ihre weiche, tiefe Stimme, die mich als Kind in den Schlaf gewiegt hat, obwohl sie später behauptete, eine miserable Sängerin zu sein. Die eiskalten Wadenwickel, mit denen sie tapfer gegen mein Fieber angekämpft hat. Ihre Lippen auf meiner Stirn, wenn sie mich weinen hörte. Doch selbst das wird schwächer im Lauf der Zeit, blasser, leiser, immer noch weniger greifbar. Manchmal verschwimmt sogar ihr Gesicht, sobald ich an sie denke, als lege sich ein dichter Schleier darüber, der sie mir entzieht, und ich lebe in ständiger Angst, meine Erinnerungen könnten sich eines Tages ganz auflösen, so wie jener alte Rosenschal aus ihrem Besitz, den ich kaum umzulegen wage, aus Sorge, das zarte Gespinst könne mir unter den Händen zerfallen.

Ich liebe den Duft von Schokolade, den Mama mir nahegebracht hat, kaum dass ich laufen konnte, und genieße es, wenn sie samtig auf meiner Zunge zerfließt und meinen Magen jubeln lässt. Wenn ich nicht einschlafen kann, was leider häufig vorkommt, denke ich mir neue Pralinenrezepte aus, die ich dann später heimlich in der Küche ausprobiere, bis sie mir richtig gelingen. Das hat so gar nichts mit jener zum Sterben langweiligen völkischen Haushaltsführung zu tun, die sie uns auf den BDM-Heimatabenden eintrichtern wollten, für die ich inzwischen zum Glück zu alt geworden bin: fade Aufläufe zu backen, unsägliche Eintöpfe zusammenzurühren, aus scheinbar nichts doch noch etwas halbwegs Essbares zu zaubern, das einmal Mann und Kinder nähren soll. Was ich dagegen anstrebe, ist Fantasie, Geschmack, fast schon Kunst! Ich habe sogar angefangen, einige dieser Rezepte in ein Heft zu schreiben, das ich unter meiner Matratze verstecke. Vielleicht kann ich ja eines Tages ein gedrucktes Buch über Pralinen herausgeben, das würde mir gefallen – und Mama auch, während sie vom Himmel zu mir herunterschaut!

Schon seltsam, dass mein neuer Verehrer ähnlich zu empfinden scheint. Niemals zuvor ist mir ein Kerl über den Weg gelaufen, der sich derart für Schokolade interessiert hat, nicht einmal Papa, für den Opas Fabrik in Wirklichkeit eher Last denn Berufung ist, auch wenn sie ihn reich gemacht hat. Obwohl: Verehrer? Wie kann ich mir da eigentlich sicher sein?

Ich bin in ihn hineingerannt, auf jeden Fall behauptet er das, obwohl mir im Nachhinein scheint, er könnte mich an den Straßenbahnhaltestelle vielleicht doch abgepasst haben. Eine ganze Weile lang behauptet er jedenfalls, nicht zu wissen, wer ich bin, um im nächsten Moment etwas über unsere Firma zu sagen, das nur jemand wissen konnte, der sich intensiver damit beschäftigt hat. Oder bilde ich mir das alles nur ein, weil ich so ihn in verknallt bin?

Vielleicht macht K. sich ja gar nichts aus mir.

Was schrecklich wäre!!!

Denn er bringt mich dazu, pausenlos an ihn zu denken.
Um ein Haar hätte ich seinetwegen sogar mein Abi ver-
hauen, hätte ich nicht im allerletzten Moment die Not-
bremse gezogen und mich endlich hinter die Bücher ge-
klemmt. Mies genug ist es trotzdem ausgefallen, mit nichts
als Dreiern und Vierern und dem hässlichen Fünfer in Fran-
zösisch, für den ich mich schäme, weil die elegante Sprache
mir eigentlich gut gefällt. Wenngleich das niemanden so
recht zu kümmern scheint, nicht einmal Papa, der meinen
Plan, mich ab Herbst für Chemie oder Biologie an der Uni
einzuschreiben, ohnehin für Mumpitz hält.

Ein Mädchen, das studieren will? Ach, Lotte, dafür haste
doch gar ni den Kopf. Ihr Weiber seid für andere Dinge
gemacht, das sagt ooch der Führer, selbst wenn das so
manch eine von euch partout ni wahrhaben will …

Es ärgert mich, dass er irgendwie recht damit hat, auch wenn
ich es vor ihm niemals zugeben würde. Denn in meinem
Kopf kreist seit Wochen vor allem ein gewisser K. Jetzt, wo
die lästige Schule hinter mir und ein ganzer herrlicher Sommer vor mir liegt, bis sie mich zum Arbeitsdienst einziehen
werden, brenne ich darauf, ihn endlich wiederzusehen. Dabei
ist er eigentlich zu alt für mich. Das sagt auch Frieda, der ich
in einem Anflug von Wahnsinn von K. erzählt habe. Was
ich inzwischen allerdings längst wieder bedauere, denn ich
bin mir nie ganz sicher, ob Frieda auch wirklich den Mund
hält, wie sie es mir hoch und heilig versprochen hat. Ich
schätze ihn mindestens Anfang dreißig, wenn nicht sogar
Mitte. Obwohl gerade das mich wiederum an ihm reizt.
K. ist nun mal keiner dieser grünen Jungs mit feuchten

Händen und lüsternem Blick, die nichts anderes wollen, als einem bei nächster Gelegenheit an den Busen zu grapschen oder unter die Röcke zu langen. Keiner aus meiner Abiklasse könnte es auch nur ansatzweise mit ihm aufnehmen, und selbst Studenten höheren Semesters wirken bubihaft gegen ihn.

Er ist ein Mann. Ein richtiger Mann! Einer, der mich anschaut, dass mir Hören und Sehen vergeht. Einer, der Fantasien in mir weckt, die ich hier lieber nicht zu Papier bringen werde. Ich mag sein vorwitziges Kinn, die hellen, perfekt gestrichelten Brauen. Nicht einmal, dass sein Schopf ins Rötliche spielt, macht mir etwas aus, ganz im Gegenteil! Meine tote Mutter hatte wundervolle messingfarbene Haare, und manchmal träume ich noch davon.

Mein eigenes Haar dagegen sieht aus, als sei ein dunkler Wind in leuchtendes Rot gefahren, eine Farbe wie polierte Kastanien, so umschreiben es jene, die mir schmeicheln wollen, obwohl ich ganz genau weiß, dass es im Winter zu einem stumpfen, langweiligen Braun nachdunkeln kann, dem niemand mehr hinterherpfeift. Dabei muss ich hell wie ein Engelchen zur Welt gekommen sein, denn meine ersten weißblonden Babylöckchen hat Mama liebevoll in einem Kuvert aufgehoben, das ich nach ihrem Tod an mich genommen habe, wie die anderen Kostbarkeiten aus ihrer heimlichen Schatztruhe. Wenn ich allerdings den aschigen Schopf meines Erzeugers betrachte und an ihre aufregenden Brandlocken denke, frage ich mich, wie bei dieser Mischung zu guter Letzt etwas so Dunkles wie ich herauskommen konnte. Zu Hause ansprechen werde ich dieses Thema allerdings nie wieder, weil Papas Mund sonst wieder zu

einem weißen Strich wird und er sich das Cognacglas rand-
voll gießt.

K. dagegen scheint meine komischen Haare irgendwie zu
mögen, oder er stört sich zumindest nicht daran, ebenso
wenig wie an der weißlichen Narbe über der rechten Braue,
die ich einem bösen Sturz als Kleinkind verdanke. Bei
unserem Abschied hat er sie kurz berührt, allerdings liegt
der wegen der verdammten Paukerei nun schon endlose
Wochen zurück.

Heißt das, er will auch was von mir?

Es war wie ein elektrischer Schlag, den ich gespürt habe,
wenngleich ich krampfhaft versucht habe, mir ja nichts
anmerken zu lassen. Es war ja nur mein Gesicht, nicht
einmal mein Mund, der mit ihm in Kontakt gekommen
war – und dann gleich so eine maßlos übertriebene Reaktion! Ich weiß nicht, ob K. gemerkt hat, was mit mir los
war, jedenfalls hat er die Hand blitzschnell zurückgezogen,
als habe er sich verbrannt. Ich hatte schon Angst, ich hätte
ihn für immer vergrault, ein unerfahrenes, hysterisches
Schulmädchen, das keine Ahnung hat, wie man mit Männern umgeht.

Aber inzwischen bin ich ja zum Glück kein Schulmädchen
mehr …

Und er hat sich nach der langen Pause tatsächlich wieder
gemeldet, zweimal hintereinander sogar, weil ich erst so
durcheinander war, dass ich nur Unsinn geplappert habe –
das muss doch bedeuten, dass ihm einiges an mir liegt.

Beim letzten Telefonat haben wir uns dann unterhalten,
als seien wir niemals getrennt gewesen.

Wie gut ich mich fühle, wenn ich nur seine Stimme höre –

so sicher, so geborgen, so geschützt! Morgen will er mir etwas zeigen, das mir gefallen wird, so jedenfalls hat er es versprochen mit dieser leisen, ein wenig heiseren Stimme, die mit jedem Wort in mich hineinkriecht, bis ich ganz sehnsüchtig werde und kaum noch weiß, was ich antworten soll, ausgerechnet ich, die doch sonst niemals auf den Mund gefallen ist.

Morgen …

*

Dresden, April 2013

Annas rechtes Bein war während des Lesens eingeschlafen und protestierte nun mit scharfem Prickeln. Sie veränderte ihre Position, ohne dass entscheidende Besserung eingetreten wäre, und stand schließlich auf, um es wieder wach zu bekommen, die Blätter noch immer in der Hand. Mit einem Gefühl des Bedauerns legte sie sie wieder zurück in die Schatulle. Halb drei, das verriet ihr der Blick auf die Armbanduhr – jene dunkle Nachtstunde, in der man sich am verlorensten fühlt, wenn man einsam ist, doch dazu war sie momentan viel zu aufgeregt.

An was war sie da geraten!

Drei Namen, dreimal die intimsten Gedanken junger Frauen, die alle in der Rosenvilla gewohnt hatten und vermutlich inzwischen nicht mehr lebten. Die Zeilen von Charly oder Lotte, wie auch immer sie nun heißen mochte, gingen ihr bislang am tiefsten unter die Haut, vielleicht weil sie ihr zeitlich am nächsten war. Und wer war dieser mysteriöse K., der ihr keine Ruhe gelassen hatte?

Anna wollte alles ganz genau wissen, am liebsten auf der Stelle, doch etwas in ihr forderte ebenso vehement Zeit, um das Ganze sacken zu lassen. Sie musste vernünftig bleiben, an ihre beiden Läden denken und an die Menschen, die für sie arbeiteten. Mit einer übermüdeten, gereizten Chefin, die sich nur noch im Gestern verlor, war niemandem gedient. Außerdem brauchte sie dringend Unterstützung und Beistand, der nicht aus der Familie kam, wo seit Jahren offenbar alles Mögliche absichtlich verschleiert und unter den Teppich gekehrt worden war.

Während sie nach oben ging, um wenigstens ein paar Stunden zu schlafen, begann in ihr eine Idee zu reifen, und als Anna kurz darauf das Licht löschte, ärgerte sie sich bereits, dass sie ihr nicht schon viel früher eingefallen war.

5

Dresden, April 2013

Eulenbuch in der Katharinenstraße gehörte für Anna zu den gemütlichsten Orten, die sie kannte. Schon von außen wirkte die kleine Buchhandlung in der Neustadt mit den ungewöhnlichen Schaufensterdekorationen, die sich Hanka Benasch immer wieder ausdachte, wie ein Magnet. Jetzt, wo der Frühling eingezogen war, hatte sie eine Campingszene arrangiert: aufgeschlagene Bücher lagen vor Papierzelten auf winzigen Liegestühlen um einen kleinen See und schlürften mit übergroßen Halmen Cocktails aus Pappbechern. Eine dieser fragilen Sitzgelegenheiten war allerdings von einem imposanten Fellwesen okkupiert, und als Anna ihre Nase an die Scheibe drückte, um sich zu vergewissern, dass die Inhaberin trotz Sonntag auch im Laden war, sprang es geschmeidig auf und riss dabei zwei weitere Liegestühle um.

»Libro!« Hankas empörter Schrei brachte Anna zum Schmunzeln. »Jetzt biste auch noch mitten in den See gelatscht, du alter Quadratschussel!«

Dann war sie auch schon an der Tür und ließ Anna herein, während sich Libro, ihr blaugrauer Kartäuser mit den geheimnisvollen Bernsteinaugen, schnurrend an Annas Beinen rieb. Er war nicht ganz reinrassig, was ihm ein bezauberndes tiefschwarzes Ohr eingebracht hatte, sowie einen viel zu buschigen Schwanz, aber ein Bild der Anmut und so menschenbezogen wie alle seine Artgenossen. Seinen Namen Libro – italienisch »Buch« – verdankte er der Vorliebe, sich bereits als plüschiges Welpenknäuel bevorzugt auf Bücherstapeln einzukringeln, und so war aus ihm zur Freude der Kundschaft eine echte Buchhandlungskatze geworden, die inzwischen viele Fans hatte.

»Dich würde der auch noch im Stockdunkeln wittern«, sagte Hanka, nachdem sie sich umarmt hatten und Anna sich bückte, um Libros seidiges Fell zu kraulen, was er mit noch wohligerem Schnurren quittierte. »Vermutlich sogar unter einer Plastikplane. Aber was machst du am heiligen Sonntag mitten in der Stadt, anstatt dich auf deinen Latifundien auszuruhen? Sag bloß, du warst schon wieder heimlich im neuen Laden!« Sie drohte ihr spielerisch.

»War ich«, räumte Anna ein. »Aber nur, um die französische Trinkschokolade zu holen, die du so magst.« Sie stellte die silberne Dose auf den überfüllten Tresen. »Außerdem musst gerade du reden – du verbringst doch jede freie Minute zwischen deinen Büchern, anstatt dich mal aufs Rad zu schwingen und mich auf meinen ›Latifundien‹ zu besuchen! Und in der neuen *Schokolust* hast du dich nach der Eröffnung auch noch nicht blicken lassen.«

»Stimmt«, murmelte Hanka und klang dabei kein bisschen reumütig. »Aber die Farben hab ich alle mit dir ausgesucht. Außerdem siehst du doch, was hier schon wieder los ist …« Sie machte eine weit ausladende Geste. »Danke übrigens für dein Mitbringsel. *Cocoa Powder organic* – du weißt, da werde ich auf der Stelle schwach!«

Anna hatte *Eulenbuch* noch nie anders erlebt: drei ineinander übergehende Räume, die auf den ersten Blick wie ein unübersichtliches Chaos wirkten, in Wirklichkeit jedoch ein pfiffig arrangiertes Labyrinth waren, dem jeder Bücherliebhaber hoffnungslos verfiel, sobald er es zum ersten Mal betreten hatte. Auf kleinstem Raum gab es verschiedenste Welten zu entdecken, dank einer geschickten Mischung aus Novitäten und Klassikern, denn Hanka hielt rein gar nichts von einem herbeigeredeten Verfallsdatum von Büchern, sondern war dafür, dass sich ganze Generationen an ihnen erfreuen konnten. Dazwischen fanden sich verschiedenartigste Fundstücke, die von ihrer Weltreise stammten, denn sie hatte nach der Ausbildung zur gehobenen Bibliothekarin kurzerhand den Rucksack geschultert und fast zwei Jahre lang die Länder dieser Erde bereist: Skulpturen, Fahnen, Fotos, Scherben, ein paar grimmig dreinblickende Gottheiten aus Übersee und natürlich Eulen, Eulen und wieder Eulen, und zwar aus allen nur denkbaren Materialien. Am meisten jedoch liebte Anna den blauen Leuchtglobus, der aus Singapur stammte und sich Tag und Nacht in einem Zimmerbrunnen drehte.

»Bedank dich lieber nicht zu früh, du weißt ja noch gar nicht, was ich von dir will«, sagte Anna und zog sich einen der bunten Schemel näher, die vor den vollgepfropften Regalen zum Schmökern einluden. »Setz dich am besten.«

»So schlimm?«

»Das wird sich zeigen. Erst mal brauche ich dein Ohr, dann dein scharfes Auge, und schließlich auch noch deine erfahrenen Hände.«

Sie begann zu erzählen, was sie unter den Rosen gefunden hatte, und während sie redete, bekamen Hankas sonst so spöttische grüne Augen nach und nach einen melancholischen Ausdruck. Das ungeduldige Wippen ihrer Füße verebbte. Schließlich saß sie mucksmäuschenstill und kerzengerade da: ein schwarzhaariger, wie stets zerzauster Kobold, der vor Staunen den Mund nicht mehr zubekam.

»Ganz schön verrückt«, sagte sie, als Anna zwischendrin Luft holen musste. »Klingt ja fast wie im Roman! Und diese Aufzeichnungen hast du dabei?«

Anna klopfte auf ihre riesige Umhängetasche, die sie neben sich abgestellt hatte.

»Und den ganzen anderen Plunder auch – die Kinderlocken, die Perlen und die Pistole?«, fragte Hanka weiter.

»Nein. Die hab ich in der Rosenvilla gelassen. Jetzt *musst* du vorbeikommen, wenn du alles sehen willst.« Annas Blick wurde bittend. »Meine Mutter hat bereits versucht, Ordnung in das Chaos zu bringen, aber ich fürchte, besonders weit ist sie dabei nicht gekommen. Oder wollte sie es vielleicht gar nicht, weil sie nämlich an unseren Familiengeheimnissen hängt? Du dagegen bist von diesem ganzen Blut-ist-dicker-als-Wasser-Unsinn unbelastet und wärst zudem …«

»… in meinem anderen Leben um ein Haar über halb verschimmelten Schwarten verzweifelt, da dachtest du, ich frag doch am besten mal die gute alte Hanka!«

Anna zog die Schultern hoch und lächelte.

»Meinetwegen«, sagte Hanka, »aber nicht hier unten in diesem ganzen Durcheinander. Für eine exakte Zuordnung von Handschriften braucht man Platz und gutes Licht, das hab ich schon im ersten Winter auf der Bibliotheksschule in Hildesheim gelernt. Wir gehen nach oben. Das Wohnzimmer ist halbwegs aufgeräumt. Hoffe ich zumindest! Da breiten wir uns aus.« Sie stand auf, sperrte die Ladentür ab und griff nach der Dose.

Anna und Libro folgten ihr nach hinten in das kleine Büro, von dem aus eine schmale Wendeltreppe in die erste Etage zu Hankas Wohnung führte. Wie immer roch es nach Sandelholz, je intensiver, je höher sie gelangten – ein Duft, den Anna unweigerlich mit der Freundin verband, seitdem sie als Teenager zusammen zum ersten Mal kichernd einen Esoterik-Laden unsicher gemacht hatten.

Während Hanka noch mehr Bücher zusammenklaubte, die sie überall auf dem gebeizten Holzboden verteilt hatte, ging Anna in die Küche und holte die weiße Chocolatière aus dem Schrank, die sie ihrer Freundin zum letzten Geburtstag geschenkt hatte. Dann stellte sie die schlanke Keramikkanne auf den Herd, füllte sie bis zu der obersten Marke mit Milch und gab ein paar Löffel von dem dunklen Pulver hinein. Während die Mischung heiß wurde, verrührte sie alles geduldig mit dem dazugehörigen Stößel. Ein köstlicher Geruch erfüllte den kleinen Raum und zauberte Hanka wie auch Libro einträchtig auf die Schwelle.

»Kakao ist fertig«, sagte Anna. »Jetzt brauchen wir nur noch Tassen.«

Es schmeckte, wie es gerochen hatte, bitter, sämig, aufregend, tröstlich, vertraut und fremdartig – irgendwie alles zugleich. Danach öffnete Anna die Tasche und packte aus, was sie mitgebracht hatte. Hanka begann mit dem Sortieren der beschriebenen Blätter, die sie nebeneinander auslegte und immer wieder von einem Stapel zum nächsten schob. Ihre rosige Zungenspitze erschien zwischen den Lippen, so konzentriert arbeitete sie, und ausnahmsweise erhielt sogar Libro einen ungeduldigen Schubs, als er sich mittendrin majestätisch niederlassen wollte.

»Nix da, Schnuggi!«, rief Hanka. »Hier unten kann ich dich jetzt wirklich nicht gebrauchen. Warum verziehst du dich nicht mit ihm aufs Sofa, Anna, damit ich freie Bahn habe?«

Anna folgte der Anweisung, machte es sich auf der blauen Liegelandschaft bequem und klopfte auffordernd auf ein Kissen. Libro zögerte ein paar Augenblicke, dann sprang er zu ihr hinauf und kuschelte sich in ihre Kniekehlen. Inzwischen hatte Hanka eine ihrer ausgeflippten Ethno-CDs aufgelegt, ein Rauschen wie im Regenwald, durchsetzt von schrillen Tierlauten und einem monotonen Stampfen, als führten riesige Lebewesen einen rituellen Tanz auf. Mit dem warmen Kakao im Magen und dem nicht minder warmen Tierkörper an den Beinen fühlte sich Anna immer schläfriger, bis ihr schließlich die Lider ganz zufielen.

Als sie wieder aufwachte, hatte sich das Licht verändert, und ohne auf die Uhr zu sehen, wusste sie, dass es später Nachmittag sein musste. Anna rieb sich die Augen und wagte es, sich zu strecken, was Libro dazu brachte, mit einem empörten Laut das Weite zu suchen.

»Du hast so tief geschlafen, als hätte man dir eine doppelte Portion malaiischen Mohntee verabreicht«, sagte Hanka grinsend. »Und nein, bevor du mich löcherst: Fertig bin ich leider nicht. Aber ich kann dir immerhin einen feinen Einstieg anbieten – ist das vielleicht nichts?«

Anna kam zu ihr auf den Boden. »Sieht ja nach Schwerstarbeit aus«, murmelte sie.

»Kannste laut sagen! Mein Rücken mault schon, weil ich seit Stunden hier gebückt herumkrieche.« Hanka strich sich die dunklen Haare nach hinten. »Könnte es sein, dass jemand alles vernichten wollte und es sich dann im letzten Moment doch noch einmal anders überlegt hat?«

»Wie kommst du darauf?«

»Schau doch mal!« Hankas kräftige Finger deuteten auf die Ränder der obersten Blätter. »Herausgerissen! Siehst du? Und hier unten: angekokelt. Offenbar sind es verschiedenste Tagebücher, einige aus einfachem, andere aus besserem Papier. Aber gebunden waren sie alle einmal. Da hat jemand ganz schön dran zerren müssen, bis sich die Heftung gelöst hat. Ein Rest Kleber ist an manchen Stellen noch dran, nach all der langen Zeit. Und nun zum Text, denn das interessiert dich bestimmt am meisten: Einiges, was ich bislang lesen konnte, erscheint mir weitgehend vollständig, während anderswo große Lücken klaffen. Und manche der Handschriften sind alles andere als leicht zu entziffern, das kann ich dir sagen!«

Annas Augen flogen über die ersten Zeilen.

»Dresden, November 1892. Wer heiratet schon im Winter? Nur wer muss, aber Gustav und ich, wir ...«

»Nichts da, meine Liebe!« Resolut nahm Hanka ihr die Blätter aus der Hand. »Jetzt wird erst einmal gegessen! Nur so ein bisschen Kakao im Magen reicht bei Weitem nicht für einen langen Sonntag.«

Ein lauter Donnerschlag ließ sie beide zusammenfahren.

»Und ein Gewitter ist auch noch im Anzug!« Anna war aufgesprungen. »Ich muss sofort nach Hause.«

»Damit mitten auf dem Elbradweg der Blitz in dich einschlägt? Kommt gar nicht in Frage. Du bleibst gefälligst hier! Ich koch uns was, und danach gehen wir die Angelegenheit strategisch an. Oder willste mich vielleicht lieber nicht dabeihaben?« Jetzt schaute sie fast ängstlich drein.

Anna bückte sich und drückte einen festen Kuss auf das Strubbelhaar. »Und ob ich das will«, sagte sie. »Wo du doch immer schon die Klügere von uns beiden warst!«

Ein alter Scherz vom allerersten Schultag, über den beide lachten, während sie gemeinsam in die Küche gingen, wo Libro schon erwartungsvoll vor seinem leeren Napf maunzte. Als der Kater versorgt war und zwei Gläser mit kühlem Rosé bereitstanden, erschien das Szenario von damals wieder lebendig vor Annas Augen. Hanka, die sich von hinten angeschlichen hatte, um, so fest sie nur konnte, an dem lockigen Pferdeschwanz zu ziehen, den Greta ihrer Tochter zur Feier des Tages gebunden hatte.

»Autsch!« Mit Tränen in den Augen starrte Anna sie an. »Bist du verrückt? Das tut weh!«

»Der ist ja echt!«, lautete Hankas verblüffter Ausruf. »Und du bist ein richtig schönes Mädchen.«

Kurze Pause, während die beiden Erstklässlerinnen sich stumm musterten.

»Aber ich bin klüger«, quäkte Hanka weiter, die damals schon eine Meckifrisur getragen hatte. »Damit du es nur weißt. Das sagt nämlich Mama Sigi. Und die ist eine Hebamme, und die haben immer recht!«

Sigrun Benasch, die Unermüdliche, die kurz nach der Wende zur Vorkämpferin des ersten Dresdner Geburtshauses geworden war, weil sie den stressigen Hebammen-Schichtdient im Carl-Gustav-Carus-Universitätsklinikum gründlich satt hatte. Jahrelang hatte sie dieser privaten Einrichtung vorgestanden und mitgeholfen, sie in der Stadt bekannt zu machen, sie wie ihren Augapfel gehütet – bis sie zur Verblüffung aller vor drei Jahren ohne jegliche Vorankündigung plötzlich nach Meißen gezogen war.

»Wie geht es Sigi eigentlich in der neuen Heimat?«, fragte Anna, während Hanka Ingwer rieb und ihn anschließend über die brutzelnden Hühnerstreifen streute. »Lauter neue Weimarer Babys, denen sie liebevoll in die Welt geholfen hat?«

Hanka nickte. »Und das wird sie sicherlich tun, solange sie irgend kann«, sagte sie und streute das in feine Streifen geschnittene Gemüse in den Wok. »Aber stell dir vor, jetzt hat sie offenbar auch noch ihre Liebe zu den Uralten entdeckt! Vor ein paar Monaten ist sie zu zwei betagten Damen gezogen, verwitwete Schwestern aus Frankreich, soviel ich weiß. Beide an die neunzig oder sogar darüber. Scheint trotzdem erstaunlich gut zu klappen. Ich hab Mama Sigi lange nicht mehr so glücklich und entspannt gehört. Sie wohnt umsonst bei ihnen im Haus und kümmert sich dafür um die beiden. Ist vielleicht endlich der Ersatz für die glückliche Großfamilie, von der sie ein Leben lang vergeblich geträumt hat.« Ihr Blick wurde streng. »Und jetzt schnell, Teller, Besteck und den Brotkorb nach drüben, damit wir endlich essen können!«

»Ach wirklich? Vielleicht sollte ich mir das mal ansehen. Ich habe sie viel zu lange nicht mehr besucht.«

Das Curryhuhn war perfekt abgestimmt, wenngleich höllisch scharf, wie fast alles, das aus Hankas Hexenküche kam. Anna leerte ihren Teller zügig, obwohl ihre Kehle brannte und sie ihre empfindlichen Geschmacksnerven heimlich um Vergebung bat. Zwischendrin linste sie immer wieder zu den leicht vergilbten Blättern, die den halben Wohnzimmerboden bedeckten.

»Wie lange, meinst du …«, setzte sie irgendwann an.

»Schwer zu sagen. Ich hab ja schließlich noch ein paar andere Dinge zu erledigen«, erwiderte Hanka, die ungern etwas versprach, das sie nicht auch halten konnte. »Nächste Woche steht mir zudem eine Steuerprüfung ins Haus, das hat mir gerade noch gefehlt. Aber ich bleibe dran, wann immer ich kann, okay?«

»Danke«, sagte Anna. »Weißt du, irgendetwas ist ganz seltsam daran. Diese Frauen sind mir so nah, obwohl ich sie doch eigentlich gar nicht kenne. Aber in ihre Gedanken zu schlüpfen macht mich zu einer Art Verbündeten. Verstehst du, was ich meine?«

Hanka nickte. »So geht es mir manchmal, wenn ein Buch mich total gepackt hat«, sagte sie. »Dann kann ich kaum noch sagen, was realer ist – die Lektüre oder das, was wir so Leben nennen.«

Inzwischen goss es draußen in Strömen, und die kleine Wohnung erschien Anna so anheimelnd wie selten zuvor. Obwohl Hanka seit Jahren allein lebte, hatte Anna niemals das Gefühl, dass sie sich einsam fühlte – ganz anders als sie selbst, die große Sehnsucht nach Nähe verspürte, sie dann aber, wenn es ernst zu werden drohte, so schwer ertragen konnte.

»Warum schläfst du eigentlich nicht hier?«, fragte Hanka plötzlich. »Mein Bett ist groß genug für drei« – ihr Blick huschte zu Libro, der ihn hoheitsvoll erwiderte, als wisse er ganz genau, wovon sie redete –, »wir kuscheln uns ein, naschen von deinen Trüffelzimtpralinen, die ich für besondere Fälle aufgehoben habe, und stöbern gemeinsam in deinem Fund. Dann hast du es morgen früh nur ein paar Ecken bis zur neuen *Schokolust*.«

Ein Angebot, dem Anna sich kaum entziehen konnte. Plötzlich graute ihr regelrecht vor der Rückkehr in die leere, kalte Villa.

»So wie früher?«, fragte sie.

»So wie früher!«, bekräftigte Hanka.

Als die Weinflasche leer war und Hanka eine zweite öffnete, lag sie schon im Bett, unter dem federleichten himmelblauen Quilt aus Kanada, der ebenfalls von Hankas Weltreise stammte. Libro lümmelte neben ihr, die Pfote auf Annas Arm, was sie plötzlich zu Tränen rührte.

»Ich will auch ein Tier«, murmelte sie und hoffte inständig, die Freundin würde nicht anfangen, nach Ralph zu fragen.

»Genau! Und einen Prinzen, das ganze Reich, eine muntere Kinderschar und natürlich ein Schloss, aber das hast du ja bereits.« Hanka versetzte ihr einen liebevollen Schubs. »Platz da, rutsch gefälligst zur Seite – und jetzt wird endlich gelesen!«

6

Dresden, November 1892

Wer heiratet schon im Winter?

Nur wer muss, aber Gustav und ich, wir müssen ja nicht,
auch wenn mir alle Kunden der Gärtnerei – und das sind
in den letzten Monaten deutlich mehr geworden – seit
Wochen auf die Taille starren, als Verrate die ein süßes
Geheimnis. Sie muss doch schwanger sein, raunt halb
Dresden, würde der aufstrebende Fabrikant sonst ein
einfaches Blumenmädchen heiraten – und dann auch
noch so überstürzt?

Sollen sie doch reden!

Sie wissen nichts über uns, haben nicht die geringste
Ahnung, was Gustav und mich seit dem Sommer verbin-
det, damals, als er mich zum ersten Mal zur Villa gebracht und mir die indischen Mondsteine geschenkt hat.
Das war für mich unsere Verlobung, viel mehr als das
steife Ereignis ein paar Wochen später, als ich im *Hôtel de
France* an der Wilsdruffer Straße der sogenannten »besseren Gesellschaft« als seine künftige Braut präsentiert
wurde. An den Abend selbst kann ich mich kaum erinnern, so aufgeregt war ich.

In der Nacht zuvor hatte ich keine Stunde geschlafen und
mich am Morgen elend und krank gefühlt. Meine Wangen

brannten, vor Nervosität musste ich dauernd zwinkern,
und mein Magen war auf Walnussgröße zusammenge-
schrumpft.

Wie schwer fiel es mir, ein freundliches Gesicht aufzusetzen! Ich trug ein enges, hochgeschlossenes Kleid aus
kornblumenblauem Taft nach eigenem Entwurf, das erst
in letzter Minute fertig geworden war, weil bei der Schneiderin vorzeitig die Wehen eingesetzt hatten und ihre Base
aus Plauen es eiligst zu Ende sticheln musste. Der blaue
Saphirring, den Gustav für mich als Verlobungsring
ausgesucht hatte, drohte mir vom Finger zu rutschen.
Mir blieb nichts anderes übrig, als den ganzen Abend
lang die linke Hand verkrampft zu halten, was dazu
führte, dass sie zu schmerzen begann und ich weder den
Steinbutt in Hummersauce richtig genießen, noch am
nächsten Tag wie gewohnt in der Gärtnerei anpacken
konnte. Und wie höllisch mich erst die viel zu engen
Lackschuhe gedrückt haben, in die ich mich ihm zu Ehren
gequetscht hatte!

Niemals wieder, das habe ich mir damals feierlich geschworen, als ich die Haut an der Ferse in Fetzen abziehen konnte und wochenlang jeden Schritt spürte, als
würde ich auf Messern laufen wie die kleine Seejungfrau,
die ihre Stimme verkauft hatte, um Mensch zu werden,
lasse ich mich jemals wieder derart einengen, von keinem
Schuh, keinem Mieder, keinem Mann, keinem einzigen
Lebewesen auf der ganzen Welt ...

»Lenchen?« Das war Lores raue Stimme. Schwungvoll
ging die Tür auf, und die stämmige Kollegin brachte einen

Schwall eisiger Winterluft mit herein. Das Wetter war vor einer Woche umgeschlagen und hatte die ganze Stadt in Weiß gehüllt. »Sag bloß, du hockst an deinem Hochzeitsmorgen mutterseelenallein im Halbdunkel und kritzelst schon wieder irgendwelche olle Kladden voll!«

Helene legte den Bleistift beiseite, klappte das Heft zu und schob es unter den Rosenschal.

»Jetzt bist du ja endlich da«, sagte sie mit einem Lächeln. »Und ich bin gespannt, wie du mit meiner widerspenstigen Mähne zurechtkommen wirst!«

Eine Frisierkommode fehlte in ihrem kleinen Zimmer, fanden ja kaum Bett, Tisch, Waschschüssel, Kommode und Schrank darin Platz. Tante Marianne hatte ihrer Nichte nach dem Tod der Eltern das Dachkämmerchen zur Verfügung gestellt, glutheiß im Sommer, eisig im Winter, weil nur ein kleiner Kohlenofen gegen das vielfach zusammengeflickte Dach anbollerte. Unten, wo die Tante und ihr Sohn residierten, sah es um einiges gemütlicher aus, wenngleich die Möbel billig waren und nicht ganz zusammenpassten. Frieren musste trotzdem keiner, obwohl das Kohleschleppen aus dem Keller mühsam genug war. Aber wenigstens besaß Helene seit Neuestem einen ordentlichen Spiegel, vor dem sie nun auf dem besseren ihrer beiden Stühle Platz nahm.

Die Haare hatte sie schon gestern gewaschen – stets eine umständliche, langwierige Prozedur, die sich über Stunden erstreckte, denn offen reichten sie ihr bis zur Taille. Gustav war regelrecht verrückt nach ihnen und drängte sie, die Nadeln zu lösen, sobald sie ungestört zusammen waren, um seine Hände darin zu vergraben. Ein paar Mal hatte sie sich dazu verführen lassen, im Kornfeld, dann auf der herbstlichen Elbwiese, und einmal, vor wenigen Wochen, in seiner erstaunlich karg eingerichteten Wohnung in der Neustadt, die sie danach allerdings fluchtartig verlassen hatte, weil er plötzlich derart heftig geatmet hatte, dass sie Angst bekommen hatte, zu weit gegangen zu sein. Manchmal war seine grenzenlose Anbetung Helene fast zu viel, dann aber rührte und begeisterte sie wieder, wie hingerissen er offenbar von ihr war. Keinen Mann hatte sie bisher derart in Wallung bringen können, nicht einmal Philipp mit seinen Liedern und Gedichten. Sie konnte nur hoffen, es würde sich nichts daran ändern, wenn Gustav erst herausgefunden hatte, dass sie keine Jungfrau mehr war …

»Es bleibt also dabei?«, vergewisserte sich Lore, die sich inzwischen aus ihrem Umhang geschält hatte. »Alles locker nach oben und dann als Krönung einen dicken Zopf, der das Diadem bildet?«

Helene nickte. »Und etwas zum Glitzern habe ich inzwischen auch«, sagte sie und öffnete das Kästchen mit den Diamantsternen. »Das hier.«

Lore stieß einen anerkennenden Pfiff aus. »Echte Diamanten? Das nennt man eine gute Partie!«, rief sie, während sie das Haar in verschiedene Partien abteilte, hochfrisierte und feststeckte. »Was wird er dann erst in der Hochzeitsnacht mit dir anstellen? Dich von Kopf bis Fuß mit flüssigem Gold übergießen? Denn diese schönen weißen Winterrosen in der kleinen Vase sind doch garantiert auch schon wieder von ihm!«

Als sie Helenes betretene Miene sah, erstarb ihr Grinsen. Sie wusste als Einzige von dem Ausrutscher mit Philipp, doch bei ihr war dieses Geheimnis gut aufgehoben.

»Du hast es ihm also noch nicht gebeichtet?«, folgerte Lore.

»Nein. Wie denn auch?«, entgegnete Helene bedrückt. »Was, wenn er es sich noch einmal anders überlegt hätte?«

»Vielleicht merkt er es ja nicht einmal. Manche Kerle wissen so wenig über Frauen, dass man ihnen sonst was vormachen kann. Und dein rundlicher Gustav Klüger kommt mir ehrlich gesagt nicht gerade wie ein Weiberheld vor.«

»Er wird im März vierzig, Lore! Und ist wegen seiner Schokolade schon in halb Europa herumgekommen. Glaubst du im Ernst, Gustav spielt mit Zinnsoldaten und glaubt noch an Märchen?«

Nachdenklich wog Lore den dicken blonden Zopf in der Hand. »Dann sag es ihm ohne Getue. Einfach frank und frei heraus. Ein Mann von Welt müsste doch eigentlich kapieren, dass ein schönes Mädchen wie du nicht immer nur nein sagen kann. Du hast schließlich auch schon vor ihm geatmet. Und ein Feigling warst du meines Wissens noch nie.«

»Du hast recht.« Auf einmal fühlte sich Helene leichter. »Ja, genauso werde ich es machen!«

Außerdem bin ich dann schon seine Frau, dachte sie. *Und Gustav hat erst gestern vor seinem Junggesellenabschied gesagt, dass er sich nichts mehr auf der Welt wünscht.*

»Kommt von seiner Familie eigentlich auch jemand?«, fragte Lore.

Wie schaffte sie es nur immer, mit wenigen Worten

mitten ins Schwarze zu treffen? »Eltern hat er ja keine mehr«, antwortete Helene gedehnt. »Und auch keine Geschwister. Gustav ist ein Einzelkind. So wie ich auch.«

»Aber da war doch noch diese reiche Erbtante aus Hamburg …«

Lore vergaß wirklich nichts, was man ihr einmal erzählt hatte!

»Ida Martens, ja. Die wird gerade an der Galle operiert. Und ist derzeit leider nicht reisefähig.«

Die Brautfrisur war nahezu fertig. Der Winter hatte Helenes Haar etwas von dem leuchtenden Goldton genommen, mit dem sie im Sommer prunken konnte, aber eine Kamillenspülung hatte es wieder glänzend und geschmeidig gemacht. Als Lore die Diamantsterne hineinsteckte, wurden ihre Augen feucht.

»Da musste ich geschlagene siebenundfünfzig Jahre alt werden, um so etwas Schönes zu erleben«, murmelte sie. »Wie eine Königin siehst du aus, mein Mädchen! Gegen dich kommt man sich ja vor wie ein Bettelweib.« Lore hatte ihr schwarzes Sonntagsgewand aus Barchent nach Kräften gebürstet, aber man sah natürlich, wie abgetragen es war. Da nützte auch der räudige Fuchspelz nicht viel, den sie sich als Zierde um den Hals geschlungen hatte. »Brauchst dich vor seiner noblen Sippschaft nicht zu fürchten. Was Anmut und Schönheit betrifft, so stichst du sie alle mit links aus!«

»Jetzt übertreib mal nicht.« Auf einmal konnte Helene es kaum erwarten, wieder allein zu sein. Ihre letzten gestohlenen Augenblicke, bevor Gustavs Kutsche sie abholen und zum Standesamt bringen würde. Den Weg zur

Kirche würden sie dann bereits Seite an Seite zurücklegen, Herr und Frau Gustav Klüger – wie fremd das noch in ihren Ohren klang! »Du kannst ja einstweilen unten mit Tante Marianne einen Schlehenlikör trinken. Das kann an solchen Tragen niemals schaden.«

»Du willst nicht, dass ich dir beim Anziehen helfe?« Lores Haselnussaugen wurden noch größer, als sie auf das Kleid fielen, das auf einem Bügel außen an der Schrankwand hing. »Trotz all dieser Knöpfe? Mensch, das sieht ja aus wie aus 1001 Nacht! Du bist natürlich eine weiße Braut – das hätte ich mir ja gleich denken können, dass er dich nicht in dem strengem Schwarz zum Altar führt, in dem unsereins heiratet.«

Helene schüttelte den Kopf. »Musst du nicht«, sagte sie. »Ich bin doch schon groß.«

Als Lore endlich draußen war, lehnte sie sich gegen die Tür und schloss für einen Moment die Lider. War das Ganze doch nur ein Traum, aus dem sie jeden Moment wieder erwachen konnte?

Sie öffnete die Augen wieder.

Alles war da – das Kleid aus cremeweißer Atlasseide mit der langen Knopfreihe, der Schleppe und dem schmalen Gürtel aus Seidenrosen, das Cape aus weißem Nerz, der duftige Schleier, die hellen Knopfstiefelchen, das Spitzenmieder mit dem passenden Höschen, die hauchdünnen Seidenstrümpfe, das blassblaue Strumpfband. Vollständig von Gustav bezahlt, ausgesucht jedoch von ihr, und es hatte solchen Spaß gemacht, endlich einmal im Luxus zu schwelgen. Wie nett die Menschen auf einmal waren, wenn man Geld zum Ausgeben hatte! Die blutjunge

Schuhverkäuferin mit den geröteten Pusteln auf dem Kinn hatte sie mehr als ein Dutzend Mal »Gnädige Frau« genannt und beim Bezahlen sogar geknickst, was sie einen Moment lang beschämt hatte.

Helene ließ das Nachthemd hinuntergleiten und kleidete sich danach an, langsam, fast rituell. Als Letztes legte sie das heißgeliebte Mondsteincollier an und trat vor den Spiegel. Lore hatte vielleicht gar nicht so unrecht – ja, heute sah sie beinahe wie eine Königin aus.

Doch das war sie nicht.

Sie war Helene Waever, das Blumenmädchen. In das hatte Gustav sich verliebt, und das sollte er heute auch zur Frau bekommen. Nach kurzem Überlegen zog sie die Diamantsterne wieder aus dem Haar und legte sie zurück in das Kästchen, danach folgten die Hornnadeln, die Lore eben noch so sorgsam festgesteckt hatte. Zum Schluss löste sie den Zopf und griff zur Bürste. Einige energische Striche, dann fielen ihre Haare wie ein glänzendes goldenes Vlies bis zum Gürtel.

Eines fehlte noch.

Helene nahm die weißen Rosen aus der Vase. Ein paar geübte Handgriffe, und der schlichte Brautkranz war fertig. Sie setzte ihn sich auf den Kopf, dann öffnete sie die Tür und ging mit einem tiefen Atemzug zur Treppe, ohne sich noch ein einziges Mal nach ihrem alten Leben umzusehen.

*

Gustav stockte der Atem, als er sie zu Gesicht bekam, das war unübersehbar und bescherte Helene einen wohligen

Schauer. Er gab ihr so viel, da sollte er auch zufrieden mit dem sein, was sie ihm zu bieten hatte. Ungelenk vor Begeisterung streckte er ihr den länglichen Brautstrauß aus weißen Lilien entgegen, den sie zwar scheußlich fand, weil es für sie Friedhofsblumen waren, aber sie zwang sich dennoch ein Lächeln ab. Erneut fiel Schnee, nachdem sie die Kutsche verlassen hatte, und die dicken Flocken setzten sich wie funkelnde Sterne in ihr Haar. In der kalten Luft bildete das Schnauben der Rösser helle Wolken, die sie rasch hinter sich ließen. Es tat gut, beim Gehen Gustavs warmen Arm zu spüren, der sie sicher zum Tor des Standesamts in der Schulgasse geleitete. Unter seinem schweren dunklen Mantel mit Samtkragen trug er einen Cut und hatte sich zum Glück den unvorteilhaften Schnauzer der vergangenen Wochen wieder abrasieren lassen, der ihn so griesgrämig und ältlich gemacht hatte. Sein Gesicht, auf das sie im Gehen immer wieder verstohlene Blicke warf, sah aus, als habe er den gestrigen Kater nur mit Mühe herausgewaschen. Er wirkte angespannt, aber wieder deutlich jünger. Hatte er abgenommen? Die Hochzeit schien ihm offenbar mehr zuzusetzen, als er zugeben wollte.

»Probleme in der Fabrik«, raunte er ihr zu, als sie im Hochzeitssaal angelangt waren. »Zwei der neuen Conchiermaschinen sind plötzlich defekt. Kann nur hoffen, dass der Werksmeister sie wieder zum Laufen bringt. Jetzt ruht erst einmal die ganze Produktion – und damit der Rest des Weihnachtsgeschäfts. Eine finanzielle Katastrophe, wenn das noch lange so geht!« Er zwinkerte. »Ich hab sie mir nämlich auf nicht ganz legale Weise beschafft, wenn du verstehst, was ich damit andeuten will. Aber sollen uns diese arroganten Schweizer denn für alle Zeiten in die zweite Reihe verweisen?«

»Du hast sie gestohlen?« Helenes Stimme bebte.

»Unsinn! Ich hab ein Vermögen dafür bezahlt, dass jemand mir das Geheimnis verraten hat. Aber wenn es jetzt nicht funktioniert, dann war alles vergebens. Sobald die Maschinen stehen, verdiene ich nichts. So einfach ist das.«

»Hast du dann wenigstens deine Leute nach Hause geschickt?«, flüsterte Helene zurück. »Wenn sie ohnehin nur herumstehen können? Heute, an unserem Freudentag!«

Gustav blieb stehen und starrte sie an, als käme sie von einem anderen Stern. »Wir haben nichts zu verschenken, Liebes«, sagte er schließlich, sichtlich mühsam beherrscht. »Das wirst auch du bald noch lernen. Ich bin kein Adliger mit Gütern oder Ländereien. Unser Wohlstand beruht einzig und allein auf Tüchtigkeit und Fleiß. Seit Jahren bin ich unermüdlich tätig im Dienst der Fabrik. Und was ich mir abverlange, das erwarte ich ebenso von meinen Arbeitern.«

Helenes Augen begannen zu brennen, so sehr ärgerte sie sich über diese Zurechtweisung. Was glaubte er eigentlich, wer sie war – ein Spielzeug, das er nach Lust und Laune ausstaffieren konnte, damit es ihm nach dem Mund plapperte? Hielt er sie für ein verwöhntes Balg, das nichts vom Leben wusste? Seit ihrem vierzehnten Geburtstag hatte sie sommers wie winters in der Gärtnerei gearbeitet und war auch danach Tante Marianne im Haushalt oft genug zur Hand gegangen.

»Aber du kannst an jedem Monatsende deinen Gewinn

zählen, und das nicht zu knapp, während sie mit dem bisschen Lohn kaum über die Runden kommen«, murmelte sie. »Und wenn du krank wirst, kommt der Herr Medizinalrat herbeigeeilt, um dich schnell wieder gesund zu machen. Sie dagegen schleppen sich fiebernd in die Fabrik, weil sie Angst haben, sonst die Arbeit zu verlieren.«

Sein Gesicht färbte sich rot.

»Ich erkenne dich ja kaum wieder, Helene«, zischte er. »Wer hat dir nur all diesen Unsinn eingetrichtert? Man könnte ja fast glauben, du gehörtest zu jenen unverschämten Sozis, die jetzt überall herumkrakeelen!«

Niemand, hätte sie fast geschrien. *Ich kann meinen Kopf nämlich selbst ganz gut benutzen.* Doch dann zwang sie sich, ruhig zu bleiben. *Wir sind eben aus zwei verschiedenen Welten,* dachte sie. *Wir können unmöglich gleich fühlen und denken. Gustav und ich müssen lernen, uns anzunähern und, wo das nicht möglich ist, die Meinung des anderen zu ertragen.*

Und doch war es, als habe sich plötzlich etwas Dunkles über diesen schneegleißenden Morgen gesenkt, das nicht einmal die freundliche Ansprache des grauhaarigen Standesbeamten wieder vertreiben konnte. Helene ertappte sich dabei, wie ihre Gedanken wegflogen – zu ihren Eltern, die sie an diesem Tag besonders schmerzlich vermisste. Was sie wohl sagen würden, wenn sie sie hier in ganzer Pracht sehen könnten?

Gustavs Ja erreichte sie in ihrer Versunkenheit kaum. Und als sie selbst gefragt wurde, ob sie mit Gustav Theodor Klüger die Ehe eingehen wolle, antwortete sie so leise, dass sich die buschigen Brauen des Standesbeamten fragend hoben. Der Ringtausch sollte der anschließenden kirchlichen Zeremonie vorbehalten bleiben, und da Gustav keinerlei Anstalten machte, sie zu küssen, blieb Helene stocksteif stehen.

»Sie müssen unten rechts unterschreiben, verehrte Frau Klüger«, sagte der Grauhaarige väterlich. »Und Ihr neuer Name beginnt mit einem K. Das W gehört für immer der Vergangenheit an – nicht vergessen!«

Wie gut, dass er sie daran erinnert hatte! Helene hatte bereits zu einem schwungvollen W angesetzt, korrigierte sich aber gerade noch rechtzeitig. Ihre Unterschrift wirkte unbeholfen und neben Gustav exakter Signatur eher schulkindhaft, doch sie hatte keine Zeit, sich darüber zu ärgern, denn nun kamen die beiden Trauzeugen ins Spiel, zwei ältere, ihr nahezu unbekannte Geschäftsfreude von Gustav, die sie nur einmal bei der Verlobungsfeier zu Gesicht bekommen hatte.

Schweigend verließen sie das Standesamt und nahmen Seite an Seite in der Kutsche Platz, die sie bis zur Frauenkirche brachte. Jetzt war Helene dankbar, als sie Tante Mariannes rundliche Gestalt im grünen Samtkostüm davor erblickte, neben ihr Vetter Rolf in biederem Dunkelgrau, der sich nicht einmal heute ein Lächeln abringen konnte, und Lore, die fröhlich für zwei grinste.

Pastor Renz begrüßte sie am Portal, während die Glocken zu läuten begannen und feierliches Orgelspiel einsetzte. Die spärliche Hochzeitsgesellschaft verlor sich fast in den Bänken, und ein seltsames Gefühl machte sich in Helene breit. Hatte Gustav auf der »Hochzeit im kleinen Kreis« beharrt, weil er sich ihrer insgeheim doch schämte? Und war die Erbtante vielleicht gar nicht im Spital, sondern wegen der Mesalliance in ihren Augen schlichtweg in Hamburg geblieben? Dann aber schickte sie all diese Gedanken weit weg, überließ sich ganz Orgel und Psalmgebet, ließ die Schönheit des Kirchenraums auf sich wirken, lauschte der Lesung über die Hochzeit von Kanaan und der temperamentvollen Predigt von Pastor Renz über Geben und Nehmen in der Ehe und konnte schließlich mit festen Beinen aufstehen, um das Versprechen zu leisten.

»Willst du, Gustav Theodor Klüger, die hier anwesende Helene Regina Waever als deine Ehefrau lieben und ehren und die Ehe mit ihr nach Gottes Gebot und Verheißung führen, bis dass der Tod euch scheide, so antworte: Ja, mit Gottes Hilfe.«

Der Bräutigam, sichtlich ergriffen, räusperte sich, schluckte, hüstelte, räusperte sich erneut. Schließlich entrang sich seiner Kehle ein zittriges »Ja, mit Gottes Hilfe«.

Helene dagegen antwortete laut und deutlich, als die Reihe an sie kam, und ihre Hand war zwar kalt, aber ruhig, als Gustav ihr den breiten Goldring an den Finger steckte, der sie nun für immer an ihn band. Sie empfingen das Abendmahl, durchstanden das Fürbittengebet, und schließlich war die Zeremonie zu Ende. Vor der Kirche erwarteten sie zwei winzige Blumenmädchen, die in dicken weißen Wollmänteln steckten und eifrig Rosen in den Schnee streuten, und plötzlich schien Gustav wieder aus seiner Erstarrung zu erwachen.

»So etwas Niedliches wünsche ich mir von dir«, flüsterte er in Helenes Ohr. »Am besten so schnell wie möglich. Und wenn sie Hosen trügen, wäre es mir sogar noch lieber.«

»Dann küss mich endlich«, flüsterte sie zurück. »Von mir aus können wir gleich damit beginnen!«

Ihre Lippen fanden sich zu einem Kuss, der so lang und leidenschaftlich ausfiel, dass Tante Marianne schließlich nervös zu hüsteln begann.

»Du hast wohl schon ordentlich Hunger, Tantchen?«, rief Gustav, nachdem sie sich wieder voneinander gelöst hatten. »Das gefällt mir! Denn heute wird nach Herzenslust getrunken und geschlemmt.«

Jetzt drängte er Helene geradezu in die Hochzeitskutsche, die nach kurzer Fahrt vor dem Seiteneingang des *Königlichen Belvedere* auf der Brühlschen Terrasse hielt. Wo kamen auf einmal die ganzen Gäste her, die sie in dem mit Blumengirlanden geschmückten Lokal klatschend empfingen?

Helene spürte die Blicke aller auf sich ruhen, während Gustav sie zu der Hochzeitstafel führte und dabei eine Flut von Namen auf sie niederprasseln ließ. Sie schüttelte Hände, erhielt jede Menge galanter Handküsse und lächelte, bis ihr Gesicht steif zu werden drohte.

Ein paar der Gäste erkannte sie wieder, weil sie auch schon bei der Verlobung eingeladen gewesen waren, aber es würde Wochen dauern, bis sie sich die vielen neuen Namen eingeprägt hatte, wenn nicht länger, das wusste sie schon jetzt. Besonders wenn ihr jemand nicht lag, verweigerte sich manchmal ihr Gehirn, wie sie Gustav gestanden hatte, und sie konnte nur hoffen, dass es zu keinen Peinlichkeiten

kommen würde, die sie und vor allem ihren Mann bloß-
stellten.

Das Menü entsprach ganz und gar seinem deftigen,
nicht sonderlich raffinierten Geschmack, angefangen vom
Champagner, der ihr sofort zu Kopf stieg, über den Ries-
ling, an dem sie nur nippte, weil sie ihn zu süßlich fand, bis
hin zum schweren Port, der zum Dessert gereicht wurde.
Es gab eine kräftige Suppe mit Markklößchen, Königs-
krusteln, Rehrücken mit Rotkraut, Filet Wellington,
schließlich Halbgefrorenes von Mandarinen. Als endlich
die riesige Käseplatte auf einem Servierwagen hereinge-
rollt wurde, verdrehte Helene die Augen, während Gustav
noch einmal herzhaft zugriff, bevor er sich zurücklehnte
und zum Kaffee eine Zigarre anzündete.

»Jetzt müssen wir sie nur noch loswerden, Liebes«,
raunte er ihr zu. »Denn wir haben ja noch eine gute Weile
bis nach Hause!«

Spürten die Geladenen, dass der frischgebackene Ehe-
mann innerlich zum Aufbruch drängte? Auf einmal löste
sich die Tafel erstaunlich rasch auf. Tante Marianne und
Rolf begnügten sich als Letzte mit einem Händedruck zur
Verabschiedung, während Lore es sich nicht nehmen ließ,
Helene fest an sich zu drücken.

»Der geht schon in Ordnung, dein Gustav«, murmelte
sie. »Lieben tut er dich, das ist das Allerwichtigste. Und
was ihm fehlt, das bringst du ihm nach und nach eben bei.
Außerdem bin ich ja auch noch da. Bitte vergiss das nicht.
Auch wenn ich nur im ollen Pieschen wohne, schon so
viele Jahre auf dem Buckel habe und nicht ein einziges
feines Kleid besitze.«

Helene nickte stumm, auf einmal vor lauter Rührung unfähig, etwas darauf zu entgegnen.

Als die Kutsche schon ein Stück unterwegs war und sie auf die Albert-Brücke zufuhren, stutzte sie plötzlich. »Das ist aber nicht der Weg nach Blasewitz ...«

»Glaubst du, ich hätte auch nur eine einzige ruhige Minute, ohne zu wissen, wie es in der Fabrik steht?«, erwiderte Gustav mit schwerer Zunge. »Schokolade ist unser Polster, Helene. Das muss jetzt schnell in deinen hübschen Kopf hinein. Ist es dick, geht es uns gut. Schrumpft es zusammen, so stehen uns widrige Zeiten ins Haus.«

Da war er wieder, jener überheblich-altväterliche Tonfall, der sie schon heute Morgen gestört hatte! Sie biss sich auf die Lippen, um nicht scharf zu werden. »Dann lerne ich dein geheiligtes Reich ja wenigstens mal am Tag kennen«, sagte sie schließlich, jedes Wort sorgfältig abwägend. Ein einziges Mal hatte er sie nach langem Drängen nachts in das Fabrikgelände an der Alaunstraße gebracht, verstohlen, als sei er eher ein Einbrecher als der Besitzer der Anlage. Die Maschinen hatten sie fasziniert, die Förderbänder, die Hallen, die hochaufgetürmten Pakete, die auf den Abtransport warteten. Gustav belieferte nicht nur das gesamte Deutsche Reich, wie er ihr voller Stolz erklärt hatte, sondern hatte sich auch einen soliden Kundenstamm in Österreich, Frankreich, Belgien, den Niederlanden, ja sogar in England aufgebaut. »Und vor allem deine Leute. Du hattest mir versprochen ...«

»Garantiert nicht heute, Liebes!«, unterbrach er sie. »Erst einmal müssen die anstehenden Probleme gelöst werden. Das hat Vorrang. Und auch sonst nicht. In den Werksanlagen hat meine Frau während der Produktionszeit nichts verloren. Und das wollen wir unbedingt so beibehalten.« Er öffnete die Tür.

»Du lässt mich in der Kutsche zurück – an unserem Hochzeittag?« Sie musterte ihn fassungslos.

Er schob die Decke aus Fuchsfell höher, die er sorgfältig über ihre Knie gelegt hatte. »Frieren wirst du schon nicht«, sagte er. »Und ich beeile mich. Ehrenwort!«

Dann war er fort, während Helene den Rosenkranz absetzte und sich an die Stoffbespannung lehnte. Es hatte wieder zu schneien begonnen, und sie spürte plötzlich, wie bleierne Müdigkeit sie überfiel. War das ein Ausblick auf ihr zukünftiges Schicksal – zum Warten verdammt, während Gustav draußen in der Welt ganz nach seinem Gutdünken agierte? Plötzlich erschien ihr die schlecht heizbare Dachstube, aus der sie vor wenigen Stunden noch so entschlossen gestürmt war, gar nicht mehr so übel. Sie hatte ihr eigenes, wenngleich bescheidenes Einkommen gehabt und, abgesehen von Tante Mariannes lästigen Bevormundungen, meist tun und lassen können, was sie wollte.

»Frau Gustav Klüger«, murmelte sie vor sich hin. »Mit allem, was dazugehört! Daran wirst du dich wohl oder übel gewöhnen müssen. Fräulein Helene Waever gibt es ab heute nicht mehr …«

Die Lider mussten ihr eine ganze Zeit lang zugefallen sein, denn als Gustav die Kutschentür aufriss und sich neben ihr auf die Sitzbank fallen ließ, war es draußen bereits dunkel.

»Alles in Ordnung«, rief er freudestrahlend. »Russnick,

dieser Teufelskerl, hat doch tatsächlich eine ebenso brauchbare wie kostensparende Lösung gefunden! Es lag am Stahlmesser der letzten Walze, die das Mahlgut nicht mehr richtig abgestreift hat. Er hat es aus beiden Maschinen ausgebaut, eigenhändig geschliffen und wieder eingesetzt. Jetzt kann die Klüger'sche Schokolade gründlich gewalzt werden und wird so glatt und schmelzend wie nie zuvor! Menschenskind, wenn ich nur daran denke, dass dieses ganze sündteure Schweizer Abenteuer so mies hätte ausgehen können – aber wir haben noch einmal riesengroßes Glück gehabt!«

Es war zu dunkel, um sein Gesicht zu erkennen, doch sie spürte, wie sein ganzer Körper vor Erregung regelrecht glühte, auch wenn sie nicht ganz verstand, wovon er eigentlich redete.

»Aber du bist ja eiskalt, Liebes!« Gustavs Stimme klang besorgt. »Das werden wir gleich ändern.« Er rieb ihre Arme, dann ihre Beine, bis Helene seine Hände wegschob.

»Fahren wir jetzt nach Hause?«, fragte sie leise.

»Darauf kannst du wetten! Ich hab dem Kutscher eine Mark extra versprochen, wenn er uns schnell nach Blasewitz bringt. Ich hoffe nur, Käthe hat alles nach meinen Anordnungen vorbereitet …«

»Wer ist Käthe?«, unterbrach sie ihn.

»So heißt die Mamsell, Liebes. Ein paar neue Namen wirst du dir schnell merken müssen. Franz, den Kutscher, kennst du ja bereits. Dann gibt es noch die Köchin Berta, seine Frau, die Küchen- und Haushaltshilfen Lise und Martha. Und natürlich Gundi, dein Mädchen. Mit einem

Gärtner hab ich mir noch Zeit gelassen, denn du wolltest ja selbst ...«

Ihr lautes Räuspern ließ ihn innehalten.

»Und die wohnen alle mit uns im Haus?«, fragte Helene.

»Natürlich. Sie sind doch dazu da, dir das Leben leichter zu machen! Die Mädchen und die Mamsell sind oben untergebracht, in den Gesindekammern unter dem Dach. Franz und Berta haben eine eigene kleine Wohnung im Souterrain. Zum Reinemachen und für die große Wäsche habe ich zusätzlich auswärtiges Personal angestellt. Eine Schneiderin steht dir zur Verfügung, wann immer es nötig ist, ebenso eine Putzmacherin für deine Hüte. Du wirst es also ganz bequem haben und in der Lage sein, dich auf das Wesentliche zu konzentrieren – deinen Mann, unsere Gäste und hoffentlich schon sehr bald auf unsere Kinder.« Er versuchte, mit seinem Lederhandschuh die beschlagene Scheibe klar zu wischen, was misslang. »Erkennen kann man ja rein gar nichts mehr bei diesem Sauwetter! Sogar die neuen Gaslaternen, die sie hier überall am Straßenrand aufgestellt haben, machen schlapp. Aber wir müssten bald da sein.«

Seit Wochen hatte sie das Haus nicht mehr gesehen, da Gustav über die Verzögerung der Innenausbauten immer mehr in Rage geraten war und sich strikt geweigert hatte, sie noch einmal mit zur Baustelle zu nehmen. »Ich mute meiner Braut doch kein heilloses Kuddelmuddel zu«, hatte er protestiert. »Du wirst diese Schwelle erst überschreiten, wenn alles in Ordnung ist!«

Die Kutsche hielt an. Durch die schneebedeckten Fenster der Kutsche drang ein dünner Lichtstrahl. Gustav stieg aus und hielt Helene die Hand entgegen, um ihr beim Aussteigen behilflich zu sein. Sie kniff die Augen zusammen, um in dem Schneetreiben irgendetwas zu erkennen.

»Aber die Fassade ist ja gar nicht gelb«, rief sie. »Wie kann das sein? Wir hatten doch so lange über die Farbe beratschlagt und uns dann für diesen warmen Ton entschieden! Warum hast du es nicht dabei belassen?«

»Weil ich in letzter Minute ein elegantes Grau bevorzugt habe«, sagte Gustav. »Das wirkt edler, passt besser nach Blasewitz und ist vor allem der ideale Hintergrund für deinen künftigen Rosengarten. Und jetzt lass dich überraschen, Helene!«

Bevor sie dagegen protestieren konnte, hatte er schon unter ihr Hinterteil gegriffen und sie hochgehoben, als sei sie nicht schwerer als eine Feder. Dann stapfte er mit schweren Schritten durch den Schnee bis zur Haustür.

Die war bereits weit geöffnet.

Eine dunkel gekleidete Gestalt stand auf der Schwelle und trat ein wenig beiseite, um Platz zu machen. Sie hielt eine Petroleumlampe in der Hand und leuchtete ihnen damit entgegen. Helene blickte in ein breites Frauengesicht mit klugen grauen Augen.

»Ich bin Mamsell Käthe«, sagte die Frau, die um die vierzig sein musste. »Willkommen zu Hause, Frau Klüger! Das Feuer flackert im Kamin, ein kleines Abendbrot ist gerichtet, und das Personal erwartet Sie bereits in der Halle.«

*

Wie froh sie war, dass im Schlafzimmer nur Kerzen brannten, obwohl ihr das elektrische Licht gefiel, das Gustav unter enormen Kosten im ganzen Haus hatte anbringen lassen. Es leuchtete heller und gleichzeitig wärmer als die trübe, stets ein wenig flackernde Gasbeleuchtung, an die sie bislang gewöhnt war.

»Das ist die Zukunft, Helene«, hatte er gerufen, nachdem sie jeden Schalter mindestens dreimal an- und ausknipsen musste. »Mit Strom wird sich alles verändern. Bald hält die Elektrizität auch Einzug in die Fabrik – und dann ist es endgültig vorbei mit Handbetrieb und Dampfkraft!«

Noch erleichterter aber war Helene, dass sie das seltsame Defilee vor der ausschließlich weiblichen Dienerschaft halbwegs heil überstanden hatte. Den Frauen schien es nichts auszumachen, vor ihr Aufstellung zu nehmen, obwohl sie ihre neugierigen Blicke auf sich ruhen spürte. Berta mit den vollen Hüften und dem gemütlichen Doppelkinn schloss sie auf Anhieb ins Herz – so sah jemand aus, der Essen liebte und es gut zuzubereiten wusste. Bei den anderen musste sie erst noch abwarten, wie sie mit ihnen zurechtkommen würde; vor allem Gundi, die kein Lächeln zustande brachte, hätte sie sich selbst niemals als Mädchen ausgesucht. Überhaupt war ihr der Gedanke, künftig eine fremde Person so nah bei sich zu haben, eher unangenehm. Unschlüssig war sich Helene auch, was die Mamsell betraf, vor der sie sich trotz ihres eleganten Hochzeitskleids unwissend und ärmlich fühlte. Liebe Güte – ab morgen früh würde sie die Gnädige sein, die allen Befehle erteilte und ein großes Haus leiten musste! In ihren Fantasien hatte sie sich das unzählige Male ausgemalt, doch in der Realität war es auf einmal doch ganz anders.

»So nachdenklich, Liebes?« Gustav schob ihr Haar zur Seite, um ihren Hals zu küssen.

»Ja«, murmelte sie und spürte, wie ihre Haut unter seinen Lippen zu prickeln begann. »Es war ein langer, sehr, sehr aufregender Tag!«

Er ließ von ihr ab und trat einen Schritt zurück. »Darf ich meine Hände in deinen Locken baden?«, fragte er.

»Nur zu. Ab heute ist alles deins.«

Er kam auf sie zu, berührte ihr Haar, dann griff er mit beiden Händen hinein, aber er war zart dabei, nicht fordernd oder gar unverschämt.

»Du hast sie heute für mich gelöst«, sagte er. »Eine wunderbare Überraschung, für die ich dir noch einmal danke. Doch in Zukunft möchte ich der Einzige bleiben, der diese Pracht zu sehen bekommt. Willst du mir das versprechen?«

»Gern.« Es kam ihr leicht über die Lippen.

»Und du schneidest sie nicht ab. Niemals! Abermals versprochen?«

»Wenn dir so viel daran liegt – versprochen!«

»Gut!« Er klang erleichtert. »Aufregend hast du den heutigen Tag genannt?« Jetzt öffneten seine Finger routiniert und erstaunlich geschwind die vielen Knöpfe des Brautkleids. »Dann warte erst einmal, was jetzt passieren wird!«

Gustav hatte Cut, Binder und Weste abgelegt und trug nur die dunklen Hosen und sein weißes Hemd, das sich an ihrer erhitzten Haut ein wenig starr anfühlte, denn Helene war auf einmal beinahe nackt. Mit Miedern schien er sich ebenfalls bestens auszukennen, denn es fiel von ihr ab wie eine Schale, die sie nicht länger brauchte.

»Lass die Strümpfe an, Helene«, bat er. »Die machen deine schönen Schenkel noch betörender. Was bin ich froh, dass du kein Klappergestell bist. Ich liebe es nämlich, etwas in der Hand zu haben!«

Im Handumdrehen hatte Gustav seine restliche Kleidung abgestreift, dann drängte er sie sanft zu dem breiten Bett, das schon mit aufgeschlagenen Daunendecken auf sie wartete. Sie sank in die weichen Kissen, er halb über ihr, während er sie leidenschaftlich zu küssen begann. Helene mochte es, wie er roch, sie mochte seinen Körper, der ihr geschmeidiger erschien, als sie es sich ausgemalt hatte, seine sicheren Bewegungen und dass er ihr trotz wachsender Erregung genügend Zeit ließ. Als er nach unten rutschte, ihre Beine sanft spreizte und ihren Schoß kundig zu liebkosen begann, ging auch ihr Atem rasch schneller, und er hörte nicht auf, bis sie die Hüften kreisen ließ und sich ihm entgegenbäumte. Nein, Gustav Klüger spielte definitiv nicht mehr mit Zinnsoladen und war auch von Märchen meilenweit entfernt! Sie hatte einen erfahrenen, hingebungsvollen Liebhaber zum Mann, der ganz genau wusste, was er tat.

Jetzt wollte sie ihn auf einmal nur noch in sich spüren, um zu vollenden, was so grandios begonnen hatte, doch er ließ sich auch hier Zeit, neckte und lockte sie, und als er schließlich zum Höhepunkt gekommen war, zog er sich beileibe nicht eiligst zurück, wie sie es von Philipp kannte, sondern blieb sanft und ruhig in ihr, während seine Rechte erneut ihr Haar streichelte.

»Gar kein so übler Anfang, oder?« Seine Stimme war tiefer als sonst, was Helene gefiel.

»Nicht übel? Du untertreibst maßlos, Gustav! Ich fand es wunderschön«, murmelte sie.

»Keine Schmerzen?« Er klang noch immer entspannt.

Sollte sie lügen? Helene entschloss sich zur Wahrheit. »Du musst wissen, es war nicht mein erstes Mal, aber heute …«

»Pst!« Sein Finger legte sich sanft auf ihre Lippen. »Alles Vergangene zählt ab heute nicht mehr, Liebes! Jetzt geht es nur noch um unsere Gegenwart und die strahlende Zukunft, die vor uns liegt. Du bist die Frau meiner Träume, Helene. Das wusste ich schon, als ich dich zum ersten Mal in der Gärtnerei gesehen habe. Was glaubst du, wie hübsch und klug unsere Kinder erst sein werden!«

Sie küsste seine Schläfe. »Ich liebe Kinder, Gustav«, sagte sie, schon leicht schläfrig und so glücklich, wie sie es sich niemals vorgestellt hätte. »Ich war immer traurig, dass ich keine Geschwister hatte, und hab mir immer ein halbes Dutzend eigene Sprösslinge gewünscht.« Sie kicherte. »Und nach diesem Abend hätte ich sogar Lust, noch ein wenig aufzustocken.«

Er begann über das ganze Gesicht zu strahlen und war mit seinem zerzausten Schopf und den blitzenden Augen auf einmal fast schön. »Weißt du, was ich jetzt machen werde?«, fragte Gustav mit spitzbübischer Miene. »Mich im Hemd hinunter in die Küche schleichen, um uns eingelegte Oliven, ein paar Scheiben Brot und etwas von dem grandiosen Wildschweinschinken zu holen, den Anwalt

Vöster uns zur Hochzeit geschenkt hat, sowie eine gute Flasche Tokaier aus dem Weinkeller. Und dann probieren wir es gleich noch einmal!«

*

Dresden, Jahreswende 1892/93

Das Fieber hatte Helene am ersten Weihnachtsfeiertag überfallen, so überraschend und heftig, dass sie kaum etwas von dem Gänsebraten herunterwürgen konnte, den Berta mit strahlender Miene serviert hatte, weil er so kross und saftig gelungen war. Die kleine Tischgesellschaft starrte sie verblüfft an, als sie aufsprang, sich die Hand vor den Mund presste und hinauslief, um sich zu übergeben.

»Gut gemacht, Junge«, sagte Ida Martens nach einer kurzen Schrecksekunde. »Keine zwei Monate unter der Haube und bereits in anderen Umständen. Das lob ich mir!«

Tante Marianne, die sich in ihrem aufgebügelten Kostüm und den gichtigen Gärtnerinnenhänden neben der noblen Bankierswitwe mit Dreifachperlenschnur sowie Lorgnon sichtlich unwohl fühlte, hüstelte, während Rolf sofort eine unfreundliche Bemerkung parat hatte. »Für meinen Geschmack fast ein bisschen zu schnell«, sagte er. »Aber unsere liebe Helene war ja noch nie ein Kind von Traurigkeit. Wenn ich wollte, könnte ich Dinge erzählen …«

Seine Mutter versetzte ihm unter dem Tisch einen kräftigen Tritt, der ihn zum Verstummen brachte. Gustav schien gar nicht richtig zugehört zu haben, so rasch erhob er sich und lief Helene hinterher.

Medizinalrat Delbrück, nach dem er wenige Stunden später schicken ließ, als die Temperatur immer noch stieg, zog ein bedenkliches Gesicht, während er die Kranke untersuchte. Er ließ Helene den Mund aufmachen und zuckte dabei leicht zurück, als ihr Atem ihn streifte, überprüfte die Lymphknoten und tastete danach Milz und Leber sorgfältig ab. Zum Schluss kam die Lunge an die Reihe, bis er schließlich sein Stethoskop sinken ließ.

»Sie fühlen sich schwach, Verehrteste?«, fragte er. »Und Ihnen ist ständig schlecht?«

»Ich kann kaum die Augen offen halten«, murmelte sie. »Und übel ist mir. So unendlich übel! Muss ich jetzt sterben?«

»Das sicherlich nicht. Sie haben sich mit dem Pfeifferschen Drüsenfieber infiziert, Frau Klüger, das bei Erwachsenen wie in Ihrem Fall ab und zu recht heftig ausfallen kann. Man nennt es auch ›Kusskrankheit‹, weil der Erreger vor allem durch Speichel übertragen wird.« Er hob den Zeigefinger, um Gustav spielerisch zu drohen. »Da hat jemand wohl die Flitterwochen eine Spur zu wörtlich genommen, was?« Dann wurde er wieder ernst. »Es handelt sich um eine schwere Krankheit mit vielfältigen Symptomen. Der leicht faulige Mundgeruch – Sie verzeihen meine Offenheit! – rührt von der Mandelentzündung her, die oftmals damit einhergeht. Dazu kommen Kopfschmerzen, Übelkeit, Schüttelfrost und noch so einiges andere mehr. Wenn wir Glück haben, sind Sie in spätestens drei Wochen wieder auf dem Damm. Vorausgesetzt allerdings, Sie befolgen meine Anordnungen. Sonst kann es auch sehr viel länger dauern, im schlimmsten Fall sogar Monate.«

»Drei Wochen?« Helene verdrehte die Augen. »Das ist doch nicht Ihr Ernst! Ich muss viel schneller gesund werden, denn wir haben für Silvester ein großes Fest anberaumt ...«

»... das leider ausfallen muss, liebe Frau Klüger! Sie brauchen Ruhe, Ruhe und noch einmal Ruhe. Das muss Ihr geschätzter Gatte mir versprechen. Feste aller Art können Sie später feiern. Als gesunde, strahlende junge Frau.«

Und so lag Helene seit Tagen hier, im abgedunkelten Schlafzimmer, weil ihre Augen die Helligkeit nicht ertragen konnten. Stand die Tür angelehnt, so roch sie den würzigen Duft der großen Tanne in der Eingangshalle, der sich mit dem süßlichen Aroma von Lindenblüten und dem herben des getrockneten Fenchels vermischte, die in der Küche zu ihrer Heilung angesetzt wurden. Das Fieber kam und ging, und ihr Hals tat so weh, dass sie abgesehen von Kräutertee lediglich Eiscreme oder winzige Löffelchen Hühnersuppe herunterbringen konnte, die Berta ihr fürsorglich einflößte. Sobald der kurze Wintertag vorbei war und die Kerzen leuchteten, begann der Raum sich auf geheimnisvolle Weise zu verändern. Die Ornamente der dunkelroten Damastvorhänge wurden zu lebendigen Arabesken, die grazile Frisierkommode schien auf dem Parkett zu scharren, als halte es sie nicht länger an ihrem Platz, die Linien der seidenen Bettvorleger zuckten wie lebendige Schlangen. *Du gehörst nicht wirk-*

lich hierher, schienen sie ihr zuzuzischen. *Wir wissen ganz genau, wer du bist – ein einfaches Blumenmädchen, keine feine Gnädige …*

Ida, die ab und zu den Weg nach oben fand, berührte sie kein einziges Mal. Nur ihre helle, kühle Stimme drang wie ein scharfer Stahl durch Helenes Agonie.

»Du gibst ihm, wonach er sich so sehr sehnt, Kindchen«, sagte sie. »Deshalb hat er dich schließlich ausgesucht mit deinem breiten Becken und den üppigen Brüsten. Die ideale Mutter seiner künftigen Kinder – und hübsch und ganz aufgeweckt noch dazu, da kann man die einfache Herkunft ruhig übersehen! Was spielt das später noch für eine Rolle, wenn die fröhlichen Kleinen erst einmal um dich herumspringen? Stil und Geschmack kann man schließlich trainieren. Das andere gewährt allein der liebe Gott. Was für ein Glück, dass du deinen Mann nicht unnötig auf die Folter gespannt hast, denn unser Gustav kann sehr ungehalten werden, wenn etwas nicht nach seinem Kopf geht. So war er schon als kleiner Junge. Dinge, die ihn ärgern, zerstört er. Und ganz schnell kann seine Stimmung kippen, dann hasst er, was er gerade noch geliebt hat. Also sei auf der Hut, Helene …«

Was wollte sie eigentlich von ihr?

Schützend fuhren Helenes Hände zum Bauch. Ihre Regel war ausgeblieben, schon seit drei Wochen, aber war es nicht an ihr, das ihrem Mann zu sagen? Sie wusste, dass es keine Kleinigkeit für Gustav gewesen war, das geplante Fest abzublasen. Alles war längst vorbereitet gewesen, die gedruckten Einladungen verschickt, der Keller mit Wein und Champagner gefüllt, die Speisekammer zum Bersten mit winterlichen Köstlichkeiten bestückt. Er hatte kistenweise Kelchgläser anliefern lassen sowie ein sündteures Meißner Service mit Rosendekor für sechsunddreißig Personen erstanden. Im Schrank hingen zwei neue Abendroben, eine burgunderrot, die andere smaragdgrün, zwischen denen sie sich erst im letzten Augenblick hatte entscheiden wollen – und jetzt steckte sie in einem verschwitzten Nachthemd, die Lippen rissig vom Fieber, und stank wie ein Iltis, weil sich ihre Haut so wund anfühlte, dass sie kaum einen Schwamm ertrug.

»Es tut mir leid«, flüsterte sie, als sich Gustav über sie beugte, und drehte den Kopf zur Seite, weil ihr eigener Atem sie anekelte. »Unendlich leid! Ich hab dir alles verdorben, aber das wollte ich doch nicht …«

»Sag nie wieder solchen Unsinn, Liebes!« Er kuschelte sich neben sie. Dass sie schwitzte und nach Krankheit roch, schien ihn kein bisschen zu stören. »Ja, das mit dem Fest ist schon recht ärgerlich, aber dann wird es eben eine rauschende Karnevalseinladung, zu der wir unsere Gäste in die Villa bitten. Das Wichtigste ist jetzt, dass du wieder ganz gesund wirst.« Seine Hand hatte sich unter die Decke gestohlen und lag nun auf Helenes Bauch. »Dass ihr beide wieder ganz gesund werdet …«

Woher wusste er es? Von Mamsell Käthe, die keine Monatsbinden auf der Wäscheleine entdeckt hatte? Fragte er Gundi aus, was sie morgens im Badezimmer trieb? Oder war es diese neunmalschlaue Ida, die in alles und jedes ihre Nase steckte? Helene konnte es kaum erwarten, bis sie mit ihren Koffern und Hutschachteln endlich wieder nach Hamburg abgerauscht sein würde.

Helene atmete tief aus. »Welchen Tag haben wir heute?«, fragte sie leise.

»Den letzten des Jahres, Liebes, Silvester. Und das nächste Jahr wird *unser* Jahr. Weißt du, dass du mich unendlich glücklich machst?«

Sie versuchte zu lächeln.

»Ein Kind von dir ist das Schönste, was ich mir vorstellen kann«, redete Gustav weiter. »Ein kleiner Sohn mit deinen Augen, deinem bezaubernden Lächeln – und meinem starken Willen. Er wird *Klüger-Schokolade* weltberühmt machen, denn die großen, die wirklich wichtigen Märkte, Helene, die liegen nicht in Europa, sondern in den USA. Ein ganzer Kontinent, der auf unsere Schokolade wartet, stell dir das nur einmal vor!« Er strich ihr das feuchte Haar aus der Stirn. »Ich weiß, du musst dich schonen«, sagte er. »Und ich werde alles tun, was der Medizinalrat angeordnet hat. Aber ich habe eine kleine Überraschung für dich vorbereitet. Bist du bereit?«

Was sollte sie tun, als abermals ein Lächeln aufzusetzen und sich seinen starken Armen zu überlassen, die sie hochhoben und, in eine helle Kaschmirdecke gehüllt, nach draußen auf den Balkon trugen?

»Wozu eigentlich ausharren, bis es endlich Mitternacht ist?«, rief er launig. »Unser Jahr, Liebes, hat doch längst begonnen!« Er winkte nach unten, wo Franz im Schnee eine ganze Reihe Böller aufgebaut hatte, die er jetzt nacheinander abschoss. Das Knallen war in der nächtlichen Stille überlaut. Helene zuckte bei jedem Schlag zusammen, was ihn aber keineswegs zu stören schien. »Das Feuerwerk veranstalten wir dann im Herbst, sobald unser

Sohn zur Welt gekommen ist. Und taufen lassen wir ihn in der neu erbauten Blasewitzer Heilig-Geist-Kirche, in der wir dann Jahr für Jahr gemeinsam die Weihnachtsvesper besuchen werden …«

Helene hatte schon eine ganze Weile ein dumpfes Ziehen im Unterleib gespürt, das sie zunächst zu ignorieren versuchte. Inzwischen jedoch hatte sich der Schmerz verändert, wurde spitz und so scharf, dass sie unwillkürlich einen Schrei ausstieß. Zwischen ihren Beinen spürte sie feuchte Wärme.

Erschrocken setzte Gustav sie ab. »Was ist denn, Liebes?«, sagte er. »Geht es dir schlechter?«

Zu schwach, um allein stehen zu können, lehnte sich Helene an ihn, die Hände auf den Bauch gepresst.

»Was treibt ihr zwei denn hier im Dunkeln? Und was soll dieser fürchterliche Lärm? Ist doch noch lange nicht Mitternacht!« Leise wie eine Katze war Ida ihnen gefolgt, in der rechten Hand eine Petroleumfunzel, mit der sie die beiden neugierig ableuchtete. Beim Anblick von Helenes Rückseite verzog sich ihr schmaler Mund voller Abscheu. »Von wegen schwanger, Kindchen«, sagte sie spitz. »Da haben wir uns alle wohl einen Moment zu früh gefreut. Du hast dich da hinten ganz schmutzig gemacht. Da ist Blut, Helene. Lauter Blut!«

7

Dresden, Juli 1896

Nie zuvor im Leben bin ich mir derart nutzlos vorgekommen, und das ist auch der Grund, warum ich mein Tagebuch so lange nicht mehr aufgeschlagen habe. Was sollte ich auch niederschreiben? Die endlosen Tage, die vor mir liegen, nachdem Gustav schon in aller Frühe in die Fabrik aufgebrochen ist, aus der er erst spätabends wieder zurückkehren wird? Ich bringe ihm Glück, das versichert er mir immer wieder. Seit unserer Heirat ist *Klüger-Schokolade* gefragter denn je. Aber muss er deshalb jeden Abend immer noch später heimkommen?

Kaum ist er fort, senkt sich Traurigkeit über mich. Die Villa ist so groß, dass ich Angst habe, sie könne mich eines Tages verschlucken. Ab und zu denke ich sogar, sie hasst mich, weil auch sie spürt, wie wenig ich hierher gehöre. Jeder hier im Haus kennt seine Aufgaben: Mamsell Käthe, die alles leitet und überwacht; Lise und Martha, die ihre Anweisungen befolgen; Berta, die in der Küche eigenständig waltet, Franz, der für die Kutschen und Tiere zuständig ist.

Nur ich sitze untätig herum, jetzt, da der Garten dank Noacks Pflege endlich so gut in Schuss ist. Nicht einmal, dass wir Gundi entlassen mussten, hat etwas daran geändert, denn ich kann mich sehr wohl allein ankleiden und mir das Haar aufstecken. Ich bin heilfroh, sie endlich los zu sein. Wie sie sich vor mir aufgebaut hat, die Augen blitzend, die Miene keine Spur schuldbewusst oder gar reumütig, sondern ganz im Gegenteil herausfordernd! Dabei war sie eindeutig des Diebstahls überführt. Lise hatte mein Granatkreuz, das ich seit Wochen vermisst hatte, unter Gundis Sachen entdeckt. Diese dreiste Person hat mich niemals als Herrin des Hauses anerkannt, das hat sie mich jeden Tag spüren lassen. Und zum Schluss auch noch die Frechheit besessen, das letzte Wort zu behalten. »Werfen Sie mich ruhig raus. Mein Verlobter tritt eine neue Stelle als Hotelportier an und wird mich ohnehin nächste Woche heiraten.« Mit einer raschen Bewegung hatte sie das Leibchen zur Seite geschoben. Und dann sah ich, was ihre geschickt drapierte Kleidung bislang vor unseren Augen verborgen hatte – einen sanft gewölbten Bauch, der mich erschauern ließ. »Ich bin schwanger. Davon können Sie nur träumen mit Ihrem hübschen Lärvchen, das bald verblüht! Und eine richtige Gnädige wird auch nicht aus Ihnen. Man riecht den einfachen Stall, selbst wenn Sie noch so teure Kleider anziehen. Passen Sie bloß auf, dass Ihr Mann Sie nicht ganz schnell satt bekommt. Männer sind nun einmal so …«

Dieses unverschämte Weib!

Nein, mein Gustav steht nach wie vor zu mir, da bin ich mir sicher, auch wenn seine erste Verliebtheit vielleicht ein wenig abgekühlt sein mag. Äußerlich gibt es nichts an mir auszusetzen. Meine Garderobe ist inzwischen mehr als umfangreich; nicht eine Gelegenheit des öffentlichen wie des privaten Lebens, für die ich nicht gerüstet wäre. Zu jedem Gewand besitze ich den passenden Hut, die richtigen Schuhe und Handschuhe, ja sogar Regenschirme nenne ich mehr als ein Dutzend mein Eigen. Meine Locken rufen allgemein Bewunderung hervor und schimmern goldener denn je dank des sündteuren Kamillenshampoos aus Frankreich, das Gustav eigens jeden Monat aus Paris schicken lässt. Meine Haut ist glatt, der Busen straff, wenngleich ich einiges an Gewicht verloren habe, was ihm missfällt, da ich bei Tisch oft schon nach wenigen Bissen satt bin, besonders wenn gewisse Themen angeschnitten werden.

Ich werde nicht schwanger. Bin es seit jenem Fieber im ersten Winter niemals wieder geworden. Das ist es, was zwischen uns steht, und selbst wenn niemand darüber spricht, so hängt es doch wie zäher Nebel über allem. Wieso nur bleibt uns beiden das natürlichste Glück der Welt versagt? Das Schicksal kann doch nicht so grausam sein! Medizinalrat Delbrück, dem ich mich in meiner Not anvertraut hatte, hat mich zu einem Spezialisten für Frauenheilkunde in die Neustadt geschickt, der mit seinen Instrumenten in mir herumgefuhrwerkt hat, bis ich vor Scham kaum noch atmen konnte. Doch auch dieser Dr. Fuchs mit seinem rötlichen Backenbart konnte schließlich nichts feststellen, was einer Mutterschaft im Wege stehen würde.

»Geduld, verehrte Frau Klüger, und noch einmal
Geduld«, lautete schließlich sein einziger Rat. »Der
weibliche Körper ist uns Medizinern noch immer ein
Mysterium – und so soll es doch auch bleiben! Gesunde Ernährung, ab und zu maßvolle Bewegung in
frischer Luft – sowie viel Ablenkung. Warum unternehmen Sie mit Ihrem Gatten nicht eine kleine Reise?
So etwas kann manchmal wahre Wunder wirken.«
Ein Vorschlag, den Gustav sofort begeistert aufgegrif-
fen hat. Jeweils für ein paar Tage waren wir in Prag,
dann Brünn, Leipzig, erst kürzlich in Berlin – ohne
jegliche Wirkung. Das erhoffte Wunder blieb aus, und
inzwischen fehlt mir die Kraft, noch wirklich daran zu
glauben. Einen Gutteil tragen sicherlich auch die
unverschämten Briefe bei, die nahezu im Monatsab-
stand bei uns eintrudeln und, abgesehen vom Auflisten
ihrer eigenen Zipperlein, nur ein einziges Thema
kennen: ob der »Lütte« denn endlich unterwegs sei,
oder mich »die Rosen«, wie sie die Frauenblutung
blumig zu umschreiben pflegt, nach wie vor heimsu-
chen. Irgendwann habe ich Gustav gebeten, mich
endlich damit zu verschonen, was ihn offenbar schwer
angekommen ist, denn er hat zwar zögerlich genickt,
lässt aber das Geschreibsel nach wie vor scheinbar
»unabsichtlich« herumliegen, sodass ich gar nicht
anders kann, als quasi darüber zu stolpern und es dann
eben doch zu lesen ...
Das Schlimmste daran: Seine nächtlichen Umarmungen beginnen mir lästig zu werden. Wo anfangs Vergnügen und Lust vorherrschten, sind nun Routine und

Pflichterfüllung eingekehrt. Dabei würde ich doch nichts lieber tun, als ihm endlich den ersehnten Erben zu schenken – aber diese Mischung aus Verkrampfung, überspitzter Lustigkeit und kaum verhohlenem Verdruss, mit der er über mich herfällt, bringt mich unversehens in Abwehrstellung. Manchmal hasse ich es sogar, wenn er todmüde oder leicht angetrunken zwischen meine Schenkel strebt und sich in mir abkämpft, als gelte es, einen Preis zu erringen. Wie es mir dabei ergeht, scheint ihm gleichgültig zu sein. Ich drehe mein Gesicht zur Seite, strenge mich an, ebenfalls heftiger zu atmen, und täusche Höhepunkte vor, die ich mir kaum noch vorstellen kann, so rar sind sie mittlerweile in unserem Eheleben geworden.

Denn natürlich habe ich Angst, ihn zu verlieren. Was, wenn Gustav meiner überdrüssig wird? Eine mittellose, dazu unfruchtbare Frau, zu nichts nütze – so hatte er sich die Ehe gewiss nicht vorgestellt! Ich forsche in seinen Zügen, beobachte jede seiner Gesten, stets in der Befürchtung, Zeichen von Ermüdung oder gar Widerwillen gegen mich zu finden. Bis jetzt habe ich nichts Derartiges entdecken können. Aber welche Frau, die keine Mutter werden kann, darf sich schon auf Dauer in Sicherheit wiegen? Wenigstens habe ich inzwischen gelernt, eine gute Gastgeberin zu sein. Einen Haufen fremder Menschen glücklich zu machen ist schließlich nicht so anders, als die unterschiedlichsten Blumen in einem Strauß zu vereinen. Auf den ersten Blick hätte man meinen können, Orange, Zyklam, Burgunder, Gelb und Violett könnten sich beißen, so nah nebeneinander, und vielleicht tun sie das ja sogar, aber sobald man nur ein wenig Alchemilla oder Schleierkraut dazwischenschiebt, ergänzen sie sich plötzlich auf wunderbarste Weise. Unsere Einladungen in die Rosenvilla sind mittlerweile Stadtgespräch, und Gustav lässt so gut wie keine Gelegenheit aus, Geschäftspartner und die feine Gesellschaft Dresdens zu uns zu bitten. Dann wird aufgefahren, was Keller und Küche zu bieten haben, ich bekomme jedes Mal eine neue Abendrobe, meist mit dem passenden Schmuck, obwohl ich eigentlich am liebsten zu allem nur meine Mondsteine tragen würde, die mir trotz der indischen Sagen leider noch immer nicht meinen sehnlichsten Wunsch erfüllt haben ...

»Frau Klüger?« So leise und dezent bewegte sich trotz ihrer Fülle nur Berta. »Es wird heute drückend warm, deshalb habe ich mir überlegt, dass wir das Abendmenü lieber noch einmal ändern.«

Helene schob das Tagebuch zur Seite. »Was schlagen Sie vor?«, fragte sie.

»Kalte Gurkensuppe mit Dill. Danach Mandel-Forellen, Kalbsnüsschen, dazu frisches Gemüse, Prinzesskartoffeln und zum Nachtisch Maraschino-Mousse mit Herzkirschen.«

»Das klingt verlockend, aber sind wir dazu nicht viel zu spät dran?«

»Keineswegs!« Berta lächelte verschmitzt. »Die Mamsell ist einverstanden. Und Franz hat den Einkaufszettel bereits dabei. Er besorgt alles Nötige in der Stadt, nachdem er den gnädigen Herrn in der Fabrik abgeliefert hat, und bringt es anschließend sofort hierher.«

»Dann ist es ja eigentlich ein abgekartetes Spiel ...« Helenes rechte Braue hob sich leicht.

»Das dürfen Sie nicht sagen!« Jetzt wirkte Berta zerknirscht. »Ich weiß doch, was Sie mögen. Und wie viel Sie zu erledigen haben. Da dachte ich, ich mache es Ihnen ein wenig leichter.«

Helene musste die Köchin beruhigen, bis Berta getröstet war und sich wieder nach unten verzog. *Leichter,* dachte sie, während sie ein weißes Baumwollkleid überstreifte. *Leichter – wozu? Um noch länger untätig herumzusitzen und beim Warten halb wahnsinnig zu werden?*

Sie war ungerecht. Und sie wusste es. Um sich nicht noch tiefer in diese ungute Gefühlslage zu verstricken, ging sie die Treppe hinunter, durchquerte das Wohnzimmer und trat auf die Terrasse hinaus, durch die große Flügeltür, in der verschiedenste Glasformen ein Rosenmuster bildeten. Die Wärme des Sommertags fühlte sich auf ihrer Haut an wie eine Liebkosung. Helenes prüfender Blick flog über den Garten. Das einzig Sinnvolle, was sie bisher hier geleistet hatte – auch wenn es noch immer nicht ganz so aussah, wie sie es sich gewünscht hätte!

Am meisten liebten sie den kleinen Teich, gegen den sich Gustav anfangs so entschieden gesträubt hatte, weil er ihm zu dekadent erschienen war. Jetzt, im dritten Jahr, begannen die Seerosen allmählich zu wuchern und machten ihn zu einem geheimnisvollen, verwunschenen Ort, was die Steinfigur des liegenden Buddha noch unterstrich.

Mit den Zedern und Pinien auf der gegenüberliegenden Seite der Anlage, unter die sie eine Marmorbank hatte aufstellen lassen, gab es keinerlei Probleme. Dagegen wuchsen die Eichen an der Ostseite nur langsam; es würde Jahre dauern, bis sie zu den mächtigen Bäumen ihrer Fantasie herangereift wären. Die Obstbäume im Westen hatten zu Helenes Freude in diesem Frühling zum ersten Mal üppig geblüht. Tagelang war der Rasen unter ihnen weiß und hellrosa gewesen, ein Meer aus Blüten, das sie erst hatte wegrechen lassen, nachdem Gustav sie zum dritten Mal dazu aufgefordert hatte.

Lautes Klopfen holte Helene aus ihrer Erinnerung.

Richtig – am Pavillon mussten ja noch die letzten Arbeiten vollendet werden! Sie lief zu dem kleinen Holzbau mit dem Zwiebelturm und sog den Rosenduft ein, der den ganzen Garten mit seinem Aroma erfüllte. Was hatte sie nicht alles anstellen müssen, bevor es endlich so weit gewesen war! Der Boden war zu sauer gewesen und hatte großflächig mit Sand und Humus verbessert werden müssen. Da Gustav sie erst im Winter in die Villa gelassen hatte, musste sie die Rosen im Frühling setzen lassen, stets die heiklere Entscheidung, die prompt zu Rosenrost, Knospenfäule und Mehltau an den jungen Pflanzen geführt hatte. Im ersten Sommer war die Blüte so mickrig ausgefallen, dass Helene fast resigniert hätte. Wo waren ihre berühmten »grünen Hände« geblieben, derentwegen Gustav sie zur Frau genommen hatte? Beinahe war es, als ob mit dem Kind, das nicht hatte leben dürfen, auch alles andere Reifen und Gedeihen ausgelöscht worden wäre.

Doch sie hatte trotz aller Rückschläge nicht aufgegeben, sich jede nur greifbare Fachliteratur besorgt, Tante Marianne unbarmherzig nach ihren Erfahrungen ausgequetscht, das Stadium und den Zustand der einzelnen Rosensorten in einem kleinen Heft penibel dokumentiert – und siehe da! Ihre Beharrlichkeit hatte prächtige Früchte getragen. Die Schädlinge waren verschwunden, sogar den Blattläusen hatte sie zuletzt mit einem ekligen Sud aus Gustavs Zigarren endgültig den Garaus gemacht. Jetzt, Mitte Juli, war der Rosengarten eine einzige Pracht. Zartrosa *Alba*, fliederfarbene *Blue Damask*, dunkelpurpurrote *La Negresse*, mauveschattierte *Indigo*, silbrige *Christata*, lachsrosa *René d'Anjou*, goldgelbe *Canary Bird* und viele andere edle Sorten leuchteten als stattliche Stauden um die Wette. Helenes Favoriten aber waren und blieben die *Damaszenerrosen* mit ihren sahneweißen Blüten nahe dem Pavillon, in deren rötlichen Herzen sie sich jedes Mal wieder aufs Neue verlieren konnte.

Der Mann auf der Holzleiter hielt im Hämmern inne, als er die Hausherrin erblickte. Sie nickte ihm zu und kniff die Augen leicht zusammen, um gegen das grelle Sonnenlicht besser sehen zu können.

»Alles in Ordnung, gnädige Frau?«, rief Noack, den Gustav als Gärtner eingestellt hatte.

»Ja«, sagte Helene. »Schön, dass Sie die Holzplatten alle wieder festgenagelt haben. Der Sturm letzte Woche war doch heftiger, als wir alle zunächst gedacht hatten.«

Noack nickte. »Zum Glück konnte ich auch den kleinen Piepmatz befreien, der sich vor Panik oben in die Säule geflüchtet hatte und nicht mehr rausfand«, sagte er. »Das müssen wir irgendwann mal ordentlich zumachen. Sonst kommt es vielleicht beim nächsten Unwetter wieder vor.«

»Wie schön! Das ist ja jetzt fast alles fertig – bis auf …«

»Die neuen Kissen hat die Mamsell schon gebracht«, sagte er eifrig. »Stecken noch dort drüben in der Kiste. Die kommen auf die Bank, sobald ich ganz fertig bin. Damit Ihre Gäste es heute beim Rosenfest ganz gemütlich haben!«

Helene hatte sich für elfenbeinfarbenen Brokat mit zarten Goldfänden entschieden, was das Holz des Pavillons noch wärmer und dunkler wirken lassen würde. Der perfekte Ort, um den warmen Tag in einen lauen Abend ausklingen zu lassen …

»Ich werde mich jetzt um den Blumenschmuck kümmern«, sagte sie, schon halb im Gehen. »Ein bisschen Duft brauchen wir im Haus schließlich auch.«

»Soll ich das nicht lieber erledigen?« Noack klang besorgt. »Ich weiß doch, dass jede Rose, die Sie abschneiden müssen, für Sie wie ein Stich ins Herz ist.«

»Wie gut Sie mich inzwischen kennen!« Helene lächelte. »Und wenn Sie es meinem Mann nicht weitersagen: Mein Vetter bringt mir jeden Moment ein paar Dutzend Rosen aus Tante Mariannes Gärtnerei. So kann ich meine Lieblinge am Leben lassen!«

*

Sie war zu blass für die Jahrszeit und entdeckte im Spiegel wieder diese dunklen Schatten unter den Augen, die auch der feinste Puder nicht vollständig überdecken konnte. Außerdem erwiesen sich ihre Haare als noch störrischer als sonst. Jetzt hätte sie sehr wohl die helfenden Hände eines Mädchens gebrauchen können, doch nachdem Gustav ihr eine Neueinstellung einige Male angeboten und sie sie ebenso strikt abgelehnt hatte, musste sie eben allein zurechtkommen.

Irgendwann saß die Frisur endlich, wenngleich Helene die Locken so energisch hochgezwirbelt hatte, dass es sie fast ein wenig streng machte. Sie nahm die Mondsteine ab und legte stattdessen das Saphircollier um, das Gustav ihr zum letzten Weihnachtsfest geschenkt hatte. Zu dem eisblauen Seidenkleid, für das sie sich heute entschieden hatte, die ideale Wahl, wenngleich sie das kühle Funkeln der kostbaren Edelsteine nicht sonderlich anzog. Noch einen Hauch Parfum, dann hörte sie schon, wie die Hausglocke läutete, und ging nach unten, um die Gäste an der Seite ihres Gatten zu begrüßen.

Die Webers waren gekommen, die Fritzsches, die Naumanns, die Ehepaare Wolter und die von Hohenthals – die einzigen Adligen in der Runde, die die Nase stets ein wenig hoch trugen – sowie Fabrikant Otto Bornstein mit seiner wesentlich jüngeren Gattin Fanny, die penetrant nach Moschus roch. Helene mochte die dralle Brünette nicht besonders, obwohl sie auf den ersten Blick durchaus anziehend wirkte. Doch sah man genauer hin, so hatte ihr Lächeln etwas Haifischhaftes, das klatschmohnrote Kleid war zu tief ausgeschnitten, und als sie dann noch mit ihrem zweijährigen Söhnchen Richard herumzuprahlen begann, wandte sich Helene lieber Anwalt Vöster zu, der gerade als Letzter eingetroffen war.

Bald schon hatten sich die Geladenen auf der Terrasse

und im Garten verteilt, wo sie, das Champagnerglas in der Hand, umherwandelten und die Fortschritte der Bepflanzung kommentierten. Helene war von Vöster in ein endloses Gespräch über Schädlingsbekämpfung verwickelt worden, aus dem sie sich nicht mehr lösen konnte, so begeistert redete er auf sie ein.

Wo war eigentlich Gustav abgeblieben?

Unauffällig reckte sie den Hals, konnte ihn aber nirgendwo entdecken. Bornstein schien seine Frau ebenfalls zu vermissen, denn er spazierte suchend herum und rief nach ihr. Bereits zweimal war die Mamsell auf der Terrasse erschienen und hatte Helene aufgeregte Zeichen gemacht. Wenn sie die Gäste jetzt nicht rasch an den Tisch bekam, konnte das leichte Sommeressen schnell verderben, und alle Mühe wäre umsonst gewesen.

Sie entschuldigte sich bei Vöster, raffte das Kleid und lief den kleinen Kiesweg hinunter Richtung Elbe, wo der frisch renovierte Pavillon stand. Das Lachen und lustvolle Keuchen hörte sie schon, als sie noch ein ganzes Stück entfernt war. Und es war eindeutig das rote Kleid von Fanny Bornstein, das durch das Holzgitter schimmerte. Schon lange wurde gemunkelt, dass sie trotz ihrer demonstrativ zur Schau gestellten Mutterschaft auch anderen Männern schöne Augen mache, und mehr als das – was offenbar auch für Gustav galt, der auf den neuen Brokatkissen kniete und hingebungsvoll an Fannys nackten Brüsten saugte, wie sie beim Näherkommen erkannte.

Helene blieb stehen wie vom Blitz getroffen.

Passen Sie bloß auf, dass Ihr Mann Sie nicht ganz schnell satt bekommt …

Hatte Gundi schon etwas gewusst, wovon Helene noch keine Ahnung hatte? Waren etwa alle im Bilde, nur sie nicht, die betrogene Ehefrau? Gustavs späte Heimkehr aus der Fabrik, seine seltsamen Ausreden, wenn sie ihn nach dem Grund fragte, Otto Bornstein, der sich mit häufigen Geschäftsreisen brüstete – das alles vermischte sich in Helenes Kopf zu einem wirbelnden Kaleidoskop, das sie ganz schwindelig werden ließ.

Sie ballte die Fäuste. Die jäh aufsteigenden Tränen drängte sie energisch zurück und versuchte die Kälte zu ignorieren, die sich trotz des Sommerabends in ihr ausbreitete. Nein, vor keinem der Gäste würde sie sich heute eine Blöße geben, auch nicht vor Gustav! Die Dachkammer bei Tante Marianne war bei allem Herzschmerz keine gute Alternative. Helene machte auf dem Absatz kehrt und lief zum Haus zurück, ein Lächeln auf dem Gesicht, das wie eingefroren wirkte.

*

»Ich bin schwanger, Gustav.« Er ließ seine Hose fallen, die er gerade noch akkurat über die Stuhllehne hatte hängen wollen.

»Du bist – was?«

»Wir bekommen ein Kind.« Die Lüge ging Helene auch beim zweiten Mal glatt und einfach über die Lippen, und mit jedem Wort verblassten Fanny Bornsteins pralle Brüste mehr und mehr. Sie hatte beschlossen, alles auf eine Karte zu setzen.

»Du bist dir ganz sicher?«, stammelte er.

Strahlend nickte sie. Jetzt gab es keinen Weg mehr zurück.

»Und das sagst du mir erst jetzt?« Freude ließ sein Gesicht aufleuchten. »Wir hätten doch heute schon mit unseren Gästen darauf anstoßen können!«

»Ich dachte, es gehört erst einmal dir und mir«, murmelte sie. »Später können wir ja noch immer …«

Gustav hatte sie bereits gepackt und durch das Schlafzimmer gewirbelt. »Du machst mich zum glücklichsten Mann Dresdens, Liebes!«, rief er. »Endlich – ich möchte singen! Ach was, die ganze Welt könnte ich umarmen!«

»Dann fang doch am besten damit bei deiner Frau an.« Ihre Stimme zitterte leicht. Sie pokerte hoch, das wusste sie, gefährlich hoch sogar. Aber wenn es nicht heute geschah, mit all der Bitterkeit und der Süße, die sie im Herzen spürte, mit all der Angst und der Liebe, die sie trotz allem für ihn empfand, wann dann?

Jetzt wurde Gustavs Miene ungläubig. »Du meinst, wir sollten – jetzt? Aber dürfen wir das denn überhaupt noch? Müsste nicht Medizinalrat Delbrück zuerst seine Einwilligung geben …«

Und ob wir dürfen, dachte Helene. *Wir müssen sogar, und ich bete zu allem, was mir heilig ist, dass du das niemals im Leben erfahren wirst.* »Der Medizinalrat hat nicht das Geringste dagegen einzuwenden. Und was mich betrifft, so könnte ich mir keinen geeigneteren Abend vorstellen.« Sie setzte ihr verführerischstes Lächeln auf und zog langsam die Nadeln aus den Haaren.

*

Dresden, 1. September 1896

»Ich weiß, was du mir sagen willst, Lenchen.« Lore grinste. »In der Hoffnung biste. Gratuliere!«

»Aber woher weißt du …«

»Das erkenne ich immer zuerst an den Augen. Die deinen liegen tiefer, du hast ein paar geplatzte Äderchen, und die Pupillen sind kleiner. Außerdem ist dein Blick so weich. Und richtig schöne dicke Wangen hast du auch schon, in die man dich am liebsten kneifen möchte. Hast du es deinem Gustav schon gesagt?«

Ja, dachte Helene und nickte. *Sogar schon, noch bevor es so weit war.*

»Und? Ist er verrückt vor Glück?«

»Das ist er. Und ich bin es auch … Ein Wunder, Lore. Ein echtes Wunder!«

Sie saßen beim Kaffee in der Konditorei Kepler am Altmarkt, ein Geheimtipp für alle Dresdener, die gute Backwaren liebten. Die Eierschecken waren hier vom Feinsten, ebenso wie der Mohnstriezel oder der Kleckselkuchen, ein Hefeteig mit exakt platzierten Häufchen aus Quark, Mohn und Marmelade, streuselgekrönt, von dem Helene bereits zwei große Stücke vertilgt hatte.

»Ich könnte den ganzen Tag essen«, sagte sie lachend. »Wenn das so weitergeht, werde ich bald eine Tonne sein!«

»Dann liebt er dich nur umso mehr«, sagte Lore. »Wann ist es denn so weit?«

Die einzige Frage, die Helene nicht mochte. Nicht einmal der alten Freundin würde sie ihr Geheimnis verraten.

»Ach, das dauert schon noch ein Weilchen«, sagte sie. »Es wird ein Frühlingskind, das steht schon mal fest. Aber die Villa lässt sich ja zum Glück gut heizen.«

Lore musterte sie aufmerksam. »Und warum schaust du dann auf einmal so bedröppelt drein?«

Helene biss sich auf die Lippen. »Weil man ja nie genau wissen kann«, sagte sie. »Und ich doch schon einmal Pech gehabt habe.« Sie hielt inne, schien plötzlich in sich hineinzulauschen. Dann schüttelte sie den Kopf. »Manchmal höre ich fast die Flöhe husten …«

»Du bist in guter medizinischer Obhut?«, fragte Lore weiter. »Geld dürfte ja bei euch keine Rolle spielen!«

»Bin ich«, versicherte Helene. »Medizinalrat Delbrück kümmert sich rührend um mich. Und vor zwei Wochen war ich auch noch bei Dr. Fuchs, einem Frauenarzt in der Neustadt, der mich untersucht und die Schwangerschaft bestätigt hat. Alles in bester Ordnung, hat er mir versichert! Allerdings zieht es bei mir manchmal so komisch im Bauch, so wie gerade eben. Aber die beiden meinen, das sei am Anfang ganz normal.« Sie schaute zur Theke. »Aber das dort drüben ist nicht der alte Kepler, oder?«

Ein schlanker, mittelgroßer Mann mit einem prächtigen blonden Schnauzer trug gerade eine dreistöckige Cremetorte herein, auf der rote Marzipanrosen prangten. Er schaute zu den beiden Frauen und lächelte verschmitzt.

»Das ist Hermann, sein Sohn«, sagte Lore. »Der war eine ganze Weile im Elsass. Was der seitdem für ausgefallene Torten zustande bringt! Und fesch ist er noch dazu.

Die, die hier mal einheiratet, hat ihr Glück gemacht. Wäre ich nicht so eine uralte Ziege, so würde ich …« Sie legte eine Hand auf Helenes Arm. »Was ist mit dir? Hast du Schmerzen?«

»Weiß nicht«, murmelte Helene mit verzerrtem Gesicht. »Es fühlte sich auf einmal an, als würde jemand innerlich an mir zerren. Sagst du bitte Franz Bescheid, der draußen wartet? Ich möchte so schnell wie möglich nach Hause!«

*

Dresden, 3. September 1896

Sie sagen, ich muss den ganzen Tag liegen. Sie sagen,
ich solle mich nicht beunruhigen, diese Schmierblutungen
würden wieder aufhören. Aber wie kann man bluten,
wenn man schwanger ist? Ich nehme meine Hände nicht
mehr vom Bauch, rede unablässig zu ihr oder zu ihm und
bitte das kleine Wesen, mich nicht zu verlassen.
Gustav ist vor lauter Sorge ganz eingefallen um die
Nase. Er liest mir jeden Wunsch von den Augen ab, nur
den größten, den wichtigsten, den kann auch er mir
vielleicht nicht erfüllen.
Ich träume. Ich ruhe. Ich weine viel, dann wieder macht
sich Hoffnung in mir breit. Ich werde dieses Kind behalten, mein Frühlingskind …

Dresden, 5. September 1896

Liegend, in Dutzende von Decken gehüllt, als wäre es
tiefster Winter, haben sie mich zu Dr. Fuchs gekarrt,
um jeden Stoß zu vermeiden – und das Ergebnis seiner
Untersuchung war verheerend. Ja, es besteht eine
Schwangerschaft, aber beileibe nicht so, wie es sein sollte.
Die Frucht hat sich nicht in der Gebärmutter eingenistet,
wo das Ungeborene monatelang reifen und sich entfalten
kann, so wie die Natur es vorgesehen hat. Mein Kind
steckt im Eileiter fest – und nun droht eine Ruptur, wenn
sie nicht schnell handeln.
Gleich anschließend werde ich in die Frauenklinik an der
Gerokstraße gebracht. Dort wollen sie mir Strychnin
injizieren, um die Schwangerschaft zu beenden, damit sie
wenigstens mein Leben retten.
Ach, was bedeutet mir schon mein Leben, wenn ich dich
dabei verliere?
Das können, das dürfen sie doch nicht ...

Dresden, April 2013

»Das kann doch nicht wahr sein!« Anna drehte das Blatt
um. »Sie haben ihr Strychnin verabreicht, um die Schwangerschaft zu beenden? Aber das ist doch ein starkes Gift,
an dem man sterben kann! Wollten sie sie umbringen?
Und ausgerechnet hier brechen Helenes Aufzeichnungen ab.«

Hanka unterdrückte ein Gähnen. »Vielleicht findet sich

unter den anderen Blättern noch mehr von ihr. Und vielleicht hat sie es tatsächlich nicht überlebt …«

»Doch, das hat sie!«, widersprach Anna heftig. »Sie hatte eine Tochter namens Emma, das steht fest, und die hat ihre Mutter gekannt, bis sie ungefähr dreizehn war. Danach scheint Helene einen Unfall gehabt zu haben, oder sie hat sich das Leben genommen. Es muss also weitergehen!«

»Anna, inzwischen ist es halb vier morgens! In ein paar Stunden müssen wir beide wieder an den Start. Wenn ich jetzt nicht endlich Schlaf bekomme, kann ich meinen Laden vergessen.«

»Dann schlaf doch! Aber ich radle jetzt nach Hause. Draußen ist längst wieder alles trocken, und ich kann unmöglich in meinen Freizeitklamotten …«

Sanft, aber energisch drückte Hanka sie auf das Kissen zurück.

»Du schläfst endlich. Zum Anziehen leihe ich dir später meine türkise Holzfällerbluse, auf die du schon seit Jahren scharf bist, dann frühstücken wir gemeinsam und starten frisch in die neue Woche!«

Von wegen frisch! Als Anna schließlich mit Hanka im Stehen türkischen Mokka trank und dazu ein Käsebrot aß, waren ihre Augen winzig.

»Und das ausgerechnet heute«, stöhnte sie. »Gianni Amarello hat sich mit seinen neuen Schokoladekreationen angekündigt, und wenn ich mich weiterhin so schwach fühle wie jetzt, wird er mich um den Finger wickeln, und ich bestelle wieder einmal viel zu viel!«

»Dein smarter Italiener aus Arezzo?« Hanka war sofort

ganz Ohr. »Der mit den meerblauen Augen, der Ralph so ähnlich sieht …« Sie verstummte. »Sorry«, murmelte sie. »Ich wollte nicht in alten Wunden wühlen.«

»Dann lass es einfach.« Libro bekam eine letzte Streicheleinheit, Hanka einen zerstreuten Kuss, dann war Anna schon an der Tür. Auf der Schwelle blieb sie noch einmal stehen. »Wann darf ich mit Nachschub rechnen?«, fragte sie.

»Ich mach, so schnell ich kann«, sagte Hanka. »Sobald die nächste Ladung fertig ist, rufe ich dich an, okay?«

Ralph – Ralph – Ralph …

Während Anna ihr Rad aufschloss und die kurze Strecke bis zur *Schokolust* radelte, war er in ihrem Kopf plötzlich wieder so präsent wie seit Monaten nicht mehr. Was würde er zu diesen ganzen fremden Schicksalen sagen, die sie in der Kassette entdeckt hatte? Ralph hatte ein paar Semester Geschichte studiert, bevor er sein Medizinstudium beginnen konnte, und alte Handschriften hatten ihn immer interessiert. Vielleicht wäre er begeistert über diesen Fund. Vielleicht aber würde er Anna auch für eine hoffnungslose Romantikerin halten, die sich in andere Leben versenkte, weil sie ihr eigenes nicht richtig auf die Reihe bekam?

Energischer als notwendig steckte sie den Schlüssel ins Schloss und war erstaunt, dass die Tür nicht zugesperrt war.

»Henny?«

Sie kam langsam von oben aus der Küche, die Augen leicht verschwollen.

»Du hast geweint?«, fragte Anna. »Bist du krank?«

»Ja, das denkt ihr Jungen immer gleich, sobald man ein bestimmtes Alter erreicht hat«, sagte Henny ungewohnt heftig. »Aber nicht nur der Körper kann im Lauf der Jahre Probleme machen, auch die Seele kann es. Man hört nämlich nicht auf zu fühlen, nur weil man siebzig ist.«

Anna warf die *Vulcana* an und holte Milch aus dem Kühlschrank.

»Hankas puristisches Gebräu in Ehren«, sagte sie, als das schaumige Getränk fertig war. Sie schob Henny das erste fertige Glas zu. »Aber ohne Latte macchiato am Morgen bin ich zu nichts zu gebrauchen!« Sie bereitete sich ihre eigene Portion zu. Hennys Miene wirkte nach dem ersten Schluck bereits entspannter. »Und jetzt will ich wissen, was du auf dem Herzen hast!«

»Von Kurt hab ich geträumt«, sagte Henny. »Seit Langem wieder einmal. Er war so lebendig, so tatkräftig, so ganz und gar er selbst. Und unglaublich wütend. So wütend, wie ich ihn zu Lebzeiten nur wenige Male gesehen habe.«

»Weshalb?«, fragte Anna.

Henny wandte ihr das Profil zu. »Wusstest du eigentlich, dass dein Großvater schon einmal verheiratet war? Ich meine, vor der Ehe mit Alma?«

»Nein«, sagte Anna gedehnt. »Wusste ich nicht.«

»Die Ehe war schon nach ein paar Jahren wieder vorbei«, sagte Henny. »Irgendetwas Politisches, genauer hab ich nie nachgefragt. Na ja, damals im Dritten Reich war ja alles irgendwie politisch – und auch wieder nicht. Ich glaube, das Ende war mehr als unschön, jedenfalls hat er sehr bedrückt gewirkt, als er mir davon erzählt hat. Beinahe, als ob er eine Last getragen habe, die sich niemals wieder ablegen ließ …«

»Aber doch nicht etwa eine Jüdin?«, unterbrach Anna sie.

»Eine Jüdin? Wie kommst du darauf?« Henny wirkte überrascht.

»Na ja, unschöne Scheidung, nur wenige Jahre Ehe, Drittes Reich, große Last …« Anna leerte ihr Glas bis zur Hälfte. »Wie hieß sie denn?«

»Ihren Namen hat er mir niemals verraten. Aber reich muss sie gewesen sein, das weiß ich. Ziemlich reich sogar. Und ungeheuer kapriziös. Psychisch allerdings leicht angeknackst. So jedenfalls hat er es mir gegenüber angedeutet.«

»Und weshalb hast du dann geweint?«

Henny schüttelte ihre sorgfältig ondulierte Föhnwelle. »Er war so wütend in meinem Traum«, sagte sie. »Und unendlich verzweifelt. ›Du musst sie finden, Henny!‹ Ja, genau das hat er immer wieder zu mir gesagt. ›Finde sie und gib ihr zurück, was sie verdient. Das bist du mir schuldig.‹« Die Tränen begannen erneut zu fließen. »Kurt hat so viel für mich getan, Anna. Aber wie soll ich das denn anstellen? Wo sie suchen – wenn ich nicht einmal weiß, wer sie ist?«

»Vermutlich ist sie längst nicht mehr am Leben«, sagte Anna und war erleichtert, als die erste Kundin den Laden betrat. Die schlanke dunkelhaarige Frau mit der Zeitung unter dem Arm steuerte zielstrebig sofort das Regal mit den teuersten Marken an. »Wenn sie ungefähr so alt war wie er …«

»Eben nicht. Sie war deutlich jünger, das ist ihm einmal herausgerutscht. ›Man heiratet doch kein halbes Kind. Das war ein riesengroßer Fehler, den ich mir noch heute vorwerfe. Nicht einmal dann, wenn man keinen anderen Ausweg weiß, um schlimmes Unrecht zu vergelten‹ …«

Anna war auf die Kundin zugegangen, doch die wusste offenbar bereits, was sie wollte.

»Ist das alles, was Sie an Amarello-Schokolade dahaben?«, fragte sie. »Nach diesem hymnischen Artikel über Sie und Ihre *Schokolust* bin ich ehrlich gesagt ein wenig enttäuscht!«

»Die Kunden haben uns in den letzten beiden Tagen gründlich ausgeplündert«, sagte Anna lächelnd. »Und die Lieferung aus Italien hat sich leider verspätet. Aber für heute hat sich der Firmeninhaber höchstpersönlich angekündigt, der Nachschub mitbringen wird. Wenn ich Sie also vielleicht bitten dürfte, morgen noch einmal vorbeizuschauen?« Sie starrte auf die Zeitung. »Steht das da drin?«

»Haben Sie die Sächsische von heute noch gar nicht gelesen?« Die dunkelhaarige Frau streckte sie Anna entgegen. »Ein mehr als wohlwollender Artikel. Sogar mit Foto. Sie sind gar nicht schlecht getroffen!«

Eine strahlende Anna vor dem Tresen, vor ihr die Tartlets und selbst gemachten Pralinen. »Ein Praliné für die Neustadt«, lautete die Headline. »Nach dem Großvater nun die Enkelin: Anna Kepler setzt mit ihrem zweiten Laden in Dresden die Schokotradition ihrer Familie weiter fort.«

Der alte Journalist mit seinem schwarzen Büchlein, in

das er so emsig notiert hatte! Das Foto musste er mit seinem Handy aufgenommen haben, sie hatte es noch nicht einmal bemerkt. Wieland Winkler, so lautete sein Name, der winzig klein darunter stand. Aber woher wusste er das mit ihrem Großvater? Sie hatte ihm kein einziges Wort über Opa Kuku erzählt.

»Kann ich machen«, sagte die Kundin. »Ich bin vor allem an Criollo-Sorten interessiert, die finde ich persönlich am spannendsten.«

»Die mag ich auch besonders gern«, sagte Anna. »Ein Kakao aus Venezuela mit nur wenig Bitterstoffen und geringer Säure, selbst bei den hochprozentigen Sorten. Und dazu all diese wunderbaren Nebenaromen – Nüsse, Karamell, Tabak und vieles mehr. Aber vielleicht hätten Sie ja auch Lust auf etwas Neues? Mein italienischer Freund hat ein neues, noch wenig bekanntes Anbaugebiet auf Madagaskar aufgetan, wo Kakaobohnen mit ungewöhnlich fruchtigen Geschmacksnoten wachsen, und mir versprochen, eine stattliche Auswahl davon mitzubringen!«

»Klingt verlockend.« Mit drei Tafeln Porcelana eines anderen Herstellers war die Kundin schon auf dem Weg zur Kasse.

»Gute Wahl.« Anna folgte ihr und tippte den stattlichen Preis ein. »Ein seltener alter Criollo, mit Noten von Brot und Butter. Werden Sie sicherlich schätzen!«

Die Tafeln wanderten in die türkisgrüne Umhängetasche. »Eine Frage noch: Haben Sie noch von diesem Eierlikör, den Sie vor Ostern in Ihrem anderen Laden verkauft haben? Hat doch eigentlich keine Saison, diese köstliche Teufelszeug, finde ich!«

»Ich kann Ihnen gern welchen machen«, bot Anna an.
»Dann haben Sie noch einen weiteren guten Grund, uns
morgen wieder zu besuchen!«

Sie ging nach oben in die Küche, während Henny sich
um ein Kundengrüppchen kümmerte, das gleich anschließend hereingestürmt kam. Der Artikel schien erfreuliche
Wirkung zu zeigen, und Anna nahm sich vor, Kontakt mit
Wieland Winkler aufzunehmen, dem sie das zu verdanken
hatte. Außerdem musste sie wissen, woher er die Informa-
tionen über ihren Großvater hatte. Vielleicht würde sich
der Journalist auskunftsfreudiger zeigen als ihre eigenen
Eltern, die beim Thema Kurt Kepler immer am liebsten
das Thema wechselten.

Noch war es nicht zu warm für den selbst gemachten
Eierlikör, den sie exakt nach Opa Kukus Angaben zube-
reitete. Sie kannte das Rezept auswendig, und doch nahm
sie den vergilbten, ein wenig zerknitterten Zettel aus dem
alten Ringbuch und erfreute sich an seiner klaren, gesto-
chen scharfen Schrift, um die sie ihn stets beneidet hatte.

8 frische Eigelb, 175 Gramm Puderzucker, das Mark einer
frischen Vanilleschote, 250 ml gesüßte Kondensmilch, 200 ml
weißer Rum, 150 ml Grand Marnier …

Fast glaubte sie wieder seine ein wenig heisere Stimme
zu hören, die niemals laut werden musste, um sich Respekt
zu verschaffen. Ihr ganzes Leben hatte sich Anna ihm so
nah gefühlt wie sonst niemand anderem in der Familie –
nicht einmal ihre Mutter besaß seinen Rang in ihrem
Herzen. Und doch schien es viele Dinge zu geben, die sie
nicht von ihm gewusst hatte. Während sie Eigelb und
Puderzucker mit einem Handmixer cremig rührte, musste

sie an ihr letztes Zusammentreffen denken. Sie hatte gewusst, dass er krank war, aber nicht, *wie* krank. Typisch für Kurt Kepler, selbst in dieser Situation Haltung zu bewahren! Er hatte etwas von Magenbeschwerden gemurmelt und mit keinem Wort die Tumore in seiner Bauchspeicheldrüse erwähnt, an denen er bereits in der Woche darauf sterben würde.

»Du passt doch auf dich auf, Anna-Kind?« Vielleicht hätten diese Worte sie skeptisch machen sollen, aber sie hatte damals einfach gelacht und genickt. »Und hör bloß niemals auf, Fragen zu stellen. Auch wenn andere sie lästig finden. Deine Neugierde ist ein wunderbares Geschenk!«

Anna hatte die Vanilleschote halbiert und das Mark herausgekratzt. Bevor sie es behutsam unter die Eimasse rührte, hielt sie plötzlich inne. Hörte sich das im Nachhinein nicht wie eine Art Auftrag an? Dazu kam Hennys seltsamer Traum, der ihr auch nicht mehr aus dem Kopf gehen wollte. Aber weshalb musste ihr Großvater es denen, die ihn liebten, so schwermachen?

Sie schob diese Gedanken für einen Moment energisch beiseite und konzentrierte sich ganz auf ihre Arbeit. Nacheinander goss sie nun in dünnem Strahl Kondensmilch, Rum und Grand Marnier zu und rührte die Flüssigkeit über einem Wasserbad cremig. Es begann zu duften, süß, frisch und eine Spur verrucht. Anna stellte die Schüssel in den Kühlschrank und beschloss, eine Runde Tartlets zu backen, bis der Eierlikör kalt genug sein würde, um ihn durch ein feines Sieb zu gießen und in kleine Flaschen umzufüllen.

Sie hatte gerade Mehl auf die Arbeitsplatte geschüttet

und eine Mulde in die Mitte gedrückt, als die Tür aufflog und Gianni auf der Schwelle stand.

»*Carissima!*«, rief er, über das ganze Gesicht grinsend. »*Che bella boscaiola!*«

Anna schaute an sich hinunter und musste ebenfalls lachen. Überall hatte sie weiße Spuren, und auch Hankas Holzfällerhemd, auf das sich sein freches Kompliment bezog, sah ziemlich mitgenommen aus.

»So ist es eben, wenn man ehrlich mit den Händen arbeitet«, sagte sie. »Im Gegensatz zu gewissen Herren, die sich lieber in der Weltgeschichte herumtreiben!«

Sie umarmten sich herzlich. Ihre Freundschaft hatte vor zehn Jahren begonnen, als Anna ein paar unvergessliche Wochen auf der Sommeruniversität in Arezzo verbracht hatte. Eher zufällig waren sie damals auf das Thema Schokolade und ihre Leidenschaft dafür gekommen. Inzwischen hatte sich zu der Freundschaft eine solide Geschäftsbeziehung gesellt, die von Jahr zu Jahr inniger wurde.

»Ist ja ganz schön viel los bei dir«, sagte Gianni in seinem melodischen Deutsch, das sie so gern mochte, als sie sich in Annas Büro neben der Küche zurückgezogen hatten. Seine Wiener Frau Simone, eine passionierte Übersetzerin, hatte ihn unterrichtet, bis er Deutsch fast fehlerfrei beherrschte. Nur der Tonfall war noch immer unüberhörbar italienisch. »Der neue Laden ist wunderbar. Und so edel eingerichtet! Hab mich schon überall umgesehen. Ich denke, der würde auch bei uns gut laufen.«

»Zum Glück! Die Presse war freundlich, die Leute sind neugierig und sogar bereit, für ausgefallene Sorten mehr zu bezahlen – was jetzt nur noch fehlt, ist dein neues Sortiment.«

»Ich bin mit dem Van unterwegs«, sagte er. »Befinde mich sozusagen auf Promotour quer durch Deutschland und Österreich. Die anderen Schokomanufakturen und -läden dürfen an den neuen Kostbarkeiten nur schnuppern. Aber du, du bekommst natürlich so viel du willst!«

Sie konnte nicht aufhören, ihn anzusehen. Die meerblauen Augen hatten sie vom ersten Moment an angezogen, doch Gianni war damals so mager gewesen, dass sie stets versucht gewesen war, ihm ein Brot zu schmieren, damit er nicht verhungerte. Jetzt aber wirkte sein Körper muskulös und männlicher. Vor zwei Jahren war Söhnchen Matteo zur Welt gekommen. Ob es das war, was ihn so positiv verändert hatte?

»Wie geht es Simone?«, fragte sie. »Und dem Kleinen?«

»Beiden ausgezeichnet. Und im November werden wir dann zu viert sein! Sind das keine guten Neuigkeiten?«

Anna lächelte, weil sie sich ehrlich mit den beiden freute, doch tief in ihr zog sich etwas zusammen. Überall um sie herum kamen jetzt Kinder zur Welt. Selbst die Paare, die lange behauptet hatten, sie könnten sich ein Leben ohne Nachwuchs durchaus vorstellen, wurden auf einmal Eltern. Und sie selbst? *Das alles hätte ich mit Ralph auch erleben können*, dachte sie. *Wenn ich ihn nicht durch meine verfluchte Bindungsangst vertrieben hätte.*

»He, Anna!« Gianni legte ihr die Hand auf den Arm. »*Non essere triste!* Du findest schon noch deinen Prinzen. Und bis dahin …«

»… tröste ich mich wenigstens mit deinen neuen Kreationen. Also her damit!« Sie hatte sich wieder halbwegs im Griff und war froh darüber.

Gianni holte ein paar Kostproben aus einer Schachtel. »*Prova!*«, forderte er sie auf. »Was es ist, sage ich dir dann hinterher.«

Sie legte sich ein Stück auf die Zunge und ließ es langsam zergehen. »Fruchtig«, sagte sie schließlich. »Sehr beerig. Aber im Abgang entdecke ich da noch etwas Holziges … Nein, warte: Da ist Rauch. Kann das sein?«

»Dein Geschmackssinn ist wirklich einzigartig«, sagte Gianni beeindruckt. »Das sind die Kakaobohnen aus Madagaskar, von denen ich dir erzählt hatte. In dem Tal hat es kurz vor der Ernte gebrannt. Zuerst hatten die Bauern Angst, sie müssten alles vernichten. Dann jedoch stellte sich heraus, dass durch das Feuer eine ganz neue, sehr eigene Note dazugekommen ist.«

Anna lächelte. »Wird sicher eher einmalig sein, oder? Also nehme ich davon so viel wie möglich. Und vergiss bitte nicht: Ich habe zwei gut gehende Läden! Das wird der Renner für die Kunden, die ihre Geschmacksknospen schon ordentlich erzogen haben.«

»Bist du eigentlich schon damit zur Welt gekommen?«, fragte er, während er ihr das nächste Stück zum Probieren reichte. »Was glaubst du, wie ich dich um diese Gabe beneide!«

»Glaube schon.« Anna hielt es sich an die Nase. »Das ist wieder Venezuela, oder?«

Er nickte.

»Jedenfalls konnte ich das, was sie damals in der DDR Schokolade genannt haben, das aber garantiert kakaofrei war, beim besten Willen nicht runterbringen. Und auch die pappsüße Westware, die andere Kinder in Verzückung versetzt hat, sobald die BRD-Verwandtschaft damit angerannt kam, hat mich nie wirklich interessiert. Für meine Zunge eher Qual als Lust – das war doch nur Zucker und sonst nix! Mein Großvater jedenfalls war sehr stolz darauf und hat stets behauptet, ich hätte den perfekten Geschmackssinn von ihm geerbt.«

Sie steckte sich das neue Stück in den Mund.

»Da haben wir ja ganz was Feines«, sagte sie nach einer kurzen genussvollen Weile. »Noten von Mandeln und Datteln, eine optimale Rundheit, wie ich sie nur selten geschmeckt habe, und weiter hinten eine Spur Vanille …«

Ihr Handy vibrierte.

»Meine Mutter«, sagte Anna nach einem Blick auf das Display. »Geht in der Regel immer schnell. Greta war noch nie eine große Plaudertasche.« Sie nahm den Anruf an. »Ja, Mama? Ich bin gerade mitten in einer Verkostung …« Sie hielt inne. Ihr Gesicht bekam etwas Starres. »Wann?«, fragte sie dann. »Ihr seid im MedAk, und sie haben ihm einen Stent eingesetzt? Das ist gut. Und wo genau dort? Herzzentrum an der Fetzerstraße, verstehe. Reg dich bitte nicht noch mehr auf – ich bin sofort da!«

»Was ist los?«, fragte Gianni beunruhigt.

»Mein Vater. Zweiter Herzinfarkt. Offenbar schon in den frühen Morgenstunden. Ich muss zu ihm in die Uniklinik. Mit dem Fahrrad kann ich dort in …«

»*Ma sei matta?* Ich fahre dich natürlich – *vieni!*«

8

Dresden, April 2013

Wie klein er auf einmal in dem Krankenbett aussah. Und wie eingefallen seine Züge waren, die Haut wächsern, die Nase übergroß, als gehöre sie eigentlich in ein viel breiteres Gesicht. Sein Atem ging rasselnd, und in den Nasenlöchern steckten die Plastikbrillenteilchen, die ihn mit dem rechteckigen Sauerstoffapparat neben dem Bett verbanden.

Über ihm ein Monitor, über den verschiedenfarbige Kurven liefen. Dazu das seltsame Geräusch des automatischen Blutdruckmessers, das wie ein ersticktes menschliches Atmen klang.

Greta hatte Anna schon vor der Tür der Kardiologischen Intensivstation 1 B abgepasst und war ihr weinend in die Arme gestürzt, bevor sie auch nur ein Wort sagen konnte.

»Er stirbt uns, Anna-Mädchen! Und ich bin schuld daran – ich ganz allein! Niemals hätte ich zu dir in diese verdammte Villa kommen dürfen! Ich hab es gewusst, aber du hast mich doch gerufen …«

»Was ist denn genau passiert?« Anna spürte in der Umarmung, wie mager ihre Mutter geworden war. Die übergroßen pastellfarbenen Pullover, in die sie sich seit einiger

188

Zeit so gern hüllte, vertuschten den enormen Gewichts-verlust. *Irgendetwas frisst an ihr,* dachte sie unwillkürlich. *Nur wegen Papas Zustand? Oder sind es andere Sorgen, die sie vor mir geheim hält?*

»Er war noch wach, als ich mitten in der Nacht von dir zurückgekommen bin, was sehr ungewöhnlich für ihn ist«, stieß Greta schluchzend hervor. »Du weißt ja, wie gern er früh schlafen geht. Und ja – natürlich hab ich ihm dann doch von deinem Fund erzählt, so aufgewühlt, wie ich war, obwohl ich mir fest vorgenommen hatte, den Mund zu halten. Du hättest deinen Vater mal sehen sollen! Kalk-weiß ist er geworden, die Augen weit aufgerissen. »Jetzt kommt alles ans Tageslicht‹, hat er gemurmelt. ›Der Alte wird sich im Grab umdrehen!‹ Danach kein Wort mehr, sosehr ich ihn auch ausgefragt habe. Irgendwann hat er sein Bettzeug gepackt und dann auf der Couch im Wohn-zimmer geschlafen – das erste Mal in unserer Ehe!« Das Schluchzen wurde noch lauter.

»Und danach?«, fragte Anna so sanft sie konnte, obwohl alles in ihr vor Ungeduld schrie.

»Was weiß ich? Den ganzen Sonntag hab ich ihn doch tagsüber nicht gesehen, ich hatte ja Apothekennotdienst und musste schon früh aus dem Haus. Angeblich war er in der Altstadt, jedenfalls hat er das behauptet, als er spät-abends schwankend zurückgekommen ist. Nach Bier und Schnaps hat er gestunken, ganz nass ist er gewesen, hat lauter komisches Zeug gemurmelt und mich so wütend gemacht, dass ich ihn angeschrien habe. Dann ist er in dein altes Zimmer verschwunden, und als ich heute Mor-gen wieder los musste, war ich noch immer so sauer über seine Unvernunft, dass ich nicht einmal nach ihm gesehen habe!« Sie klammerte sich an Anna.

»Wer hat ihn gefunden?«

»Frau Fras. Die kommt doch jeden Montag zum Saubermachen. Sie hat mich angerufen, dann haben wir sofort den Rettungswagen alarmiert, ich bin zurück zur Wohnung geflitzt – aber wer weiß, wie lange er da schon gelegen hat, mutterseelenallein, vollkommen hilflos in seinem Zustand! Ich bin selbst auch ganz kaputt. Womöglich falle ich als Nächste um – und was soll dann werden?« Die kluge, erfahrene Apothekerin, die für alle einen Rat wusste, war verschwunden. Jetzt gab es nur noch die bangende Ehefrau.

Anna streichelte den Rücken ihrer Mutter. »Er stirbt nicht«, sagte sie beruhigend. »Immerhin wird er in der besten Klinik Dresdens behandelt. Und die OP hat er schon mal überstanden, das ist doch ein gutes Zeichen! So ein Stent, den sie ihm eingesetzt haben, hat schon viele Leben gerettet. Gianni bringt dich jetzt in die Cafeteria, damit du eben *nicht* umfällst, und dort trinkst und isst du etwas …«

»Wie stellst du dir das vor! Nicht einen Bissen könnte ich runterbekommen …«

»*Ma certo*, Signora Kepler!«, sagte Gianni und bot ihr seinen Arm. »Sie müssen trinken und eine Kleinigkeit essen. Dann werden Sie sich gleich besser fühlen. Sie brauchen jetzt Ihre Kraft. Kommen Sie, wir gehen zusammen!«

So war sie nun mit Fritz allein, wie sie ihn innerlich immer dann nannte, wenn ihr das Wort Papa wieder nicht so recht über die Lippen kommen wollte. Selten genug, weil meist ihre Mutter dazukam, als seien sie erst als Trio vollständig. Die Intensivstation war ein großer Bereich, länglich geschnitten und nicht sonderlich hell. Graue Vorhänge teilten ihn in verschiedene Kabinen ein, in denen die Patienten lagen. Es gab nur einen Stuhl neben dem Bett; sobald Anna aufstand und sich bewegte, musste sie schon aufpassen, nicht in die Nachbarkabine hineinzuragen. Hightech auf engstem Raum. Überall piepte, brummte und flirrte es, als wollten die Maschinen den Schwerkranken beweisen, wie intensiv sie für sie arbeiteten. Sie sah einige Schwestern vorbeilaufen, mit jenem dynamischen, zielstrebigen Gang, den sie auch von Hankas Mutter Sigi kannte. Einen Arzt, den sie nach dem akuten Zustand ihres Vaters hätte befragen können, bekam sie nicht zu Gesicht.

Anna griff nach seiner Hand, der linken, an der nicht das Plastikteil zur Blutdruckmessung hing. Lange her, dass sie ihn zum letzten Mal berührt hatte. Seine Haut war warm und fühlte sich fast fiebrig an, was sie am meisten beunruhigte. Die ersten achtundvierzig Stunden nach dem Infarkt waren die kritischsten, das wusste sie noch vom letzten Mal. Und jeder weitere Infarkt vergrößerte das Sterblichkeitsrisiko enorm, das war ihr ebenfalls klar, egal wie zuversichtlich sie sich auch ihrer verzweifelten Mutter gegenüber gegeben hatte.

»Tut mir leid«, murmelte sie, ohne sagen zu können, was sie eigentlich genau damit meinte. »Vielleicht hätte ich dir das mit der vergrabenen Kassette im Garten doch lieber selbst erzählen sollen. Immerhin war Kurt dein Vater, und du bist in der Rosenvilla zur Welt gekommen. Aber sobald ich seinen Namen in den Mund nehme, gehst du ja immer gleich auf Abwehr oder wirst stockwütend. Und dann streiten wir uns wieder. Ich will mich aber nicht mehr mit dir streiten, Papa. Siehst ja, wohin das führen kann …«

Jetzt weinte sie doch. Die Tränen liefen über ihre Wangen und tropften auf das Holzfällerhemd mit den Mehlspuren, das sie noch immer trug. In Windeseile hatte Anna vor der Fahrt in die Klinik dafür gesorgt, dass ihre beiden Läden heute auch ohne sie weiterliefen. Melly würde vom Stammhaus herüberkommen, um die Tartlets fertig zu backen, den Eierlikör abzuseihen und in die Flaschen zu füllen, sowie eine große Portion frischer Pralinen mitbringen. Nina, ihre Schwester, besorgte einstweilen im Stammhaus allein den Verkauf, während Henny sich in der neuen *Schokolust* um die Kunden kümmerte. Auch Hanka hatte sie kurz Bescheid gesagt, und allein deren trockener Kommentar: »Ach du Schande – kann ich irgendwie helfen?«, hatte dazu geführt, dass sie sich wenigstens einen Moment lang nicht mehr so allein gefühlt hatte.

Nach all der Aufregung war es hier auf einmal gespenstisch ruhig. Beinahe, als ob sich die Zeit plötzlich ausdehne, um sich im nächsten Moment wieder zusammenzuziehen. Es gab kein Tageslicht, keinerlei Alltagsgeräusche von draußen. Nur die Maschinen waren zu hören, und die Atemzüge derer, die von ihnen abhingen. Wie lange mochten Gianni und Greta schon weg sein? Minuten? Mehr als eine Stunde? Oder sogar noch länger? Anna, noch immer Hand in Hand mit ihrem schlafenden Vater, hatte nicht die geringste Ahnung.

»Wir sollten noch einmal ganz von vorn anfangen«, sagte sie leise. »Lass es uns versuchen, sobald du das hier einigermaßen heil überstanden hast. Ich hab schließlich nur einen Vater – und du nur eine Tochter. Ist doch vollkommen idiotisch, sich gegenseitig das Leben schwerzumachen. Du und ich, wir können solche Sturköpfe sein. Damit hören wir jetzt auf, ein für alle Mal – einverstanden?«

Hatte er zustimmend geblinzelt?

Es war nicht hell genug, um es eindeutig beantworten zu können, aber Anna war sich auch so sicher, dass er sie verstanden hatte. Schon jetzt signalisierte ihr der ganze Körper, wie unbequem diese Plastikstühle waren. Vielleicht sollten die Angehörigen hier ja nicht ewig herumsitzen, sondern den Patienten lieber genügend Ruhe zum Gesundwerden lassen?

Sie spürte eine Hand auf ihrer Schulter. War Gianni zurückgekommen, um nach ihr zu sehen? Anna drehte sich um und schaute nach oben. Die Augen, in denen sie versank, waren dunkler, kein Meerblau, sondern ein kräftiges Azur wie der Himmel über Sardinien an einem strahlenden Sommertag.

»Ralph?«, fragte sie verdutzt. »Aber was machst denn du hier?«

»Hanka hat mich angerufen«, sagte er. »Da bin ich von der Chirurgie mal schnell rüber, um nachzusehen. Hab schon ganz kurz mit den Kollegen von der Kardio sprechen können. Die sind so weit ganz zufrieden mit dem Zustand deines Vaters. Bis auf …«

Er brach ab.

»… bis auf?«, drängte Anna. »Sei bitte ehrlich. Ich will die ganze Wahrheit wissen!«

»Na ja.« Er wiegte den Kopf. »Was ihnen nicht so gefällt, ist die verminderte Herzpumpfunktion. Die kann sich unter Umständen im Verlauf der Genesung noch bessern, ist aber ungewiss. Könnte sich leider auch in die andere Richtung entwickeln. Weißt du, wie lange er unversorgt war?«

»Keine Ahnung«, sagte Anna, die ihn immer weiter ansehen musste. Ralph wirkte müde und konzentriert zugleich. Bläuliche Bartschatten über der Lippe und auf den Wangen, die der weiße Arztkittel noch dunkler erscheinen ließ. Sein rechtes Lid zuckte unregelmäßig, ein winziger Tick, der immer in Stresszeiten bei ihm auftauchte und ihr zeigte, wie angestrengt er sein musste. »Meine Mutter ist aus dem Haus gestürmt, ohne nach ihm zu sehen. Es gab wieder einmal Streit, du weißt ja, wie stur wir Keplers sein können! Gefunden hat ihn dann die Haushaltshilfe. Da konnte er schon nicht mehr sprechen.«

»Tut mir sehr leid«, sagte Ralph. »Ich weiß, ihr hattet so eure Probleme, aber …« Sein Piepser begann zu vibrieren. Es zog ihn aus der Brusttasche. »Ich muss wieder zurück«, sagte er. »Wir hatten heute Morgen zwei scheußliche Darmverschlüsse. Die machen uns Sorgen.«

»Danke, dass du überhaupt gekommen bist! Weißt du, Ralph, ich wollte schon so lange mit dir sprechen und dir sagen …« Anna hatte sich erhoben und stand nun vor ihm. War er eigentlich immer schon so groß gewesen? Heute, in Sneakers, reichte sie ihm nicht einmal bis unters Kinn. Sie spürte eine zarte, warme Berührung auf dem

Scheitel. Hatte Ralph sie gerade dort geküsst? Bevor sie fragen konnte, hatte sich der Vorhang hinter ihm schon wieder geschlossen.

»Du hörst von mir«, glaubte sie noch zu vernehmen, oder war das auch nur wieder Einbildung gewesen? Dann jedenfalls war er fort und sie wieder mit ihrem Vater allein.

*

Den ganzen Nachmittag hatte sie sich mit ihrer Mutter am Bett des Vaters abgewechselt, doch der Kranke war bis jetzt noch nicht ansprechbar. Irgendwann war Anna stocksteif und so müde, dass sie fast im Sitzen eingeschlafen wäre. Immerhin hatten sie kurz mit dem Oberarzt reden können, Dr. Ibrahim, einem freundlichen Ägypter mit wachem Blick, der alles getan hatte, um sie etwas zu beruhigen. »Akut besteht keine Lebensgefahr«, hatte er gleich mehrere Male hintereinander versichert. »Wir haben so weit alles unter Kontrolle. Aber denken Sie bitte auch an sich. Der Patient braucht gesunde Angehörige.«

»Lass uns heimgehen, Mama«, bat Anna, als er sie wieder allein gelassen hatte. »Du hast doch gehört, was der Doktor gesagt hat. Wir kommen morgen wieder, mit frischer Kraft. Außerdem sind wir ja jederzeit telefonisch erreichbar, falls etwas wäre.«

»Geh du nur, Anna-Kind. Ich bleibe bei meinem Fritz. Das bin ich ihm schuldig.«

Sie ließ sich nicht umstimmen, weder durch Bitten noch durch Appelle an ihre Vernunft, sondern setzte jenes gläserne Gesicht auf, bei dem es kein Durchkommen gab.

Irgendwann resignierte Anna und ließ sich von Gianni, der stundenlang geduldig mit ihnen auf den Krankenhausfluren ausgeharrt hatte, zum Van bringen und nach Hause fahren.

Es war bereits dunkel, als sie die Rosenvilla in Blasewitz erreichten; ein kühler Frühlingsabend mit kräftigen Böen, die in die alten Bäume fuhren.

»Eigentlich wollte ich längst in Leipzig sein«, sagte er, als sie das Haus betraten. »Aber keine Sorge: *tutto a posto*. Während du bei deinem Vater warst, habe ich meine Geschäftspartner informiert, dass ich erst morgen komme. Natürlich nachdem wir mit deiner Bestellung durch sind. Allerdings müssten wir früh anfangen. Ist das in Ordnung für dich?«

»In Ordnung?«, rief Anna. »Du hast mich heute gerettet, Gianni! Und den Rest der Familie dazu. Was hätten wir nur ohne dich gemacht?«

Er umarmte sie. Seine Wärme brachte erneut die Tränen zum Fließen, und dieses Mal wehrte sich Anna nicht dagegen. Er hielt sie, zart und fest zugleich, und die Sehnsucht, die dabei in ihr aufstieg, wurde mit einem Mal so überwältigend, dass sie es kaum ertragen konnte.

Gianni schien zu spüren, was in ihr vorging.

»Du bist zu viel allein, *carissima*«, sagte er. »Du warst immer schon ein ernsthaftes Mädchen, auch damals, mit Anfang zwanzig. Aber jetzt sieht es für mich aus, als ob du dir eine unsichtbare Last aufgebürdet hättest. Leg sie ab, Anna! Sie ist zu schwer für dich. Das Leben besteht nicht nur aus Pflicht, nicht nur aus Schuften und Streben. *La vita è bella* – ich glaube, das vergisst du manchmal!«

»Und wie soll ich das ändern?«, fragte sie schluchzend. »Ausgerechnet an diesem schrecklichen Tag? Kannst du mir das auch verraten?«

»Wir beginnen mit *Spaghetti alla carbonara*«, sagte er. »Das ist die erste und zugleich äußerst wichtige Lektion. Wenn der Magen glücklich ist, kann auch der Kopf nicht länger Trübsal blasen. Aber wem sage ich das – der Frau mit dem absoluten Geschmackssinn! Aber vorher bestehe ich auf einer Kurzführung durch diesen grandiosen *palazzo*. Simone würde mich zum Teufel jagen, wenn ich nach Hause komme und ihr keine ordentliche Beschreibung liefern kann!«

Mit seinem Humor hatte er sie wieder zum Lächeln gebracht; Anna wischte sich die Tränen weg.

»Meinetwegen«, sagte sie. »Aber wirklich nur ganz kurz. Ich bin derart unterzuckert, dass ich sonst womöglich umfalle!«

Sie zeigte ihm den Wohnraum, das Esszimmer, dann die große Halle.

»Du solltest hier rauschende Feste veranstalten«, rief Gianni begeistert, während er sich überall umschaute. »Allein diese Treppe ist der Wahnsinn. Genau das Richtige für dekadente Partys oder Kostümbälle. So viel Platz zu haben – der pure Luxus! Das ist doch viel zu schade, um es nur ungenutzt herumstehen zu lassen. Wenn du Kinder hättest …« Er verstummte.

»Ja, eben«, sagte Anna belegt. »Wenn. Und hier ist die Küche. »Den Rest zeige ich dir dann später.«

Jetzt stellte er keine falschen Fragen mehr oder berührte heikle Themen. Stattdessen setzte er Wasser auf, schnitt

Pancetta in kleine Würfel, zog eine Knoblauchzehe ab, zerließ Butter in einer Pfanne und briet alles knusprig an. Zuvor hatte er Eier in einer Schüssel verquirlt, Pecorino und Parmesan fein gerieben und darunter gegeben.

»*Hai prezzemolo?*«, fragte er, als das Wasser zu kochen begann, und gab eine kräftige Prise Meersalz hinein. »Ich meine Petersilie?«

»Leider nein«, sagte Anna, die ihm schweigend das jeweils Gewünschte gereicht hatte, ihre eisernen Notrationen, die sie seit den Studententagen in Arezzo meistens im Haus hatte.

»*Bene*«, sagte Gianni und fischte nach einer Weile zum Probieren eine Nudel aus dem Topf. »Wird auch so schmecken. Ich mische dann alles kurz vor dem Servieren. In zwei Minuten können wir essen!«

Melodisch schlug die Hausglocke an. Anna ging zur Tür.

»Du?«, fragte sie erstaunt, als Hanka vor ihr stand, eine Flasche Rotwein unter dem einen Arm, in der anderen Hand eine große Basttasche.

»Wie geht es deinem Vater?«, fragte sie. »Besser?«

»Er lebt. Immerhin. Viel mehr kann man im Moment noch nicht sagen.«

»Dein Anruf hat mir keine Ruhe gelassen. Außerdem war im Laden heute Nachmittag so gut wie nichts los. Da hab ich mich weiter in deinen Fund vertieft.« Sie schnüffelte. »Was riecht denn hier so köstlich?«, fragte sie.

»Giannis europaweit berühmte *carbonara*«, sagte Anna. »Komm rein – er hat für mindestens fünf Leute gekocht!«

Sie aßen, sie tranken, sie redeten. Hanka berichtete

äußerst lebhaft von einem netten Kunden mit Dreitagebart, der immer öfter vorbeikam und offenbar einen ganz
ähnlichen Buchgeschmack hatte wie sie – und irgendwann
senkte sich ein gewisser Frieden über die kleine Runde.
Gianni und Hanka waren sich bislang nur zweimal persönlich begegnet, aber Anna hatte jedem viel über den
jeweils anderen erzählt, und so war es schon bald, als würden sie sich schon lange kennen. Jetzt fehlte eigentlich nur
noch Libro, der vermutlich gierig auf die krossen Pancetta-
stückchen geschielt hätte, aber der schlief hoffentlich längst
friedlich auf Hankas großem Bett in der Neustadt.

Ein paar Mal versuchte Anna Greta auf dem Handy zu
erreichen, aber als sich immer nur die Mailbox meldete,
gab sie schließlich auf.

»Ich wette, die bleibt an seinem Bett hocken, bis sie um-
fällt«, sagte sie. »Nie wieder möchte ich von ihr ein Wort
über die sturen Keplers hören – Greta, geborene Moritz, ist
mindestens genauso dickköpfig!«

»So sind sie eben, unsere Mütter«, sagte Hanka und
nahm einen Schluck Wein. Gianni war auf die Terrasse
gegangen, um zu rauchen. »Jede auf ihre eigene Weise.
Mama Sigi hat mir mindestens siebenmal versprochen,
mich demnächst zu besuchen. Heute hat sie wieder abge-
sagt. Angeblich, weil es einer ihrer neuen französischen
Freundinnen nicht gut geht.« Sie schielte in Richtung
Terrasse. »Weiß er eigentlich von deinem Rosenfund?«,
fragte sie leise.

Anna schüttelte den Kopf. »Dazu war heute überhaupt
keine Zeit.« Sie schaute die Freundin gespannt an. »Hast
du was Neues für mich?«

»Und ob«, antwortete Hanka. »Eigentlich war ich ja auf der Suche nach Helenes weiterem Werdegang. Aber dann bin ich auf Emmas Aufzeichnungen gestoßen – und die waren so spannend, dass ich unbedingt damit weitermachen musste.« Prüfend sah sie Anna an. »Aber hast du heute denn überhaupt den Kopf dafür?«

»Leg los«, bat Anna. »Vielleicht lenkt es mich ja ein wenig ab.«

»Und dein sympathischer Italiener?«

»Der liebt gute Geschichten.«

Gianni kam in die Küche zurück. »Ich hab drüben Feuer gemacht«, sagte er. »Ist ja doch noch ziemlich frisch in eurem Deutschland. Wollen wir uns vielleicht vor den Kamin setzen?«

*

Dresden, August 1919

Ich sitze in der Falle. Und bin so wütend, dass ich die ganze Welt in Stücke reißen könnte. Aber ich kann ja immer noch nein sagen, sogar vor dem Standesbeamten, denn vor den Altar lasse ich mich gewiss nicht zerren. Wie haben sie mir zugesetzt! Der alte Bornstein, mein Vater und schließlich Richard höchstpersönlich.

»Wenn du deinen Alten ins Unglück stürzen willst, dann ruhig weiter so! Fast pleite seid ihr bereits. Und wer weiß, wann genau das Embargo aufgehoben wird und ihr wieder an Kakao kommt! Das kann Monate dauern, wenn nicht Jahre. So ein dickes finanzielles Polster, um das zu überstehen, habt ihr nicht, das weiß ich. Die deutschen Kolonien

jedenfalls sind für immer perdu. Und vieles mehr ... Was jetzt alles über diesen verfluchten Versailler Friedensvertrag nach und nach durchsickert, stellt einem ja die Haare auf. Deutschland als Kriegstreiber und Alleinschuldiger – dass ich nicht lache! Da ist das letzte Wort noch lange nicht gesprochen. Also, sei vernünftig, Emma: Nimm unsere Konservenfabrik, die Kekse und Konfitüren, die ihr fabrizieren dürft – und mich!«

Das Schlimmste daran: Er hat doch tatsächlich gewagt, mich zu küssen! Seine dicke Zunge in meinem Mund war mehr, als ich ertragen konnte. Ich hab ihm eine Ohrfeige gegeben, was Richard aber nur zum Grinsen gebracht hat.

»Spielen willst du? Nur zu, ich mag so kleine Wildkatzen wie dich.« Dann hat er mir grob an den Busen gegriffen. »Allerdings nur, wenn ich zum Schluss das letzte Wort behalte!«

Ich hab mich losgerissen und wollte zu Papa, um ihn zu beschwören, diese verdammte Verlobung aufzulösen, der ich niemals zugestimmt habe – und fand ihn schließlich in Mamas altem Zimmer, auf dem Boden vor ihrer Spiegelkommode kniend wie vor einem Schrein. Er hatte ihr Foto an die Brust gepresst und ganz glasige Augen, als ob er schon in einer anderen Welt sei. Nachdem ich ihn zart angetippt hatte, fuhr er zu mir herum, mit einem Ausdruck solcher Seligkeit, dass ich plötzlich kaum noch atmen konnte.

»Du bist zurück, meine Helene ... «

»Ich bin es nur, Papa.« Das Leuchten erlosch.

»Emma«, sagte er nur. »Ach, Kind! Deine Mutter hätte uns niemals verlassen dürfen. Aber eine Frau wie sie bleibt eben nicht bei einem Versager, wie ich einer bin. Vielleicht werde *ich ja bald wieder mit ihr vereint sein. Es gibt nichts, was ich mir mehr wünschen würde ...«*

Ganz eisig war mir auf einmal zumute.

»Aber du bist doch nicht krank!«, hab ich gerufen.

»Krank?« Er sah mich an, als ob er mich kaum erkenne. »Nicht körperlich, mein Kind, aber in der Seele ... Die Fabrik und du, ihr seid alles, was mir noch geblieben ist!«

Was sollte ich da sagen? Mit einem Mal erschienen mir Richards dreiste Aussagen in ganz neuem Licht. Auch noch die Fabrik zu verlieren würde Papa umbringen. Er isst ohnehin kaum noch; sein Hals ist dünn und faltig gewor-den und verliert sich fast in den schneeweißen steifen Kra-gen, in die er sich nach wie vor jeden Morgen zwingt. So vielen Menschen, denen er bereits Lohn und Brot nehmen musste! Bald wird niemand mehr für »Klüger-Schokolade« arbeiten — es sei denn, ich opfere mich ...

»Emma?« Lous Stimme klang ungewohnt sanft. »Willst du nicht endlich ins Bett kommen?«

Emma hatte sich ausbedungen, eine Nacht bei der Freundin zu schlafen, bevor sie den Pakt mit dem Teufel unterzeichnen würde, wie sie die anstehende Ehe mit Richard Bornstein zu nennen pflegte. Als kleine Mädchen hatten sie das häufig getan, einmal bei der einen, dann wieder bei der anderen. Was sollte Gustav Klüger auch dagegen einzuwenden haben? Im Gegenteil, in den ver-gangenen Tagen hatte er alles getan, um bloß nicht Em-mas Zorn zu wecken, der dicht unter der Oberfläche schlummerte und bei jedem falschen Wort hervorzubre-chen drohte.

Langsam erhob sie sich vom Hocker und brachte es fertig, dabei wieder jenen trockenen Husten auszustoßen, den sie lange geübt hatte. Lou musterte sie besorgt und strich sich die rauchschwarzen Haare aus der Stirn, die sie kesser und kürzer denn je trug.

»So schlimm?«, fragte sie.

Emma nickte, die Hand vor dem Mund. »Ich glaube, ich schlaf doch besser nebenan«, sagte sie so beiläufig wie möglich. »Sonst bellst du morgen ebenso wie ich.«

»Aber das alte Mädchenzimmer ist doch so eng und klein. Und bei dieser Hitze …«

»Und wenn schon!« Emma strengte sich an, lakonisch zu klingen. »Ich will dort ja schließlich nicht tanzen, sondern nur schlafen. Und morgen weck ich dich mit einer Tasse Tee, einverstanden?« Sie umarmte sie rasch. Lou roch immer ein wenig sündig, sogar jetzt, wo sie frisch aus der Badewanne kam.

»Wenn du meinst …« Die Enttäuschung stand Lou ins Gesicht geschrieben.

»Ja, das meine ich! *Bonne nuit, ma chère. A demain!*« Emma stapfte hinaus, betont schwerfällig, damit auch jeder im Haus hörte, wohin sie ging. Drüben angekommen, ließ sie sich erst einmal auf das schmale Bett fallen. Hier hatte Lous Amme gewohnt, um jederzeit zum Stillen des Säuglings bereit zu sein. Irmgard Fritzsche hatte die Geburt ihrer Tochter nicht überlebt, und so war die kesse Jette aus dem fernen Berlin zur Ersatzmutter für die kleine Louise geworden. Ob sie sich von ihr die Unbekümmertheit und Frechheit abgeschaut hatte, um die Emma sie so oft beneidete? In diesem Augenblick wünschte sie sich, sie hätte auch ein wenig mehr von dem Selbstbewusstsein und der burschikosen Art ihrer Freundin.

Emma stand auf und öffnete die kleine Tür, die zu der verborgenen Treppe führte. Der einzige Grund, warum sie den Husten simuliert hatte. Der einzige Grund, weshalb sie heute Nacht bei den Fritzsches übernachtete. Sie zog die Schuhe aus und nahm sie in die Hand. Mit nackten Füßen war sie leiser auf der metallenen Wendeltreppe, die hinunter in den Keller führte. Von dort waren es nur noch ein paar Schritte bis zu einer Tür, die niemals abgeschlossen war – und dahinter: die Freiheit …

Zum Glück trug sie eines ihrer neuen Sommerkleider, lindgrün, duftig und nur noch wadenlang, wie es die neuste Mode vorschrieb, mit dem sie auch gut Rad fahren konnte. Mit Bitten und Betteln hatte sie ihren Vater zum Kauf des Damenrads genötigt, das ihren Bewegungsradius beachtlich erweiterte. Mit klopfendem Herzen öffnete sie die Kellertür und trat nach draußen. Die mondlose Augustnacht war warm; es roch nach Blumen, Heu und reifen Früchten. Emma nahm das Rad, das unter einem Baum auf sie wartete, schob es zum Zaun, öffnete die Gartentür und fuhr los.

Bis zum Schillerplatz waren es nur wenige Minuten, so energisch trat sie in die Pedale, und trotz der warmen Luft kühlte bald schon Fahrtwind ihre erhitzte Haut. Was Max wohl sagen würde, wenn sie plötzlich bei ihm auftauchte – ohne Ankündigung? Und dazu mitten in der Nacht? In den letzten Tagen hatten sie sich nur ein einziges Mal gesehen, und ihre Sehnsucht nach ihm war unendlich.

Die Straße vor ihr war leer und dunkel. Zwei Autos

überholten sie. Am Schillerplatz knutschte ein junges Paar selbstvergessen unter einer Laterne. Sie stellte das Rad vor seinem Haus ab und schielte nach oben. Alles dunkel. In keinem der Fenster ein Licht. Jetzt wurde ihr plötzlich doch klamm zumute. Was, wenn Max gar nicht zu Hause war? Oder sie womöglich eine andere Frau in seinem Bett finden würde? Das Thema Treue hatte Emma in seiner Gegenwart bisher geflissentlich umschifft, weil irgendetwas in ihr sagte, dass er in diesem Punkt ganz andere Ansichten haben könnte. Ebenso wenig hatte sie ihm gegenüber bisher die Verlobung mit Richard erwähnt.

Heute schickst du mich nicht weg, dachte sie, während sie auf den Klingelknopf drückte und sich dabei an den rauen Verputz lehnte, weil ihr auf einmal schwindelig war. *Richard wird nicht mein erster Mann sein – dafür sorge ich!*

Sie klingelte erneut, und dann, nach einer kurzen Pause, zum dritten Mal. Als sie schon zu überlegen begann, ob sie damit anfangen sollte, Steinchen ans Fenster zu werfen, ohne die Nachbarschaft aus dem Schlaf zu reißen, ertönte der Summer. Jetzt nahm Emma die Treppen nach oben im Sturmschritt und kam atemlos vor seiner Wohnungstür an.

Max trug nur eine blaue Schlafanzughose, hatte die schwarzen Haare verwuschelt und starrte sie verdutzt an. »Ist etwas passiert?«, fragte er.

»Könnte man so sagen.« Emma setzte ihr verführerischstes Lächeln auf. »Lässt du mich rein?«

»Jetzt?«

»Jetzt!«

Er trat zurück, um ihr Platz zu machen, sie aber

schmiegte sich schon beim Eintreten so eng an ihn, dass sie beide fast im Flur umgefallen wären.

»He, he!« Er wollte sie ein Stück wegschieben, Emma aber ließ es nicht zu. »Was ist denn in dich gefahren?«

»Das!« Sie bedeckte sein Gesicht mit Küssen. »Und das.« Jetzt küsste sie seinen Mund. »Und das!« Sie küsste seinen Hals, die nackte, spärlich behaarte Brust, den muskulösen Bauch – bis Max ihren Arm packte und sie zum Innehalten zwang.

»Was ist los, Emma?«, fragte er sanft, aber bestimmt. »Haben sie dich zu Hause rausgeworfen?

»Ich will mit dir schlafen«, sagte sie. »Auf der Stelle. Und nein, heute werde ich keine Ausrede akzeptieren, weil ich genau weiß, du willst es auch!«

»Stimmt es, was man sich in der Stadt erzählt? Dass du den jungen Bornstein heiraten wirst? Und zwar schon in ein paar Tagen?« Seine Augen waren groß und so dunkel wie nie zuvor.

Wie einfach wäre es jetzt gewesen, zu lügen! Emma hatte die erlösenden Worte schon auf der Zunge, doch dann nickte sie.

»Ja, deine Tratschen liegen durchaus richtig, aber du musst wissen, alles, was ich will, das bist du«, sagte sie. »Und so wird es immer sein. Mein Herz gehört dir längst, und mein Körper spielt verrückt, wenn du nur in meiner Nähe bist. Doch leider sind wir so gut wie pleite. Die Bank gibt uns nichts mehr – nicht einen Groschen. Papa hat schon alles versucht. Das Einzige, was uns jetzt noch vor dem Bankrott retten kann, sind die Dosen und die elenden Laufbänder der Bornsteins.«

»Dir ist bekannt, dass Richard Bornstein Mitglied in einem Freicorps war?«, fragte Max. »Und er sich mit anderen völkisch gesinnten Lumpen regelmäßig trifft, um gegen den Sozialismus und die jüdische Weltverschwörung anzukämpfen?«

»Er ist ein Schwachkopf«, sagte Emma heftig. »Und ein Großmaul dazu. Ich kann ihn nicht ausstehen und werde dafür sorgen, dass er sich von mir fernhält, darauf kannst dich verlassen! Aber wir brauchen ihr Geld. Dringend. Sonst kommt mein Vater noch um. Und ihn nach Mamas Tod auch noch zu verlieren, das könnte ich nicht ertragen.«

»Was für ein Kind du doch noch bist, Emma! Das mit dem Fernhalten wird in einer Ehe vermutlich nicht so einfach …«

Emma verschloss seinen Mund mit einem langen, leidenschaftlichen Kuss. »Ich will jetzt nicht mehr über diese schrecklichen Bornsteins reden«, flüsterte sie. »Was glaubst du, was ich alles einfädeln musste, damit uns diese Nacht gehört? Einen regelrechten Stabsplan hab ich ausgeheckt. Du kannst stolz auf mich sein, Max! Offiziell schlafe ich nämlich bei Lou. Und abgehauen bin ich über die Dienstbotentreppe. Mein Rad hatte ich im Garten versteckt. Zurück brauche ich nicht mehr als ein paar Minuten. Wir haben Zeit, bis die Vögel zu zwitschern beginnen. Worauf also warten wir noch?«

Sie sah das Zögern auf seinen geliebten Zügen, das unmerkliche Kräuseln der vollen Lippen, wie immer, wenn er etwas sagen wollte, das ihm nicht so recht behagte, den Schatten der Wimpern auf seinen Wangenknochen. In diesem Moment liebte Emma ihn so sehr, dass es sich wie Schmerz anfühlte.

Spürte er, was in ihr vorging?

Er musste es spüren!

Zuversicht erfüllte sie. Sogar die verstörenden Gemälde an den nachtdunklen Wänden erschienen ihr auf einmal weniger feindselig.

Sein Gesicht wurde weich. »Wir beide müssen ganz schön verrückt sein«, sagte er. »Du, das verwöhnte Fabrikantenkind – und ich, der jüdische Zyniker … Wie könnte so etwas jemals gutgehen? Aber weißt du was, Emma? Ich hab Verrückte schon immer ganz besonders gern gemocht.«

Max streckte ihr seine Hand entgegen, als ginge es in einen Ballsaal, und Emma ergriff sie.

»So folge mir denn, schönes Kind«, sagte er mit einem schiefen Lächeln. »Ins Land von Lust und Liebe! Ich hoffe nur, der alte Mann enttäuscht dich nicht.«

*

Die blauen Vorhänge im Schlafzimmer dämpften das Morgenlicht, doch die Vögel hatten schon vor einer Weile ihr Lied begonnen. Sie musste gehen – und wäre doch am liebsten für immer bei ihm geblieben.

Neben ihr schlief Max, eine steile Falte zwischen den dunklen Brauen, die sie im Wachsein nicht an ihm kannte. Die langen, schlanken Beine mit den wunderlichen Zehen hingen unter dem dünnen Laken heraus.

Emma küsste sie behutsam nacheinander. Alle sechs.

Dann gab sie der ungeöffneten Kondompackung unter dem Bett einen verwegenen Schubs, schlüpfte in Unterwäsche und Kleid, nahm die Schuhe in die Hand und verließ auf Zehensitzen seine Wohnung. Die dunklen Flecken auf dem Laken würden Max ihre eigene Geschichte erzählen. Jetzt wusste er wenigstens, dass sie vor ihm keinen anderen Mann gehabt hatte.

Wie im Fieber radelte Emma in der Morgenkühle zurück zur Villa der Fritzsches, öffnete das Gartentor, stellte das Fahrrad wieder unter den Baum und lief zur Kellertür. Von dort aus stieg sie die Stufen der engen Wendeltreppe hinauf und betrat das kleine Zimmer. Sie riss sich das Kleid vom Leib und sprang mit einem Satz ins Bett, weil sie auf einmal draußen Schritte hörte. Emma schloss die Augen und stellte sich schlafend.

Lou öffnete die Tür, eine dampfende Tasse in der anderen Hand. »Guten Morgen, Prinzessin!«, sagte sie. »Wohl geruht im bescheidenen Ammengemach und wieder gesundet?«

Emma dachte an die nachtschwarzen Augen ihres Geliebten, an den Seufzer, als sie ihn in sich aufgenommen hatte, an seinen Geruch, der noch immer überall an ihr haftete.

»Ja«, sagte sie gedehnt und rekelte sich, als sei sie soeben erwacht. »Danke der werten Nachfrage. Mein Husten ist seit gestern deutlich besser geworden. Und ich hatte einen wundervollen, aufregenden Traum …«

*

Dresden, April 2013

Hanka hatte zu lesen aufgehört.

»Hört ihr das nicht?«, fragte sie. »Da klingelt jemand – und zwar Sturm!«

»Um diese Zeit?« Anna begann zu zittern. »Es ist fast Mitternacht. Das kann nur Mama sein! Mir wird ganz schlecht. Hoffentlich ist nichts mit meinem Vater …«

»Bleib, wo du bist!« Gianni drückte sie sanft nach unten und stand stattdessen selbst auf. »Ich gehe nachsehen. Dann kann ich deine Mutter gleich beruhigen.«

Anna und Hanka hörten einen kurzen, unverständlichen Wortwechsel, dann kam er allein wieder zurück.

»Es war ein Mann«, sagte Gianni, »nicht deine Mutter. Er schien überaus erstaunt, ja, sogar entrüstet, mich zu sehen, wollte aber nicht reinkommen. Ich soll dir ausrichten, dass alles in Ordnung ist. Ein gewisser Dr. Sandfort …«

»Ralph?« Anna sprang auf. »Das war Ralph. Warum sagst du das nicht gleich?« Auf Strümpfen lief sie zur Tür und riss sie auf. »Ralph – so warte doch …«

Sie hechtete durch den Vorgarten, öffnete das Gatter und rannte hinaus auf die Straße.

»Ralph – warte!«

Die Rücklichter leuchteten auf. Mit der flachen Hand schlug sie auf seine Heckklappe, als er gerade losfahren wollte. Der Motor des schwarzen Alpha Romeo erstarb jäh.

Die Fahrertür ging auf.

»Was willst du noch?«, fuhr er sie an. »Kümmere dich doch lieber um deinen nächtlichen Besuch!«

»Das ist Gianni, mein alter Freund aus Arezzo«, rief Anna. »Der, den wir immer besuchen wollten, falls du mal eine richtige Urlaubswoche gehabt hättest. Er hat mich heute wie ein Fährmann durch diesen furchtbaren Tag geschleust …« Tränen liefen über ihre Wangen. »Und ich dachte, du bist meine Mutter mit schrecklichen Nachrichten aus der Klinik … Bitte fahr jetzt nicht so weg!«

Ralph stieg aus dem Auto und nahm sie in die Arme. »Ich bin solch ein Idiot«, murmelte er an ihrem Ohr. »Weißt du, Anna, dass ich gerade stockeifersüchtig war? Ich hätte ihn schlagen können!«

»Brauchst du nicht«, flüsterte sie zurück. »Er hat eine wunderbare Frau und sehr bald zwei süße Kinder. Wir sind nur Freunde. Und das seit mehr als zehn Jahren. Hanka ist übrigens auch da. Also eine kleine, gemütliche Runde – bis du geklingelt hast.«

Sie spürte sein erleichtertes Lachen im ganzen Körper.

»Und was jetzt?«, fragte Ralph, als sie sich wieder voneinander gelöst hatten. Seine Augen hingen an ihrem Gesicht. »Fängt nun alles wieder von vorn an?«

Wie sehr sie sich das wünschte!

Und wie große Angst sie im gleichen Moment davor hatte!

»Keine Ahnung«, sagte Anna und war froh, dass ihre Stimme einigermaßen ruhig klang. »Aber jetzt kommst du auf jeden Fall mit mir ins Haus. Und vor morgen früh lasse ich dich nicht mehr gehen!«

9

Den Garten hatte Anna ihm endlich zeigen wollen, die frisch eingepflanzten Rosen und vor allem ihren Pavillon, den sie mit den neuen orientalischen Kissen so prächtig ausstaffiert hatte, aber als sie erwachte, war Ralph schon fort.

Sie tastete zur leeren Seite im Bett, zog sein Kissen näher und roch daran: eine Mischung aus grünen Gräsern und dem Orangen-Bio-Shampoo, auf das er wegen einer kleinen kahlen Stelle am Hinterkopf so schwor. Für einen Moment war alles wieder genauso wie vor wenigen Stunden: die ungelenke, fast schüchterne Art, mit der er erst sie und fast gleichzeitig sich ausgezogen hatte, seine leidenschaftlichen Küsse auf ihrem Hals, den Lippen, ihren Brüsten. Ihn überall zu berühren hatte sich vertraut und aufregend zugleich angefühlt, wie die Heimkehr nach einer langen Reise an einen vertrauten Ort, der sich in der Zwischenzeit jedoch verändert hatte. Das neue Fragen und sich Herantasten hatte ihr gefallen, und auch, dass Ralph ihr Zeit gelassen hatte, um plötzlich wieder so viel körperliche Nähe zu ertragen.

Dann jedoch, ganz plötzlich, hatte Anna ein seltsames Gefühl überfallen. Noch schweißnass vom Liebesakt und übermüdet von einem langen Tag voller Aufregungen, hatte sie es zunächst nicht genauer zu bestimmen vermocht, doch nun, in der Klarheit des jungen Morgens, gab es keinerlei Zweifel mehr.

Es war vorbei. Endgültig vorbei.

Die Beziehung zwischen Ralph und ihr gehörte der Vergangenheit an. Was sie zueinander getrieben hatte, war nichts als romantische Erinnerung gewesen. Trotz der letzten Nacht gab es für sie als Liebende keine neue Gegenwart und erst recht keine gemeinsame Zukunft. Sie hatten noch einmal zusammentreffen müssen, um sich für immer zu trennen. Ab jetzt konnten sie wirklich versuchen, Freunde zu werden – falls ihnen das gelingen würde.

Die Erkenntnis war so unmissverständlich, dass sie Anna beinahe den Atem verschlug. Sie schob das Kissen beiseite und setzte sich auf.

Flüchtete sie erneut, weil sie wieder Angst bekam, ihre Grenzen aufgeben zu müssen? Nein, dieses Mal fühlte es sich anders an. Sie war weder bedrückt noch wehmütig, sondern fühlte sich plötzlich wie befreit. Anna stand auf, nahm ihr Handy und wählte die Nummer ihrer Mutter. Greta nahm den Anruf so prompt an, als habe sie nur darauf gewartet.

»Er hat die Augen aufgemacht, stell dir vor«, sagte sie. »Zweimal sogar. Sprechen konnte er kaum, so schwach ist er. Ich bin bis nach Mitternacht bei ihm geblieben und werde gleich nach dem Frühstück wieder …«

»Mama!«, sagte Anna streng. »Du musst auch auf dich schauen. Was vor uns liegt, ist keine Kurzstrecke, sondern eine Art Marathon. Wenn wir beide unterwegs schlappmachen, ist Papa nicht damit geholfen.«

»Weiß ich doch«, murmelte Greta. »Aber du musst vielleicht erst einmal so alt werden wie ich, um zu begreifen, wie sehr man um einen geliebten Menschen bangen kann! All die einsamen Stunden vor diesen piepsenden Geräten, da kommen Erinnerungen in dir hoch, die dich ganz fertigmachen!«

»Bist du wenigstens noch im Bett?«

»Bin ich. Aber schlafen kann ich jetzt garantiert nicht mehr, darum stehe ich auch bald auf. Wann gehst du in die Klinik?«

»Am Nachmittag«, sagte Anna. »Sobald ich das Wichtigste geregelt habe. Kommst du mit der Apotheke klar?«

»Maria, meine neue Aushilfe, springt für mich ein. Auch die nächsten Tage. Was bin ich froh, dass ich sie habe!«

Wie müde sie geklungen hatte, beinahe wie eine alte Frau, obwohl sie noch nicht einmal sechzig war. Was, wenn sie auch krank würde? Der Gedanke ließ Anna nicht mehr los, nicht unter der Dusche, nicht beim Anziehen und auch nicht, als sie die Treppe hinunterlief und in der Küche auf Gianni traf, der bereits eifrig mit dem Geschirr hantierte. Hanka war noch in der Nacht zurück zu Libro gefahren, der es gar nicht schätzte, wenn er zu lange allein bleiben musste.

»Dein Freund ist ohne Frühstück davongestürzt«, sagte er. »Hat es wohl ziemlich eilig gehabt. Aber uns beiden habe ich schon mal einen ordentlichen *Café crema* gemacht. Und dazu ein paar Scheiben Brot geröstet.«

»Genau die richtige Unterlage für eine Verkostung«, sagte Anna. »Ich hole uns noch stilles Wasser.« Sie öffnete

den Vorratsschrank. »Lauwarm, damit die Geschmacksnerven nicht erschrecken.«

»Du kannst jetzt schon Schokolade verkosten? Bist du
ganz sicher?«

»Ich kann *immer* Schokolade verkosten«, erwiderte sie.
»In nahezu jeder Lebenslage.« Sie trank einen Schluck
Kaffee. »Wo sind deine neuen Köstlichkeiten? Her da-
mit – lass uns endlich mit der Arbeit beginnen!«

An diesem Morgen vollzog Anna ihr Ritual auf die
strenge, klassische Art: ansehen, durchbrechen, um das
Knacksen zu hören, betasten, daran riechen, lecken und
wieder ausspucken, so, wie es auch Weintester taten. Zwischendrin trank sie Wasser, und wenn die Anbauregionen
wechselten, nahm sie zur Neutralisierung einen Bissen tro-
ckenes Brot. Sie hatten mit den Criollos aus Venezuela
begonnen, der Edelsorte unter den Kakaobohnen, die nur
circa fünf Prozent des Welthandels ausmachte.

»Zart und sehr rund«, sagte Anna anerkennend über die
erste Probe. »Ich schmecke Honig und Trockenobst. Das
läuft bei meinen Kunden. Gib mir davon das Doppelte der
letzten Lieferung.«

»Jetzt mein Canoabo«, sagte Gianni mit kaum verhohlenem Stolz. »Sehr anfällig für Schädlinge, eine Miniernte –
aber ein Traum!«

Anna probierte.

»Sahne«, sagte sie. »Mandeln und Datteln und so mild
trotz der 75 % Kakao! Wie hast du das hinbekommen?«

»Lassen wir uns einfach unsere kleinen Geheimnisse!«
Gianni grinste. »Inzwischen kenne ich so gut wie alle
Plantagen persönlich. Jedes Jahr bin ich zwei Monate und

länger in den Anbaugebieten unterwegs, rede dort mit den Bauern, gebe ihnen Tipps für Anbau und Pflanzenpflege und feilsche am Preis – aber niemals unfair, darauf kannst du dich verlassen. Wir schließen mit allen direkte und langfristige Verträge. Bei uns bekommen sie bis zu fünfundzwanzig Prozent mehr als bei den Zwischenhändlern. Das fördert auf Dauer die Zusammenarbeit.«

Anna war bereits bei der nächsten Sorte angelangt. »Auch ein Criollo, aber mit starken Noten von Nüssen, Pilzen und Datteln«, sagte sie. »Das ist etwas für Kenner!«

»Du schmeckst einfach alles raus, was?« Gianni schüttelte den Kopf.

»Sollte ich nicht?«, sagte Anna. »In deiner Schokolade ist doch nichts, was sich verstecken müsste!«

Sie beendete die Verkostung aus Venezuela und wandte sich den neuen Sorten aus Madagaskar zu.

»Mein Grand Cru«, sagte Gianni. »85 % Kakao. Bin gespannt, ob er dich auch so begeistert wie mich!«

Anna kostete und schloss dabei die Augen.

»Und ob!«, sagte sie nach einer kleinen Weile. »Welch ungewöhnliche Mischung: exotische Früchte, Gewürzbrot und säuerliches Zitrusaroma. Das hat in der Tat das Zeug zum Bestseller!«

»Und das hier ist der kleine Bruder. Ein Bio-Trinitario mit 70 % – zum Dahinschmelzen, wie ich finde.« Gianni reichte ihr das letzte Stück.

»Blumig«, sagte Anna prüfend. »Nicht ohne, mir persönlich aber einen Tick zu blumig. Mango und Papaya im Abgang reißen es wieder etwas raus. Aber ein Hit wird das nicht – wenn du mir meine Offenheit verzeihst.«

Gianni lächelte. »Falls du eines Tages deine Läden satt haben solltest, stell ich dich sofort in meiner Firma ein«, sagte er. »Lass uns noch schnell das Schriftliche erledigen. Dann kann ich nach Leipzig fahren und du in deine *Schokolust*. Einen Teil der neuen Produkte habe ich dir ja schon gestern dagelassen. Und der Rest wird so schnell wie möglich geliefert – *parola d'onore!*«

»Danke für das Angebot«, sagte sie. »Aber ich hoffe, ich kann mich noch ganz, ganz lange in Dresden halten. Ich liebe meine Stadt nämlich, musst du wissen. Außerdem bin ich seit Jahren auf der Suche nach der einen, alles überragenden Eigenkreation. Den passenden Namen hätte ich schon: *Elbfeuer*. Aber es müsste etwas sein, das es noch nie zuvor gegeben hat.«

»*Elbfeuer*«, wiederholte Gianni genießerisch. »Ja, das gefällt mir. Klingt nach Geheimnis, nach Leidenschaft – und irgendwie groß. Lass dir Zeit, Anna. Stress dich nicht allzu sehr. Ich bin sicher, dann bekommst du es hin.«

Sie füllte die Listen fertig aus. Danach begleitete sie Gianni hinaus.

»Das Obergeschoss bin ich dir ja bei der Schlossführung noch schuldig geblieben«, sagte sie, als er sie zum Abschied umarmte. »Bis auf das Gästezimmer, in dem du hoffentlich gut geschlafen hast. Aber der gestrige Tag hat mich einfach überrollt. Was nur heißt, dass du sehr bald wiederkommen musst – und dann mit der ganzen Familie, *promesso?*«

»Versprochen!«, versicherte er. »Und ich bin gespannt, was diese alten Schriften dir noch alles erzählen werden. Für mich sind es versunkene Welten, aber gleichzeitig waren sie erstaunlich nah. Wer ist denn eigentlich diese Emma? Eine Verwandte?«

Anna zuckte die Schultern. »Das und vieles andere werde ich herausfinden«, sagte sie.

»Lässt du es mich dann wissen?

»Das werde ich!« Sie sah ihm hinterher, wie er mit seinen Koffern voller Schokolade den Van bestieg und losfuhr. Anna winkte, bis Gianni nach links abgebogen war. Dann ging sie zurück in die Rosenvilla, um alles für einen raschen Aufbruch vorzubereiten.

*

Heute empfing er sie mit einem winzigen schiefen Lächeln, und der Anblick war so überwältigend, dass Anna wieder den Tränen nahe war.

»Du machst vielleicht Sachen, Papa«, sagte sie und nahm wie beim letzten Mal seine Hand. »Aber mit diesem Unsinn ist jetzt ein für alle Mal Schluss!«

Fritz Kepler nickte, dann fielen ihm erneut die Augen zu.

»Er hört uns«, versicherte Greta. »Vorhin hab ich ihm ein paar Verse seines geliebten Morgenstern vorgelesen, und er hat dabei geschmunzelt.«

Sie selbst sah grauenhaft aus, die Haare flusrig und zerstrubbelt, die Haut gräulich. Heute konnte nicht einmal der weite korallenrote Pullover von ihrer Magerkeit ablenken.

»Isst du doch eigentlich noch irgendetwas?«, entfuhr es Anna, die sich schon im nächsten Moment für ihren unfreundlichen Ton schämte.

»Essen, och …«, erwiderte Greta unbestimmt. »Ich hab

einen Topf Reis im Kühlschrank. Das reicht locker für die nächsten Tage.«

Anna beschloss, Frau Fras anzurufen und ihr eine kleine Einkaufsliste durchzugeben. Sie war eine gute Köchin. Vielleicht würde ja ein frischer Auflauf Gretas verschollenen Appetit wecken.

»Und ausruhen musst du auch«, fuhr sie nicht minder streng fort. »Und zwar auf der Stelle!«

»Ich lass ihn doch jetzt nicht allein«, protestierte Greta.

»Papa ist nicht allein«, sagte Anna bestimmt. »Du kannst abends noch einmal kommen, wenn du unbedingt willst. Jetzt ist meine Schicht!«

War es der resolute Tonfall gewesen, der Greta überzeugt hatte, oder war sie inzwischen so erschöpft, dass sie nicht mehr widersprechen konnte? Auf jeden Fall verließ sie ohne Murren die Intensivstation und begab sich auf den Weg nach Hause.

Anna rückte den Stuhl näher an das Bett des Kranken, dann öffnete sie ihre Beuteltasche und nahm eine kleine Metalldose heraus, die sie öffnete und ihm unter die Nase hielt.

Er begann zu schnuppern. »Königlicher Schokoladenkuchen«, murmelte er schließlich. »Eindeutig. Aber ich glaube, den darf ich noch nicht essen.«

»Sollst du ja auch nicht«, sagte Anna. »Aber Riechen ist erlaubt. Und Riechen kann doch auch schon sehr viel Spaß machen, oder etwa nicht?«

Seine Augen waren plötzlich viel klarer geworden.

»Du bist wie er«, sagte er leise. »Das mit dem Riechen hast du von deinem Großvater.«

Anna packte den Kuchen wieder ein und zog stattdessen einen Stapel Blätter heraus. »Ich bin da auf etwas Merkwürdiges gestoßen«, sagte sie. »Mama hat dir ja schon davon erzählt. Eine Kassette, vergraben im Rosengarten, gefüllt mit Schmuck, altem Plunder und jeder Menge beschriebener Blätter. Es geht um drei junge Frauen: Helene Klüger, Emma Bornstein und Charly oder Lotte …«

Der Kranke begann zu husten. Seine Lider zuckten.

»Du weißt davon, Papa?«, fragte Anna sanft. »Hast du eine dieser Frauen gekannt?«

Schon beim Aussprechen wurde ihr bewusst, wie dumm diese Frage war. Helene hatte das Jahr 1913 nicht überlebt, und Emma war um 1933 gestorben. Aber Charly …

»Nur die letzte«, flüsterte er. »Charlotte. Aber ich war noch sehr klein.«

Fieberhaft begann Emma nachzurechnen. Ihr Vater war 1942 geboren. »Wenn das noch im Krieg war, musst du ja winzig gewesen sein«, sagte sie. »Ein Kleinkind …«

Er schüttelte den Kopf. »Erst ein paar Jahre nach 1945«, sagte er. »Ich war sechs oder sieben. Sie ist noch einmal nach Dresden zurückgekommen, bevor sie endgültig nach Frankreich gegangen ist. Vater und ich waren …« Er verstummte.

»Vater? Was hatte sie mit Opa Kuku zu tun, Papa?«

Er kniff die Lippen zusammen und ähnelte auf einmal geradezu verblüffend seinem verstorbenen Vater, mit dem er ein Leben lang im Zwist gelegen hatte.

Dr. Ibrahim hatte den grauen Vorhang zurückgeschlagen und musterte sie aufmerksam.

»Das machen Sie sehr gut, Frau Kepler«, sagte er. »Erzählen Sie ihm etwas, das ihm Freude bereitet. Singen Sie ihm vor, oder lesen Sie eine Passage aus seinem Lieblingsbuch. So helfen Sie ihm, schneller wieder gesund zu werden.« Sein Blick glitt zum Patienten. »Wir geben Betablocker sowie einen Cocktail verschiedenster Medikamente. Aber der Blutdruck ist noch immer zu hoch. Und die Pumpfunktion gefällt mir auch noch nicht.«

»Wie lange wird er denn noch hierbleiben müssen?«, wollte Anna wissen. »Ich meine, wann kann mein Vater auf Station?«

Dr. Ibrahim zuckte die schmalen Schultern. »Das liegt an ihm«, sagte er freundlich. »Und an Ihnen.«

Eine Weile blieb Anna stumm, nachdem er gegangen war, weil sie nicht wusste, was sie sagen sollte. Dann nahm sie einen neuerlichen Anlauf.

»Über Charlotte zu sprechen regt dich also auf«, sagte sie. »Das hab ich genau gemerkt, auch wenn du es nicht zugeben wolltest. Damit scheidet sie vorerst aus. Aber es gibt ja noch Helene und Emma – und von Emmas Aufzeichnungen habe ich zufällig einen ganzen Stoß dabei. Magst du ein wenig zuhören?«

War er weggedriftet, oder stellte er sich nur schlafend? Schließlich, als Anna schon nicht mehr damit gerechnet hatte, bewegte er den Kopf.

»Lies«, sagte er leise. »Ich warte schon so lange darauf.«

*

Dresden, Mai 1921

Endlich habe ich wieder ein geeignetes Versteck für mein
Tagebuch gefunden, jetzt, da wir in die Rosenvilla zurückge-
kehrt sind, wo mir seit Kindertagen jeder Winkel vertraut ist.
Der Pavillon im Rosengarten war mir schon immer der aller-
liebste Ort, wenngleich ich ihn erst nach Mamas Tod so richtig
für mich entdeckt habe, weil sie ihn aus irgendeinem Grund
nicht mochte. In der Zwischenzeit habe ich nicht gewagt,
meine Gedanken und Gefühle zu Papier zu bringen — und
hätte es doch so dringend nötig gehabt! Doch das kalte, dunkel
möblierte Haus der Bornsteins in Lockwitz ist mir vom ersten
Augenblick an wie ein Kerker vorgekommen. Gleich zwei
unerbittliche Wärter hatte ich da auf einmal — Richard und
Otto, den ich niemals im Leben »Vater« nennen werde, sosehr
er sich das auch wünschen mag.
Wie einsam ich mich dort zuerst gefühlt habe! Nicht einmal
Lou habe ich mehr getroffen. Sie war einige Zeit in der
Schweiz, um ihre Ausbildung zur vollkommenen Gattin zu
vervollständigen. Zwischendrin kam eine ihrer schludrigen
Postkarten an, auf der sie mir mitteilte, dass sie »demnächst wieder im Lande« sei — was auch immer das zu
bedeuten hat.
Doch jetzt bin ich ja zum Glück wieder zu Hause, bei Mamas
Rosen, in der großen, luftigen Villa, die noch immer ihren Geist
atmet. Wie hätte sie sich gefreut, meine Freude mit mir zu
teilen, denn was auch geschehen mag: Mich hat das Glück
geküsst. Vor einem Jahr und vier Tagen habe ich meinen kleinen Schatz zur Welt gebracht, nach langen, qualvollen Wehen,
eine Sternguckerin, wie man die Kinder nennt, die mit dem

Gesicht nach oben geboren werden. Sie steckte eine ganze Weile im Geburtskanal fest; sogar die Saugglocke musste die Hebamme schließlich einsetzen, um sie und mich zu erlösen. Doch als ich sie dann schließlich im Arm hielt, war alles vergessen. Wie hatte ich vor dem ersten Anblick gezittert!

Charlotte jedoch hat es mir leicht gemacht mit ihren hellblonden Härchen, die ich voller Entzücken geküsst habe. Einen Moment lang dachte ich sogar, sie wären kupfern ausgefallen wie meine Haare, doch es war wohl nur die rosige Kopfhaut, die hindurchgeschimmert hatte.

Wenn sie nun schwarz gewesen wären ...

Ihre Augen sind braun, so wie meine, wenngleich deutlich dunkler, das Näschen verspricht energisch zu werden, und sie hat die goldigsten Wangengrübchen der Welt. Sogar Richard war bei ihrem Anblick gerührt, wenngleich er es trotzdem nicht lassen konnte, ein paar dumme Bemerkungen hinterherzuschicken über die endlose Zeit der Enthaltung, die ja nun zum Glück endlich vorbei sei.

Soll er reden! Ich denke bis heute nicht daran, ins Ehebett zurückzukehren. Seine unerquicklichen Umarmungen, die ich kurz nach der Hochzeit über mich ergehen lassen musste, damit nicht alles aufflog, sind noch immer in mir eingebrannt. Zum Glück hatte ich eine schwierige Schwangerschaft, die mich über Monate zum Liegen zwang und mich somit vor ihm verschonte. Unmittelbar nach der Geburt hat Doktor Fuchs mir dann attestiert, dass ich ein Frauenleiden habe und daher vorerst an weitere Kinder nicht zu denken sei. Das wird ihn wenigstens noch eine Weile in Schach halten. Ich bin sicher, Richard kommt anderswo ausgiebig auf seine Kosten, doch je weniger ich davon weiß, umso besser.

Meine Kleine ist vollkommen, ein Geschenk Gottes, das Schönste, was ich jemals sehen durfte. In den letzten Tagen ist sie zum ersten Mal allein gelaufen, die dicken, kleinen Zehen fest gegen den Boden gepresst, die Ärmchen juchzend nach oben geworfen, und Papa hat sie lachend aufgefangen. Er ist auf dem Weg, wieder ganz der Alte zu werden, wirtschaftet dank des Bornstein-Vermögens tüchtig in der Fabrik, wobei ihm Richard zur Hand geht, wie er sich ausdrückt, während ich eher glaube, dass er ihm auf die Finger schaut. Erst neulich hat mein Vater mir zugeflüstert, dass die Schokoladenproduktion erfolgreich angelaufen ist. Ihn so zu sehen macht mich überglücklich, dann weiß ich wenigstens, wozu mein Opfer gut war. Aus Freude habe ich ihm Manschettenknöpfe aus poliertem Onyx geschenkt, die er nun voller Stolz trägt. Bei Gelegenheit werde ich ihn allerdings um Geld bitten müssen, denn nun ist meine kleine Geldreserve endgültig erschöpft, und Richard hält mich mit Barem so knapp, als sei ich nicht seine Frau, sondern ein Dienstmädchen.

Befürchtet er, ich könne mich auf und davon machen?

In nächster Zeit muss er sich keine Sorgen machen. Denn ganz hat die Angst mich noch nicht verlassen. Solange mein Augenstern in der Wiege lag, war es ein Leichtes, ihre Füßchen zu verhüllen. Ich wette, kein Säugling in Dresden besaß je eine derart ausgefallene Kollektion verschiedenster Schühchen und Söckchen. Sie zu baden oder abzutrocknen, daran war Richard nicht interessiert, und natürlich ist er niemals auch nur in die Nähe einer Windel gekommen.

Doch jetzt, wo sie energisch auf eigenen Beinen voranstakst, ist auch sein Interesse an ihr gewachsen und alles für mich viel schwieriger geworden. Inzwischen hat nämlich auch er

herausgefunden, was Charlotte von anderen Kindern unter-
scheidet.

Ich habe versucht, ihn zu beruhigen und in meiner verzweifel-
ten Suche nach passenden Argumenten sogar Tante Ida aus
Hamburg ins Spiel gebracht, die längst tot ist und sich nicht
mehr wehren kann: Seinem Gesicht jedoch war anzusehen,
dass er keineswegs überzeugt war. Sein Kind – ein Krüppel.
Er hat es nicht ausgesprochen, aber ich weiß genau, dass er es
denkt. Es arbeitet in ihm, und eben vorhin ist er damit her-
ausgeplatzt, dass man sie unbedingt operieren und »normal«
machen müsse.

Charlotte unters Messer schicken – niemals!

Um ein Haar hätte ich ihm entgegengeschrien, dass man sehr
wohl damit leben, ja sogar attraktiv und äußerst erfolgreich
werden kann, doch ich konnte mich gerade noch zurückhalten.

»Sie ist noch so klein. Gerade erst ein Jahr. Lass uns warten.«
Etwas Besseres fiel mir nicht ein.

»Wenn du unbedingt meinst. Aber je weniger sie sich daran
erinnert, desto leichter wird sie es einmal haben. Schließlich
will ich nur das Beste für meine Tochter!«

Seine Tochter ...

Nein, Charlotte ist ganz und gar mein Kind. Ich ziehe sie auf
meinen Schoß und kitzle sie, bis sie vor Vergnügen zu quiet-
schen beginnt, dann streife ich ihr die extraweiten Schühchen
ab, aus rotem Saffianleder gearbeitet, die garantiert nicht
drücken, und küsse ihre dicken kleinen Zehen.

Alle sechs ...

»Frau Bornstein?« Mamsell Käthe war deutlich älter geworden, aber auf eine angenehme, fast anmutige Art. Ihr

Haar war nun silbern, was das Grau der Augen unterstrich. Noch immer trug sie am liebsten Schwarz mit weißen Krägelchen, eine ebenso zurückhaltende wie elegante Lösung. Zum Glück hatte sie das steife »Gnädige Frau« wieder abgelegt, mit dem sie Emma nach der Hochzeit eine ganze Weile lang traktiert hatte. Inzwischen war ihr Verhältnis fast freundschaftlich geworden, wenngleich beide Frauen Distanz wahrten. In gewisser Weise war Käthe eine Art Großmutterersatz für Charlotte, die schon zu strahlen begann, wenn sie nur in ihre Nähe kam. »Störe ich?«

»Was gibt es denn?«

»Der Kinderwagen ist repariert. Soll ich Sie begleiten?«

»Kommt nicht in Frage – Sie mit Ihrer ruinierten Bandscheibe!« Emma setzte Charlotte auf den Boden und strich ihr mintgrünes Kleid glatt. Sie hatte die Mondsteine ihrer Mutter dazu angelegt und würde noch den zartlila Rosenschal tragen. Eigentlich hatte sie sich mehr ausstaffieren wollen, doch es war wichtig, dass nicht einmal die Mamsell Verdacht schöpfte. Seitdem Richard so viele politische Versammlungen besuchte, konnten seine Befragungen sehr schnell etwas Inquisitorisches bekommen. Je weniger Mitwisser sie hatte, desto besser. »Das Wetter ist herrlich, und ein paar Schritte werden der Kleinen und mir guttun. Wer weiß, ob ich überhaupt in die Stadt fahre. Womöglich belassen wir es lieber bei einem gemütlichen Spaziergang an der Elbe.«

Trotzdem klopfte Emmas Herz überlaut, als sich das Gatter hinter ihr geschlossen hatte. Es war ein milder, leicht bedeckter Maitag, über und neben ihr frisches Grün in Bäumen und Hecken, das Vogelkonzert in den Zweigen klang melodisch – und doch fror sie plötzlich. So wenig wohnlich die Bornstein-Villa auch gewesen sein mochte: In Lockwitz hatte sie niemals befürchten müssen, Max Deuter über den Weg zu laufen. Sie wusste nicht, ob jemand ihn über ihre Schwangerschaft und die Geburt Charlottes informiert hatte. Doch heute hatte sie sich vorgenommen, ihm die Kleine endlich zu zeigen.

Charlotte saß nicht mehr gern länger im Kinderwagen; zu stark war ihr Bewegungsdrang, zu neugierig war sie, die Welt zu entdecken – heute aber verhielt sie sich zunächst ungewöhnlich ruhig. Nur einmal begann sie aufgeregt zu glucksen, als ein Mann mit einem schwarzen Mops sie überholte, und winkte ihm aufgeregt zu. Emma nahm sich vor, ihr einen Hund zu schenken, sobald sie ein bisschen älter geworden wäre.

Der Verkehr hatte deutlich zugenommen; Radfahrer fuhren an ihnen vorbei und auch eine ganze Anzahl Autos. Emma träumte davon, den Führerschein zu machen – welch ungeahnte Möglichkeiten sich ihr dann erschließen würden! Doch sie konnte sich schon jetzt genau vorstellen, wie Richard auf diese Bitte reagieren würde, er, der es nicht einmal mochte, wenn sie mit dem Fahrrad unterwegs war.

Am Schillerplatz angekommen, blieb sie vor einer der Litfaßsäulen stehen, die nun überall in Dresden aufgestellt waren. *Kunstausstellung Dresden* schrien riesige Versalien von einem quietschgelben Plakat mit schreienden roten Streifen. *Brühlsche Terrasse*. Sie erschrak. Heute war Mittwoch, von ihr mit Bedacht ausgewählt, weil sie wusste, dass Max an diesem Tag keine Sprechstunde hatte. Und wenn sie ihn trotzdem nicht zu Hause antraf, weil er sich anderswo Gemälde anschaute, die sie niemals verstanden hatte? Dann aber flogen ihre Augen eine Zeile tiefer. *2. Juli bis 14. September 1921* las sie weiter. Nein, an die Bilder würde sie ihn heute definitiv nicht verlieren!

Trotzdem zitterten ihre Finger, als sie den Klingelknopf betätigte. Es war dieselbe Glocke, derselbe Eingang wie in jener Augustnacht, doch was hatte sich seitdem in ihrem Leben alles verändert! Es dauerte eine ganze Weile, bis der Summer ertönte. Nicht ohne Mühe hievte sie den dunkelblauen Wagen mit den großen Speichenrädern in den Hausflur, dann hob sie Charlotte heraus. Mit ihr auf dem Arm stieg sie die Treppen hinauf.

Die Wohnungstür war geschlossen; es blieb ihr nichts anderes übrig, als noch einmal zu läuten. Die Kleine wurde immer unruhiger; die strammen Beinchen stießen fest gegen Emmas Bauch, der seit der Geburt nicht mehr so flach war wie früher, was sie gerade heute mehr denn je bedauerte

Dann, plötzlich, ging die Tür auf.

Max starrte sie an. Im nächsten Augenblick flog sein Blick zu Charlotte. »Dein Kind?«, fragte er.

Emma nickte. »Lässt du uns herein?« Als sie sein Zögern spürte, setzte sie hinzu: »Nur einen Augenblick. Bitte!«

Er trat einen Schritt zurück, und wieder drohten die alten Bilder sie zu überwältigen. Damals war sie ihm an den Hals geflogen, jetzt aber saß Charlotte auf ihrem Arm.

»Wie geht es dir?«, fragte er steif. Er war schmaler geworden, das fiel ihr auf. Und sein Haar war länger als in ihrer Erinnerung. Mit der schwarzen Mähne ähnelte er eher einem Bohemien als einem rechtschaffenen Zahnarzt. Aber hatte er sich nicht stets Künstlern besonders verbunden gefühlt?

»Gut«, sagte sie beklommen. »Ich wohne jetzt wieder in der Rosenvilla. Seit Kurzem. Und da dachte ich ...« Sie verstummte.

Max machte keinerlei Anstalten, sie weiter zu bitten, sondern ließ sie mit Charlotte im Flur stehen. Der war es endgültig zu langweilig geworden, sie begann zu quengeln und strampelte, bis Emma sie auf den Boden setzte.

»Sie ist wunderschön«, sagte Max. »Eine klitzekleine Emma. Nur in Blond. Ihr Vater muss sehr stolz sein.«

Etwas schoss ihr in die Kehle, etwas Bitteres, Scharfes, das sie am Sprechen hinderte. Die Kleine war selbstständig aufgestanden und wankte nun breitbeinig auf ihn zu. Bei Max angekommen, umklammerte sie ohne Scheu seinen Schenkel und strahlte mit vier Zähnen zu ihm hinauf.

»Sie heißt Charlotte«, sagte Emma und ärgerte sich, wie dünn ihre Stimme klang. »Charlotte Helene Marie.«

»Charlotte?« Jetzt besaß sie seine ganze Aufmerksamkeit. »So hieß meine Großmutter aus Leipzig.«

Schweigend starrten sie sich an.

Frag schon, dachte Emma, die sich auf einmal fiebrig fühlte. *Oder lass es bleiben. Ganz wie du willst. Du musst doch auch so wissen ...*

Charlotte hatte sich mit ihrem dicken Windelpopo auf den Boden plumpsen lassen und fing an, an ihren Schnürsenkeln zu zerren. Der vom rechten Schuh war bereits aufgegangen. Es war nur eine Frage der Zeit, bis sie mit nackten Füßchen dasitzen würde.

»Emma, ich …«, setzte Max an, da öffnete sich die Tür, die zu seinem Schlafzimmer führte. Heraus trat eine schlanke, dunkelhaarige Frau, offensichtlich nackt unter einem schwarzen Seidenmorgenmantel mit roten Stickereien, den sie nachlässig über der Brust zusammengerafft hatte. Sie roch nach den Säften der Liebe und hielt eine brennende Zigarette in der Hand.

»Hallo, Prinzessin«, sagte Lou mit ihrer tiefen, rauchigen Stimme. »Welch unverhoffte Überraschung. Lange nicht mehr gesehen!«

*

Wie sie die Treppe hinuntergekommen war, hätte Emma später nicht mehr sagen können. Plötzlich stand sie vor dem Haus, tränenblind, vor ihr der Kinderwagen mit Charlotte, die laut zu weinen begonnen hatte.

Emma beugte sich nach vorn, um sie trösten, doch alles in ihr war grau und bleischwer.

Lou, diese falsche Schlange! Und Max – wie konnte er ihr das antun?

Inzwischen schrie die Kleine aus voller Kehle, als spüre sie die Verzweiflung der Mutter. Und sie wollte unter keinen Umständen länger sitzen bleiben, sondern zog sich mit den Händchen nach oben.

»Nicht!«, schrie Emma, als Charlotte schon halb im Kinderwagen stand. »Du wirst noch rausfallen …«

Da war es schon geschehen: Der Wagen kippte, fiel krachend um und begrub das Kind unter sich.

Für einen Moment war Emma starr vor Schreck, gefangen wie in einem Albtraum, in dem man trotz schrecklicher Gefahr weder Hände noch Füße bewegen kann. Doch jemand hinter ihr war schneller. Ein Fahrrad fiel zur Seite, und ein junger Mann schoss an ihr vorbei. Er griff unter den Wagen und zog die Kleine behutsam heraus.

Charlotte war kalkweiß im Gesicht. Über ihrer Braue klaffte eine Wunde. Jetzt schrie sie nicht mehr, sondern wimmerte kläglich.

»Halten Sie sie!«, befahl er, während er Emma das verletzte Kind in den Arm legte. Dann zog er ein kariertes Taschentuch heraus und presste es auf die Wunde.

»Das muss unbedingt genäht werden«, sagte er fachmännisch. »Wo ist der nächste Arzt?«

»Gleich hier – im Haus«, stotterte Emma. »Aber es ist nur ein Zahnarzt.«

»Der kann das auch!« Er zog seine Schiebermütze vom Kopf – und jetzt erst erkannte Emma ihn an dem fuchsroten Schopf wieder: der Sohn vom Konditormeister Kepler! Er war ein ganzes Stück gewachsen und lange nicht mehr so mager wie in ihrer Erinnerung. Mit seinem besorgten Gesicht und der heiseren Stimme wirkte er fast erwachsen. »So gehen Sie schon«, sagte er. »Ich passe einstweilen auf den Kinderwagen auf!«

Wie betäubt stolperte Emma die Treppe hinauf, doch Max musste den Knall gehört haben, denn er stand bereits in der Tür.

»Gib sie mir!«, sagte er. »Ich schau mal nach, was passiert ist.«

Er ging mit Charlotte, die erstaunlich ruhig in seinen

Armen lag, in die Küche. Dort setzte er sie auf den länglichen Holztisch und begann, sie behutsam abzutasten. »Gebrochen zu sein scheint mir nichts«, sagte er schließlich. »Aber eine kleine Gehirnerschütterung könnte sie schon haben. Und die Wunde über dem Auge …«

»Hilf ihr, Max!«, bat Emma flehentlich.

»Das werde ich. Ich desinfiziere rasch meine Hände, dann bekommt sie drei kleine Stiche verpasst. Und alles wird wieder gut!«

Charlotte brüllte wie am Spieß, als sie die Nadel sah, und noch durchdringender, während sie die Einstiche spürte, doch als ihr Max danach ein Stückchen Schokolade reichte, steckte sie es sich in den Mund und begann zu lutschen.

»Ganz die Mutter«, sagte er mit einem kleinen Lächeln. »Süßes heilt die schlimmsten Wunden. Ich denke, du kannst ruhigen Gewissens mit ihr nach Hause gehen. Falls sie allerdings spuckt oder weiterweint, müsst ihr sie in eine Klinik bringen.«

»Max, ich …« In Emmas Augen lag eine ganze Welt.

»Schon gut.« Er konnte sie plötzlich nicht länger ansehen. »Ich wollte dir doch nicht wehtun. Aber hab ich dich nicht gewarnt? Ich war noch nie ein guter Mensch, sondern bin und bleibe ein hoffnungsloser Rumtreiber und Filou. Hast du das nicht gewusst, Emma?«

Zu ihrer Überraschung stand der junge Konditor mit den roten Haaren tatsächlich noch immer neben dem Kinderwagen, als die beiden wieder unten ankamen. Mit ernstem Gesicht sah er zu, wie Emma Charlotte hineinlegte, und jetzt wehrte sie sich nicht länger dagegen, sondern steckte sich einen Zipfel der leichten Decke in den Mund und begann daran zu nuckeln.

»Wie heißt sie denn?«, fragte er.

»Charlotte. Und danke für alles. Du …« Sie verbesserte sich. »Sie haben uns gerade sehr geholfen.«

Er starrte noch immer in den Wagen. »Ein schönes Mädchen«, sagte er. »Gut, dass sie eine Mutter hat, die sich um sie sorgt.«

Jetzt erinnerte Emma sich wieder. Er hatte seine Mutter viel zu früh verloren, so wie sie auch. Er schien zu spüren, was in ihr vorging, griff in seine Jackentasche und zog eine Fotografie heraus.

»Mathilde Kepler«, sagte er, während er sie Emma entgegenhielt. »Meine Mutter. Ich finde, Sie ähneln ihr!«

Emma streifte die Fotografie nur mit einem kurzen Blick. Plötzlich wollte sie nur noch nach Hause.

»Kann sein«, sagte sie, ohne genauer hinzuschauen, und gab sie ihm wieder zurück. »In dieser steifen Vorkriegsmode haben wir alle irgendwie gleich ausgesehen.« Sollte sie ihm noch ein Trinkgeld für seine Mühen anbieten?

Etwas in seinem Blick hielt sie zurück.

Plötzlich schien er es sehr eilig zu haben, steckte die Fotografie zurück in die Jacke und griff nach seinem Fahrrad.

»Alles Gute für Charlotte«, sagte er noch, dann stieg er auf und radelte davon.

*

Dresden, April 2013

»Papa?« Der Kranke hatte einen so durchdringenden Schnarchton ausgestoßen, dass Anna zusammengezuckt war. Mit einem Schlag war sie wieder zurück in der Gegenwart.

Wie lange mochte er schon eingeschlafen sein?

In ihrer Versunkenheit im Dresden des Jahres 1921 hatte sie nichts davon mitbekommen. Doch er sah friedlich aus, beinahe gelöst, als habe das Gehörte ihn entspannt.

Sanft strich sie ihm über die Wange. Dann packte sie ihre Blätter zusammen, legte sie vorsichtig zurück in die Tasche und ging hinaus, um endlich den Journalisten Wieland Winkler anzurufen.

10

Dresden, April 2013

Er saß bereits im *Villandry*, als Anna in der Jordanstraße ankam, leicht erhitzt, weil sie nach der Klinik noch in der *Schokolust* vorbeigeradelt war, um dort ein paar dringende Bestellungen fertig zu machen. Die gedämpfte Beleuchtung und das schmeichelnde Kerzenlicht ließen sein schmales Gesicht mit der Raubvogelnase zunächst weicher erscheinen, doch als er den Kopf zur Seite wandte, um nach seiner Brille in der Jackentasche zu angeln, sah Anna die Tränensäcke unter den Augen und die Längsfalten, die seine Wangen einkerbten und den starken Raucher verrieten.

Wie alt mochte er sein? In etwa der Jahrgang ihres Vaters?

Sie verschob die Frage auf später und widmete sich zunächst der Speisekarte, die Winkler bereits eingehend studierte. Bei der lächelnden jungen Bedienung bestellte sie nach kurzer Rücksprache mit ihm Mineralwasser sowie eine Flasche Chenin Blanc & Viognier, den der Journalist nach ihrer Aufforderung genießerisch kostete.

»Lässt sich trinken«, sagte er, um gleich hinterher hausgemachte Wildpaté, Steak vom Duroc-Schwein mit Polenta und warmen Schokoladekuchen zu ordern. Anna entschied sich für mariniertes Gemüse und Doradenfilet. Ob sie Lust auf Dessert haben würde, ließ sie zunächst offen.

Sie spürte, wie er sie fixierte.

»Als Erstes wollte ich mich bei Ihnen bedanken«, sagte sie, um die Unterhaltung in Gang zu bringen. »Ihr Artikel hat eine ganze Reihe von Kunden zu uns geführt. Jetzt tut es mir noch mehr leid, dass ich am Eröffnungstag nur so wenig Zeit für Sie hatte. Aber vielleicht lässt sich das nachholen, und Sie haben Lust, noch einmal bei uns vorbeizukommen? Ich würde mich sehr freuen!«

Er nahm einen großen Schluck Wein. »Es geht um Ihren Großvater, nicht wahr?«, fragte er dann. »Um Kurt Kepler. Deshalb sitzen wir beide doch hier – und nicht, um einen romantischen Abend miteinander zu erleben.«

Er schien Offenheit zu lieben. Das kam ihr entgegen.

»Ja«, sagte Anna. »Das wäre dann sozusagen mein zweites Anliegen. Ich bin gerade dabei, tiefer in unsere Familiengeschichte einzutauchen. Da haben Ihre Zeilen mich neugierig gemacht.«

Winkler nickte, als habe er nichts anderes erwartet.

»Sie haben meinen Großvater gekannt?«, fragte Anna.

»Das könnte man so sagen!«, polterte er los. »Einer der schlimmsten Menschenschinder. Und gleichzeitig der größte Visionär in Sachen Schokolade, der mir jemals begegnet ist!« Er leerte sein Glas in einem Zug.

Anna goss nach. »Das müssen Sie mir näher erklären«, bat sie.

»1956 habe ich als Youngster seiner Brigade im *Elbflorenz* angefangen«, sagte er. »So hieß die Nobel-Schokofabrik der DDR. Gerade mal vierzehn war ich damals und er mein strenger Vorarbeiter, der mir nicht den kleinsten Fehler durchgehen ließ. Später habe ich dann herausbekommen, dass ein Entnazifizierungsverfahren gegen ihn gelaufen ist – und mehr als das. Aber die junge sozialistische Republik wollte nach den harten Kriegsjahren endlich wieder Süßes. Und kaum einer kannte sich damit so gut aus wie Kurt Kepler.«

Inzwischen war der Brotkorb leer. Anna bestellte unauffällig Nachschub. Hoffentlich ließ die Vorspeise noch ein wenig auf sich warten. Es versprach gerade mehr als spannend zu werden.

»Vor dem Krieg hat mein Großvater eine große Schokoladenfabrik geleitet«, sagte sie. »Sehr erfolgreich, soweit ich weiß. Im Krieg wurde die Fabrik dann ein Opfer der Bombenangriffe. Auf einen Schlag war alles verloren. Vom Direktor zum einfachen Arbeiter, kein leichter Weg! Nach dem Sieg der Alliierten muss es nicht gerade leicht für ihn gewesen sein, sich in neue Arbeitsformen einzuleben …«

»Einleben?«, unterbrach er sie. »Gehasst hat er sie und aus tiefsten Herzen verachtet! Aber was sollte er tun? Es gab ja kaum noch heile Maschinen. Und was nicht zerstört war, hatten sich die Sowjets einverleibt. Alles musste erst nach und nach wieder neu aufgebaut werden. Außerdem war es immer noch besser, widerliches Zeug aus Rübensaft, Hartfett und Molke zu produzieren, das sich ›Süßtafel‹ schimpfte, als weiterhin im Zuchthaus als Kriegsverbrecher eingelocht zu sein.«

»Übertreiben Sie jetzt nicht ein wenig …« Tiefe Empörung ließ Anna verstummen. Er musste lügen. Opa Kuku war niemals im Zuchthaus! Andererseits gab es da eine Zeitspanne in seinem Leben, über die sie so gut wie nichts wusste. Und über die keiner aus der Familie jemals gesprochen hatte – jedenfalls bislang nicht.

Die Vorspeisen wurden serviert. Wieland Winkler stürzte sich gierig auf seine Paté, während Anna der Appetit bereits vergangen war.

»Keineswegs!«, mampfte er. »Wussten Sie denn nichts davon?

Anna schüttelte den Kopf.

»Dann fragen Sie am besten mal Ihren Herrn Vater, der kann Ihnen vielleicht mehr darüber erzählen! Kurt Kepler hat in den letzten Kriegsjahren kriminelle Dinge gedreht. Das hätte ihn nach 45 sehr wohl den Kopf kosten können. Aber er hatte offenbar einflussreiche Fürsprecher, die die Hand über ihn hielten. Statt am Galgen zu landen wie andere, die weit weniger auf dem Kerbholz hatten, wurde er lediglich eingelocht – und aus seiner schönen Villa wurde ein Russenbordell.«

»Was hat er denn verbrochen?« Annas Stimme klang auf einmal nicht mehr ganz fest. »Wissen Sie das auch?«

»Das fragen Sie am besten bei Gelegenheit Ihren Vater«, sagte Winkler kauend. »Nach seiner Entlassung aus Bautzen jedenfalls war Kurt Kepler wohl bereits wieder unverzichtbar. Lange, bevor er *Nudossi* erfunden hat.«

»Das Nutella des Ostens?« Anna schob ihren Teller beiseite. »Wie denn nun? Erst ein Verbrecher – dann ein Erfinder: Ist das nicht zu viel der Ehre?«

»Kepler war es natürlich nicht allein, der das Zeug entwickelt hat, aber von ihm stammte die entscheidende Idee, die die VEB Radebeul dann umgesetzt hat: Haselnüsse anstatt Schokolade zu verwenden. Damit hat er viele Kinder glücklich gemacht. Und dem Staat den teuren Import von Kakao in großem Umfang erst einmal erspart.«

Anna hatte den unverwechselbaren Geschmack sofort wieder auf der Zunge. Süß und klebrig, und man bekam sofort Durst, wenn man nur eine halbe Semmel mit diesem braunen Aufstrich gegessen hatte. Unwillkürlich schüttelte sie sich.

»Gemocht hat er es selbst nie«, sagte Winkler. »Und immer ein saures Gesicht gezogen, wenn er es probieren musste, ganz ähnlich wie Sie eben. Sagen Sie bloß, Sie haben diesen phänomenalen Geschmackssinn von ihm geerbt!«

Sie zuckte die Schultern und bestellte die nächste Flasche Wein, um ihn weiter am Reden zu halten.

»Kann sein«, sagte Anna, während die nette Bedienung Winkler erneut großzügig einschenkte. »Es gibt durchaus Leute, die behaupten, wir seien uns in manchem ziemlich ähnlich. Ich hab mich ihm auf jeden Fall immer sehr nah gefühlt.«

»Dann hat er Ihnen sicherlich auch erzählt, wie er für die DDR schließlich doch noch Kakao eingekauft hat.« Wieland Winkler schien immer mehr in Fahrt zu kommen. »Erst in Nicaragua, bei den revolutionären Genossen. Später dann auch auf Kuba. Die besten Bäume wachsen dort übrigens um Baracao – ein herrliches Fleckchen Erde. Ich hab ihn ein paar Mal dorthin begleiten dürfen.«

»Als Abgesandter der Brigade?«

Jetzt lachte er herzhaft und entblößte dabei quadratische gelbliche Zähne, die garantiert viele kubanische Zigarren gesehen hatten.

»Da war ich schon lange Journalist«, sagte er. »Diese Reisen haben erst ab den späten Siebzigern stattgefunden. Um die wachsenden Konsumwünsche der Genossen zu befriedigen, die die heimische Haselnuss dann eben leider doch nicht vollständig stillen konnte. Und natürlich, um die Produkte der sozialistischen Brudernationen gebührend zu unterstützen. Ich durfte mit, weil ich ein bisschen Spanisch konnte. Hab ich mir selbst beigebracht. War gar nicht so schwer.«

Der Hauptgang kam an den Tisch, und Winkler vertilgte das scharfe Schweinefilet samt Polenta ebenso zügig wie die Vorspeise. Anna dagegen stocherte nachdenklich in ihrem Fisch herum.

»Sagt Ihnen vielleicht der Name Charlotte Bornstein etwas?«, fragte sie schließlich.

»Aber natürlich«, erwiderte er, drehte den Kopf zur Seite und erinnerte sie mit seinem unverwechselbaren Profil mehr denn je an einen alten Raubvogel. »So lautete doch der Mädchenname seiner ersten Frau.«

*

Wenig später stand sie vor Hankas Haus und klingelte. Nach einer Weile ging oben Licht an, dann ertönte eine müde Stimme durch die Sprechanlage.

»Anna?«

»Keine Angst, ich stör nicht lang. Und sorry, dass ich dich einfach so überfalle. Aber ich musste jetzt unbedingt mit einem klugen Menschen sprechen!«

Sie spurtete nach oben.

Libro strich maunzend um ihre Beine, nachdem Hanka sie eingelassen hatte, bereits im Schlafanzug, die Augen nur noch winzige Schlitze.

»Ich werde noch blind über deinen Kritzeleien«, sagte sie. »Ein letztes Glas Wein?«

»Lieber Wasser. Ich war gerade mit einem alten Saufbold im *Villandry*, und der hat den guten Tropfen, den ich spendiert habe, nur so in sich reingeschüttet.«

»Und mit solchen Typen isst du freiwillig zu Abend? Wieso bist du eigentlich nicht bei Ralph? Ihr beide habt gestern Abend so glücklich ausgesehen!«

»Ralph, ach …« Anna verstummte.

»Sag nicht, ihr habt schon wieder gestritten!« Hankas helle Augen funkelten.

»Nein, ganz im Gegenteil«, sagte Anna. »Es war die perfekte Liebesnacht – romantisch, voller Zärtlichkeit und Leidenschaft. Und heute früh war mir klar, dass es auch unsere letzte war. Es ist vorbei, Hanka. Ein für alle Mal vorbei!«

Hanka kraulte nachdenklich Libros Kehle.

»Und was macht dein Vater?«

»Ein Stückchen besser. Ich hab ihm heute aus Emmas Tagebüchern vorgelesen. Dabei ist er selig eingeschlafen. Als allerdings der Name Charlotte fiel, ist sein Puls gestiegen. Und er wird noch höher klettern, wenn ich ihm sage, dass sie Opas erste Frau war. Und ich weiß, dass sie mich die ganze Zeit angelogen haben. Aber damit warte ich vorerst lieber noch.«

»Die Charlotte aus der Rosenvilla?«, fragte Hanka verdutzt.

»Genau die. Das muss er doch gewusst haben! Und auch, dass sein Vater wegen Kriegsverbrechen im Zuchthaus gesessen hat.«

Hankas Augen waren auf einmal wieder ganz groß.

»Und das hast du alles von dem Typen, der so gern teuren Wein trinkt?«

Anna nickte. »Wieland Winkler, ein angegrauter Journalist, der den Artikel über die Eröffnung der *Schokolust* verfasst hat. Als junger Spund hat er unter meinem Großvater in einer Brigade gearbeitet und ihn später auf Kakao-Importreisen nach Übersee begleitet. Außerdem hat er behauptet, dass die Rosenvilla einmal ein Russenbordell war. Ich hab keine Ahnung, inwieweit er übertreibt, aber ich könnte wetten, der weiß noch sehr viel mehr. Wie soll ich das nur aus ihm herausbekommen?«

»Nicht schlecht«, sagte Hanka. »Opa Kuku unterwegs in der Karibik. Und die Rosenvilla früher ein Russenpuff!« Sie steckte sich ein Stück Käse in den Mund. »Du auch? Wenn ich aufgeregt bin, muss ich immer essen.«

»Danke, nein. Im Moment könnte ich keinen Bissen runterbekommen!«

»Jetzt klingst du schon wie deine Mutter!« Sie grinste. »Apropos Mutter: Morgen Nachmittag fahre ich zu Mama Sigi nach Meißen. Muss mal nachsehen, was sie dort so treibt. Nicht, dass die Krankheiten der alten Französinnen lediglich ein Vorwand sind, und eigentlich sie es ist, die auf der Nase liegt.«

Annas enttäuschter Blick war ihr nicht entgangen.

»Natürlich hab ich brav vorgearbeitet, du Schäfchen«, sagte Hanka liebevoll, stand auf und ging zum Tisch. »Hier! Ein ganzer Stapel neu geordneter Bekenntnisse. Und weißt du, was? Sie stammen allesamt von Charlotte Bornstein!«

*

Anna machte nur die Stehlampe im Wohnzimmer an, die sie mit den biegsamen Messingarmen und den kleinen weißen Milchglastütchen immer ein wenig an das Haupt der Medusa erinnerte, und ging durch den gedämpft beleuchteten Raum hinaus auf die Terrasse. Zunächst hatte sie nur kurz in den nächtlichen Garten hineinlauschen wollen, doch ein aufregendes Wolkenspiel am Himmel und der klagende Ruf eines Kauzes lockten sie dann doch weiter.

Es war viel zu früh, um irgendwelche Fortschritte bei ihren Rosen entdecken zu können, aber es gefiel ihr, mit den Fingerkuppen zart über die noch geschlossenen Blüten zu streichen und die Blätter zu berühren. Sie hatten noch nicht hier gestanden, als Helene, Emma und Charlotte in der Villa gelebt hatten – aber ihre Vorgängerpflanzen, ebenso schön und stolz wie sie.

Was sie alles erzählen könnten!

Die alten Geschichten ließen Anna nicht mehr los. Je mehr sie davon erfuhr, desto tiefer fühlte sie sich hineingezogen, zumal seit heute, wo sie von der Verbindung zwischen Charlotte und ihrem Großvater erfahren hatte. Dann war es also nicht bei der galanten Hilfestellung des jungen Konditors geblieben, der Emma mit ihrer Kleinen aus einer Notlage geholfen hatte!

Sie musste erfahren, wie es weitergegangen war. Anna gönnte sich nur noch die kleine Runde bis zum Pavillon, dann lief sie zurück zum Haus, ließ die Glastür einen Spalt offen und machte es sich auf der roten Couch bequem. Sie zog Hankas frisch geordnete Blätter aus ihrer Tasche und begann erneut zu lesen.

*

Dresden, Juli 1938

Er hat mich bis heute noch nicht geküsst, obwohl ich es mir so sehr gewünscht hatte – und doch waren wir uns schon viele Male nah. Was hindert ihn daran? Schüchternheit? Zurückhaltung, weil ich so viel jünger bin als er? Oder ist er einfach nur ein altmodischer Kavalier, der die Dinge in der richtigen Reihenfolge macht?

Was auch immer ihn bewegen mag – ich mag es, wie er riecht, mag es, wie er redet, mag es, wie er gestenreich mit seinen Händen spielt. Und vor allem mag ich es, wie sehr er mir vertraut. Bald schon werde ich vermutlich Gelegenheit erhalten, ihn auch öfter offiziell zu sehen, denn K. fängt am 1. August als Betriebsleiter in Papas Fabrik an.

»Bin leider kein Studierter«, hat er gesagt und den Mund leicht verzogen. »Einen Hörsaal habe ich niemals von innen gesehen, dazu fehlte uns das Geld. Ich musste schon an die

Kuchenbleche, da war ich gerade mal dreizehn. Harte Zeiten
damals, nach dem großen Krieg, nichts als Krankheiten,
Demonstrationen und gewaltsame politische Kämpfe! Aber
dafür bin ich ein Mann der Praxis geworden, der sich konsequent nach oben gearbeitet hat.«
Ich bin überzeugt, mein Vater hätte keinen Besseren für
diese Position gewinnen können: klug, besonnen – und fast
schon fanatisch, wenn es um Schokolade geht. Alles, was K.
weiß – und das ist eine ganze Menge –, hat er von der Pike
auf gelernt, in der kleinen Konditorei seines Vaters am
Altmarkt, die er nun endgültig in andere Hände übergeben
wird. Schon jetzt hatte er sie wegen seiner Tätigkeit bei
Wetzhold & Naumann – unsere schärfsten Konkurrenten in
Dresden, was den Umsatz betrifft – nur noch durch einen
Pächter führen lassen. Doch nun, wo ihm eine große Zukunft bei *Klüger-Schokolade* bevorsteht, wie sich unser
Unternehmen noch immer nach meinem Großvater nennt,
hat er sich schweren Herzens zum Verkauf entschlossen.
»Man darf nicht vergessen, woher man kommt, Charlotte«,
sagte er und hat wieder ganz zart meine Narbe an der Braue
berührt, die es ihm irgendwie angetan zu haben scheint.
»Niemals! Sonst verliert man ganz schnell den Boden unter
den Füßen und stürzt in den Abgrund.«
Aufmerksam habe ich alles in mich aufgenommen: die
kleine weiße Ladentheke, die runden Metalltischchen, die
von einer früheren Zeit künden, die gebogenen Stühle.
K. bat mich, auf einem davon Platz zu nehmen, dann war
er plötzlich in der Küche verschwunden – um nach einer
Weile mit dem besten Schokoladenkuchen zurückzukom-
men, den ich jemals gegessen habe.

»Schon mein Vater hat ihn gebacken«, sagte er. »Jedes Jahr zum Geburtstag meiner Mutter, der alle Torten viel zu süß waren. Und als wir sie dann so früh verloren hatten, musste man ihn regelrecht zwingen, diesen Kuchen auch in der Konditorei anzubieten. Aber weißt du was? Es ist ein Publikumsrenner geworden – bis heute!«

Er hat versprochen, mir demnächst das Rezept aufzuschreiben, was ich bei einem Kerl wie ihm kein bisschen unmännlich finde – ganz im Gegenteil! Ich wiederum habe K. von meinen nächtlichen Eingebungen erzählt, den Schoko-Kreationen, die plötzlich in meinem Kopf herumspuken und darauf drängen, zu Papier gebracht und in der Küche ausprobiert zu werden. Ich habe noch die alten Metallformen meiner Mutter mit ihrem Monogramm – *EB* – Emma Bornstein, mit denen ich am liebsten arbeite, weil ich mir einbilde, dass alles darin ganz besonders gut gelingt.

»Du vermisst sie, deine Mutter?« Wie zart er fragen kann, wie einfühlsam!

Ich konnte plötzlich nur noch nicken.

»Ja, solch eine Lücke kann niemals geschlossen werden«, fuhr er fort. »Ich kann dich gut verstehen! Es vergeht kein Tag, an dem ich nicht an meine Mutter denke – obwohl ihr Tod nun schon fast dreißig Jahre zurückliegt …«

Jetzt habe ich gewagt, meine Hand auf seine zu legen, und K. hat es zugelassen.

»Wir sollten uns zusammentun, du und ich«, sagte er dann, in einem anderen, fröhlicheren Ton – und sah mich dabei so eindringlich an, dass mir ganz anders zumute wurde.

»Wir zwei sind ein gutes Team. Wer weiß, was daraus eines Tages noch entstehen könnte …«

Ein Satz, der sich tief in mir eingebrannt hat. Fast jede Nacht denke ich darüber nach.

Ja, ja, ja! hat mein Herz gerufen! Ich bin bereit – worauf wartest du noch? Doch dann habe ich sie wieder gespürt, jene seltsame Zurückhaltung seinerseits, die immer dann eintritt, wenn wir uns ganz besonders nah sind.

»Er spielt mit dir«, behauptet Frieda, die ich schließlich doch wieder in meine Herzensqualen eingeweiht habe. Aber was weiß schon Frieda? Seit Neustem geht sie mit Udo, einem pickligen Studenten der Rechtswissenschaften, der ein strammes Parteimitglied ist und ständig davon schwadroniert, dass der wahre Mensch erst im Krieg geboren werde – wer will sich solchen Unfug schon anhören?

»Was weißt du denn schon von ihm? Er hat ja noch nicht einmal eine Familie, der er dich vorstellen könnte. Er wird dir noch das Herz brechen, wenn du nicht aufpasst!«

Mein Herz?

K. hält es doch längst in seinen warmen, sensiblen Händen, an die zu denken mich halb verrückt macht. Was schert mich seine Familie, die längst nicht mehr am Leben ist? Ich fühle mich ihm so nah wie keinem anderen.

Als ob ein unsichtbares Band uns verknüpfte …

»Willst du gar nicht mehr ins Becken kommen?« Ein kalter Schwall Elbewasser jagte Charlotte einen Schauer über den sonnenwarmen Rücken und durchnässte ihren Badeanzug. Gerade noch rechtzeitig hatte sie das Tagebuch mit den frischen Eintragungen in die Basttasche gleiten lassen. Alles andere als ungefährlich, hier unter Friedas Spähblick ihr Innerstes nach außen zu kehren – doch auch zu Hause fühlte sie sich seit einiger Zeit nicht mehr sicher und wechselte die Verstecke fast so häufig wie ihre Unterwäsche.

Ob ihr Vater ahnte, was in ihr vorging – dass sie bis über beide Ohren in einen um Jahre älteren Mann verliebt war, der nun bald auch noch sein Betriebsleiter sein würde? Charlotte kam es vor, als ob er sie oftmals misstrauisch beäugte. Oder war das lediglich Teil seiner misanthropischen Lebenshaltung, die sich mittlerweile auf alles und jeden erstreckte? Sie beschloss, künftig noch vorsichtiger zu sein, sich noch ausgefuchstere Ausreden und bessere Alibis auszudenken, um seinen Argwohn nicht zu wecken.

Und dazu brauchte sie Frieda.

»Also gut«, sagte sie. »Dann eben rein in die Fluten!« Am liebsten wäre sie in die Badeschuhe geschlüpft, weil sie noch immer ihre Zehen nicht so gern zur Schau stellte, obwohl die Eltern ihr wieder und wieder versichert hatten, dass so gut wie nichts mehr von dem kleinen Makel zu sehen war, mit dem sie zur Welt gekommen war. Aber die hatte Charlotte heute in der Eile des Aufbruchs zu Hause vergessen, und so musste es eben ausnahmsweise ohne gehen.

Im Bachmann-Bad, wie alle Dresdner die Freibadanlage in Bühlau nannten, herrschte sommerlicher Hochbetrieb. Mit dem alten Fahrrad ihrer Mutter war es von Blasewitz über das Blaue Wunder bis zur Bautznerstraße nur eine kurze, wenngleich gegen Ende zu recht steile Fahrt; aber auch aus anderen Stadtteilen waren heute offenbar Menschen hierher geströmt, um sich abzukühlen. Das Schwimmbecken war derart überfüllt, dass an anständiges

Kraulen nicht zu denken war, und Charlotte, die die Liebe zum Wasser von ihrer Mutter geerbt hatte und sich wie auch Emma vor ihr schon als Jugendliche zur Rettungsschwimmerin hatte ausbilden lassen, befürchtete insgeheim einen baldigen Einsatz. Besonders eine Gruppe junger Männer schien es auf die Spitze treiben zu wollen, unter ihnen Udo, der mit seiner bläulich-weißen Haut, den stämmigen Waden und dem leichten Bauchansatz in der Badehose allerdings keine besonders stattliche Figur abgab. Frieda, ihrerseits in einem nachtblauen Strickzweiteiler, an dem sie ständig etwas herumzuzupfen hatte, schien es nichts auszumachen. Sie warf ihm verzückte Blicke zu und kreischte freudig auf, wenn er sie neckisch unter Wasser drückte oder anspritzte.

Anders Charlotte.

Beim Schwimmen wollte sie in Ruhe gelassen werden. Und seitdem ständig ein gewisser K. in ihrem Kopf herumgeisterte, fand sie die rauen Wasserspielchen der Gleichaltrigen ohnehin nur noch peinlich. Sie hatte sich am Beckenrand eine halbwegs unbehelligte Bahn erkämpft, doch als der blonde Lutz, einer von Udos unsäglichen Kumpanen, ihr plötzlich mittendrin den Weg abschnitt, hatte sie mit einem Mal genug.

»Lass mich vorbei, du Hirni«, sagte sie unwillig.

»Ach, die schöne Charly – und so mies drauf an diesem herrlichen Tag?« Er baute sich vor ihr auf.

»Geh zurück in deinen Sandkasten!« Ihr Unmut wuchs. Sollte sie Frieda zu Hilfe rufen? Aber die balgte sich ein Stück weiter noch immer ausgelassen mit ihrer neuen Flamme.

»Hübschen Badeanzug hast du da!« Er berührte den Träger ihres weiß-rot getupften Anzugs, den sie heute zum ersten Mal trug. »Und wie sieht es darunter aus? Alles weiß – bis auf ein magisches schwarzes Dreieck? Oder bist du womöglich eine heimliche Anhängerin der Freikörperkultur und überall ...«

Sie schlug ihm auf die Finger. »Hau ab!« Charlottes Stimme bekam einen gefährlichen Unterton.

»Nur, wenn ich etwas dafür bekomme! Einen Kuss vielleicht?« Jetzt war er keine Handbreit mehr von ihr entfernt.

»Träum weiter!« Charlotte versetzte ihm einen festen Stoß gegen die Brust, der ihn aus dem Konzept zu bringen schien, denn Lutz begann auf einmal wie wild mit den Armen zu rudern und fiel rückwärts ins Wasser. Sie nutzte die Gelegenheit und tauchte elegant unter ihm hindurch, direkt auf die Treppe zu, über die sie das Becken eiligst verließ.

Doch was war da drüben los, wo die Kleinen planschten?

Um das provisorisch aufgebaute Kinderbecken, das mehr einer übergroßen Badewanne glich, hatte sich eine ganze Meute geschart. Beim Näherkommen hörte Charlotte, was sie riefen: »Juden raus, Juden raus ...« Als sie bemerkte, wem diese Worte galten, erstarrte sie. Die kleine Lilli Deuter stand weinend neben ihrer Mutter. Louise war kalkweiß, ihre Lippen zitterten.

»Raus mit dem Judenbalg!« Eine der Frauen zeigte mit dem Finger auf die beiden. »Ich weiß genau, wer die beiden sind: die Frau und das Kind von dem Juden Deuter am

Schillerplatz. Und Rassenschande treibt sie auch noch, dieses verderbte Weib, obwohl das doch verboten ist! Wir sind nämlich vor Jahren zusammen konfirmiert worden.«

»›Der Jude gehört in kein deutsches Bad‹ – haben Sie die Tafel neben dem Eingang nicht gelesen?«, polterte der Bademeister. »Wo kämen wir denn da hin, wenn jeder hier einfach macht, was er will. Das Bad ist ausschließlich für Arier. Das kann Sie teuer zu stehen kommen!«

»Wir gehen ja«, murmelte Louise. »Es war nur so heiß …«

»Ach, Abkühlung braucht das Balg? Die kann es haben!«

Lutz, der dazukommen war, hatte Lilli einfach hochgehoben und lief mit ihr zum großen Becken. Louise folgte ihm kreischend, auch Charlotte lief hinterher, sowie der ganze Mob. Lilli brüllte nach ihrer Mutter, doch auf einmal verdrehten sich ihre Augen, bis nur noch das Weiße zu sehen war, und sie begann zu keuchen.

»Güter Himmel, ein Asthma-Anfall!«, schrie Louise. »So tut doch irgendwas – wenn er sie so ins Wasser wirft, wird sie ertrinken!«

Charlotte trat gegen die Waden des Peinigers, so fest sie konnte, doch Lutz ließ sich nicht davon stören, sondern holte weit aus, als wollte er Lilli ins Wasser schleudern, bis plötzlich eine eiserne Faust seinen Arm umklammerte.

»Du lässt sie auf der Stelle los!« Die Männerstimme war wie aus Stahl. »Sonst polier ich dir die Fresse bis zur Unkenntlichkeit!«

Lutz stutzte und ließ die Kleine sinken. Lilli keuchte und krampfte. Dann fiel sie ins Gras.

»Atmen, mein Schatz, atmen!« Verzweifelt kniete Louise neben ihrer Tochter und richtete sie auf. »Leg deine Arme auf die Beine und denk daran, was der Papa dir gezeigt hat! Ja, genau, die Lippenbremse. Das machst du sehr gut!«

Das raue, verzweifelte Atmen wurde ganz langsam leichter. Charlotte spürte große Erleichterung.

Die offensichtliche Not des kleinen Mädchens hatte die Meute unschlüssig gemacht. Einige gingen weg, während andere noch immer dastanden und weitergafften. Lutz fand endlich seine Sprache wieder.

»Das wird Ihnen noch leidtun«, blaffte er den Mann an. »Meine Kameraden und ich …«

»Kameraden?«, schnitt der ihm das Wort ab. »Dieses Wort nimmst du besser nicht so schnell wieder in den Mund. Sich an einem kranken Kind zu vergreifen ist das Allerletzte. Und jetzt lass mich in Ruhe! Ich muss mich um die Kleine kümmern.«

Charlottes Herz schwoll voller Stolz an. Wie mutig er war! Und wie hinreißend er aussah – mit seinem Kupferhaar, dem weißen Hemd und den dunklen, knielangen Shorts. Sogar seine schmalen, langen Füße, die sie heute zum ersten Mal in braunen Sandalen sah, gefielen ihr.

Lilli hatte inzwischen wieder etwas Farbe im Gesicht, und ihr kleiner Brustkorb hob und senkte sich einigermaßen gleichmäßig.

»Wir sollten gehen.« Der Mann im weißen Hemd beugte sich zu Louise und dem Kind herab. »Dieses Pack könnte sehr bald wieder unangenehm werden. Sind Sie zu Fuß da?«

Louise nickte.

»Dann kommen Sie! Und du auch, Charlotte.«

In Windeseile packte sie ihre Sachen zusammen, Decke, Handtuch und die Basttasche, griff nach den Schuhen und streifte sich im Laufen das Kleid über den feuchten Badeanzug. Ein paar der Gaffer und Schreier verfolgten den kleinen Trupp bis zum Eingang.

Erst als sie draußen angekommen waren, blieben sie stehen.

»Meine Name ist Kurt Kepler«, sagte er. »Damit Sie auch wissen, mit wem Sie es zu tun haben. Ich kann die Kleine gern tragen. Ich denke, dazu sind Sie viel zu aufgeregt.« Er hob Lilli hoch, die nichts dagegen zu haben schien. Erschöpft lehnte sie den schwarzen Pagenkopf an seine Schulter. »Wohin müssen wir denn?«

»Zum Schillerplatz«, sagte Louise. »Louise Deuter ist mein Name. Und meine Tochter heißt Lilli. Mein Mann hatte dort über viele Jahre seine Praxis. Wie kann ich Ihnen nur danken?«

»Da gibt es nichts zu danken! Einem Kind zu helfen ist für mich selbstverständlich. Seine Praxis, sagen Sie? Ist er Zahnarzt?« Kurts belegte Stimme klang plötzlich noch eine Spur heiserer.

»Das war er, ja. Bis die Nazis ihm und allen jüdischen Ärzten Berufsverbot erteilt und die Approbation gestohlen haben.« Louise biss sich auf die Lippen.

»Dann weiß ich, wer er ist.« Kurt sah Charlotte an. »Schließt du bitte mein Fahrrad auf? Das schwarze dort drüben. Mein schönes Brennabor.«

»Ich bin auch mit dem Rad gekommen …«

»Dann schieben Sie bitte mein Rad, Frau Deuter, und

du deines, Charlotte. Ich möchte, dass wir auf dem Nachhauseweg dicht zusammenbleiben. Wer weiß, was sich diese Burschen in ihren Spatzenhirnen noch ausdenken!«

Sie gingen zügig und schauten sich immer wieder um. Doch niemand aus dem Freibad folgte ihnen, und als sie das Blaue Wunder überquert hatten und am anderen Elbufer angekommen war, lächelte Lilli zum ersten Mal.

»Der blonde Mann war ganz böse«, sagte sie. »Er wollte mir wehtun. Und dann hab ich ganz viel Angst bekommen und keine Luft mehr gekriegt.«

»Da hast du ganz recht«, sagte Kurt, der sie fest und behutsam zugleich hielt. »So ein gemeiner, schrecklicher Kerl! Aber jetzt geht es dir wieder gut?«

Sie nickte. »Ich bin schon lange kein Baby mehr«, sagte sie. »Du musst mich nicht mehr tragen. Ich kann allein gehen!«

»Das weiß ich doch«, erwiderte Kurt sanft. »Aber manchmal kann es ganz schön sein, wenn man getragen wird, ganz egal, wie alt man ist. Und außerdem hast du ja gar keine Schuhe an. Ich fürchte, Lilli, die haben wir in der Eile im Bad vergessen.«

Lilli starrte auf ihre nackten Füße und begann zu kichern. Übermütig streckte sie ihre Zehen in die Luft. Charlotte, die eben noch mitgelacht hatte, schaute sie an – und erstarrte.

*

Natürlich wusste sie längst, wo er wohnte. Doch jetzt, mitten in der Nacht, wirkte die Johannstadt ganz anders als am Tag, schäbiger, irgendwie ärmlicher. Die Straßen waren nahezu menschenleer, was ihr sehr entgegenkam. Charlotte hatte abwarten müssen, bis ihr Vater seine gewohnten zwei Flaschen Rotwein als abendliche Ration intus hatte und schnarchend im Bett lag. Der Himmel war leicht bewölkt, als sie endlich das Fahrrad auf die Straße schieben und losfahren konnte.

Es hatte einst ihrer Mutter gehört, deshalb war es ihr heilig, aber man merkte dem einfachen Nachkriegsmodell inzwischen doch die Jahre an, die es schon auf Dresdens Straßen unterwegs war. Die Kette war rostig, die Bremsen waren nicht mehr die allerbesten, und das Schutzblech hing auf einer Seite herunter. Charlotte hatte lange schon vorgehabt, sich seiner anzunehmen – doch jetzt waren erst einmal wichtigere Dinge anzupacken.

Als sie am Jüdischen Friedhof vorbeikam, hielt sie kurz inne. Die Mauer, die man darum gezogen hatte, war zu hoch, um hineinzuschauen. Unzählige Male hatte sie diese Ruhestätte bereits passiert, allerdings noch nie mit einem solch mulmigen Gefühl im Magen. Und wenn sie sich alles nur eingebildet hatte – und es sich lediglich um einen ungeheuren Zufall handelte?

Aber es war kein Zufall. Etwas in ihr wusste es ganz genau. Ihre Mutter und Max Deuter hatten all die Jahre den Mantel des Schweigens darüber gebreitet, doch seit heute Nachmittag war er zerrissen. Richard Bornstein war nicht ihr leiblicher Vater. Geahnt hatte sie es schon länger, doch nun gab es für Charlotte keinen Zweifel mehr. Max Deuter hatte sie gezeugt – und er und die Seinen waren aufgrund der politischen Lage in Deutschland in größter Gefahr.

Da war endlich das Haus, in dem Kurt Kepler wohnte. Und ja, auch das war neu seit diesem verrückten Tag, der alles auf den Kopf gestellt hatte: Sie nannte ihn nicht länger K. Warum auch? Wo sie doch vielleicht bald seinen Namen tragen würde, vorausgesetzt, ihr verrückter Plan ging auf.

Und wenn sie sich das alles nur eingebildet hatte und Kurt sich nicht das Geringste aus ihr machte?

Vertrau auf deine Gefühle, sagte sie sich. *Du weißt, wie er dich ansieht. Du weißt, wie viel Zeit er mit dir verbringt. Er liebt dich auch – er muss es nur noch über die Lippen bringen!*

Charlotte schloss das Fahrrad ab, legte den Kopf in den Nacken und schaute nach oben. In zwei Zimmern im 3. Stock zur Straße hin brannte Licht. Er liebe die Nacht, hatte Kurt einmal zu ihr gesagt. Viel mehr als den Tag. Weil er am besten denken könne, während die anderen schliefen.

Zu ihrer Überraschung war die Haustür nicht abgeschlossen wie in den meisten Mietshäusern, sondern ließ sich einfach aufdrücken. Im Treppenhaus roch es muffig, die Wände hätten längst einen Neuanstrich vertragen können, und die Funzelbeleuchtung, die sie nach einigem Suchen eingeschaltet hatte, tauchte alles in ein ungesundes grünliches Licht. *Nicht mehr lange,* dachte sie und nahm immer zwei der abgelaufenen Holzstufen auf einmal. *Wenn du mit mir den Pakt schließt, den ich dir gleich vorschlagen werde, kannst du schon bald sehr viel besser wohnen.*

Vor seiner Wohnungstür angekommen, schlug ihr das Herz bis zum Hals. Was sie von ihm erwartete, war viel.

Durfte sie das überhaupt von ihm verlangen?

Ja, sie durfte, denn ihre Gefühle für ihn waren tief, und ihm ging es, wie sie genau spürte, nicht viel anders.

Charlotte atmete tief aus. Dann drückte sie auf den Klingelknopf.

Kurt war nach wenigen Augenblicken an der Tür, noch immer in Shorts und dem weißem Hemd wie am Nachmittag, auch wenn es ein wenig verknitterter aussah. Nur seine schmalen, langen Füße waren nackt, das fiel ihr sofort auf.

»Ist etwas passiert?«, fragte er besorgt.

Charlotte nickte. Plötzlich schien ein dicker Kloß in ihrem Hals zu stecken, der jedes Wort unmöglich machte. Sie räusperte sich, während er sie unverwandt musterte.

»Du wirst vielleicht glauben, ich hätte den Verstand verloren«, sagte sie schließlich. »Aber ich bin so klar wie nie zuvor in meinem Leben. Außerdem habe ich alles von Anfang bis Ende gründlich durchdacht. Es mag verrückt klingen. Aber ich bin noch minderjährig, und somit wäre es die einzige Möglichkeit, uns alle zu retten – Max Deuter, seine Frau, Lilli, meine kleine Schwester, mich und ja, in gewisser Weise auch dich.« Ein letztes Räuspern.

Jetzt konnte und wollte sie nicht mehr zurück.

»Ich liebe dich. Schon eine ganze Weile. Von Herzen und seit diesem Nachmittag noch ein Stück mehr. Willst du mich heiraten, Kurt Kepler?«, fragte sie.

11

Dresden, Mai 2013

Das Cassismark hatte Anna mit Rotwein, Port, Cassislikör und der Zimtstange aufgekocht und mit Stärke abgezogen. Nachdem alles etwas abgekühlt war, gab sie die Schattenmorellen hinzu. Sie stammten aus Hennys Schrebergarten in Pieschen, den diese von einer Kusine ihrer Großmutter übernommen hatte. Danach schlug sie Eigelb und Zucker über dem Wasserbad cremig auf und rührte die geschmolzene weiße Schokolade in die Masse ein. Es folgte Maraschinolikör. Als Letztes zog sie behutsam geschlagene Sahne unter. Anna füllte die Mousse in Gläser und stellte sie in den Kühlschrank. Die Schattenmorellen würden, sobald alles fest geworden war, das dunkel-aromatische Krönchen bilden. Zur Geschmacksabrundung dienten gehackte Pistazien.

Seitdem die Tage wärmer wurden, kamen solch duftige Kreationen besonders gut bei den Kunden an. Die neue *Schokolust* lief inzwischen fast noch besser als das Stammhaus am Altmarkt. Besonders gegen Nachmittag war der Andrang so groß, dass Anna und Henny alle Hände voll zu tun hatten.

Ohne Pause machte sie sich sofort an die Praline des Monats Mai. Es war ein gutes Gefühl, so viel zu arbeiten.

So konnte sie wenigstens tagsüber die Stimmen der Vergangenheit zum Verstummen bringen. Heute hatte sie endlich wieder frischen Nachschub von Hanka erhalten, deren Befürchtungen sich als durchaus berechtigt erwiesen hatten. Mama Sigi war an Bronchitis erkrankt und hatte sie so lange verschleppt, dass sie nun mit einer Lungenentzündung im Krankenhaus lag – und das nur, weil sie sich verantwortlich für ihre alten Damen fühlte. Hanka war ständig zwischen Dresden und Meißen unterwegs und hatte sogar darum bitten müssen, die anberaumte Steuerprüfung auszusetzen, weil ihr einfach die Zeit dafür fehlte. Nicht einmal den netten Kunden mit dem Dreitagebart hatte sie noch einmal erwähnt. Anna hoffte insgeheim, dass sein Interesse an *Eulenbuch* und seiner Besitzerin weiterhin anhielt. Doch inzwischen ging es langsam wieder aufwärts mit ihrer Mutter, und sie hatte sich erneut Annas alten Tagebüchern widmen können.

Was sie wohl als Nächstes erwarten würde?

Zartbitterkuvertüre sowie Butter und Crème double schmolzen bereits im Wasserbad. Anna gab Waldmeistersirup und Cassislikör zu gleichen Teilen dazu und verrührte alles gleichmäßig. Danach schüttete sie das Gemisch in eine flache Form, wo es nun für zwei Stunden im Kühlschrank ruhen würde, um anschließend zu kleinen Kugeln gerollt und in Puderzucker gewälzt zu werden. »Waldspaziergang«, so wollte sie diese neue Kreation nennen, die so herrlich nach Frühling duftete und schon einen Hauch von Sommer in sich trug.

Sie reinigte die Arbeitsplatte und wusch sich die Hände, dann ging sie nach unten in den Laden.

Henny bediente gerade die zartgliedrige dunkelhaarige Kundin, die so gern Criollos aß und sich mit neuem Vorrat eindeckte.

»Wie schön, Sie wieder bei uns zu sehen!«, sagte Anna. »Frau …«

»… Rizzo«, sagte sie. »Gina Rizzo. Sie haben wirklich nicht zu viel versprochen, Frau Kepler! Diese Schokolade aus Madagaskar ist ein Traum. Am liebsten würde ich täglich bei Ihnen vorbeikommen. Und der Eierlikör ist auch schon fast wieder leer.«

»Nur zu«, sagte Anna lächelnd. »Und bringen Sie doch am besten auch noch Ihre Freundinnen mit, Frau Rizzo!« Sie wandte sich Henny zu. »Ich fahre jetzt ins Krankenhaus. Muss meinen Sturkopf von Vater bearbeiten.«

»Wann kommst du zurück?«

Anna zuckte die Schultern. »Sobald er zur Vernunft gekommen ist. Und du weißt, das kann dauern, also rechne heute lieber nicht mehr mit mir.«

Sie sperrte ihr Fahrrad auf und fuhr los. Die schönere und vor allem kürzere Strecke über die Waldschlösschenbrücke, deren Erbauung Dresden über Jahre in zwei erbitterte Lager gespalten hatte, war erst in ein paar Monaten möglich. So entschied sie sich für die Route über die Behelfsbrücke und radelte weiter am Käthe-Kollwitz-Ufer entlang, um schließlich den Jüdischen Friedhof zu erreichen, der Charlotte in jener Nacht vor siebzig Jahren so aus der Fassung gebracht hatte.

Die erste Frau ihres Großvaters, über die niemand in der Familie all die Jahre auch nur ein Wort verloren hatte …

Anna hatte die letzte bange Zeit Rücksicht auf den

schlechten Gesundheitszustand ihres Vaters und die Erschöpfung ihrer Mutter genommen, doch nun, wo Besserung einkehrte, war es damit vorbei. Sie hatte all die Lügen und Geheimniskrämereien endgültig satt und war entschlossen, ihre Eltern mit dem zu konfrontieren, was sie inzwischen herausgefunden hatte.

Beim Fixieren des Fahrradschlosses an einem Laternenpfahl vor dem MedAk entdeckte sie ein Stück entfernt Ralph, versunken im Gespräch mit einer jungen blonden Frau, die wie er einen weißen Arztkittel trug. Die beiden rauchten und standen nicht einmal besonders nah zusammen, und dennoch war knisternde Spannung zwischen ihnen zu spüren. Der Anblick beruhigte Anna noch mehr als das kurze Telefonat, das sie vor ein paar Tagen mit Ralph geführt hatte. Beide hatten sie herumgedruckst, bis Anna endlich ausgesprochen hatte, dass es trotz der letzten Liebesnacht endgültig vorbei sei, was er mit einem erleichterten Lachen quittiert hatte.

Sie entdeckte die Eltern in der Cafeteria, den Vater zwar noch im Rollstuhl, aber inzwischen wieder so weit genesen, dass sein früherer Dickkopf voll intakt war.

»Ich gehe in keine Reha – und damit Schluss!«, hörte Anna ihn schon beim Hereinkommen trompeten.

»Aber du musst!« Gretas Stimme klang verzweifelt. »Dr. Ibrahim hat gesagt …«

»Das ist mir vollkommen egal! Mir stehen diese Schläuche, der Krankenhausmief und vor allem das grauenhafte Essen bis hier!« Temperamentvoll fuhr seine Hand quer über die Gurgel. »Ich kann keinen Weißkittel mehr sehen. Ich will endlich wieder nach Hause!«

»Um dort sehr bald schon den dritten und vielleicht dann letzten Infarkt zu riskieren?«, fragte Anna. »Oder für den Rest deiner Tage ans Bett gefesselt zu sein? Das werden wir nicht zulassen. Du gehst in die Reha. Punkt. Und ich weiß auch schon, wohin – und zwar nach Meißen. Dort hat vor Kurzem ein neues, bestens ausgestattetes Haus eröffnet. Außerdem können wir dort endlich in Ruhe Mamas Geburtstag nachfeiern.«

Greta schaute ihre Tochter entsetzt an. »Und ich soll dann jeden Tag hin und her pendeln? Das schaffe ich nicht, Anna-Kind! Ich hab schließlich auch noch die Apotheke.«

»Brauchst du auch nicht. Du wirst ihn nämlich als Angehörige begleiten. Auf diese Weise kommst auch du endlich einmal zu einem Urlaub. Und kriegst bei guter Kost vielleicht sogar ein paar Gramm mehr auf die Rippen. Was die Apotheke betrifft, so hast du Marie, die dringend Geld braucht, und Frau Weber, die früher die Urlaubsvertretungen bei dir gemacht hat. Ich habe schon mit ihr gesprochen. Sie ist einverstanden, für diese Zeit einzuspringen.«

Fritz Kepler nahm die Hand seiner Frau. »Sie will uns abschieben, Liebes«, sagte er. »Merkst du das?«

Anna packte die Griffe seines Rollstuhls und schob ihn zur Tür. »Du kommst am besten auch, Mama«, sagte sie. »Müssen ja nicht alle mithören.«

Sie fuhr ihren Vater zu einer Bank, setzte sich darauf und machte Greta Zeichen, neben ihr Platz zu nehmen.

»Ich erwarte von euch beiden, dass ihr jetzt vernünftig seid«, sagte sie. »Ohne Reha wird Papa nicht gesund. Und du, Mama, brauchst dringend Erholung. Sonst bist du nämlich die Nächste, die sie hier einliefern werden. Ich lasse nicht mit mir handeln. Ist das jetzt ein für alle Mal geklärt?«

Langes Schweigen. Dann nickte zunächst Fritz, nach einer Weile auch Greta Kepler.

»Gut«, sagte Anna erleichtert. »Dann kann ich gleich anschließend zur Sozialstation gehen und alles festmachen. Aber zuvor muss ich noch etwas von euch wissen: Warum habt ihr mir eigentlich verschwiegen, dass Alma Großvaters zweite Frau war? Und dass er schon einmal zuvor verheiratet zwar – und zwar mit Charlotte Bornstein?«

»Das hast du aus diesen Aufzeichnungen«, sagte Greta schließlich. »Die du im Garten gefunden hast.«

»Ganz richtig«, sagte Anna. »Und ich bin mehr als gespannt, welch Wahrheiten sie mir noch offenbaren werden, denn ich bin noch lange nicht damit zu Ende.« Sie sah beide fest an. »Schon ein komisches Gefühl, wenn beide Eltern einen ein Leben lang wissentlich belügen …«

»Das war keine Lüge.« Fritz Kepler knetete unruhig seine Finger. »Meine Mutter Alma *war* die einzige Frau meines Vaters. Denn auch nach ihrem Tod hat er nie wieder geheiratet. Nicht einmal Henny. Obwohl sie alles versucht hat.«

»Wie kommt es dann, dass Charlotte Bornstein in ihrem Tagebuch von einer Heirat mit Kurt Kepler scheibt?« Anna behielt für sich, dass sie noch nicht wusste, wie es weiterging.

Jetzt schaute er noch unbehaglicher drein. »Mag sein«, sagte er gepresst. »Offiziell aber hat diese Ehe niemals existiert.«

»Und weshalb nicht?«, fragte Anna.

»Sie wurde annulliert. Das hat er mir gesagt. Juristisch heißt das ›aufgehoben‹. Und dass ich keinem etwas davon verraten soll. Niemals!«

»Weil Charlotte Bornstein Halbjüdin war?«, bohrte sie weiter. »Wollte Großvater sie deshalb wieder loswerden?«

»Die Bornsteins – Juden?« Fritz schüttelte den Kopf. »Davon ist mir nichts bekannt. Wie kommst du denn darauf? Aber ich weiß ohnehin nur Bruchstücke aus seinem Leben, und die meisten nicht einmal von ihm. Jedes Mal, wenn ich von meinem Vater etwas von früher erfahren wollte, war es, als falle ein eiserner Kettenvorhang. Da hörst du bald mit deinen Fragen auf, wenn du ein Kind bist.«

Anna griff nach seiner Hand. »Aber du bist schon lange kein Kind mehr, Papa«, sagte sie. »Ebenso wenig wie ich.«

*

Dresden, April 1900

Die lange, sündteure Perlenschnur hat Gustav mir um den Hals gelegt, als ich ihm von meiner dritten Schwangerschaft erzählt habe, schimmernde weiße Kostbarkeiten, durch exakt geknüpfte Knoten voneinander getrennt. Ich hab ihm überschwänglich dafür gedankt, obwohl der ganze Schmuck, mit dem er mich im Lauf der Jahre überhäuft hat, mir bis auf meine Mondsteine eigentlich ganz und gar gleichgültig ist. Das gilt sogar für das dreireihige Diamantarmband von Hofjuwelier

Moritz Elmayer, das ich jetzt fast täglich anlege, um ihm eine Freude zu machen. Den größten Schatz aber trage ich endlich unter meinem Herzen, und dieses Mal habe ich so lange gewartet, um es Gustav mitzuteilen, bis ich mir ganz sicher sein konnte.

Ein Wunder – ja, so könnte man es mit Fug und Recht nennen, denn die geschlossene Ärzteschaft hatte mir versichert, dass ich nach jener Eileiterschwangerschaft, die ich nur mit Glück überlebt habe, kaum jemals wieder schwanger werden könne. Und doch ist dieses Wunder eingetreten, wenngleich ich vier endlose Jahre darauf warten musste …

Da waren eines Morgens diese zarten Bewegungen in meinem Bauch, wie feine Schmetterlingsflügelchen, die mir zeigten: Sie lebt. Denn dass es eine Tochter wird, die ich in ungefähr fünf Wochen zur Welt bringen soll, steht für mich fest, als hätte sie es mir bereits ins Ohr geflüstert.

Ihren Namen weiß ich auch schon:

Emma … Emma … Emma …

Dieses Mal war alles anders: Keine Übelkeit, keine Blutungen, nichts, was mich bedrückt oder in Panik versetzt hätte. Nur eine tiefe, glückliche innere Ruhe, wie ich sie noch nie zuvor empfunden habe. Und das, obwohl Tante Ida aus Hamburg sich schon seit Wochen bei uns eingenistet hat. Angeblich, um mir mit »dem Lütten« zu helfen, wenn es denn so weit ist, in Wirklichkeit aber, um ein Auge auf die unerwünschte Mesalliance namens Helene zu haben, die schon zwei Kinder verloren hat.

Doch diesen Gefallen werde ich ihr nicht erweisen!
Mein Appetit ist prächtig, mein Bauch wächst und
rundet sich, vielleicht sogar etwas zu schnell, wie
Dr. Fuchs mit bedenklicher Miene bemerkt hat, der
mich nun allein betreut, da Medizinalrat Delbrück
mittlerweile im wohlverdienten Ruhestand ist.
»Sie werden noch eine schwierige Geburt bekommen,
Frau Klüger, wenn Sie so kräftig weiteressen«, hat
er bei der letzten Untersuchung kritisiert. »Und das
möchte doch keiner von uns! Also versuchen Sie bitte,
sich zu mäßigen.«
Geschlagene drei Tage lang hielten meine guten Vorsät-
ze an. Ich stillte meinen Hunger mit Quark und Pell-
kartoffeln, ließ mir von Berta nur ganz dünn belegte
Bemmen schmieren und verzichtete auf meine heiß
geliebte Schokolade, die ich tafelweise verschlingen
könnte, seitdem ich in anderen Umständen bin. Dann
aber hatten die alten Gelüste mich wieder im Griff:
Saures musste es sein und Süßes gleich hinterher, zwei
panierte Schnitzel nacheinander und rote Grütze mit
Sahne dazu, weil ich sonst Angst bekam, auf der Stelle
zu verhungern.
Gustav hat nur gelacht, wenn er mich bei diesen Fress-
gelagen erwischte, meinen dicken Bauch gestreichelt und
mir versichert, dass ich von Tag zu Tag immer noch
schöner würde. Auf die körperliche Liebe allerdings
mussten wir auf dringendes Anraten von Dr. Fuchs
schon seit Monaten verzichten, um das Kind nicht zu
gefährden, was ihn zunächst schwer ankam. Doch
mittlerweile scheint sich auch Gustav daran gewöhnt

zu haben – so dachte ich jedenfalls, bis ich vor wenigen
Stunden das Billett mit der blasslila Frauenhandschrift
in seiner Westentasche entdeckte.

Er hatte die Weste im Pavillon liegen lassen, an jenem
Unglücksort, der mir seit dem verpatzten Gartenfest
niemals wieder richtig lieb geworden ist. Da saß ich nun
auf der Bank mit den weißen Brokatkissen, die inzwischen nachgedunkelt sind und etwas mitgenommen
aussehen, und klammerte mich an die Holzsäule, in der
Hoffnung, sie würde auch mich tragen können. Erst
nach einer ganzen Weile fand ich den Mut, die kurze
Nachricht zu lesen.

»O. bis Do unterwegs. R. bei meiner Mutter. Komm am
Mi., dann haben wir den ganzen Abend für uns. F.«
Ich ließ das Billett sinken und starrte hinaus in den
Regen, der erneut eingesetzt hatte. Seit fast zwei Wochen ersoffen ganz Böhmen und Sachsen in den Wassermassen, die der Himmel herabschüttete, und die Elbe
war inzwischen so stark gestiegen, dass jeden Tag
Hochwasseralarm drohte. Franz hatte sich um mehrere
Fuhren Sandsäcke gekümmert, die vor dem Haus
lagerten, falls sie gebraucht würden. Ich würde ganz
durchnässt sein, bis ich wieder in der Villa angelangt
wäre, denn mein dicker Bauch hatte mich langsam und
träge gemacht.

Umso heißer war die Wut, die in mir aufstieg.

Mi. – das war heute. Gustav hatte mir beim Frühstück
mitgeteilt, dass ein Abendessen in der Stadt mit einem
wichtigen Kunden anstehe und er vermutlich erst gegen
Mitternacht wieder eintreffen würde. O, - das bedeutete

Otto Bornstein. R. war Richard, der gemeinsame Sohn, der so gern andere Kinder quälte. Und F. niemand anderer als seine Mutter Fanny!

Gustav hatte also zu ihr zurückgefunden. Oder sie hatten die unselige Liaison niemals beendet. Meine Hände umklammerten erneut das Papier, dann begann ich, es in winzige Fetzen zu zerreißen. Wer konnte mir jetzt noch helfen? Wer mir einen guten Rat geben, was ich anstellen sollte? Sollte ich abwarten, bis er nach Hause kam und ihn dann zur Rede stellen? Oder zur Villa der Bornsteins nach Lockwitz eilen, um Gustav und das verdammte Weibsstück in flagranti zu ertappen?

Was aber, wenn sie sich für ihren Ehebruch an einem anderen Ort verabredet haben? Und ich in meinem heiligen Zorn Dinge sage und vor allem tue, die ich später zutiefst bedauere?

Das Ungeborene in meinem Bauch schien meine Verzweiflung zu spüren. Ich bekam ein paar kräftige Tritte ab, die mich zur Vernunft brachten. Mit einem Mal konnte ich wieder halbwegs klar denken. Emma brauchte einen Vater, der sie liebte. Ein Elternhaus, in dem sie alles bekam, was für ihre Erziehung notwendig war, damit sie es einmal leicht in der Welt haben würde. Und eine Mutter, die immer für sie da war und nicht darauf angewiesen, mühsam einen ärmlichen Lebensstandard zusammenzukratzen.

Allein darauf kam es jetzt an.

Doch wie sollte ich das anstellen? Wohin mit meiner Angst, meiner Verzweiflung, meiner unfassbaren Wut?

Tante Ida durfte nichts davon mitbekommen. Ihr Hochmut und ihre Genugtuung, dass ich ihrem Neffen eben doch nicht gereicht habe, würden alles nur noch schlimmer machen. Auch Tante Marianne konnte ich nicht um Hilfe bitten, dafür war die Distanz zwischen uns in den letzten Jahren zu groß geworden. Nein, ich musste zu Lore, der einzigen, die stets zu mir gehalten hatte!

Ich atmete tief durch, nahm die Weste, hielt sie mir über den Kopf und ging ins Haus zurück ...

»Sie können nicht ausfahren, gnädige Frau! Nicht bei diesem Wetter. Nicht in Ihrem Zustand!« Berta verwehrte ihr den Eingang zur Remise. »Außerdem muss der Einspänner zum Wagner. Irgendetwas ist mit dem rechten Rad nicht ganz in Ordnung.«

»Es hat gerade aufgeklart.« Der graue Himmel über ihnen zeigte winzige Inselchen von Blau. »Und trocken ist es auch. Gestern ist der Einspänner tadellos gelaufen. Außerdem will ich doch nur nach Pieschen und nicht ans andere Ende der Welt!«

»So warten Sie doch wenigstens, bis mein Mann zurück ist. Oder ich gehe Noack holen. Der soll Sie fahren. Dabei wäre mir sehr viel wohler. Nehmen Sie doch wenigstens die andere gnädige Frau mit ...«

Dein Franz muss ausharren, bis mein Mann mit seiner Liebschaft fertig ist, dachte Helene grimmig. *Aber das werde ich dir jetzt nicht auf die Nase binden. Auf Noack will ich nicht warten. Und auch noch Tante Ida ertragen? Das stehe ich heute erst recht nicht durch!*

»Bei meinem Mann kann es heute leider sehr spät werden«, entgegnete sie stattdessen und schob die Köchin ein Stück zu Seite. »Bis dahin bin ich längst wieder zurück! Helfen Sie mir beim Anspannen, Berta? Sie haben so sichere, ruhige Hände!«

Der Einspänner war kaum ein paar Meter weit gekommen, da setzte erneut Regen ein. Helene trug zwar ihren blauen Wettermantel mit Kapuze – so ziemlich den einzigen, in den sie mit ihrem Umfang noch hineinpasste –, aber sie vermisste schon sehr bald das schützende Dach der großen Kutsche. Außerdem irritierte sie das nervöse Tänzeln der jungen Stute, obwohl Franz versichert hatte, sie sei lammfromm. Doch Hilda schien Regen nicht besonders zu mögen, und noch weniger laute Geräusche. Je näher sie dem Ufer kamen, desto unruhiger wurde sie. Und als sie die Elbe erreicht hatten, erschrak auch Helene.

Keine Spur mehr von den breit angelegten Elbwiesen, auf denen sonst die Menschen am Wochenende flanierten! Und auch die Elbe selbst war nicht mehr wiederzuerkennen. Der ruhig dahinfließende blaugrüne Fluss hatte sich in eine schmutzig braune Flut verwandelt, in der Bretter, Schubladen, Kessel, Eimer und alle nur denkbaren Gegenstände trieben. Es gurgelte und wummerte wie das Grollen eines riesigen Lebewesens, bereit, alles niederzuwalzen, was sich ihm in den Weg stellte.

Die Stute scheute, als sie über die Carolabrücke sollte, doch Helene trieb sie entschlossen mit der Gerte an. Heute war sie die allerletzte Möglichkeit, um zu Lore zu kommen. Vermutlich würden ab morgen alle Brücken geschlossen sein, und dann wäre der Weg für Tage versperrt. Warum hatte sie eigentlich nicht die Straßenbahn genommen? Auf einmal sehnte sie sich nach der Sicherheit eines geschlossenen Gefährts, doch dafür war es nun zu spät.

Immer ungleichmäßiger trabte Hilda, immer öfter musste Helene die Gerte einsetzen. Das Kind in ihrem Bauch kam ihr so schwer vor wie noch nie zuvor. Hatte Dr. Fuchs nicht erst neulich gesagt, dass sich alle Kinder vor der Geburt senkten? Konnte es das schon sein? Bis zum errechneten Termin waren es doch noch einige Wochen. Wahrscheinlich war es lediglich eine Einbildung ihrer überreizten Nerven. Jetzt musste sie nur noch Lores Wohnung erreichen, und alles würde gut.

Als die ersten niedrigen Häuser von Pieschen in Sicht kamen, atmete Helene zunächst auf, um gleich wieder in Unruhe zu verfallen. Wie sehr sich die kleine Ortschaft verändert hatte, die seit ein paar Jahren ganz offiziell zu Dresden gehörte! Inzwischen waren viele neue Mietshäuser hochgezogen worden, ganze Blöcke von drei- und vierstöckigen Gebäuden, allesamt neu für Helene. Und auch die Straßen verliefen inzwischen anders …

Sie brachte die Stute zum Stehen.

Sie hatte sich verfahren und hatte nicht die geringste Ahnung, wo genau sie gelandet war. Der Regen war noch stärker geworden, eine graue, dichte Wand, die ihr die Sicht erschwerte.

Niemand war unterwegs, als hätten sich alle in den Schutz der Häuser geflüchtet. Doch – dort drüben lief ein Mann!

Helene hob den Arm, um ihn heranzuwinken.

Er folgte der Aufforderung, zunächst zögerlich, doch als ihr Mantelärmel zurückfiel und er die Diamanten am Handgelenk aufblitzen sah, merklich schneller.

Hatte sie einen Riesenfehler begangen?

Sie wollte Hilda antreiben, um schnell davonzufahren, doch der Mann stand bereits neben dem Pferd und griff nach dem Zügel. Die Stute scheute, dann stieg sie.

Helene ließ den Zügel los und versuchte, sich an die nasse Kutscheninnenwand zu klammern, aber sie glitt ab. Jetzt gab es keinerlei Halt mehr für sie.

Noch im Fallen hatte sie nur einen einzigen Gedanken: Emma … Emma … Emma …

*

Da waren Hände, die nach ihr griffen. Keuchen, das an ihr Ohr drang. Und ein Schmerz, der ihren Leib zu zerreißen drohte. In Wellen bemächtigte er sich ihrer, schickte auf die höchsten Kämme, trieb sie in die tiefsten Täler. Als sie keine Kraft mehr hatte, war es plötzlich vorbei.

Kein Krähen, kein Schrei. Nichts als gespenstische, kalte Stille.

Dann hüllte das Schwarz sie erneut gnädig ein.

*

»Wo bin ich?«

Da war Lores vertrautes Gesicht, das sich besorgt über sie beugte, mit einem ängstlichen Lächeln. Helene versuchte zurückzulächeln, doch in ihrem Leib stachen abertausend unbarmherzige Nadeln.

»In Pieschen. In meiner Wohnung. Du hattest einen bösen Unfall, Helene. Nachbarn haben dich auf der Straße gefunden und zu mir gebracht. Du musst jetzt schlafen. Du warst immer wieder ohnmächtig. Und hast sehr viel Blut verloren.«

Blut, dachte sie, und ihre Gedanken bildeten eine wunderschöne rubinrote Spirale. *Blut. Blut. Blut* ...

»Ich muss nach Hause«, flüsterte sie. »Gustav ...«

»Das geht jetzt leider nicht«, sagte Lore sanft. »Alle Brücken sind geschlossen. Nicht einmal die Hebamme konnten wir holen. Dabei hätten wir sie dringend gebraucht. Deine Kleine mit der Nabelschnur um den Hals ... Aber so mussten meine Nachbarin Josefine und ich eben allein zurechtkommen.«

Es dauerte eine halbe Ewigkeit, bis die Worte sie erreichten. Doch dann begriff Helene plötzlich. Die Schmerzen, die Stimmen, die Pein, die kein Ende nehmen wollte – das alles war kein hässlicher Albtraum gewesen, der sie unerbittlich in seinen Fängen gehalten hatte, sondern ganz real. Ihre Hände tasteten nach unten. Der riesige Bauch war stark eingesunken.

Sie hatte geboren.

Aber was hatte Lore da über die Nabelschnur gesagt?

»Und mein Kind?«, flüsterte sie und strengte sich an, die Augen aufzuhalten, die doch immer wieder zufallen wollten. »Emma? Wo ist Emma?«

»Nebenan«, sagte eine fremde Frauenstimme. »Lass sie schlafen!«

Und dann war da noch eine zweite Stimme, jünger, verletzlicher. »Lass sie doch schlafen, die Kleine! *Meine* Kleine …«

Helene hatte plötzlich das Gefühl, auch aus den Poren zu bluten. »Nein, hol sie. Bring sie mir«, verlangte sie. »Ich will sie sehen – sofort!«

Lore und die anderen Frauen tuschelten miteinander. Die junge Stimme klang, als habe sie viel geweint. Was hatten sie nur so endlos lange zu bereden?

»Was ist mit Emma?« Helenes Tonfall wurde schrill, während eine eisige Hand nach ihrem Herzen griff. Was ging hier vor? Was versuchten sie, mit aller Macht vor ihr zu vertuschen? »Ist sie krank? Oder ist sie …«

Plötzlich lag etwas unendliches Weiches neben ihr. Ein kleines Köpfchen mit hellroten Kringellocken. Eine zarte, winzige Nase. Ein Duft wie nach warmem Brot. Und energische Lippen, die sich nun öffneten und einen empörten Schrei ausstießen.

»Emma«, flüsterte sie. »Meine Emma – endlich!«

Das kindliche Schreien wurde lauter, schwoll an zu einem Brüllen, das in jede Faser drang.

Helene schob das Hemd nach oben, das einzige Kleidungsstück, das sie noch am Leibe trug. Dann legte sie die Kleine an, so sicher und geschickt, als hätte sie es schon unzählige Male zuvor getan. Fest schlossen sich die rosigen Lippen um die Brustspitze.

Das Schreien verstummte.

*

Beim nächsten Erwachen war sie wieder allein. Ihre Kehle war rau, und sie war so durstig, dass die Zunge am Gaumen zu kleben schien.

»Wasser«, flüsterte sie.

Eine kräftige Hand griff unter ihren Nacken und hob den Kopf ein wenig, sodass sie aus dem Becher trinken konnte. Aus dem Augenwinkel sah sie eine junge Rothaarige, die rasch aus der Tür glitt, ohne sich noch einmal umzusehen.

»Wo ist Emma?«, fragte Helene. »Ich will sie endlich bei mir haben!«

»Emma?« Die Frauenstimme wurde scharf. »Das kommt ganz darauf an!«

*

Dresden, Juni 1900

Nie haben meine Rosen schöner geblüht. Ich wandle durch den Garten und könnte den ganzen Tag vor Freude singen. Den elfenbeinfarbenen, sündhaft teuren Kinderwagen, den Gustav eiligst anliefern ließ, nachdem ich zurück in Blasewitz war, benutze ich nur, wenn wir das Haus verlassen, um einen kleinen Spaziergang zu machen. Sonst schläft die Kleine in der Wiege aus Zirbenholz neben meinem Bett, und bei den Wanderungen über unser Grundstück trage ich sie eng mit einem großen Tuch am Körper gebunden, so wie es manche Frauen im fernen Afrika mit ihren Neugeborenen tun. Es macht mir nichts aus, dass Tante Ida den Kopf darüber schüttelt und

etwas von »primitiven Hottentottensitten« murmelt.
Zusammen mit Emma lebe ich in einem warmen, leuchtenden Kokon, den nichts und niemand zerstören
kann.

Ich zeige ihr die neuen Rosensorten, die ich eigens für
sie ausgesucht habe: *Fantin-Latour* in zartem Muschel-
rosa, *Black Jack*, die lavendelfarben blühen, *Queen of
Denmark*, die schönste unter den Alba-Rosen, mit farb-
lich exakt geviertelten Blüten in warmem, sattem Rosa,
Maxima, die sich zunächst zartrosa öffnen, später dann
aber schneeweiß werden, und schließlich die von mir
über alles geliebten *Damaszenerrosen*, die bereits hier
wuchsen, als meine Sehnsucht nach Emma noch uner-
füllt war.

Dann schaut sie mich an, mit ihren großen braunen
Augen, in denen ich versinken könnte, so aufmerksam
und wissend, als verstünde sie jedes Wort. Unsere voll-
kommene Einheit, die jedes Stillen nur noch inniger
macht, lässt mich sogar das andere nach und nach vergessen: den säuerlichen Geruch von Lores enger Wohnung, die berechnenden Worte jener Josefine, sogar den
abgründigen Blick, den ihre Nichte mir zugeworfen hat,
nachdem alles geregelt war.

Gustav hat den Diebstahl des Einspänners überraschend
gut verkraftet, und die lapidare Bemerkung, dass aus
Hilda inzwischen vermutlich Pferdewurst gemacht
worden sei oder sie friedlich auf einer Weide außerhalb
Dresdens grase, stammt aus seinem Mund. Nicht einmal
über den Verlust des wertvollen Diamantarmbands
ist er in Rage geraten, wie ich zunächst befürchtet hatte.

So unermesslich ist seine Freude über das gesunde Kind, mit dem er mich nach Hause holen konnte, als die Elbbrücken endlich wieder passierbar waren.

Zur Geburt hat er mir einen goldenen Armreif mit ziseliertem Schlangenkopf und zwei giftgrünen Smaragden als Augen geschenkt, den man am Oberarm trägt. Neben meinen geliebten Mondsteinen das Schönste, was ich je von ihm bekommen habe, kein Geschmeide, das protzt oder auftrumpft, sondern hochwertige Goldschmiedekunst, die eine eigene Geschichte erzählt.

»Aus Paris, mein Herz! Weil du für mich die ewige Eva bist: klug, verführerisch und hinreißend schön!«

Worte, die ich so gern aus seinem Mund höre!

Emma, unser Schatz, hat also nicht nur mich verwandelt, sondern auch ihn. Fanny Bornstein und alles, was mit ihr zusammenhängt, scheint endgül-

tig der Vergangenheit anzugehören. Keinen einzigen Abend kommt er mehr zu spät aus der Fabrik, sondern ist schon bei uns zu Hause, wenn es draußen noch hell ist, um möglichst viel von seiner Kleinen zu erleben. Er trägt sie herum, redet mit ihr wie mit einer Erwachsenen und malt sich aus, was sie gemeinsam in ein paar Jahren unternehmen werden.

»Jetzt brauchst du nur noch ein Brüderchen, Prinzessin« – ein Satz, der allerdings gestern in mich hineingefahren ist wie eine Damaszenerklinge. »Damit wäre unsere kleine Familie vollkommen.«

Ein Bruder – gütiger Gott im Himmel!

Gustav hat nicht die geringste Ahnung, was er da von mir verlangt. Er weiß nichts über den Schmerz, der einem den Leib zersprengt, nichts über das Gefühl der Leere nach der Geburt, nichts über die Pein, wenn kein rettender Schrei ertönt und du dich in tiefste Ohnmacht flüchtest, um irgendwie zu überleben. Nichts über abgrundtiefe Blicke unter einem roten Schopf, wenn Silberlinge in Form eines Diamantarmbands die Besitzerin wechseln. Männer! Ihre Körper verändern sich nicht. Sie wissen nichts. Denn das Wunder von Pieschen, wie ich die Geburt insgeheim für mich nenne, lässt sich nun mal nicht wiederholen ...

*

Dresden, Mai 2013

Annas Augen brannten, so gebannt starrte sie auf die geschwungene Handschrift, die so schön anzusehen und so schwierig zu entziffern war. Inzwischen las sie den Text schon zum dritten Mal und versuchte noch immer zu begreifen, was ihr so merkwürdig daran vorkam. Was für ein ungewöhnlicher Eintrag über eine Geburt! Vieles ausgelassen, anderes nur angedeutet.

Was hatte Helene Klüger zu befürchten?

Sie war dem Hochwasser entkommen und hatte ihrem Gatten endlich das Kind geschenkt, das er sich so sehr wünschte, wenngleich keinen männlichen Erben, sondern »nur« eine Tochter. Doch es hörte sich an, als stünde sie noch immer unter immensem Druck. Weil sie Angst hatte, Emma könne sterben, wie so viele Säuglinge jener Zeit?

Dein Kind wird erwachsen werden und selbst eine Tochter bekommen, hätte sie ihr am liebsten zugerufen. *Dann freilich ereilt sie viel zu früh ein grausames Schicksal …*

Jetzt träume ich nicht nur von den Frauen der Rosenvilla, dachte Anna, *sondern fange schon an, mit ihnen zu reden. Wird Zeit, dass ich schlafen gehe, um wieder einen klaren Kopf zu bekommen!*

Doch selbst als das Licht gelöscht war, lag sie noch lange wach und grübelte weiter über Helene, Emma und Charlotte.

12

Zwei Tage später fuhr Anna in ihrem roten Golf zurück über die Elbbrücke in die Altstadt von Meißen. Wie zu erwarten, war das Zusammentreffen in der Reha, etwas außerhalb der kleinen Stadt gelegen, nicht ganz so verlaufen, wie sie es sich eigentlich gewünscht hatte. Ihr Vater wirkte ungewohnt in sich gekehrt und schien noch immer an dem zu kauen, was sie über Charlotte Bornstein geredet hatten. Dabei hatte sie die heiklen Themen »Zuchthaus« und »Russenbordell« noch nicht einmal berührt. Greta war unruhig und ausgesprochen nörgelig, hatte an allem und jedem herumzumäkeln: dem zu schattigen Zimmer, dem zu unfreundlichen Pflegepersonal, den in ihren Augen zu konservativen Heilmethoden – vor allem aber an den anderen Patienten.

»Hast du dich mal umgeschaut?«, zischte sie Anna in einem unbeobachteten Moment zu. »Nichts als alte Schachteln und Mummelgreise. Seitdem wir hier sind, fühle ich mich wie hundertfünf. Also wundere dich nicht, wenn ich demnächst klammheimlich meine Sachen zusammenpacke und wieder nach Hause fahre! Drei Wochen in diesem Altersheim auszuharren kann niemand von mir verlangen. Auch nicht meine Tochter!«

Schon im Gehen waren Anna wieder Nina und Melly eingefallen, die ebenfalls unzufrieden waren, weil sie sich kaum noch im Stammhaus am Altmarkt sehen ließ. »Du vernachlässigt uns«, hatten sie moniert. »Die Kunden klagen auch schon, dass man dich gar nicht mehr zu Gesicht bekommt!«

Annas Argument, dass ein neuer Laden wie ein Baby sei, das zunächst die ganze Aufmerksamkeit verlange, hatte sie nicht sonderlich überzeugt. Sie musste sich dringend etwas einfallen lassen, um den leicht ramponierten Firmenfrieden wiederherzustellen. Sie wusste nur noch nicht, was.

Gegen solche Blockaden im Hirn half nur Schokolade. Und so war es auch hier, wie in allen Städten, in die Anna kam: Nachdem sie ihr Auto abgestellt hatte, führte ein sechster Sinn sie geradewegs zu einem kleinen Café am Markt, das in seinem altmodisch dekorierten Schaufenster dunkle Baumkuchen in Mondform präsentierte. Der König der Kuchen – eine Herausforderung, der Anna sich bislang nur selten gestellt hatte, weil die Herstellung, sollte es Spitzenqualität werden, umständlich und knifflig zugleich war. Die Vorstellung von zartem Boden, der zusammen mit herbfeiner Kuvertüre Schicht für Schicht in ihrem Mund schmolz, war auf einmal so überwältigend, dass sie einfach hineingehen *musste*.

Allerdings kam sie nicht sehr weit. Die Augen bereits erwartungsvoll auf die Theke gerichtet, wo die Köstlichkeiten ruhten, übersah sie auf ihrem Weg dorthin sehr lange Jeansbeine in großen braunen Stiefeln. Anna stolperte darüber, plumpste hart auf die Knie, rappelte sich wieder auf und hatte schon eine giftige Bemerkung auf der Zunge, als sie nach oben schaute – in ein Augenpaar, so klar wie ein grüner Bergsee. Auch der Rest des Männergesichts konnte sich durchaus sehen lassen: volle Lippen, markante Nase, dunkle, leicht verstrubbelte Haare, die wirkten, als würde er sich morgens lediglich mit den Fingern kämmen.

»*So sorry*«, sagte er und beugte sich ihr entgegen. »*My fault. Would you like to have a coffee with me?*«

»*Why not?*«, hörte sie sich zu ihrer eigenen Überraschung antworten, anstatt loszuschimpfen. Da hatte er ihr schon die Hand entgegengestreckt und sie nach oben gezogen.

»Phil«, sagte er mit einem schiefen Lächeln, das etwas Umwerfendes hatte. »*From San Francisco.*«

»Anna. Aus Dresden.«

»Bitte setz dich doch!« Seine Hand wies auf den freien Stuhl gegenüber.

»Du sprichst Deutsch?«, fragte sie überrascht, und das Du ging ihr wie selbstverständlich über die Lippen. »Und das auch noch so perfekt?«

»Ich bin von hier«, sagte er mit kaum hörbarem Akzent, der alles nur noch sympathischer machte. »Also ich nicht ganz, dafür aber meine Vorfahren von der Mutterseite. Mom und Dad haben mich dreisprachig aufgezogen – englisch, spanisch und deutsch. Das war ihnen wichtig. Was willst du trinken?«

Anna war nicht aufgefallen, dass die Bedienung bereits wartend neben ihr stand.

»Baumkuchen«, stieß sie hervor, so inbrünstig, dass Phil zu grinsen begann. »Und dazu Kaffee, schwarz.«

»Gute Wahl«, sagte er. »Ich denke, da schließe ich mich an.«

Es folgte eine Pause, in der nur ihre Augen sprachen.

Schließlich senkte Anna den Blick und war froh, als das Geklapper am Tisch begann, weil Kuchen und Tassen geräuschvoll abgestellt wurden.

Sie steckte die Gabel in den Baumkuchen und probierte. »Marzipan«, sagte sie überrascht. »Und geröstete Pistazien. Ich glaube, sie haben eine 75%ige Kuvertüre genommen …«

Staunend sah er sie an. »Das alles weißt du schon beim ersten Bissen?«, sagte er. »Du solltest im TV auftreten!«

»Eher nicht«, sagte Anna lachend. »Aber es ist mein Beruf, und mit Schokolade beschäftige ich mich schon sehr lange.«

»Ich auch«, sagte Phil. »Eigentlich schon, seit ich denken kann. Ich habe einen kleinen Laden in Frisco, *Sweet dreams. Books & chocolate.* Beides Dinge, die ich liebe.«

Annas Herz begann schneller zu klopfen, und heiß wurde ihr auch. »Was machst du dann hier?«, fragte sie. »Kleine Tour durch die Alte Welt?«

»Sozusagen. Will mich mal in Italien umsehen, wo so viele aufregende neue Firmen sitzen. Nicht, dass wir in den USA keine guten Hersteller hätten! Der Markt hat sich sehr verändert, ist vielfältig und anspruchsvoll geworden – und die Kundschaft erst recht.«

Anna nickte zustimmend.

»Da können neue Produkte niemals schaden. Aber das romantische Ambiente passend dazu findet man dann eben doch nur in *good old europe.*«

»Ein guter Freund von mir fabriziert seine Schokoladen in Arezzo«, sagte sie. »Gianni Amarello …«

»*Der* Amarello?«, unterbrach er sie lebhaft. »Ich hab schon einige Sorten von ihm probiert. Ein Hochgenuss!«

»Ein unheimlich netter Typ«, sagte Anna. »Und ein Verrückter, was Kakao betrifft – im allerpositivsten Sinn. Er arbeitet schon jahrelang mit Bauern aus Venezuela zusammen, aber seit Kurzem hat er auch noch Schokolade aus Madagaskar im Sortiment, und die ist wirklich sensationell.«

»Wo könnte ich die denn mal probieren?«, fragte Phil. »Ohne gleich neunhundert Kilometer fahren zu müssen.«

»Zum Beispiel bei mir«, sagte sie, ohne lange zu überlegen. »Du hättest sogar die Wahl.«

Seine dichten schwarzen Brauen hoben sich fragend.

»Ich habe zwei Läden«, sagte Anna nicht ohne Stolz. »Beide heißen *Schokolust*, einer ist am Altmarkt, der andere in der Dresdner Neustadt.«

»Wow!« Er lehnte sich zurück und musterte sie eindringlich. »Was für ein Glück, dass du über meine Latschen gestolpert bist!«

Wieder eine Pause, die sie mit Lächeln füllten, ohne zu reden.

Einer, mit dem man auch still sein könnte, dachte Anna, um sich im nächsten Moment sofort zur Ordnung zu rufen. *Du kennst ihn gerade mal eine Viertelstunde. Und er wird sehr bald wieder in sein weit entferntes Frisco verschwunden sein.*

»Wie lange bleibst du?« Ihr Herz war schneller gewesen als ihr Verstand.

»Kommt ganz darauf an«, sagte Phil. »Meine Grandma

lebt seit einiger Zeit wieder in Meißen. Sie wird dreiundneunzig, und ich habe sie seit Jahren nicht mehr gesehen. In diesem Alter weiß man nie so genau, wie die Dinge sich entwickeln. Deshalb hat sie auch Vorrang vor all meinen anderen Plänen.«

Wieder ein Satz, der Anna ausnehmend gut gefiel.

»Meine Eltern sind hier in Meißen zur Reha«, sagte sie. »Das heißt, eigentlich nur mein Vater, nach einem Herzinfarkt. Meine Mutter begleitet ihn – vorausgesetzt, sie geraten sich nicht wieder in die Haare, und sie reist frühzeitig ab.«

Sein Blick wurde noch intensiver. »Klingt ganz nach einer temperamentvollen Familie«, sagte er. »Fast wie bei uns Mexikanern. Da ist auch immer viel los.«

»Du bist Mexikaner?«

»Nur ein halber. Aber diese Hälfte meldet sich oft sehr lautstark zu Wort. Meine Mom stammt aus Dresden. Allerdings ist sie schon seit 1963 in den USA. Und leider sind meine Eltern geschieden. Davor gab es viele Streitigkeiten. War oft sehr unschön.«

Anna nickte.

Was tat sie hier eigentlich? Stundenlang hätte sie so weiterreden können mit diesem Fremden, dem sie so bereitwillig Auskunft gab, als wären sie seit Langem miteinander vertraut. Er gefiel ihr – so sehr, dass sie über sich selbst erstaunt war. Eigentlich gehörte sie nicht zu den Frauen, die schnell in Flammen standen. Bei all ihren Männern hatte es gedauert, bis aus Freundschaft mehr geworden war, auch und besonders bei Ralph.

Doch heute, in diesem kleinen, altmodisch eingerichteten Café mit den kardinalroten abgeschabten Stühlen und den Marmortischchen, auf denen die Ringe unzähliger Wassergläser zu erahnen waren, schienen plötzlich alle bekannten Regeln außer Kraft gesetzt zu sein. Jetzt bin ich auch *wie die Frauen der Rosenvilla*, dachte Anna. Jede von ihnen war leidenschaftlich und rasch entflammbar, auf ihre Weise sogar die besonnene Helene.

»Ich muss jetzt los«, sagte sie, um ihre Fassung wiederzugewinnen. »Zurück nach Dresden.«

»*What a pity!*« Sein Lächeln erlosch. »Wann seh ich dich wieder? Ich meine, um die Madagaskar-Schokolade zu kosten«, setzte er rasch hinterher.

»Wann immer du willst.« Anna öffnete ihre Handtasche und zog eine Visitenkarte heraus. »Im Moment bin ich allerdings öfter in der Neustadt anzutreffen«, sagte sie.

»Verstehe!« Da war sie wieder, die Ahnung jenes hinreißenden Lächelns, das ihr Herz erwärmte. »Neue Läden sind wie kleine Kinder, *I know* …« Er stand auf, streckte ihr die Hand entgegen. »*See you*, Anna!«

*

Sie fuhr nicht nach Dresden, sondern flog geradezu zurück, auf dem Gesicht ein Grinsen, das gar nicht mehr weichen wollte.

See you, Anna …

Aenna – Er sprach ihren Namen amerikanisch aus, was sie ganz besonders mochte. Aber was gefiel ihr eigentlich nicht an ihm?

Du bist im Begriff, eine Riesendummheit zu begehen, Anna Kepler, dachte sie. *Herzen verschenkt man nicht im Vorbeigehen!*

Sie gab sich alle Mühe, sich auf den dichten Verkehr zu konzentrieren, besonders als sie auf der A4 angelangt war, und allmählich gelang es ihr, diesen Phil ein wenig aus ihren Gedanken zu verdrängen. Doch kaum hatte sie die Autobahn verlassen und war wieder in Dresden angelangt, fuhr Anna nicht direkt nach Blasewitz, sondern steuerte *Eulenbuch* an, parkte, stieg aus und betrat den Laden.

Hanka war gerade dabei, den letzten Kunden für heute abzukassieren, der mit einer großen Stofftüte, auf der Libros Konterfei prangte, den Laden verließ. Der Kater, majestätisch neben der Kasse thronend, bot Anna seine Kehle dar.

»War er das?«, fragte Anna. »Der nette Dreitagebart?«

Hanka nickte scheinbar zerstreut. »Inzwischen kommt er fast jeden Tag«, sagte sie. »Scheint eine echte Leseratte zu sein.«

»Das möchte ich auch mal wieder«, sagte Anna, während sie Libro unter dem Kinn kraulte und beschloss, den zweiten Teil des Satzes ausnahmsweise unkommentiert zu lassen. »Lesen bis zum Abwinken. Ich hab seit Wochen kein Buch mehr in der Hand gehabt!«

»Kein Wunder, wenn du ständig mit den alten Tagebüchern beschäftigt bist! Aber kein Problem«, erwiderte Hanka. »Ich kann dir gern wie früher eine schöne, fette Büchertüte zusammenstellen. Wie teuer darf es denn werden?«

»Sagen wir, 150 Euro?«

»Das klingt gut. Aber warte – he!« Sie zog Anna näher an die Tür. »Du strahlst ja so«, sagte Hanka. »Was ist passiert? Doch endlich den Prinzen getroffen?«

»Unsinn«, sagte Anna verlegen. »Hör auf mit dem Unsinn! Aber einen sehr netten Ami …«

»Ich sag's doch! Wie heißt er?«

»Phil. Phil …« Sie hielt inne. »Seinen Nachnamen weiß ich gar nicht.«

»Und wann siehst du ihn wieder?« Hanka zog eine spitzbübische Grimasse.

»Keine Ahnung. Ich hab ihm meine Karte gegeben.«

»Dann wird er sich sicherlich melden.«

Und wenn nicht? Anna wurde plötzlich ganz mau zumute. Sie wusste so wenig von ihm. Nur dass er Schokolade liebte, einen Laden in San Francisco betrieb und gerade seine alte Großmutter in Meißen besuchte.

Sie spürte Hankas warme Hand auf ihrem Arm. »Würde mal sagen, da hat es eine ganz ordentlich erwischt«, sagte sie. »Wie gut dir das steht, Anna, so verknallt zu sein!«

»Ich bin doch nicht verknallt …«

»In Ordnung!« Hanka griff nach einer blauen Mappe. »Wir reden ein andermal darüber. Ich hab übrigens fleißig weiter für dich sortiert. Allmählich lichtet sich das Chaos.«

*

Dresden, August 1923

Plötzlich stand er im Garten, kerzengerade, die Augen fest auf die Villa gerichtet. Die Mamsell hatte mich auf den Eindringling aufmerksam gemacht.

»Der schleicht schon länger ums Haus, Frau Bornstein. Bereits im Frühling ist er mir mehrmals aufgefallen. Vielleicht jemand, der Diebesgut für eine Einbrecherbande ausspioniert, in diesen schlimmen Zeiten, wo die Leute mit einem Koffer voller Geld zum Semmelnholen gehen müssen?« Richard redet Tag und Nacht über nichts anderes und hat meinen armen Papa schon ganz verrückt damit gemacht. Ja, die Menschen sind verzweifelt — aber wie sollten sie das nicht, wo ein Ei heutzutage 1600 Reichsmark, ein Liter Milch 2400 und ein Kilo Kartoffeln 8000 kosten?

Ich griff nach Charlottes Hand und führte sie zur Mamsell. »Bringen Sie doch bitte die Kleine nach oben, und bleiben Sie bei ihr, bis ich wieder zurück bin!«

Richard war in der Fabrik. Oder sonst irgendwo, egal, ich konnte auf jeden Fall nicht auf ihn zählen. Auch von dem Gärtner keine Spur. Deshalb nahm ich Richards alte Armeepistole aus dem Wandschrank im Wohnzimmer, die er neben dem Eisernen Kreuz 1. Klasse, das ihm verliehen worden war, als Erinnerung an den großen Krieg dort aufbewahrt. Irgendwo musste er auch noch die dazugehörigen Patronen versteckt haben, die er mir eines Abends voller Stolz präsentiert hatte, doch jetzt danach zu suchen fehlte mir die Zeit, und außerdem hatte ich noch nie geschossen. Es musste auch so gehen. Ich ging hinaus, um für Ordnung zu sorgen. Zu meiner Überraschung war es der junge Kepler, der mit den roten Haaren, die auch heute wieder eine Schiebermütze bedeckte, obwohl es so schwül war, dass ich kaum Luft bekam. Von Charlottes Rettung her hatte ich ihn in guter Erinnerung, was allerdings noch lange nicht bedeutete, dass er sich unbefugt auf unserem Grund und Boden herumtreiben durfte. Wer konnte schon sagen, was inzwischen aus ihm geworden war? In diesen Zeiten begehen manche Menschen ein Verbrechen schon für eine warme Mahlzeit oder noch viel weniger.

»Was wollen Sie?«, fragte ich unfreundlicher, als ich es eigentlich vorgehabt hatte, weil ich mich auf einmal so allein und unsicher fühlte »Das ist ein Privatgrundstück. Sie haben hier nichts verloren!«

Hatte er die Pistole entdeckt, die ich rechts eng an mich gepresst hatte? Jedenfalls wurde sein Mund schmal.

»Ich schaue doch nur«, sagte er. »Ist das auch schon verboten?«

»Nein. Aber bitte nur von draußen. Oder mit Anmeldung. Wie sind Sie überhaupt hereingekommen?«

»Sie sollten dringend Ihre Schlösser überprüfen lassen, Frau Bornstein«, erwiderte er, so ruhig, als habe er jedes Recht der Welt, sich hier aufzuhalten. »War nur ein Kinderspiel. Wie geht es Charlotte?«

»Gut. Und jetzt gehen Sie bitte!«

»Sie meinen, wohin ich gehöre?«

Einen Moment lang überfiel mich die Angst, er könne aufsässig werden. Unwillkürlich schloss meine Hand sich fester um die Waffe, auch wenn sie natürlich ungeladen war. Aber sein Gesicht war nicht feindselig, sondern wirkte eher wissbegierig.

»Ich möchte so gern einmal noch die Rosenvilla von innen sehen«, sagte er. »Das von damals ist schon so lange her! Außerdem war es dunkel, und ich war doch nur im Speisesaal und in der großen Halle. Meinen Sie, das wäre möglich?«

Was wollte er? In unser Haus eindringen? Und was würde Richard dazu sagen, wenn er die alte Geschichte auftischte? »Ich fürchte, das geht leider nicht ...«

»Und weshalb nicht?«, fiel er mir ins Wort. »Weil ich nur ein kleiner Konditor bin und Sie die Fabrikantengattin? Kommt Ihnen das gerecht vor?«

Es gefiel mir nicht, was er sagte. Und noch viel weniger gefiel mir sein Tonfall.

»Sie werden es so nehmen müssen, wie ich es sage.« Ich reckte mich und versuchte, größer zu wirken. »Gehen Sie bitte! Sonst muss ich meine Angestellten holen. Oder soll ich lieber die Polizei rufen?«

Mit einem Satz war er bei mir und packte meinen Arm. Sein Griff war hart und unbarmherzig.

»Dafür könnte es zu spät sein.« Auf einmal sah er älter aus, wie ein Mann in mittleren Jahren. »Wenn ich nur wollte. Aber noch will ich nicht.«

Er ließ mich los, drehte sich um und ging ein paar Schritte in Richtung Zaun. Plötzlich wandte er sich noch einmal nach mir um.

»Eine so kleine Bitte«, sagte er. »Und du willst sie mir nicht erfüllen. Vielleicht wirst du das noch einmal bereuen ...«

Ich starrte ihm nach, unfähig, mich zu bewegen.

Was zum Teufel hatte er damit gemeint? Und wieso duzte er mich auf einmal? Es hatte wie eine ernsthafte Drohung geklungen, fast wie ein Fluch ...

»Frau Bornstein?« Erschrocken fuhr ich herum. Es war Kokitsch, der neue Gärtner, Nachfolger des alten Noack aus meiner Kinderzeit, dem ein Nierenleiden schon vor Jahren den Tod gebracht hatte. »Soll ich dem Kerl hinterher?« Er schielte auf die Waffe.

»Lassen Sie nur«, sagte Emma. »Ich glaube, der bellt lediglich und beißt nicht.«

»Die Leute sind heutzutage zu allem fähig …«

»Er hat Charlotte gerettet«, sagte sie. »Als sie noch sehr klein war. Das werde ich ihm nie vergessen.« Allmählich hatte sie sich wieder im Griff. »Ist mein Mann eigentlich schon da?«

»Gerade eingetroffen. Er sitzt im Wohnzimmer und …«

… *säuft,* ergänzte Emma im Stillen. Richards Alkoholabhängigkeit wurde immer mehr zum Problem – für ihn, für sie, für die ganze Familie.

Seit dem Tod seines Vaters im vergangenen Jahr schien es kein Halten mehr für ihn zu geben. Er begann bereits am Vormittag mit der Trinkerei, das wusste sie von Fräulein Fischer, seiner jahrelang zutiefst loyalen Sekretärin, die sich in ihrer Not jüngst an sie gewandt hatte. Er setzte sie fort beim Mittagessen, egal, ob er Geschäftsfreunde bewirtete oder in einer der einfachen Gaststätten der Neustadt allein vor sich hinsoff. Kaum zu Hause angelangt, goss er sich wahlweise Whisky oder Gin ein, um abzuschalten, wie er behauptete, bevor er den Abend dann wie alle anderen zuvor und danach mit Rotwein ausklingen lassen würde.

Sein Gesicht verriet, was er tat. Obwohl Richard beim Essen zurückhaltend, ja sogar ausgesprochen heikel tat, waren seine Züge mittlerweile aufgedunsen. Die geplatzten Äderchen auf den feisten Wangen schreckten Emma ab, noch mehr aber der alkoholsaure Atem, vor dem sie Charlotte schon mehrmals zurückgerissen hatte, was ihn mehr erboste als alles andere.

»Du entziehst mir meine Tochter?« So war es auch heute, denn die Kleine schien der Mamsell entschlüpft zu sein und hüpfte barfuß vor ihrem Vater übermütig hin und her. »Oder ist sie vielleicht gar nicht mein Kind – mit diesen verkrüppelten Zehen, die kein Mensch in unserer Familie jemals hatte?«

Alles in Emma erstarrte zu Eis. »Was soll der Unsinn, Richard?«, fragte sie und versuchte, Charlotte mit einem bunten Faden abzulenken, den sie hin und her schwenkte. »Du weißt ja nicht, was du sagst.«

»Und ob ich das weiß!« Er stemmte sich nach oben und stierte sie an. »Ich kenne da gewisse Vögelchen, die mir dies und das ins Ohr zwitschern. Unter anderem, dass du eine Ehebrecherin bist. Eine, die bei mir auf heilig und unberührbar tut, um bei anderen bereitwillig die Beine breit zu machen. Kenne ich deinen aktuellen Stecher? Wer ist es, liebste Emma?«

»Warum macht Mami die Beine breit?« Charlottes helle Kinderstimme durchschnitt die angespannte Stille. »Und was ist ein aktueller Stecher?«

»Das fragst du sie am besten selbst, meine Kleine.« Richard hauchte einen Kuss auf ihren Scheitel. Das Weißblond der frühen Babytage war inzwischen längst nachgedunkelt. Charlotte Bornstein versprach brünett zu werden, mit einem Hauch von Rot. Gebieterisch winkte er die

Mamsell heran, die diskret an der Tür stehen geblieben war. »Gehen Sie mit ihr in den Garten«, sagte er. »Zum Ballspielen oder was Ihnen sonst noch einfällt. In den nächsten zwei Stunden will ich Sie beide hier im Haus nicht sehen!«

Nach einem Blick auf Emma, die zögernd nickte, gehorchte die Mamsell. Charlotte hauchte ihrer Mutter noch eine Kusshand zu, dann waren die beiden verschwunden.

»Drei Dinge, geliebtes Weib«, sagte Richard gedehnt. Doch seine scheinbare Schläfrigkeit täuschte Emma keinen Augenblick. »Die Anomalie der Tochter kommt endlich in Ordnung. Nächsten Dienstag geht Charlotte in die Klinik – und ab da hat sie fünf Zehen wie jeder vernünftige Mensch. Zum Zweiten muss ich dir leider mitteilen, dass dein alter Herr nicht mehr ganz zurechnungsfähig ist. Und jetzt behaupte nicht, dass dir sein Zittern und die anderen Ausfälle nicht längst aufgefallen wären! Er soll mir die Fabrik überschreiben – und zwar zügig. Ansonsten lasse ich ihn ganz offiziell entmündigen. Die Villa kannst du meinetwillen behalten. Mir liegt nichts an diesen verweichlichten Räumen und dem ganzen Rosengestrüpp. Unser solider Familiensitz in Lockwitz ist mir da tausendmal lieber!«

Er leerte sein Glas mit der scharfen, hellen Flüssigkeit in einem Zug.

»Und nun zum Dritten, für mich Wichtigsten: Ich habe die Nase voll von dem Theater, das du hier seit Jahren auf meine Kosten abziehst: die komplizierte Schwangerschaft, die schwierige Geburt, der kräftezehrende Säugling, das

Kleinkind, das dich Tag und Nacht an seiner Seite haben muss – damit ist ab heute ein für alle Mal Schluss!«

Richard kam auf sie zu und griff in den Ausschnitt ihres zitronengelben Kleids, das ihr wegen der Hitze unangenehm am Körper klebte. Die mürbe Seide gab unter seinem wütenden Griff nach, und Emmas sommersprossige Haut kam zum Vorschein. Sogar die Brustspitzen waren zu sehen, so tief klaffte der Riss.

»Du bist meine Frau, ich bin dein Mann. Und genau das werde ich dir jetzt beweisen.«

*

Was für ein Tag – was für ein Abend – was für eine Nacht! Er ließ erst von mir ab, als wir beide vollkommen außer Atem waren, Richard enttäuscht und ausgelaugt, denn er war trotz allem Drängen und Bohren nicht auf seine Kosten gekommen. Ich hatte ihn nicht abgewehrt, aber auch nicht liebevoll oder gar leidenschaftlich aufgenommen, sondern alles über mich ergehen lassen, als sei es eine lästige Lappalie.
»Hexe!«, zischte er und griff schon wieder nach dem Glas, das sein größter Feind war. »Gottverdammte Hexe!«
Ich blieb liegen und musterte ihn scheinbar unbeteiligt.
»Was geht nur in deinem Kopf vor?« Er pochte gegen meine Schläfe.
»Das wirst du niemals wissen.«
Sein Ausdruck veränderte sich, wandelte sich vom aufgeschwemmten Säufer wieder zum dicklichen, kleinen Jungen, den niemand mitspielen ließ.
»Du hast mich niemals geliebt, richtig?«, flüsterte er

plötzlich rührselig. »Nicht einen einzigen Augenblick!
So wie alle ...«

Wir beide wussten, wie recht er damit hatte. Deshalb antwortete ich nichts.

»Du hältst dich wohl für ganz besonders schlau, Emma
Klüger«, fuhr er fort. Mein Mädchenname – wie liebend
gern ich ihn doch wieder tragen würde! »Aber das bist du
nicht. Du bist nichts als ein Flittchen mit einem verkrüppelten Kind, das mir zur rechten Zeit unterzuschieben du
schlau genug gewesen bist.«

Wieder das Rotweinglas, ein, zwei, drei gierige Schlucke.
»Weißt du, dass die Medizin heute schon viel weiter ist?
Sie können nicht nur nutzlose Zehen absägen, sondern auch
Blutgruppen fein säuberlich einordnen. Ganz einfach lassen
sich auf diese Weise Vater-Mutter-Kind bestimmen. Na,
was meinst du: Sollen wir das bei unserer süßen Kleinen
nicht gleich machen lassen, wenn sie schon einmal bei den
Weißkitteln ist?«

Die Übelkeit überfiel mich ohne Vorwarnung. Nicht Charlotte, dachte ich noch. Nicht ich ...

Dann erbrach ich mich bereits auf den afghanischen Seidenvorleger neben dem Bett, mit dem ein Kunde seine Schulden
bei Richard bezahlt hatte.

Mein verheerender Zustand schien den allerletzten Rest von
Ritterlichkeit in ihm hervorzubringen. Richard beseitigte die
Schweinerei, ohne Mamsell Käthe oder jemand anderen vom
Personal zu behelligen, schüttelte Kissen auf und half mir,
mich halbwegs aufrecht zu lagern.

»Besser?«, fragte er und hielt mir ein Glas mit Whiskey
unter die Nase, das ich verweigerte. »Was machst du es uns

aber auch immer so schwer, Emma?«, setzte er vorwurfsvoll
hinzu. »Dabei könnten wir es doch so schön haben – du,
ich und Charlotte. Wenn du nur endlich Vernunft annehmen
würdest.«

Was war auf einmal in ihn gefahren? Alles in mir schaltete
auf Alarm.

»Gestern hab ich übrigens deine alte Freundin Lou am
Schillerplatz getroffen«, plapperte er weiter. »Gut sah sie
aus, scharf, fast ein wenig billig. Kein Wunder, wenn man
so hört, mit wem sie sich so herumtreibt.«

»Weiß ich«, murmelte ich unwillkürlich, wenngleich ich
mich im gleichen Augenblick über meinen unnötigen Kommentar ärgerte.

»Ach, du weißt es?« Seine spärlichen Brauen gingen nach
oben. Wie kahl und geradezu lächerlich sie ihn aussehen
ließen! Kein Vergleich zu Max, dessen männliches Gesicht ich
nach wie vor jeden Abend beim Einschlafen vor mir hatte.
Ich nickte, in der Hoffnung, er würde das Thema wechseln.
Doch Richard dachte offenbar nicht daran. »Dann weißt du
sicherlich auch, dass sie gestern geheiratet hat. Und zwar
diesen Juden, der dir die Beißerchen repariert. Kannst du
dir nicht einen anderen Dentisten suchen, Emma? Jemanden
mit besserer Reputation? Ich bin es leid, Kreaturen wie ihn
zu unterstützen!«

Äußerlich blieb ich ganz ruhig. Meine Mundwinkel verzogen
sich sogar zu der Karikatur eines Lächelns, so jedenfalls
fühlte es sich an. Doch mein Herz begann zu weinen. Und es
hörte nicht wieder auf, bis vor den Fenstern der Morgen
erwachte.

*

Kaum war Richard aus dem Haus, ging Emma in das Arbeitszimmer ihres Vaters, das im ersten Obergeschoss lag. »Herrenzimmer«, so wurde es von allen im Haus genannt, und es bot mit dem massiven Schreibtisch aus Eichenholz, der dunkelgrünen Ledercouch mit dem niedrigen Beistelltisch, den beiden schwarzen Ledersesseln und der Einbauwand einen respektablen Anblick.

Die großen Fenster und die breite Balkontür, die jetzt angelehnt stand, ließen viel Licht herein. Von hier aus hatte man den schönsten Blick über den Garten, noch eindrucksvoller als vom Elternschlafzimmer, das am Ostende des Balkons lag.

Als sie hereinkam, blickte er auf und lächelte.

Ja, er ist alt geworden, dachte Emma. *Und nicht mehr schnell genug, um das Zittern seiner Hand zu verstecken, wenn er die Zeitung beiseiteschiebt.*

»Schön, dass du da bist, Emma«, sagte er. »Schau doch mal, was dort drüben auf dem Tisch für dich liegt!«

Sie folgte seiner Aufforderung und kam mit einem halben Dutzend länglicher Metallformen zurück.

Er sah die Frage in ihren Augen.

»Und jetzt dreh sie um! Siehst du das Monogramm? EB – Emma Bornstein. Ich habe es für dich hineingravieren lassen, weil ich mir wünsche, dass du die Schokolade lieben lernst. Und das wirst du, ganz gewiss, wenn du erst einmal deine ersten eigenen Pralinen gemacht hast! Hier hast du das Werkzeug dazu. Den Rest musst du dir selbst dazu ausdenken oder auf Bewährtes zurückgreifen.«

»Aber Papa, ich …«

»Ich bin noch nicht zu Ende«, unterbrach er sie. »Du

magst mich vielleicht für einen alten Mann halten, der ein wenig aus der Zeit gefallen ist und noch dazu krank. Aber ich habe noch immer Augen, um zu sehen. Und ich sehe, dass du nicht glücklich bist.« Er stemmte sich gegen den Schreibtisch, um aufzustehen, und die ersten Schritte, die er auf sie zumachte, waren eher ein Tippeln, das Emma ins Herz schnitt.

»Und Pralinen eigenhändig herzustellen wird mich froher stimmen?«, fragte sie, obwohl seine Geste sie rührte. »Das glaubst du?«

»Schokolade gehört zu unserem Leben«, erwiderte er. »Mit dir schon in der dritten Generation. Wärst du ein Junge geworden, so würdest du längst die Fabrik leiten. So aber haben wir einen Richard Bornstein gebraucht, und du musst dir eigene Wege suchen. Diese Formen hier sind lediglich ein Angebot. Was du damit anstellst, ist ganz und gar deine Angelegenheit.«

Nachdenklich strich Emma über das Monogramm.

»Ich hätte dich niemals in diese Ehe mit Richard drängen dürfen«, fuhr er fort. »Dass das ein Fehler war, weiß ich längst. Er tut dir nicht gut. Und viel mehr als das. Er hat dir dein Lächeln gestohlen und den fröhlichen, energischen Gang, bei dem du früher durch die Welt gestrebt bist. Unter anderen Umständen würde ich dir raten, dich von ihm zu trennen. Doch leider sind die beiden Firmen inzwischen derart miteinander verflochten, dass dieser Schritt unweigerlich zu großen finanziellen und juristischen Komplikationen führen würde – erst recht in der Wirtschaftslage, in der wir uns gerade befinden. Das System kollabiert, Emma. Wir bezahlen für den großen Krieg, und das noch sehr, sehr lange. Vielleicht wird sogar Charlotte noch dafür aufkommen müssen, so teuer könnte diese Rechnung uns zu stehen kommen.«

So hatte er noch nie mit ihr geredet, so offen, so vernünftig, so ganz auf Augenhöhe. Emma fühlte sich ihrem Vater nahe wie seit Langem nicht mehr.

»Ich bin nicht so unglücklich«, sagte sie. »Schließlich habe ich ja dich, ein schönes Zuhause und vor allem meine Charlotte.«

»Aber ist das denn genug für eine schöne, junge Frau, die in der Blüte ihrer Jahre steht?«

Sie zuckte die Achseln. »Ich würde mich besser fühlen, wenn ich mein Kind sicher versorgt wüsste«, sagte sie. »Es gibt doch sicherlich ein Testament, Papa?«

»Natürlich«, sagte er. »Schon seit Jahren. Liegt alles längst bei Notar Friedrich.«

»Könntest du darin nicht verfügen, dass Charlotte nach deinem Ableben die Rosenvilla erbt? Ich verzichte zu ihren Gunsten darauf. Würdest du das für deine Enkelin verfügen, Papa?«

»Wenn das dein Wunsch ist«, sagte er nach kurzem Zögern. »Ja, ich werde diese Änderungen bei Friedrich vornehmen lassen. Sie soll die Villa bekommen, sobald sie volljährig ist. Was aber, wenn du selbst weiterhin hier wohnen willst?«

»Mein Kind und ich werden immer einen Weg finden«, sagte Emma. »Das weiß ich.«

»Was, wenn Charlotte heiratet, bevor sie volljährig ist? Dann wäre nach dem Gesetz ihr Mann der Vormund.«

»Ich bin ganz sicher, meine Tochter ist klüger als ihre

Mutter und nimmt einmal den Richtigen«, sagte Emma. »Außerdem hoffe ich, sie lässt sich damit Zeit, bis sie richtig erwachsen ist.«

Er bot ihr seinen Arm und führte sie auf den Balkon. Jetzt ging es ihr schon ein wenig besser, was sofort wieder neue Hoffnung in ihr aufkeimen ließ.

»Siehst du die Rosen dort unten?«, fragte er. »Deine Mutter hat sie anlässlich deiner Geburt pflanzen lassen und sie stets ›das Herz des Gartens‹ genannt. Und genauso sieht es von hier oben aus: ein Herz aus duftenden rosafarbenen Blüten, das nur für dich schlägt. Sie hat dich mehr geliebt als ihr Leben.« Eine Träne lief ihm über die Wange. »Was sie alles ertragen musste, bis sie dich endlich im Arm halten konnte! Weißt du, dass sie bereits mit dir gesprochen hat, als du noch in ihrem Bauch warst? Sogar Emma hat sie dich damals schon genannt. Warum durfte unser Glück nicht anhalten? Dieser verdammte Unfall ist wie ein Blitzschlag über uns hereingebrochen.«

Er stieß einen tiefen Seufzer aus.

»Lebte Helene noch, so wäre alles anders gekommen, Krieg hin oder her, das weiß ich. Niemals hätte sie zugelassen, dass ihre einzige Tochter einen Mann heiratet, den sie nicht liebt.«

Emma nahm seine Hand und stellte sie endlich, jene Frage, die sie schon seit Jahren mit sich herumtrug.

»War es denn ein Unfall, Papa?«, fragte sie leise.

In seinen Augen lag nichts als Traurigkeit. »Ich wünschte es sehr, mein Kind. So sehr!«

»Aber du bist dir nicht sicher …«

»Am Tag davor hat deine Mutter seltsame Dinge gesagt. Über Schuld, die wir alle mit uns herumtragen. Und ausgleichende Gerechtigkeit, vor der niemand davonlaufen kann. ›Sie holt uns ein, Gustav. Wohin wir auch fliehen.‹ Wenige Stunden später trieb der leere Kahn auf der Elbe …«

»Was könnte sie denn damit gemeint haben?«, fragte Emma. »In meiner Erinnerung ist sie vor allem wohlriechend und golden. Wie der Sonnenschein, der alles wärmt. Und immer fröhlich. Ich vermag mir beim besten Willen nicht vorzustellen, dass Mama jemals etwas Böses getan haben könnte!«

»Ja, fröhlich, das konnte sie sein, meine Helene«, sagte er. »Bis auf die allerletzte Zeit vor ihrem Tod. Da kam sie mir oft ängstlich vor, fast schon gehetzt. Ich hab sie mehrmals daraufhin angesprochen, aber sie hat immer behauptet, ich bilde mir das lediglich ein. Da sei nichts. Gar nichts! In jenen Tagen hat sie sich auch ihr wundervolles Haar abschneiden lassen. Wie entsetzt ich war, als sie eines Tages mit der kurzen Frisur ankam! Dabei hatte sie mir in der Hochzeitsnacht versprochen, dass sie das niemals tun würde. Ganz fremd war sie mir auf einmal. Eine Frau, die ich kaum kannte.«

Er berührte Emmas Kopf.

»Ich bin so froh, dass du deine Haare jetzt wieder länger trägst«, sagte er. »Dein Bubikopf hat mich immer an jenen schrecklichen Augenblick erinnert.«

»Dann werden wir es wohl niemals erfahren«, sagte Emma.

»Das fürchte ich auch. Obwohl – ich hab sie manchmal etwas aufschreiben sehen. In eine Art Kladde, aber die war nirgendwo zu finden, nachdem sie gestorben war. Vielleicht hat deine Mutter ihre Aufzeichnungen vernichtet. Wenngleich ich nicht wüsste, weshalb.« Seine Hand begann wieder stärker zu zittern.

Emma spürte, wie ihre Zuversicht erneut schwand. *Es wird nicht besser,* dachte sie, *sondern immer nur noch schlimmer. Gegen die Schüttelkrankheit sind die Ärzte machtlos.* Plötzlich hatte sie nur noch einen Wunsch: den Vater zu beschützen und dafür zu sorgen, dass es ihm einigermaßen gut ging, in der Zeit, die ihm noch blieb.

Sie umarmte ihn zärtlich.

»Immerhin hatten wir Mama eine ganze Zeit bei uns. Daran sollten wir denken und dankbar dafür sein!«

»Ja, das sollten wir«, erwiderte Gustav Klüger. Aber es klang nicht, als sei er sonderlich davon überzeugt.

13

Dresden, Mai 2013

Phil rief nicht an, weder am nächsten Tag noch am übernächsten, und auch nicht am dritten Tag nach ihrem Kennenlernen. Nach und nach begann ihre Hoffnung langsam zu schwinden, obwohl Annas Blick bei jedem Klingeln der Ladenglocke unwillkürlich zur Tür glitt, ob nicht doch ein Paar lange Jeansbeine in großen braunen Stiefeln die *Schokolust* betraten. Sie hatte sogar bei Melly und Nina nachgebohrt, aber auch die hatten nichts über einen dunkelhaarigen Amerikaner zu berichten gewusst, der sich nach frisch eingetroffenen Spezialitäten aus Madagaskar erkundigt hatte.

Vielleicht war er doch lieber gleich nach Arezzo gefahren. Vielleicht war ja seine Großmutter krank geworden, und er musste sich um die alte Dame kümmern. Vielleicht aber war er auch nur ein routinierter Charmeur, der sich auf sein attraktives Äußeres verließ und die gleiche Nummer bei jeder Frau aufführte – definitiv die Version, die Anna am wenigsten gefiel.

Sie versuchte, ihre Enttäuschung mit Arbeit zu kompensieren. Seitdem sie wusste, unter welchen Umständen Emma die Formen von ihrem Vater erhalten hatte, liebte und schätzte sie die alten Gerätschaften noch mehr. Heute hatte sie sie bis zur allerletzten Mulde gefüllt, gespannt darauf, wie ihre neuen Rezepte bei den Kunden ankommen würden: Calvadosschäumchen, die nur noch mit gehackten Mandeln bestreut werden mussten, *capezzoli di venere* – Venusbrüstchen, eine Mischung aus Bitterschokolade, Kakaopulver und gekochten Kastanien, von Gianni als altes Familiengeheimnis empfohlen. Pfeffer-Nüsschen, eine Hommage an den wunderbaren Film »Chocolat«, den sie schon mehr als ein Dutzend Mal gesehen hatte, und schließlich Rosentrüffel, die sie auf kandierten Blättern anbieten würde.

Obwohl es bis Juni noch eine Weile hin war, versuchte Anna sich als Letztes an jener Mischung, die sie als Praline des kommenden Monats vorgesehen hatte. Sie ließ Zartbitterkuvertüre im Wasserbad schmelzen, erhitzte kurz Sahne mit dem Mark einer Vanilleschote, Butter und Sherry und rührte die Mischung durch ein Sieb in die geschmolzene Kuvertüre ein, bis ein würzig-sinnlicher Duft ihre Nase kitzelte. Die bunten Eiskonfektschalen warteten bereits darauf, gefüllt zu werden. Sie erhielten je eine Amarenakirsche, bevor Anna sie mit der Ganache durch eine Sterntülle dekorativ auffüllte. Nun hieß es wieder kühlen, bevor probiert werden konnte.

War das das »Elbfeuer«, nach dem sie schon so lange suchte? Nein, dazu passte sehr viel besser der Name »Luculluskirsche« – und genauso würde sie die Praline für Juni auch nennen. Sie reinigte Arbeitsfläche und Hände wie nach jedem Vorgang und ging in ihr Büro, um die anstehenden Rechnungen fertig zu machen, als sie plötzlich ein dezentes Hüsteln hörte.

»Frau Rizzo?« Anna lächelte die Kundin an. »Kann ich Ihnen irgendwie weiterhelfen?«

»Ausnahmsweise nicht«, sagte sie und deutete auf die mintfarbene Tüte mit dem gelben *Schokolust*-Emblem. »Das heißt, das haben Sie bereits. Meine Schwester hat morgen Geburtstag und ist ebenso verrückt nach Schokolade wie ich. Ich denke, sie wird sich über diese Auswahl riesig freuen. Ihre Mitarbeiterin hat mich wieder so kompetent beraten, da sind wir ins Gespräch gekommen …«

»Ja?« Worauf wollte sie hinaus?

»Sie hat erwähnt, wie gern sie zu David Garrett gegangen wäre. Sie wissen doch, zu dem Freiluftkonzert auf dem Theaterplatz!«

»Das ist doch schon seit Wochen ausverkauft«, sagte Anna. »In der Zeitung stehen schwindelerregende Kartenangebote, die sich nur Könige leisten können.«

»Das ist richtig. Wenigstens offiziell.« Das sympathische Lächeln vertiefte sich. »Zufällig arbeite ich in einer Eventagentur. Eine Karte wäre für mich also kein Problem.«

»Und vier Karten?« Es war heraus, bevor Anna lange nachgedacht hatte. Das wäre sie doch, die Lösung, nach der sie so lange vergeblich hatte: ein Firmenausflug auf den Theaterplatz! »Nicht, dass Sie mich jetzt für unverschämt halten …«

»Vier Karten?« Gina Rizzo überlegte. »Ja, das könnte ich hinkriegen. Ich habe gehört, dass er wegen des großen Andrangs zwei Konzerte gibt, eines davon schon am Nachmittag. Aber für Sie wäre es abends sicherlich einfacher.«

Und um einiges stimmungsvoller, dachte Anna. *Ein Feuerwerk an Licht und Musik, das Henny, Melly und Nina lange im Gedächtnis bleiben und sie bei den nächsten Widrigkeiten, die unweigerlich eintreffen werden, milder stimmen wird.*

»Das wäre wunderbar«, sagte sie. »Wenn Sie die für mich besorgen könnten.«

»Ich mache mich daran, sobald ich wieder in der Agentur bin. Sie hören von mir.« Sie verließ das Büro.

Anna wollte gerade ihre Tasche schultern, als ihr Handy sich meldete.

»Hier Jan. Ich hab deine Nachricht abgehört, aber ganz schlau bin ich daraus nicht geworden. Soll das heißen, ich soll die ganzen alten Rosen wieder ausbuddeln und dafür all jene einsetzen, die du mir aufgezählt hast?«

»Nein«, sagte Anna. Er brauchte nicht zu wissen, wie tief Helenes Geschichte sie berührt hatte. Und dass sie sich entschlossen hatte, ihr zu Ehren das Rosenherz nachpflanzen zu lassen. »Ich habe lediglich die Zukunft im Blick. Hast du heute Abend schon was vor? Falls nicht, hättest du dann Lust, mich zu besuchen? Etwas zu essen gibt es auch. Gegen acht? Ja, das müsste ich schaffen!«

*

Natürlich war es kein Zufall, dass sie in Weimar wieder das kleine Café am Markt ansteuerte und sich an ebenjenem Tisch niederließ, an dem sie mit Phil gesessen hatte. Außer ihr waren nur noch ein paar Kurgäste anwesend, ruhige, ältere Leute, sowie ein blutjunges Pärchen, das sich über zwei leeren Eisbechern verliebt anhimmelte.

Sie bestellte sich ein Kännchen Earl Grey. Weder nach Kuchen noch nach weiterem Kaffee stand ihr heute der Sinn. Dann zog sie die Seiten heraus, die Hanka ihr heute Morgen vorbeigebracht hatte. Charlotte Bornstein – darauf hatte sie schon lange gewartet. Bevor sie ihre Eltern besuchte, musste sie unbedingt wissen, wie es mit ihr weitergegangen war.

*

Dresden, Oktober 1938

Seit heute bin ich seine Frau – was haben wir in diesen wenigen Wochen nicht alles zustande gebracht! Mein Brautkleid hängt am Bügel, schlicht, aus zartrosé Crêpe de Chine in eleganter Wadenlänge geschneidert, weil mir jungfräuliches Weiß in diesen erbarmungslosen Zeiten wie Blasphemie erschienen wäre, obwohl ich reiner und jungfräulicher nicht hätte sein können. Die passenden Schuhe stehen darunter, hellgrau, aus Hirschleder, so weich und geschmeidig, wie man es sonst nur für Handschuhe verwendet. Jahrelang haben mich die alten Narben an meinen Füßen nicht mehr behelligt, doch seitdem ich weiß, dass die kleine Lilli Deuter meine Halbschwester ist, spüre ich sie wieder jeden Tag. Während der Trauung haben die neuen Schuhe mir das Leben schwergemacht, ich hätte sie mir von den Füßen reißen können, um endlich wieder frei zu atmen. Ob Zehen, die man schon vor Jahren operativ entfernt hat, doch noch nachwachsen können? Mein Verstand verneint es, doch im Traum sind sie wieder vollkommen, jene sechs

Zehen, mit denen ich das Licht der Welt erblickt habe. Die Erinnerung an den Krankenhausaufenthalt gehört zu meinen frühesten. Einzelheiten weiß ich keine mehr, aber ich kann mich noch gut an ein Gefühl tiefster Verlassenheit entsinnen, an Schwestern mit großen weißen Hauben und an einen Schmerz, als stünden meine Füße in Flammen. Vielleicht hat mich daher stets das Märchen von der kleinen Seejungfrau am meisten gerührt, die jeden Schritt auf Menschenbeinen mit entsetzlichen Qualen bezahlen musste.

Doch mein Herz lacht, denn Kurt bringt soeben Max, Louise und Lilli zum Bahnhof. Gerade noch rechtzeitig, bevor in ihren Pass ein rotes »J« gestempelt wird, wie es jetzt allen Juden in Deutschland bevorsteht. Gerade noch rechtzeitig, bevor sie neuen Schikanen und Erniedrigungen ausgesetzt werden können. Erst wenn sie unbeschadet in England angekommen sind, werde ich wieder schlafen können. Meine neue – echte – Familie beschäftigt mich Tag und Nacht.

Es war nicht leicht, das alles zu begreifen – nicht für mich, nicht für Lilli und erst recht nicht für Louise, die wie erstarrt wirkte, als ich mit Kurt in ihrer Wohnung über der Praxis erschien, um alles Notwendige zu besprechen. Ich sah, wie ihr Kiefer knirschte, als ich ihr meine operierten Füße zeigte. Beinahe, als müsste er etwas zermahlen.

»Geahnt hab ich es schon lange«, hat sie gemurmelt. »Ihr Betrug gegen meinen. In gewisser Weise sind wir beide jetzt wieder quitt.«

Als schließlich Lilli auf mich zuflog und mich umarmte, hatte Louise sich wieder gefasst.

»So hat sie also doch noch das letzte Wort behalten, meine

liebe Emma«, murmelte sie. »Und jetzt kann ihre Sturheit sich vielleicht als Glück für uns alle erweisen.«

Kurt war berührt. Das habe ich ihm angesehen, aber er blieb gelassen und ruhig, als müsse er all die Empfindungen, die in uns aufbrandeten, auf möglichst kleiner Flamme halten. Kluge Fragen. Besonnene Antworten. Respektvolle Zusammenfassungen. Als wir die Deuters verließen, schlief Lilli tief und fest in den Armen unseres gemeinsamen Vaters, und auch Louises Tränen waren wieder getrocknet. Ein waghalsiges Abenteuer lag vor uns, das jeden von uns den Kopf kosten konnte, doch mit Kurt als Gatte an meiner Seite war es zu schaffen.

Ein Gefühl, das mich bis heute wie auf Engelsschwingen getragen hat.

Ich bin nicht mehr unmündig. Ich brauche auch nicht länger nach »Papas« Pfeife zu tanzen, zu dem ich niemals mehr richtig Vertrauen fassen konnte, nachdem er mich als Heranwachsende so ungerecht geohrfeigt hatte. Max Deuter ist mein wirklicher, mein wahrer Vater – nichts Schöneres könnte ich mir vorstellen. Kluge, kluge Mama Emma! Welch gute Wahl hast du doch getroffen …

Der Mann, den ich bislang für meinen Vater hielt, ahnt von allem nichts. Mit Kurts Hilfe ist es uns gelungen, das Geld aufzutreiben, das für die Emigration noch gefehlt hatte; seinen Kontakten, über die er mir gegenüber Stillschweigen bewahrt, um mich nicht noch mehr zu gefährden, verdanken die Deuters die Tickets, die ihnen die Reise ermöglicht haben. Max findet in London Arbeit als Zahnarzt; alles Weitere wird sich weisen.

Wie soll ich ihm das jemals danken?

Mein Herz quillt über vor Empfindungen, die Kurt schnell zu viel werden könnten, denn mein frisch angetrauter Ehemann hasst überbordende Gefühlsausbrüche, so gut kenne ich ihn bereits. Dabei könnte ich seit heute Morgen vor Freude tanzen. Charlotte Kepler, wie gut sich das anhört, wie solide, wie ehrlich und wie ungeheuer aufregend! Er hat mich nicht nur vor dem verhassten Arbeitsdienst gerettet, den ich als Verheiratete nicht mehr absolvieren muss. Durch die Ehe mit ihm gelte ich nun auch als erwachsen und muss mich nicht länger Richard Bornsteins Säuferkapriolen beugen. Ich will Kurt die Frau sein, nach der er sich immer gesehnt hat, und ihm mit jeder Faser zeigen, dass ich ihn beileibe nicht nur geheiratet habe, damit er meinen leiblichen Vater und meine Halbschwester rettet.

Aber das glaubt er ohnehin nicht. Das kann er doch keinen einzigen Moment lang glauben! Er muss doch spüren, wie es in mir aussieht, seitdem er in mein Leben gekommen ist …

Ich weiß, mein Geheimnis ist gut bei ihm aufgehoben. Niemals wird auch nur ein Wort darüber über seine Lippen kommen. Auf ihn kann ich mich in allem verlassen – aber liebt er mich auch, wie ich ihn liebe, oder hat er mich nur aus Pflichtgefühl geehelicht? Bislang habe ich seine Zurückhaltung in körperlichen Dingen für Anständigkeit gehalten, sein Zögern für Schüchternheit oder Scheu, sein Hinhalten für rührende, ein wenig altmodische Moral. Seitdem wir jedoch im Standesamt den ersten Kuss als Eheleute getauscht haben, bin ich mir da nicht mehr ganz sicher. Ja, er hat meine Lippen zwar mit seinem Mund berührt, doch das war eher ein freundschaftlicher oder familiärer Kuss als echte Leidenschaft.

Reize ich ihn vielleicht nicht?

Bin ich nicht der Typ Frau, den er begehrt?

Kurts Blicke sprechen eine andere Sprache, und deshalb habe ich mir vorgenommen, heute Nacht endgültig Gewissheit zu erlangen. Aus diesem Grund trage ich auch das sündige nachtschwarze Negligé aus Mamas alten Beständen, das meine Brüste zur Schau stellt. Aus diesem Grund habe ich französisches Parfum aufgelegt. Aus diesem Grund läuft im Plattenspieler amerikanischer Swing, offiziell zwar verboten, von Kurt jedoch, wie ich weiß, heiß geliebt …

»Charlotte?« Sie ließ das Tagebuch rasch in die Schublade gleiten.

»Ja?«

»Ich bin wieder zurück. Alles soweit in Ordnung. Der Wagen ist in der Garage, und die Deuters sind auf dem Weg nach London.« Er lockerte seinen Binder. »Dein Vater hat mich zum Glück nicht gehört. Offenbar hatte er sich schon in seine Räume zurückgezogen.«

Ja, und zwar wieder volltrunken, setzte sie im Stillen hinzu. Die Hochzeit seiner Tochter mit Kepler hatte Richard Bornstein zum Anlass für ein formidables Besäufnis genommen. Bereits beim Mittagessen hatte er gelallt, später bei Kaffee und Kuchen kaum noch gerade stehen können, um schließlich zusammenzusinken und nur noch vor sich hinzustieren.

»Er säuft, als wollte er die ganze Welt ertränken«, sagte Charlotte. Sie spürte Kurts Blick auf sich ruhen, prüfend, als überlegte er, was als Nächstes zu tun sei. »Aber das ist mir heute ganz egal«, sagte sie, um einiges munterer, als ihr eigentlich zumute war. »Denn jetzt geht es nur noch um dich und mich.«

Warum wartete er noch immer ab, anstatt sie zu küssen und leidenschaftlich zu berühren?

»Du bist ein außergewöhnliches Mädchen, Charlotte«, sagte Kurt und zog eine Zigarette aus seinem silbernen Etui. »Klug. Wunderschön. Äußerst mutig. Und willensstark dazu. Das alles mag ich sehr an dir.« Das Feuerzeug flammte auf, und er nahm einen genussvollen Zug. »Aber ich habe dir niemals verschwiegen, dass auch ich meine Eigenheiten habe. Das ist doch richtig, oder etwa nicht?«

Ja, dachte sie. *Du magst es nicht, wenn man dich in die Enge treibt. Wenn jemand wagt, dich herablassend zu behandeln. Und wenn Hilflosen übel mitgespielt wird, so wie Lilli, meiner kleinen Schwester. Du bist ein echter Mann, stolz, stark und mit vielen Gefühlen, die zu zeigen dir so schwerfällt. Und genau deshalb liebe ich dich.*

Sie nickte.

»Dann werden wir beide uns in der Ehe bestens verstehen.« Langsam ging er zur Tür.

Hatte er ihren aufreizenden Aufzug übersehen? Spürte er denn nicht, wie sie vor Sehnsucht nach Erfüllung brannte? Plötzlich hatte Charlotte das Gefühl, von Kopf bis Fuß in Flammen zu stehen.

»Aber wohin willst du denn?« Sie streckte den Arm nach ihm aus, was er geflissentlich übersah.

»Ich habe noch zu arbeiten. Warte besser nicht auf mich.«

»Jetzt?« Es war, als hätte eine eiskalte Dusche sie jäh ernüchtert.

Kurt zuckte die Schultern. »Durch die ungewöhnlichen Aktivitäten der letzten Zeit ist so einiges liegen geblieben. Und dein Vater ...« Er hielt inne, nahm einen tiefen Zug. »Na ja, du siehst ja selbst, was mit ihm los ist. Irgendeiner muss sich um die Fabrik kümmern. Sonst könnte *Klüger-Schokolade* sehr schnell in den Abgrund rutschen. Die Zeiten werden leider nicht einfacher. Besonders nicht für Luxusgüter.«

»Aber doch nicht heute! In unserer Hochzeitsnacht ...«

In seinen Augen glaubte sie eine Spur Mitgefühl zu erkennen. Dann wurde sein Blick wieder distanziert und kühl.

»Wir haben doch noch so viel Zeit, Charlotte«, sagte er. »Also sei ein braves Mädchen und mach jetzt kein unnötiges Theater!«

*

Als der Morgen kam, erwachte sie allein im Bett, die Augen winzig, so heftig hatte sie sich gestern in den Schlaf geweint. Das zweite Kissen war nach wie vor unberührt. Sie konnte sich nicht einmal vormachen, Kurt habe neben ihr geschlafen und sei schon früh aufgestanden. Ihr Negligé war zerknittert und roch nach Schweiß und Tränen. In einer wütenden Aufwallung riss Charlotte es sich vom Leib und hüllte sich stattdessen in ihren alten weißen Bademantel.

Dann trat sie auf den Balkon und sah hinunter in den Garten. Ganz hinten sah sie eine Gestalt unter den Bäumen traben. Als sie auf sie zulief, erkannte Charlotte ihren Ehemann. Kurt trug eine blaue Trainingshose und ein blaues Trikot, wirkte jugendlich und äußerst dynamisch. Fröhlich, als sei alles in bester Ordnung, winkte er zu ihr herauf.

»Hast du auch solchen Hunger?« Sogar seine Stimme klang weniger belegt als sonst. »Ich hab uns in der Küche schon ein Riesenfrühstück bestellt. Beeil dich bitte, wenn wir zusammen essen wollen. Ich muss bald in die Fabrik!«

Unwillkürlich nickte sie und ärgerte sich im gleichen Moment darüber. Dann lief Charlotte zurück ins Schlafzimmer, warf sich auf das breite Bett und begann erneut bitterlich zu weinen …

*

Meißen, Mai 2013

Anna trank den letzten Schluck Tee. Am liebsten hätte sie sich jetzt einen *Amaro* bestellt, so sehr hatten diese Zeilen sie aufgeregt, aber sie musste ja noch zu den Eltern in die Reha und danach zurück nach Dresden. Doch weiterlesen konnte sie in dieser Verfassung ebenso wenig.

Was hatte ihren heiß geliebten Großvater dazu gebracht, ein junges Mädchen, das ihn aus Liebe geheiratet hatte, in der Hochzeitnacht derartig auf die Folter zu spannen? War er in Wahrheit nur auf ihr Vermögen aus gewesen? Waren die Fabrik und die Rosenvilla der eigentliche Grund, warum sich Kurt Kepler auf eine Ehe mit Charlotte eingelassen hatte?

Das passte ganz und gar nicht zu Annas Erinnerungen an ihren geliebten Opa Kuku. Nicht zu dem Mann, der ihre Kindheit so bunt und aufregend gemacht hatte. Nicht zu dem Großvater, der ihr auf kluge Weise die Welt erklärt hatte. Erst recht nicht zu dem Kenner, dem sie ihren ungewöhnlichen Geschmackssinn verdankte. Sein Verhalten Charlotte gegenüber roch nach Rache, perfekt eingefädelt, strategisch und kühl durchgezogen. Aber weshalb? Was hatte sie ihm angetan, dass er sie derart abstrafen musste?

Annas Finger glitten über die eng beschriebenen Seiten. Charlottes Handschrift wirkte so modern, mit ihren eleganten Unterlängen und den steilen, kühn gesetzten Großbuchstaben. Sie hatte das Schreibwerkzeug oft gewechselt, von Füller zu Bleistift und wieder zurück, als sei sie zwischendrin immer wieder gestört worden. *Am liebsten würde ich dich selbst befragen,* dachte sie. *Damit du mir erklären kannst, was ich beim besten Willen nicht verstehe.*

Als ein jüngerer Mann die Konditorei betrat, schreckte sie kurz auf, aber es war leider nicht Phil. Natürlich nicht. Nicht an diesem Nachmittag, der sie so traurig gemacht hatte, weil er ihr Seiten an Opa Kuku aufgezeigt hatte, die sie lieber nicht gekannt hätte. Und jetzt sollte sie noch die Klagen ihrer Mutter und die Niedergeschlagenheit des Vaters über sich ergehen lassen?

Es mochte selbstsüchtig sein, vielleicht sogar gemein, aber sie hatte jetzt einfach nicht mehr die Kraft dazu. Anna nahm ihr Smartphone aus der Tasche und redete sich bei ihren Eltern heraus. In zwei Tagen würde sie sie besuchen kommen. Vielleicht schien bis dahin die Sonne ja wieder heller.

*

Jan spürte sofort, dass etwas nicht in Ordnung war. Da war sie wieder, jene Sensibilität, die ihr damals so an ihm gefallen hatte. Dennoch zog er sofort die falschen Schlüsse. Was Anna schon früher gestört hatte, und heute erst recht. Jan wollte alles kontrollieren; wenn er das Gefühl hatte, dass ihm etwas entglitt, wurde er schnell panisch, was wiederum sie in die Flucht getrieben hatte.

»Du bist also wieder mit Ralph zusammen«, sagte er, kaum dass sie am Tisch saßen. »Und es läuft alles andere als glatt. Das kenne ich doch – dieser sehnsuchtsvolle Blick, die Pausen zwischen den Sätzen, die Art, wie du zwischendrin immer wieder in Richtung Tür lauschst. Aber ich sag dir gleich: Dieser Typ hat dich nicht verdient!«

»Falsch geraten«, erwiderte sie. »Obwohl es dich eigentlich nichts angeht, lieber Jan. Zwischen Ralph und mir ist es endgültig vorbei.« Sie füllte seinen Teller mit einer Portion *parmigiana*, dem würzigen Auberginenauflauf, den sie für alle Fälle immer eingefroren hatte, falls sie mit wenig Aufwand ein Essen auf den Tisch bringen musste. »Und jetzt lass uns bitte über alte Rosen reden!«

»Ich seh dir doch an, dass etwas in dir rumort, Anna.« Jan ließ sich nicht ablenken. »Etwas sehr Persönliches. Willst du einem alten Freund nicht verraten, was es ist?«

Klare grüne Augen. Ein schiefes Lächeln. Die bange Frage, warum Phil sich nicht endlich bei ihr meldete. Und dazu diese verwickelte Familiengeschichte, die alles auf den Kopf stellte, woran sie bislang geglaubt hatte – nein, das würde sie Jan garantiert nicht anvertrauen! Er war ein guter Freund, aber ein gewisser Abstand zwischen ihnen war gerade deshalb unabdingbar.

»Ist zurzeit ein bisschen viel auf einmal«, sagte sie. »Der neue Laden, unzufriedene Angestellte, meine Eltern in der Reha, Journalisten, die mit Infos bedient werden wollen …« Sie versuchte zu lächeln, was misslang.

»Ach, *das* macht dir dunkle Augenschatten und bringt dich dazu, liebeskrank vor dich hin zu seufzen?« Jan begann zu essen. »Und jetzt willst du auch noch lauter neue alte Rosen haben. Weshalb eigentlich? Wir hatten doch bereits so schöne Exemplare für deinen Garten herausgesucht – in stundenlangen gemeinsamen Sitzungen!«

»Ja, das hatten wir.« Dass Jan schnell einschnappen konnte, gehörte auch zu den Eigenschaften, die ihr nicht an ihm gefielen. Und überhaupt war sie niemals richtig in ihn verliebt gewesen, das merkte sie, seit sie Phil getroffen hatte, klarer denn je. Seine Anbetung hatte ihr lediglich geschmeichelt. »Und ich bin dir wirklich sehr dankbar für deine Mühe. Aber ganz zufällig bin ich da noch auf ein paar weitere interessante Sorten gestoßen.« Anna gab ihm ihren Zettel. »Schau mal. Die will ich auch noch. Alle in verschiedenen Rosatönen.«

Sie wusste, sie konnte die Vergangenheit nicht wieder lebendig machen, geschweige denn sie verändern. Aber sie wollte Helene einen Tribut zollen, der Frau, die dieses Haus zur Rosenvilla gemacht hatte.

»*Black Jack*«, las er halblaut. »*Queen of Denmark, Maxima* und *Damaszenerrosen*. Keine schlechte Auswahl! Aber die letzten haben wir dir doch schon gepflanzt!«

»Ich weiß«, sagte Anna. »Aber ich möchte noch mehr davon.«

»Die Kundin ist bei uns König«, sagte Jan. »Immer! Also, dann können wir im Herbst …«

»Nicht erst im Herbst«, unterbrach sie ihn. »Jetzt. So schnell wie möglich. Und zwar so, dass ich sie vom Schlafzimmerbalkon aus im Blick habe.«

»Meine Liebe, wir haben jetzt Ende Mai …«

»… was für Rosen mit Wurzelballen doch kein Problem sein dürfte, oder?«

Jan hatte endgültig aufgehört zu essen und musterte sie. »Du brennst ja geradezu«, sagte er kopfschüttelnd. »Schade nur, dass ich keine alte Rose bin!«

Schließlich kamen sie überein, dass er die Stöcke in der gewünschten Anzahl besorgen und sie am Wochenende in Annas Garten setzten würde. Ihre Idee, dass sie, von oben betrachtet, ein Herz bilden sollten, quittierte er zwar mit amüsiertem Grinsen, hielt sich aber mit weiteren Kommentaren zurück.

Vielleicht, weil er sich trotz allem noch immer Hoffnungen macht, dachte Anna, als sie Jan zur Tür brachte und ihm die Wange zum Abschiedskuss bot. *Wie ungerecht, dass Verliebtheit so einseitig sein kann. Und wie bedauernswert, dass ausgerechnet ich das gerade zu spüren bekomme!*

Sie blieb an der Tür stehen, bis er losgefahren war. Dann ging sie zurück ins Haus, um weiter in Charlottes Aufzeichnungen zu stöbern.

*

Dresden, November 1938

Was ist nur an Schrecklichem in unserer schönen Stadt geschehen? Läden sind zerstört, Synagogen brennen, die Semperoper ist in Flammen aufgegangen. Überall werden Juden gequält und auf offener Straße erniedrigt. Ich habe von vielen Verhaftungen gehört und mag gar nicht mehr aus dem Haus, aus Angst, Zeugin eines dieser Schrecknisse zu werden. Papa, wie ich ihn aus Gewohnheit bisweilen noch nenne, blüht dagegen regelrecht auf.

»Jetzt geht es ihm endlich so richtig an den Kragen, diesem widerlichen Judenpack!«, krakeelt er, obwohl niemand in der Rosenvilla ihm zuhören will – ich nicht, die Angestellten nicht, und auch nicht Kurt, der in diesen Tagen ein blasses, sehr konzentriertes Gesicht bekommen hat. Wie gern würde ich ihm die Strenge aus den Zügen küssen und seine grauen Augen wieder zum Leuchten bringen – doch er rührt mich immer noch nicht an und tut so, als sei es das Selbstverständlichste der Welt.

Vor anderen ist er galant zu mir, der vollendete Ehemann, um den alle mich beneiden. Er trägt mir den Schal hinterher, schiebt meinen Stuhl zurück, damit ich mich setzen kann, sieht mir immer wieder tief in die Augen – und alle um uns herum fallen darauf herein.

»Jetzt beneide ich dich doch um ihn, Charlotte«, seufzte sogar Frieda, die mit ihrem Udo noch nicht viel weiter vorangekommen ist. »Du hast dir da einen echten Gentleman geangelt, einen von der guten alten Sorte, auch wenn er sich damals im Freibad recht merkwürdig verhalten hat! Aber das habe ich ihm längst verziehen. Und wenn ich mir auch noch vorstelle, welch hinreißende Kinder ihr bald schon haben werdet: Ich sterbe vor Neid!«

Ich lächle vieldeutig und gebe mir alle Mühe, in ihrer Gegenwart die Tränen zurückzuhalten. Die lasse ich erst später fließen, allein, in der Einsamkeit meines Schlafzimmers, das er niemals betritt. Jeden Zentimeter des alten Bettvorlegers hab ich schon durchgeweint, die ganze Matratze, alle Kissen.

Doch was hilft es?

Sobald wir allein sind, meidet Kurt die körperliche Nähe zu mir wie der Teufel das Weihwasser. Kein Wunder, dass ich, gleichwohl nicht religiös und erst recht nicht katholisch erzogen, zu diesem drastischen Vergleich greife! Ich habe ihm schon entgegengebrüllt, ob er ein heimliches Mitglied in einem Keuschheitsorden sei oder ein Gelübde geleistet habe, das ihm jede fleischliche Lust untersagt. Doch alles, was ich von ihm ernte, ist wieder nur jenes schmerzliche, ungewisse Lächeln, das mich nur noch tiefer in die Verzweiflung treibt.

»Was ist es? Was tust du? Und warum fasst du mich nicht endlich an?«

Bis jetzt habe ich keine Antwort von ihm darauf erhalten, und ich frage mich ernsthaft, wie lange ich das noch weiter ertragen kann, ohne endgültig den Verstand zu verlieren …

*

Dresden, Mai 2013

War da nicht ein Kratzen an der Tür gewesen?

Anna legte das letzte Blatt zurück auf die Couch und lief in die Halle. Vor der Eingangstür blieb sie stehen und lauschte hinaus.

»Ist da jemand?«, rief sie.

Keine Antwort, und doch hätte sie wetten können, dass auf der anderen Seite jemand stand.

Jetzt einfach aufmachen? Es war weit nach Mitternacht, und alle, die Anna kannte, hätten sich auf andere Weise bemerkbar gemacht hat – bis auf ihre Mutter vielleicht, die manchmal zu seltsamen Methoden der Kommunikation greifen konnte, wenn sie unter Stress stand.

»Mama?«, fragte Anna und griff vorsichtshalber nach einem der Regenschirme aus dem Ständer. Mit ihm bewaffnet, schloss sie die Haustür auf.

Weit und breit niemand zu sehen. Nur ein Stück entfernt startete ein auberginefarbener Citroën RO80, dessen Rückleuchten die Nacht erhellten.

14

Dresden, Mai 2013

Ein Geschenk in der Neustadt aufzutreiben war eigentlich kein Problem, vorausgesetzt, man hatte wegen seltsamer Geräusche vor der Haustür nicht schlecht geschlafen und verfügte über genügend Zeit, und ausgerechnet die war für Anna im Augenblick besonders rar. Heute musste sie sich außerdem endlich um das Geburtstagsgeschenk für ihre Mutter kümmern. Deshalb hatte sie zusammen mit Melly schon morgens in der *Schokolust* am Altmarkt mehrere Sets Pralinen fabriziert, darunter Ingwer-Schoko-Trüffel, die sowohl ihre wie auch Hankas Mutter besonders liebten. Des Weiteren hatte sie Aprikosentartlets mit Mascarpone und Pistazienhack gebacken, sich Ninas Sorgen wegen der defekten Markise angehört, die dringend repariert gehörte, um danach weiter zu Henny zu fahren, die eine junge Frau aufgetrieben hatte, die vom Fach kam und bereit war, stundenweise einzuspringen. Die blonde Konditorin aus Bautzen, der Liebe wegen nach Dresden gezogen, gefiel ihr ausnehmend gut und sollte am besten sofort einen Probennachmittag einlegen, damit beide Seiten sahen, wie man miteinander zurechtkam. Mit Linda wäre das kleine Team dann für den Moment perfekt.

Ob sie Gina Rizzo vorsorglich um eine fünfte Konzertkarte bitten sollte? Anna war sich unschlüssig. Nicht einmal die anderen wussten bisher von ihrem Glück. Sie hatte sich vorgenommen, den richtigen Moment abzuwarten, um die Überraschung wie ein Zauberer aus dem Zylinder zu ziehen. Mittlerweile war sie tief ins Herz der Äußeren Neustadt eingedrungen, ein Labyrinth aus Durchgängen, kleinen Höfen, Restaurants und kreativen Läden, das von Jahr zu Jahr bunter und vielfältiger wurde. Vor einem mit Graffiti verzierten Wohnhaus hatte ein schlanker Afrikaner auf einem Tapetentisch Schmuck ausgelegt, Ketten mit dicken, leuchtenden Glasperlen und Armreife aus Silber und Schildpatt, nicht das übliche Flohmarkteinerlei, sondern liebevoll gestaltete Einzelstücke, die sofort Annas Aufmerksamkeit fesselten. Nach einigem Überlegen kaufte sie für ihre Mutter ein blaugrünes Glascollier, das sich gut zu ihrer Pullisammlung machen würde, sowie das dazu passende Armband. Aber noch etwas gefiel ihr: ein breiter Armreif aus Schildpatt, der eine stilisierte Schildkröte darstellte. Auch der wanderte nach dem Bezahlen in Annas Tasche, denn erneut stand heute eine Fahrt nach Meißen auf ihrem Programm – mit zweifachen Ziel: Sie wollte die Eltern besuchen und danach nach Mama Sigi schauen, die inzwischen wieder zu Hause bei ihren alten Damen war. Das hatte sie Hanka versprochen, die endlich wieder in ihrem Laden für Ordnung sorgen musste. Außerdem wollte sie selbst noch einmal zu der Frau, die ihr wie eine zweite Mutter gewesen war.

Die Fahrt in die alte Sachsenstadt verlief zügig und ohne Zwischenfälle; Anna machte nur einen kleinen Abstecher in die Altstadt, um zwei bunte Frühlingssträuße zu kaufen, dann fuhr sie weiter zur Elblandklinik. Heute war alles anders, das fiel ihr schon beim Hineingehen auf – es war, als ob die strahlende Maisonne auch die Gemüter von Pflegern und Patienten erhellt hätte. Ein junger Arzt kam ihr summend entgegen, zwei Schwestern lachten übermütig, als sie Schwierigkeiten mit der Stationstür hatte, und als sie ins Zimmer der Eltern kam, fand sie ihren Vater vertieft in ein Buch am offenen Fenster sitzen.

»Mein Kleist!«, sagte er und ließ den Band sinken. »Ab und zu ist er einfach mal wieder dran.«

Seine frühere Parteitreue als Lehrer für Sport und Deutsch für die Oberstufe hatte Anna gestört, seitdem sie alt genug geworden war, um zu begreifen. Aber was sie immer an ihm gemocht hatte, war die unverbrüchliche Liebe zur Literatur, die er ihr ein Stück weit vererbt hatte, auch wenn sie niemals an Hankas enormes Lesetempo heranreichen würde.

»Wie es dir geht, muss ich gar nicht erst fragen.« Anna küsste ihn und suchte nach einer Vase für die Blumen. »Du siehst um Klassen besser aus. Aber wo steckt Mama? Doch nicht etwa nach Hause abgereist?«

»Ach wo!«, sagte er. »Deine Mutter ist unten. Bei ihren Fans. Und die Runde wird von Tag zu Tag größer.« Er deutete mit dem Daumen in Richtung Wiese. »Seit unsere Tischnachbarin mitbekommen hat, dass sie Apothekerin ist und noch dazu Spezialistin für Hildegardmedizin, gibt es kein Halten mehr. Alle fragen sie inzwischen nach Rat. Für jedes denkbare Zipperlein. Sogar spätabends, wenn ich schon längst meine Ruhe haben will, klopfen sie noch an unsere Tür. Aber soll sie es nur genießen! So glücklich und entspannt habe ich Greta schon seit Jahren nicht mehr erlebt.«

»Dann gibst du ihr das Geschenk eben später«, sagte Anna. »Ich habe ihre Lieblingspralinen gemacht und hübschen Schmuck für sie ausgesucht – als Geschenk von uns beiden. Ein bisschen wild und exotisch, das wird ihr gefallen.« Sie zog sich einen Stuhl heran. »Vielleicht gar nicht so schlecht, dass wir jetzt mal ungestört sind. Ich möchte gern noch ein paar wichtige Dinge von dir wissen.«

»Geht es wieder um ihn?«

»Ja«, erwiderte sie. »Und du brauchst nicht gleich wieder dein Anti-Gesicht aufzusetzen. Dein Vater ist schon lange tot, Papa. Vor dir sitzt deine Tochter, die endlich kapieren möchte, was in dieser Familie los war.« Sie atmete tief aus. Heute würde sie die Frage stellen, für die sie bislang zu feige gewesen war. »Weshalb war Großvater im Zuchthaus?«

»Ich weiß von keinem Zuchthaus«, fuhr er auf.

»Das glaube ich dir nicht«, sagte Anna. »1945 warst du drei, und deine Mutter hat nicht mehr gelebt. Sie müssen dich irgendwohin gebracht haben, solange dein Vater eingesperrt war. Wo warst du damals, Papa?«

Er schob die Unterlippe vor und sah auf einmal aus wie ein trotziges Kind. »Bei Hennys Mutter«, sagte er schließlich. »Eva Kretschmar, der alten Schlampe. Eva hat Kinder für Geld bei sich aufgenommen – Kinder von Nazis. Außer mir waren noch zwei weitere Buben da, ein wenig älter als ich.«

»Sie haben euch nicht in Heime gesteckt?«, fragte Anna

weiter. »Zum Zweck der Umerziehung? Das kann ich mir eigentlich kaum vorstellen in der werdenden DDR!«

»Kam auf das Geld an.« Jedes Wort schien eine Überwindung für ihn zu sein. »Mein Vater hatte offenbar eine ordentliche Summe beiseite bringen können. Das hat geholfen. Auch in der SBZ.«

»Ostmark?«

»Die gab es doch erst ab 1948. Nein, soviel ich weiß, war es Gold. Eine Währung, die immer gilt.«

»Opa hat Hennys Mutter mit Gold bestochen, damit du nicht ins Kinderheim musstest?«, fragte Anna kopfschüttelnd. »Was für eine Räubergeschichte! Und wieso nennst du Hennys Mutter eine Schlampe?«

»So war es nicht ganz. Das Gold ging an andere. Eva hat sich ständig darüber beklagt. Sie hat lediglich ein paar Pfennige für uns bekommen. Das hat sie jedenfalls immer behauptet. Und so hat auch der Fraß geschmeckt, den sie uns vorgesetzt hat. Sie hat uns nicht gemocht, sondern lediglich verwahrt. Das hat sie uns jeden Tag überdeutlich spüren lassen. Deshalb nenne ich sie so.« Er schüttelte sich. »Außerdem gab es Gerüchte über ihre Vergangenheit.«

»Welche Gerüchte?«

Er kniff die Lippen zusammen und schüttelte den Kopf. Offenbar konnte oder wollte er nicht darüber sprechen.

»Wie lange warst du bei den Kretschmars?«, fragte Anna weiter.

»Bis ich sieben war«, sagte er. »Dann ist mein Vater plötzlich wieder aufgetaucht.«

In Annas Kopf begann es zu arbeiten. »Hast du nicht

gesagt, du wärst ungefähr sieben gewesen, als du Charlotte Bornstein getroffen hast?«

Er nickte. »Vor der zerbombten Frauenkirche. Aber damals hieß sie nicht Bornstein. Das weiß ich noch.«

»Aber doch nicht wieder Kepler?«, bohrte Anna weiter.

»Nein, auch nicht Kepler. Es war irgendein ausländischer Name, den ich vergessen habe. Etwas mit einem Tier.« Er schüttelte den Kopf. »Ich weiß es wirklich nicht mehr.«

»Was genau ist damals passiert?«

»Du fragst mich vielleicht Sachen, Anna-Kind! Ich hatte Hunger und wollte nach Hause. Die Stimmung zwischen mir und deinem Großvater war ziemlich trübe, wie meistens. Da kam sie auf uns zugestöckelt. Gut sah sie aus, sehr gut sogar. Irgendwie herrschaftlich. Obwohl sie keine teuren Sachen anhatte. Aber sie sah elegant aus, ganz anders als Eva Kretschmar. Das hab ich auch als Kleener schon kapiert. Mein Vater war plötzlich ganz leichenblass. Als ob er einen Geist gesehen hätte.«

»Und was hat Großvater über sie gesagt? Ich meine, er muss sie dir doch irgendwie vorgestellt haben!«

»Das ist das Mädchen, dem ich das Herz gebrochen habe. Ich wünschte, ich könnte es wieder gutmachen, aber bei Herzen ist das leider nicht so einfach.« Es kam prompt, flüssig, ohne Nachdenken. Anna wusste, es war die Wahrheit. Auch nach all den Jahren.

»Und dann?«

»Dann war gar nichts. Sie haben ein paar Worte gewechselt. Irgendwann hat sie ihn angebrüllt und einen Feigling und Dieb genannt. Danach sind wir gegangen. Das war alles.«

»Weshalb hat er im Zuchthaus gesessen, Papa?« Vielleicht war heute die Chance für alle Wahrheiten.

»Er hat es mir niemals gesagt.«

»Aber du weißt es trotzdem.« Sie würde nicht lockerlassen, nicht an diesem besonderen Tag.

»Nur ungefähr. Es ging um Schokolade.«

»Um Schokolade?«

»Die, die Piloten im Zweiten Weltkrieg bekamen. Für Normalsterbliche gab es ja nach 1939 nichts mehr. Man nannte sie auch *Bomberschokolade.*«

»Aber doch nicht die mit den Amphetaminen? So ähnlich wie die schreckliche Droge Crystal Meth, die jetzt so viele Menschen zerstört und tötet?«

Sein Mund wurde schmal. »Doch, genau die. Methamphetamin, das Aufputschmittel. Mein Vater hat im Krieg sein Geld mit Rauschgift verdient.«

»Das musst du mir näher erklären!«

»Nun, ganz einfach: Die Nazis haben lange Zeit auf den Luftkrieg gesetzt. Dafür brauchten sie Flugzeuge und Piloten, die weit über die Müdigkeitsgrenze im Cockpit saßen. Wie das anstellen? Chemiker im Dienst des Führers entwickelten nach 1940 ein gefährliches Gemisch aus Amphetaminen und anderen Zutaten, das wach hielt und die Piloten zudem euphorisierte, ihre Angst unterdrückte und sie leistungsfähiger machte. Was hatten sie schon zu verlieren? War ja nur ihr Leben – und das der Menschen, auf die sie ihre Bomben abwarfen!«

»Jetzt klingst du zynisch«, sagte Anna.

»Wenn ich an die Nazis und ihre Gräueltaten denke, kann ich nur zynisch werden – oder verrückt«, sagte er.

»Wie, glaubst du, Anna, hat es sich angefühlt, einen Vater zu haben, der dieses Gift in Schokolade verpacken ließ und damit viel Geld verdient hat? Im Krieg war ich ja noch ein Kleinkind, das von nichts eine Ahnung hatte, aber die Jahre danach, als ich groß genug wurde, um das alles zu kapieren – glaubst du, das hätte mich Kurt Kepler nähergebracht?«

Sein Fuß klopfte aufgeregt auf den Boden.

»Ganz im Gegenteil! Geschämt habe ich mich, ihn verachtet – und aus ganzem Herzen gehasst. Ich wollte nicht mehr sein Sohn sein, nicht länger den Namen Kepler tragen, der mir so besudelt erschien. Ich konnte ihn nicht mehr achten, geschweige denn jemals lieben lernen. Verstehst du mich jetzt endlich?«

*

Anna musste eine weite Runde durch den Klinikpark laufen, um zu verdauen, was sie soeben gehört hatte. In der letzten Zeit hatte sie in der Presse einige Berichte über dieses Teufelszeug gelesen, das die Menschen zwar für kurze Zeit wach und aktiv machte, sie aber gleichzeitig in eine gnadenlose Sucht verstrickte, bevor sie verrückt wurden oder auf andere Weise daran zugrunde gingen. Opa Kuku als Drogenmischer auf Führers Befehl, damit noch mehr Menschen umgebracht werden konnten?

Anna verstand die Welt nicht mehr.

Sie war doch stets überzeugt gewesen, ihren geliebten Großvater ganz genau zu kennen. Und jetzt das … Etwas Eiskaltes griff nach Annas Herz, und sie versuchte, sich mit aller Macht dagegen zu wehren. Nein, sie würde sich die Liebe zu ihm nicht nehmen lassen! Es musste Gründe geben, warum er so etwas getan hatte, gewichtige Gründe.

Aber wen konnte sie danach fragen? Vielleicht wusste ja Henny mehr darüber, auch wenn sie es bis jetzt für sich behalten hatte. Dass sie zusammen mit Fritz Kepler aufgewachsen war, war Anna ebenfalls vollkommen neu. Ob aus dieser frühen Zeit die tiefe Abneigung ihres Vaters gegen sie rührte? Wahrscheinlich war das leibliche Kind von Eva besser behandelt worden, und die Jungs hatten dabei zuschauen müssen, ohne Zuneigung oder gar Liebe zu bekommen. Oder konnte er es nicht verwinden, dass seine einstige Ziehschwester später die Geliebte seines Vaters wurde? Womöglich, weil er es in jungen Jahren selbst auf sie abgesehen hatte? Und was genau war zwischen Großvater und Charlotte überhaupt vorgefallen?

Nichts als lauter Fragezeichen.

Irgendwann machte Anna an einer Bank halt und ließ sich darauf nieder, um ihre Gedanken zu sortieren. Sie kam sich vor wie bei einer Schnitzeljagd oder einem Puzzle, wo jedes Teilchen zum nächsten führte, ohne dass sich schon ein Gesamtbild ergeben hätte. Irgendetwas immens Wichtiges dazwischen fehlte. Aber was? Wo versteckte sich das Verbindungsglied, das alles erhellen und zusammenführen würde?

Bei Emma? Bei Charlotte? Oder bei Helene?

Der zweite Blumenstrauß war für Mama Sigi bestimmt, die sie viel zu lange vernachlässigt hatte. Es hatte Zeiten in Annas Kindheit gegeben, da war sie fast wie Sigruns zweite Tochter gewesen, so oft hatte sie bei Benaschs übernachtet. In der engen, aber gemütlichen Wohnung war es immer wilder und lustiger zugegangen als bei den ordentlichen Keplers, was ihr sehr gefallen hatte. Alles konnte bei Hanka und ihrer Mutter jeden Moment anders sein: die Spiegeleier mal angebrannt, dann wieder vorzüglich, die Winterdecke für den Sommer zu heiß, der grüne Leihpulli hoffnungslos ausgeleiert – aber immer hatten Lachen und ein schlagfertiger Spruch im richtigen Moment scheinbare Katastrophen beseitigt und schiefe Dinge wieder gerade gerückt.

Sie war erstaunt, wie nobel der Stadtteil Siebeneichen war. Hier gab es viele schöne Häuser und ansehnliche Grundstücke, zahlreiche davon in Elbnähe oder mit Sicht auf den Fluss, ganz anders als die enge Zwei-Raum-Wohnung in der Johannstadt, in der Sigrun zuletzt gelebt hatte. Anna fand den Poetenweg auf Anhieb, suchte nach einer Parkmöglichkeit, die sich ein Stück entfernt bot, manövrierte den Golf in die enge Lücke und stieg aus. Kaum war sie ein paar Meter gegangen, fiel ihr der Citroën RO80 auf, der am Straßenrand stand.

Auberginefarben. Die gleiche Farbe wie das nächtliche Fahrzeug vor ihrem Haus. Und exakt die gleiche Marke.

Sofort war das mulmige Gefühl wieder da, das Anna eine unruhige Nacht beschert hatte. *Zufall,* sagte sie sich, aber sie bückte sich doch, um hineinzuschauen. Ein dunkler Pullover auf der Rückbank. Auf dem Beifahrersitz ein Faltplan von Dresden.

Was nichts zu bedeuten hatte.

Anderseits: Wer fuhr heutzutage noch so einen Oldtimer, der zwar als Meilenstein der Autogeschichte galt, aber mittlerweile wohl mehr in der Werkstatt stand, als auf den Straßen lief?

Schon nicht mehr ganz so fröhlich näherte sich Anna dem Haus. Elegantes Grau als Anstrich, fast wie auf den alten Fotos der Rosenvilla. Gepflegter Vorgarten. Der Dachgiebel war ausgebaut und, wenn sie Hanka richtig verstanden hatte, Mama Sigis Reich. Über dem Klingelknopf standen zwei Namen: *Corbeau. Rozier.* Darunter war mit einem Tesastreifen mehr schlecht als recht ein kleiner Papierstreifen angeklebt: *Benasch.*

Unwillkürlich musste sie schmunzeln. Das passte zu Hankas leicht chaotischer Mutter, die nur dann präzise wurde, wenn es um Gebärende und Säuglinge ging, die kleine Anna aber all die Jahre stets liebevoll aufgenommen hatte! Sie beschloss, ihr nicht nur die Blumen, sondern auch den Armreif zu schenken, den sie heute gekauft hatte.

Ihr Klingeln blieb eine ganze Weile wirkungslos, und sie war fast schon versucht, wieder abzuziehen. Als die Tür plötzlich doch aufging, sah sie sich einer schlanken Frau gegenüber, die sie um ein ganzes Stück überragte. Ein exakt geschnittener Bubikopf in Silbergrau, der ein leicht gebräuntes Gesicht mit markanter Nase und vielen Lachfalten umrahmte. Sie mochte über achtzig sein, aber sie war noch immer eine auffallende Erscheinung.

»Sie wünschen?«, fragte sie mit einem leichten Akzent, den Anna zunächst nicht einzuordnen wusste.

»Ich möchte gern zu Frau Benasch«, sagte sie. »Mein Name ist Anna …«

»Anna – welch Freude!« Energisch schob Sigrun die

andere Frau zur Seite, über das ganze Gesicht strahlend. »Dass du dir die Mühe machst, eine alte Frau zu besuchen, ist schön von dir.«

Anna umarmte sie, die Blumen weit von sich gestreckt, damit sie nicht zerdrückt wurden. »Erstens bist du kein bisschen alt«, sagte sie. »Und zweitens kann von Mühe nicht die Rede sein. Ich hätte schon längst nach dir sehen sollen, aber du glaubst ja nicht, was bei mir gerade alles los ist!«

Die Frau mit dem silbernen Pagenkopf beobachtete die Szene freundlich, aber distanziert.

»Ach, Madame Rozier«, sagte Sigrun. »Ich hab sie Ihnen ja noch gar nicht vorgestellt: Das ist Anna, die beste Freundin meiner Tochter Hanka. Meine Ersatz-Tochter sozusagen. So hab ich sie früher immer genannt.«

»*Enchanté*. Sehr erfreut.« Die dunklen Augen blickten eine Spur freundlicher.

»Aber komm doch rein, Liebes!«, sagte Sigrun. »Und diese wunderschönen Blumen, das wäre doch nicht nötig gewesen! Du warst bestimmt gerade bei deinen Eltern in der Reha. Schlimme Sache, das mit deinem Vater, Hanka hat mir schon davon erzählt. Wie geht es ihm? Ich hoffe, inzwischen besser!«

»Er liest schon wieder seinen Kleist«, sagte Anna. »Das stimmt mich zuversichtlich. Trotzdem hat er bestimmt noch einen langen Weg vor sich. Aber jetzt reden wir erst einmal von dir! Du wirbelst hier schon wieder herum und warst doch erst selbst so krank …«

»Halb so schlimm!« Es folgte dieselbe unwillige Geste, mit der Sigrun schon immer alles abgetan hatte, was sie als nebensächlich oder störend empfand. »Du weißt ja, wie gern Hanka übertreibt. Soll ich uns Kaffee machen? Oder willst du etwas anderes?«

Sie standen noch immer in der gemütlichen Diele, an deren blauer Frontwand eine gerahmte Kinderzeichnung hing. Linker Hand führte eine Treppe mit eingebautem Lift in den ersten Stock. Anna schaute nach oben, als ein surrendes Geräusch ertönte, dann erst beantwortete sie die Frage.

»Bloß keine Umstände! Ich wollte nur kurz guten Tag sagen und dir das hier geben.« Da Madame Rozier keinerlei Anstalten machte, sich zu entfernen, zog Anna den Schildkrötenarmreif aus der Handtasche und legte ihn um Sigruns Handgelenk. »Hab ich heute in der Neustadt entdeckt. Der wollte unbedingt zu dir. Als kleiner Dank für alles. Und die hier ist auch für dich.« In die andere Hand bekam Sigrun ein Zellophansäckchen mit braunen Kugeln gedrückt.

Sie hatte Tränen der Rührung in den Augen, als plötzlich das Surren lauter wurde und sich der Treppenlift in Bewegung setzte. Auf ihm thronte eine weißhaarige Frau, älter als die andere, aber unübersehbar mit ihr verwandt, wenngleich ihre Züge ein wenig verwaschen wirkten, als habe Alter oder Krankheit sie gezeichnet.

»Sehen Sie doch nur, Madame Corbeau!«, rief Sigrun enthusiastisch und hielt ihr Handgelenk mit dem neuen Armreif in die Luft. »Alles von meiner Anna! Und das hier auch noch – ihre fantastischen Ingwer-Trüffel-Pralinen! Die macht niemand auf der Welt so perfekt wie sie.«

Der Lift war am Fuß der Treppe angelangt, wo ein Stock mit einem geschnitzten Vogelkopf als Griff lehnte.

Die alte Dame griff danach, stützte sich darauf und erhob sich langsam. »Sehr schön«, sagte sie mit tiefer, erstaunlich wohlklingender Stimme, die gar nichts Greisenhaftes hatte. »Und wenn Sie mir jetzt bitte auch noch verraten, *ma chère,* wer diese junge Dame mit den bemerkenswerten Geschenken ist?«

»Mit dem allergrößten Vergnügen! Das ist Anna Kepler, die beste Freundin meine Tochter.«

Mit einem Schlag wurde es so still in der Diele, dass auch Anna unwillkürlich den Atem anhielt. Die beiden alten Frauen sahen sich an. Madame Corbeaus Gesicht war auf einmal aschfahl geworden. Ihre Schwester ging zu ihr und legte den Arm um sie, als müsse sie sie schützen.

»Dann muss ich Sie bitten, auf der Stelle zu gehen«, sagte Madame Corbeau. »Sie sind in diesem Haus nicht erwünscht.«

Hatte sie den Verstand verloren? Nein, sie sah eher wütend aus – und zutiefst verletzt. Aber warum? Fieberhaft suchte Anna nach einer Erklärung.

»Aber Elaine, das können Sie doch nicht machen!«, sagte Sigrun aufgelöst. »Meine Anna ist ein prima Mädchen. Ich kenne sie schon seit ihrem ersten Schultag …«

»Ich verstehe nicht …« Anna wusste nicht mehr weiter.

»Gehen Sie – bitte!« Es klang wie ein Peitschenhieb. »Und kommen Sie niemals wieder. Ich hoffe, Sie haben mich verstanden.«

Wie betäubt folgte Anna der Aufforderung und kam erst wieder richtig zu sich, als sie sich im Vorgarten wiederfand. Was hatte sie gesagt oder getan, das solch eine krasse Reaktion auslösen konnte?

Auf dem Weg zum Auto ging sie die wenigen Sätze, die gefallen waren, in Gedanken noch einmal durch. Alles war gut gewesen – bis Mama Sigi ihren Namen ausgesprochen hatte: Anna Kepler.

Aber weshalb?

Jetzt hatte sie für den geparkten auberginefarbenen Citroën keinen Blick mehr, sondern wollte nur noch nach Hause. Vielleicht hatte Sigrun ihrer Tochter ja etwas erzählt, das Aufschluss geben würde. Mit ihr selbst jedenfalls konnte der Rausschmiss nichts zu tun haben.

Trotzdem waren Annas Hände nicht ganz sicher, als sie den Motor startete, und auch nicht, als sie die inzwischen vertraute Strecke auf der A4 fuhr. Sie war heilfroh, als sie Dresden erreicht hatte, fühlte sich inzwischen jedoch innerlich so zittrig, dass sie lieber erst einmal nach Hause fuhr, anstatt bei Hanka vorbeizuschauen, wie sie ursprünglich geplant hatte. Der Anblick der Villa im Abendlicht ließ sie ein wenig ruhiger werden. Am Himmel zogen schnelle Wolken vorbei, die nach Regen aussahen. Jetzt wäre die beste Gelegenheit, um noch einmal nach den Rosen zu schauen, solange es trocken war, und sich genau zu überlegen, wo die neuen Sorten gepflanzt werden sollten …

Etwas zog ihren Blick auf sich. Vor der Haustür standen zwei Tüten, beide mit Libros Konterfei, die eine prall mit Büchern gefüllt, und eine zweite, die eher leer wirkte, obwohl aus ihr ein riesengroßes Papierlineal ragte.

»Lesen!«, hatte Hanka mit ihrer schwungvollen Handschrift darauf geschrieben. »Wirst Augen machen.«

Und so ließ Anna ihre Rosen Rosen sein, trug die beiden Tüten nach drinnen, machte es sich mit einem Glas

Schorle und ein paar Käsestückchen auf der roten Couch im Wohnzimmer gemütlich und las weiter.

*

Dresden, März 1913

Meine Gier nach Süßem ist mir zum Verhängnis geworden. Seit der letzten Schwangerschaft habe ich sie niemals wieder ganz ablegen können, obwohl auf Emma – wie nicht anders zu erwarten – kein Brüderchen mehr gefolgt ist. Ach, hätte mich die Lust auf Eierschecke und diesen köstlichen Schokoladenkuchen doch niemals wieder in die Konditorei am Altmarkt geführt, in der ich jahrelang nicht mehr war! Lore, die ich viel zu lange nicht gesehen hatte, hätte mich davor warnen müssen, aber vielleicht war sie mir ja deswegen heimlich gram und hat es absichtlich versäumt.

Wie hätte ich auch ahnen können, wen ich dort vorfinden würde!

Ich erkannte sie nicht gleich beim Eintreten, sondern steuerte geradeweg auf die Theke zu, um mir etwas auszusuchen, obwohl die Schneiderin im letzten Monat schon wieder alle Kleider auslassen musste, damit ich noch hineinpasse. Das gute Leben fordert seinen Tribut, hatte ich noch am Morgen angesichts meines Spiegelbilds gedacht – aber offenbar nicht bei allen, denn die Frau mir gegenüber war noch immer rank und schlank.

»Sie wünschen?« Wie sie mich ansah, fordernd, geradezu aufsässig.

»Schokoladenkuchen«, brachte ich kaum noch heraus, als ich begriff, wer da vor mir stand. »Zwei Stück bitte.«
Vielleicht wäre alles anders gekommen, hätte ich auf der Stelle kehrtgemacht und wäre aus dem Laden gerannt. Doch meine Beine zitterten auf einmal so sehr, dass ich froh um den kleinen Stuhl war, auf den ich mich sinken lassen konnte. Es dauerte eine ganze Weile, bis sie an den Tisch kam, das Haar aufgesteckt wie eine lodernde Krone, die das schwarze Kleid mit dem weißen Schürzchen nur noch mehr brennen ließ.

Der Teller war weiß und neu. Das scheppernde Geräusch, als sie ihn auf dem Marmortischchen mit dem dunklen Kuchen vor mich stellte, drang unangenehm in mein Ohr. »Eine Spezialität meines Mannes«, sagte sie und schien sich an jedem Wort zu weiden. »Ursprünglich nur für meinen Geburtstag gedacht. Doch die Kunden sind ganz verrückt danach. Was möchten Sie trinken?«

»Wasser«, krächzte ich und kam mir ungeheuer kläglich dabei vor. »Und bitte einen kleinen Cognac.«

Sie nickte, als habe sie nichts anderes erwartet, und verschwand wieder hinter dem Tresen. Wie lange hatten wir uns nicht mehr gesehen? Ich brauchte nicht nachzudenken. Am 11. April würde es sich zum 13. Mal jähren. Am Geburtstag meiner Tochter.

Für einen Augenblick war ich erleichtert, dass ich Emma heute bei den Fritzsches gelassen hatte, obwohl mir der Umgang sonst nicht sonderlich gefiel. Louise ist vorlaut und frühreif, redet schon dummes Zeug über sich Verknallen und Galane, die einem hinterherpfeifen, während mein kleiner Engel doch noch ein rechtes Kind ist.

Wahrscheinlich kommt es daher, weil die kleine Fritzsche nie eine Mutter hatte, nur immer irgendwelche Gouvernanten aus Breslau oder Berlin, junge, erfahrene Dinger, die ihr dummes Zeug eingeflüstert und sie nach Strich und Faden verzogen haben. Ihr Vater will sie auf ein Internat geben, um ihr Manieren einzurichten, das hat er mir neulich verraten. Wie kann er nur! Ich würde meine Emma niemals fremden Menschen überlassen.

Sie kam zurück, stellte Wasser und Cognac auf den Tisch und starrte mich erneut an. Ich spürte, wie mir der Schweiß ausbrach, und wagte nicht, mich zu rühren.

»Sie haben ja noch gar nicht probiert«, sagte sie, und es klang wie eine Anklage. »Mögen Sie den Kuchen nicht?«

»Doch, doch«, stieß ich hervor und schwitzte noch mehr. »Mir ist nur gerade nicht besonders gut. Aber ich liebe alles, was mit Schokolade zu tun hat …« Ich brach ab. Mit jedem Wort redete ich mich nur noch tiefer hinein! Wieso tat ich so, als würde ich sie mögen? Eigentlich bin ich eine schlechte Lügnerin. Und doch hatte ich schon mehrmals im Leben bewusst die Unwahrheit gesagt.

»Mein Mann liebt sie auch, die Schokolade«, sagte sie zu meiner Überraschung. »Hermann Kepler. Sie kennen ihn sicherlich. Vor ihm hat schon sein Vater die Konditorei betrieben. Und nun wird zu meiner großen Freude eines Tages unser Sohn die Tradition weiterführen.«

In meinem Kopf purzelte zuerst alles wild durcheinander, doch langsam erreichten mich ihre Worte. Sie hatte geheiratet, offenbar jenen schmucken Konditor mit dem blonden Schnauzer, der Lore so gut gefallen hatte. Und sie hatte ein Kind. Besonders das beruhigte mich zunächst.

Ich trank den Cognac in einem Zug aus. Die süße, schwere
Schärfe fuhr in meinen Magen und trieb mir noch weitere
Schweißperlchen auf die Stirn. Meine Hand griff zur
Gabel, doch ich konnte jetzt keinen Bissen herunterbrin-
gen. Was tun? Einfach ein paar Münzen auf den Tisch
legen und hinauslaufen? Ich hatte schon die Börse in der
Hand, da stand sie wieder neben mir.

»Wie geht es Emma?«, fragte sie mit dieser leisen, sprö-
den Stimme, die mir durch und durch ging. »Hätten Sie
nicht zufällig eine Fotografie für mich?«

*

Dresden, April 1913

Der Albtraum geht weiter – und so schreibe ich fieberhaft
in dieses Buch, obwohl es doch das Dümmste ist, was ich
tun kann. Aber wem sonst soll ich mich anvertrauen,
wem meine Not offenbaren, meine Sorge, meine Angst?
Mein wunderbares Kind ahnt nichts von alledem, sondern springt ausgelassen durch die Welt, behütet und
geliebt, von jedem Harm unbehelligt, auch wenn sie die
Osternester dieses Jahr im Garten eher augenzwinkernd
aufgestöbert hat.

»Bin doch kein Baby mehr, Mama. Louise hat schon ihre
Tage. Und ich hoffe, ich bin auch bald so weit!«
Gebe der gütige Himmel, dass sie noch ein Weilchen
davor verschont bleibe! Was die Natur uns Frauen
auferlegt, ist wahrlich kein Kinderspiel. Stundenlang
könnte ich Emma davon erzählen und tue es dann doch

nicht, weil ich ihr nicht die Lust auf eine sonnige Zukunft verderben will. Sie ist so ganz anders als ich: rot, nicht blond, schlaksig, nicht üppig, ausgestattet mit einem klaren, scharfen Verstand, um den ich sie oft beneide. Gut erzogen und gebildet, wie sie jetzt schon ist, wüsste sie wahrscheinlich, wie sie sich zur Wehr setzen könnte – gegen jenes Weib, das alles in den Schmutz ziehen will, was ich mühsam in Jahren aufgebaut habe.

Sie stellt mir nach, diese Konditorengattin, lauert mir auf, nötigt mich, meine vertrauten Routen zu verlassen und mir weite, umständliche Umwege auszudenken, damit ich ihr nicht begegne. Und dennoch treffe ich auf einmal überall auf sie. Wo war sie all die Jahre? In welchem Dickicht hat sie sich verborgen gehalten? Warum ist ihr Interesse an mir ausgerechnet jetzt erwacht?

Gedanken, die mir den Schlaf rauben, obschon ich bereits immer öfter Mittel einnehme, die ich mir unter einem Vorwand in der Apotheke besorgt habe. Manchmal hilft auch Wein, reichlich Wein, wenigstens für den Moment. Doch das Erwachen mitten in der Nacht mit ausgedörrter Kehle kann dann umso schrecklicher sein.

Was will sie von mir?

Mein Leben zerstören? Mich in den Wahnsinn treiben? Seit Neuestem träume ich sogar von ihr. Mit spitzen blauen Eisenzähnen hockt sie über mir, in der Rechten ein schlagendes menschliches Herz, aus dem Blut tropft. Es klopft noch, daran erinnere ich mich ganz genau, aber müde und unregelmäßig, als sei es kurz davor, zu kollabieren.

Jedes Kind gehört zu seiner Mutter …

Kam das aus ihrem Mund oder aus meinem eigenen, nachdem ich schweißgebadet erwacht war und Gustav mir endlos zureden musste, bevor ich wieder einschlafen konnte?

Jedes Kind gehört zu seiner Mutter ...

Ein Satz, den ich nur aus tiefstem Herzen bejahen kann: Ja, Emma ist mein Kind – und sie wird es für immer bleiben ...

*

Dresden, Mai 2013

Wie konnten die Aufzeichnungen ausgerechnet an dieser Stelle abbrechen? Die Schrift der letzten Sätze war verändert, wirkte schludrig, wie hingehudelt, als habe Helene jeden Moment mit einer Störung oder Entdeckung rechnen müssen.

Von wem – Gustav?

Offenbar hatte sie ihrem Mann nichts von ihren Ängsten erzählt, ebenso wenig wie der Tochter. Weil sie mit Mathilde Kepler ein Geheimnis verband, von dem niemand etwas wissen durfte? Denn dass es sich um ihre Urgroßmutter handelte, war Anna längst klar.

Sie griff in die Metallschatulle und zog das Foto heraus. So viele Male hatte sie es inzwischen betrachtet und war noch immer nicht wirklich schlau daraus geworden. Schließlich ging sie hinaus in die Diele und stellte sich mit dem Foto vor den großen Spiegel.

Die Augen. Die Nase. Die Stirn – sie hätten Schwestern sein können. Ähnliches galt auch für die Haare, wenngleich Annas lockig bis auf die Schultern fielen, während Mathilde ihre widerspenstige Mähne unter einen ausladenden Hut gezwängt hatte. Die Münder unterschieden sich. Annas Lippen waren voll und leicht geschwungen, während Mathilde schmalere hatte, die sie auch noch fest aufeinandergepresst hielt, als wollte sie irgendetwas um keinen Preis verraten.

Es kann nicht sein, dachte Anna, als wieder dieser eine, dieser ganz und gar undenkbare Gedanke sie anflog.

Nicht im Jahr 1900. Nicht in dieser Stadt.

Doch er ließ sie nicht mehr los, nicht beim Ausziehen, nicht beim Zähneputzen und auch nicht, als sie sich im Bett zusammenrollte, zu müde, um auch nur eine einzige Zeile aus Hankas liebevoll zusammengestellter Büchertasche zu lesen.

15

Dresden, Mai 2013

In der Nacht hatte starker Regen eingesetzt, der auch am frühen Vormittag unvermindert anhielt. Alles war nass und voller Pfützen; dementsprechend lau lief das Geschäft in der *Schokolust* an. Nur ein Grüppchen Damen mittleren Alters hatte sich bislang hergetraut, die französische Trinkschokolade und ein paar von Annas selbst gemachten Pralinen erstanden. Und natürlich Gina Rizzo, die treue Unentwegte, die nicht einmal Wassermassen und verstopfte Gullys von einem Besuch abhielten.

»Ich konnte zufällig eine Karte mehr ergattern«, sagte sie, während sie ihren pinkfarbenen Regenmantel öffnete und die dunklen Haare schüttelte. »Wären Sie auch an fünfmal Garrett interessiert?«

»Und ob!« Anna bezahlte rasch, weil Henny gerade in der Küche steckte und die Gelegenheit daher günstig war. Sie spähte nach draußen in das nasse Grau. »Bis dahin wird ja hoffentlich wieder die Sonne scheinen!«

»Garantiert. Soll ein Superkonzert werden. Eigentlich komplett ausverkauft. Aber wenn man weiß, wie es geht, gibt es eben kein ›Geht nicht‹. Und jetzt muss ich schnellstens ins Büro schwimmen!«

Beide lachten. Anna drückte ihr noch die Tüte mit vier

Tafeln Criollo in die Hand, die sie als kleines Dankeschön vorbereitet hatte, dann war die hilfsbereite Kundin wieder verschwunden.

Sie wandte sich der Theke zu, um die frisch gebackenen Tartlets noch appetitlicher zu arrangieren, als erneut die Türglocke ging.

»Was vergessen, Frau Rizzo?«, fragte sie, ohne aufzuschauen.

»Ich glaube nicht.« Die tiefe Männerstimme trieb ihr einen angenehmen Schauer über den Rücken. »Die Adresse stimmt doch, oder? Anna Kepler. *Schokolust.* Alaunstraße.«

Phil war da. Endlich! Und ausgerechnet heute hatte sie die Haare wüst zusammengeknödelt und trug ihren ältesten grünen Pullover. Der schöne alte Rosenschal lag im Büro – ihn sich jedoch zu holen, um besser auszusehen, wäre ihr affig erschienen.

»Wie geht es dir?«, war das Einzige, was Anna über die Lippen brachte.

Er zuckte die Schultern, wirkte ungewohnt ernst. Da war kein Lächeln, nicht einmal eine Spur davon. Warum sah er sie so ernst an?

»Sorgen um Grandma«, sagte er. »In ihrem Alter kann jede Aufregung fatale Auswirkungen haben.«

»Ist sie krank geworden?«, fragte Anna. *War das der Grund, warum du mich so lange hast hängen lassen?*, dachte sie. *Du hättest trotzdem anrufen können. Oder wenigstens eine SMS schicken – wenn es dir wichtig gewesen wäre.*

»Nicht direkt. Aber ihre Gesamtverfassung ist sehr labil. Seit Monaten fiebert sie auf ihren Geburtstag hin.

Und nun, wo er kurz bevorsteht, macht sie uns so große Sorgen.« Er strich sich die dunklen Haare aus der Stirn, als wollte er etwas wegwischen. »Aber deshalb bin ich nicht hier. Ich wollte …«

»Gianni Amarellos neue Madagaskar-Sorten probieren, die ich dir empfohlen habe, ich weiß. Nimm Platz! Ich hole dir einen Probeteller.«

Sie lief nach oben, weil sie unbedingt ein paar Augenblicke für sich brauchte, um wieder ruhiger zu werden. Dabei vermied sie Hennys neugierigen Blick, zupfte kurz und vergeblich an ihrer Frisur herum, legte den Schal probeweise um, nahm ihn wieder ab, und kam schließlich ohne Teller herunter.

»Ach ja«, sagte Anna, als er sie unverwandt ansah, und spürte, wie das Blut ihr unaufhaltsam in die Wangen stieg. »Wo habe ich denn heute nur meinen Kopf? Eigentlich ist hier unten ja schon alles, was ich brauche!«

Phil musterte sie weiterhin schweigend, während sie ein paar kleine Stücke von diversen Tafeln abbrach und auf dem Teller drapierte.

»Ich hab dir zwei von jeder Sorte hingelegt«, sagte Anna. »Eins zum Genießen und eins zum Bestimmen. Damit du auch weißt, was du probiert hast. Die Reihenfolge auf dem Teller verrät dir meine persönlichen Favoriten.«

»*Thanks*. Hättest du auch noch ein Glas Wasser für mich, Anna?« Wieder dieses Aenna, das ihre Knie ganz weich werden ließ.

Sie brachte ihm das Gewünschte, während Henny immer größere Augen bekam.

»Wo hast du den denn her?«, flüsterte sie, als Anna an ihr vorbeilief.

»Aus Meißen. Und jetzt sei bitte so freundlich und halt deinen vorwitzigen Schnabel!«

Henny zog sich hinter den Tresen zurück, wo sie hingebungsvoll Gläser zu polieren begann, in denen man sich ohnehin schon spiegeln konnte.

Anna sortierte umständlich die Kinderschokoladen in den beiden Glastrommeln, ohne irgendetwas daran zu verändern, um bloß nicht die ganze Zeit zu Phil zu starren. Der schien ganz in seine Geschmacksprobe vertieft, begutachtete die Stückchen, roch daran, lutschte sie und machte sich anschließend auf einem kleinen Block Notizen.

Schließlich schaute er auf.

»Ein Erlebnis«, sagte er. »Danke für den Tipp. Die drei ersten finde ich am besten.«

Exakt Annas Geschmack. Sie lächelte. »Gute Wahl, würde ich sagen. Hier hast du die Liste, auf denen sie bereits angekreuzt sind, und Giannis Visitenkarte. Wenn du mit ihm Kontakt aufnimmst, dann sag ihm, dass du von mir kommst. Das wird alles einfacher machen. Und möglicherweise auch preiswerter. Allerdings wüsste ich noch gern deinen Nachnamen, wenn ich dich schon so nett weiterempfehle. Den hast du mir nämlich bislang vorenthalten.«

»Felipe Morán«, sagte er. »Aber das wird dir nicht viel sagen. Außerdem nennen mich alle seit Jahren Phil.«

Was meinte er damit? Sie fühlte sich immer unbehaglicher. Sein Blick ruhte auf ihr, so intensiv und nachdenklich, dass sie es kaum aushielt.

»Was starrst du mich denn die ganze Zeit so an?«, fragte sie. »Ich fühle mich ja fast wie in einer Prüfung.«

»Prüfung«, wiederholte er langsam, als finde er Gefallen an diesem Wort. »Ja, vielleicht trifft es das sogar in gewisser Weise. Ich muss mir über so einiges klar werden, Anna.«

Ihr Bauch begann langsam verrückt zu spielen. Sie verstand sein Verhalten einfach nicht. Warum war er so angespannt?

»Willst du mich weiter über Schokolade ausfragen? Dann sollte ich dich besser warnen. Das ist nämlich mein Spezialgebiet!«

Sie spürte selbst, wie der Scherz misslang. Jetzt wurde ihr noch mulmiger zumute.

Phil schüttelte den Kopf. »Wir müssen reden, Anna. Denn deine und meine Familie haben einiges gemeinsam.«

Es fühlte sich an wie ein Blitzgewitter im Hirn. Und nachdem die heftige Entladung vorüber war, hatten sich die fehlenden Puzzleteile deutlich verringert.

»Du fährst einen alten auberginefarbenen Citroën«, sagte sie zögernd.

»*Right.*«

»Diesen Wagen hattest du vor meinem Haus geparkt. Nachts. Vor ein paar Tagen.«

»Ich war sogar vor deiner Tür«, sagte er. »Aber ich konnte nicht klingeln.«

»Und weshalb?«

»Weil ich erst nachdenken musste. Aber ich habe die Villa lange von außen betrachtet – sehr imposant. Muss schön sein, darin zu leben.«

»Den Citroën habe ich sofort wiedererkannt. Er stand in der Nähe des Hauses, in dem jetzt Mama Sigi lebt, die Mutter meiner besten Freundin.«

»Frau Benasch kümmert sich um meine Großmutter. Und sie tut es sehr gut.«

»Dann ist also Elaine Corbeau, die mich so barsch hinausbeordert hat, deine Grandma ...«

Ein Tiername, hatte ihr Vater gesagt. Bedeutete Corbeau auf Deutsch nicht Rabe?

»Das ist richtig, aber noch lange nicht alles. Erst in Frankreich hat sie ihre Vornamen umgedreht. Ursprünglich getauft war sie auf Charlotte Helene Marie – Bornstein.«

Henny gab einen Laut von sich, der wie Schluchzen klang. Dann presste sie die Hand vor den Mund und rannte nach oben.

Anna konnte erst nach ein paar Augenblicken wieder sprechen. »Charlotte lebt?«, fragte sie. »Und auch noch hier, ganz in der Nähe? Wie lange schon?«

»Seit ein paar Jahren. Nachdem Marc, ihr Mann, gestorben war. Eigentlich war sie inzwischen ganz zur Französin geworden und hatte sich geschworen, Deutschland nie wieder zu betreten, nach allem, was man ihr hier angetan hatte. Doch die Sehnsucht nach der alten Heimat wurde immer stärker, je älter sie wurde. Nach langem Überlegen zogen sie und ihre jüngere Schwester schließlich zurück in die Nähe von Dresden – nach Meißen. Du weißt, wohin.«

Mehr und mehr begriff Anna, auch wenn das alles eigentlich gar nicht sein konnte. »Die Schwester«, wiederholte sie. »Natürlich, diese verblüffende Ähnlichkeit! Dann ist die andere Frau ...«

»Meine Großtante Lilli«, sagte er. »Verwitwete Rozier. Geborene Deuter.«

Anna ließ sich auf den nächsten Stuhl sinken. »Ich glaub, ich brauch jetzt erst mal einen doppelten Grappa«, flüsterte sie.

Fast im gleichen Moment hörte sie ihr Handy auf der Theke vibrieren und erhob sich mit wackligen Knien.

»Seit gestern Abend liege ich mit einer Sommergrippe im Bett«, sagte Hanka. »Und fühle mich lausig. Schlafen konnte ich die halbe Nacht nicht, weil ich ständig rausrennen musste, und so habe ich eben weiter in den alten Tagebuchaufzeichnungen gegraben. Du solltest so bald wie möglich vorbeikommen, Anna. Ich weiß jetzt nämlich, wie Charlotte Bornstein die Rosenvilla verloren hat.«

*

»Er ist Charlottes Enkel«, sagte Anna mit weißem Gesicht. »Und damit Emmas Urenkel. Das hat Phil mir vorhin eröffnet. Du hättest sein Gesicht dabei sehen sollen! Fast grünlich war es auf einmal. Seine Mutter hat es kurz vor dem Mauerbau in die USA verschlagen. Dort hat sie dann in San Francisco einen Mexikaner geheiratet. Und so ist er entstanden – Felipe Morán, genannt Phil. Kannst du dir das vorstellen? Ausgerechnet ihm muss ich in Meißen über den Weg laufen!«

»Doch eher über die Füße fallen, wenn ich deine Geschichte richtig verstanden habe«, sagte Hanka, nachdem Anna verstummt war. Sogar Libro hatte sich vom Fußende des Betts erhoben, weil es ihm zu laut geworden war, machte einen Katzenbuckel und verzog sich dann ins Wohnzimmer. »Ein bisschen was davon wusste ich übrigens schon, auch wenn du so geheimnisvoll getan hast.«

»Woher?«

»Mama Sigi hat mich angerufen. Dein gestriger Besuch im Haus ihrer alten Damen scheint eine Lawine ausgelöst zu haben. Sie haben ihr eine ganze Menge erzählt, so außer sich waren sie.«

»Sie hassen mich. Sie haben mich rausgeworfen, als sei ich eine Aussätzige. Aber ich habe ihnen doch gar nichts getan! Alles, was passiert ist, war lange vor meiner Geburt.«

Hanka stopfte sich das Kissen in den Rücken und richtete sich im Bett auf. »Du kennst das doch aus der Bibel«, sagte sie. »Über das siebente Glied, das noch immer die Schuld der Vorväter trägt. Kannst du dich nicht mehr daran erinnern?«

»Schon«, sagte Anna. »Aber was hat das mit mir zu tun?«

»Das muss ich dir doch nicht erst sagen! Du bewohnst die Rosenvilla, die einmal ihr Zuhause war. Jede dieser Frauen hat sie inniglich geliebt und an ihre Tochter weitergegeben. Bis eines Tages dein Großvater dazwischenfuhr. Kurt Kepler stammt nicht aus dieser Linie, Anna, sondern er kam von außen, hat seine junge Frau zutiefst unglücklich gemacht und sich dann auch noch der Villa bemächtigt. Was erwartest du denn von Charlotte und ihrer Schwester? Dass sie freudig Juhu schreien, weil jetzt eine Kepler alles besitzt?«

»Als ich die Villa geerbt habe, war sie in miserablem Zustand. Ohnehin hatte es endlos gedauert, bis mein Großvater sie nach der Wiedervereinigung zurückerstattet bekam. Ich musste mich hoch verschulden, um sie wieder instand zu setzen, habe jeden Cent investiert, den ich verdient habe, und über Jahre jede Minute Freizeit …« Sie klang auf einmal verzweifelt. »Woher hätte ich denn ahnen sollen, dass sie mir womöglich gar nicht zusteht?«

»Was aber, wenn sie ihm die Villa eigentlich gar nicht hätten rückerstatten dürfen? Sondern vielmehr die Familie deines Phil Anspruch darauf gehabt hätte?«

»Er ist nicht mein Phil«, fuhr Anna auf. »Und wird es, so wie die Dinge liegen, garantiert auch nie werden. Also hör bitte auf mit diesem Unsinn! Außerdem war juristisch alles sauber. Sonst wäre es doch niemals von offizieller Stelle aus so vollzogen worden.«

»Juristisch sauber? Das wurde, wenn ich mich recht erinnere, in unserem Land schon mehrmals von offizieller Stelle behauptet«, sagte Hanka lakonisch. »Um sich später dann eben doch ganz anders herauszustellen.« Sie griff nach der Teetasse neben dem Bett und trank einen Schluck. »Kamillentee«, sagte sie verächtlich. »Was für eine Scheußlichkeit! Ich hoffe nur, ich stecke dich nicht an, meine Liebe.«

»Willst du damit etwa andeuten, dass ich gar keinen Anspruch auf die Rosenvilla habe?« Anna war aufgesprungen. »Du bist mir vielleicht eine schöne Freundin!«

»Ja, das bin ich«, erwiderte Hanka ruhig. »Und jetzt mach dir einen Kaffee, setz dich drüben aufs Sofa und lies endlich! Der Kater erwartet dich bereits. Danach reden wir weiter.«

*

Dresden, August 1940

Das zweite Kriegsjahr bricht an – und der Wahnsinn geht weiter. Die deutschen Truppen scheinen unaufhaltsam zu sein. Halb Europa haben sie sich bereits einverleibt: Nach Österreich und der Tschechei nun auch Polen, Norwegen, Dänemark, Frankreich, Jugoslawien. Seit Neustem fliegen Nazi-Bomber über den Ärmelkanal, um auch noch England in die Knie zu zwingen. So viele Verwundete und Tote, die London schon zu beklagen hat – und seit Tagen kein Brief mehr von Max und Louise, der mich halbwegs beruhigen würde!

Immer wieder schaue ich auf die Zeichnung, die Lilli mir vor zwei Monaten geschickt hat: ein Mädchen mit dunklem Pagenkopf zwischen seinen Eltern, der Papa in einem bläulich schraffiertem Arztkittel, weil Weiß auf Weiß nicht zu sehen ist, wie sie altklug darunter geschrieben hat, die Mama in einem schönen roten Kleid. Alle stehen sie barfuß auf einer grünen Wiese, das Mädchen und der Papa mit je sechs Zehen am Fuß, die Mama exakt wiedergegeben mit fünf. Links im Bild schwebt in einem gelben Rüschenkleid eine Art Engel mit braunen Locken, der ebenfalls sechs Zehen hat.

»Das bist du, meine große Schwester«, steht darunter. »Ich hab dich so lieb. Pass gut auf dich auf!«

Manchmal wünsche ich mir meinen sechsten Zeh zurück. Dann möchte ich meine nackten Füße in die Welt strecken und laut schreien: »Seht her, das bin ich wirklich« – nicht die Tochter von Richard Bornstein, dieser Alkoholruine, sondern von Max Deuter, meinem Vater, den ich liebe und achte, obwohl ich ihn leider viel zu wenig kenne und von ihm getrennt leben muss.

Ich tue es nicht. Natürlich nicht.

»Mischling 1. Grades«, so würden sie mich sonst nennen – und die Schikanen mir gegenüber kein Ende nehmen.

Seitdem wir im Krieg sind, hat sich die Lage der Juden weiter dramatisch verschlechtert. So gut wie alles ist ihnen inzwischen untersagt, und die Verzweiflung unter der jüdischen Bevölkerung wächst unaufhaltsam. Bisweilen könnte ich ersticken an meiner Feigheit, Zeugnis über meine wahre Identität abzulegen, doch dann sage ich mir wieder, dass ich damit meiner Familie im Exil keinerlei Gefallen tun würde. Nazi-Bomber fliegen weiter … Jeden Tag, viele Nächte … Nazi-Piloten, die unsere Fabrik mit einer speziellen Schokolade ausgestattet hat, die sie möglichst lange durchhalten lässt …

Wie kann Kurt das nur mit seinem Gewissen vereinbaren? Ich hab ihn immer wieder danach gefragt, aber er weicht mir jedes Mal aus.

»Willst du lieber verhungern?«, ist alles, was ich darauf zu hören bekomme. »Wir haben Krieg, da gelten andere Regeln. Ich versuche, die Fabrik durch diese schwierigen Zeiten zu steuern wie ein Kapitän seinen Kahn durch stürmische See. Wenn ich die Bomberschokolade nicht produzieren lasse, dann tut es eben einer unserer Konkurrenten, und wir gehen pleite. Du warst niemals arm, Charlotte. Du hast keine Ahnung, wie das ist!«

Allein die Vorstellung, ich könnte Max oder Lilli bei einem dieser Angriffe verlieren, schnürt mir die Kehle zu, und in diesem Moment hasse ich den Mann, dem ich

355

mein Ja-Wort gegeben habe. Sogar Louise ist mir mittlerweile ans Herz gewachsen, weil sie so tapfer mit Mann und Kind den Neuanfang im fremden Land bewältigt. In meinen Briefen habe ich sie immer wieder beschworen, aufs Land zu ziehen, um der Gefahr aus dem Himmel zu entrinnen, aber sie haben in Soho eine kleine Wohnung gefunden, die sie sich leisten können. Außerdem wächst die Zahl der Patienten, die inzwischen zu Max kommen, weil seine Qualitäten als Zahnarzt sich immer mehr herumsprechen. Wäre also nicht diese scheußliche Angst vor den deutschen Bomben, könnte man fast sagen, die drei seien trotz Kriegsgetöse auf einem guten Weg – ganz im Gegensatz zu mir.

Mein seelischer Zustand ist desolat. Kurts anhaltende Gleichgültigkeit hat ein Wrack aus mir gemacht. Von dem jungen, hoffnungsfrohen Geschöpf, das ich einmal war, ist nach knapp zwei Ehejahren so gut wie nichts mehr übrig geblieben. Noch keine einundzwanzig – und schon resigniert und verbraucht! Nach Möglichkeit meide ich inzwischen jeden Spiegel, weil das fahle, traurige Gesicht, das mir daraus entgegenstiert, kaum zu ertragen ist. Einen hab ich schon zerschlagen und mich an den Scherben böse in die Hand geschnitten. Eine davon hebe ich auf, damit ich mich beim nächsten Mal nicht wieder so gehen lasse. Ja, doch, ich lasse mich gehen, auch wenn ich nicht gerade in einen Spiegel falle: vernachlässige mein Äußeres, ziehe an, was mir gerade in die Hände fällt, und bin bei Gesellschaften, die ich ab und zu leider über mich ergehen lassen muss, stumm wie ein Fisch. Ich weiß, dass die Leute längst hinter unserem Rücken tuscheln, wie der eloquente, äußerst erfolgreiche Kurt Kepler, der die Zeichen der Zeit erkannt hat und zu seinen Gunsten zu nutzen weiß, mit solch einem reizlosen, dumpfen Weib geschlagen sei. Es muss ihr Geld sein, das ihn an sie fesselt, zischeln sie, die Fabrik, die Rosenvilla, sonst hätte er sich sicherlich längst eine andere Gefährtin gesucht.

Ist Kurt vielleicht tatsächlich gerade dabei?

Bei einem meiner seltenen Besuchen in der Fabrik, die ich kaum noch betrete, seitdem ich weiß, was dort jetzt produziert wird, bin ich ihr begegnet: Alma Winter, seine neue Sekretärin, schmal und dunkelhaarig, sehr apart, ein wenig wie die überzarten Schiele-Frauen, die jetzt als entartete Kunst gelten und doch so überaus anziehend auf Männer wirken. Ein paar Jahre älter als ich, ungefähr Mitte zwanzig, wie ich herausbekommen habe, und dennoch mehr Mädchen, als ich es jemals war.

Wie sie ihn anhimmelt! Wie sie die Augen mit den akkurat getuschten Wimpern niederschlägt, wenn er etwas sagt oder nur nach der Teetasse greift! Von dieser Frau hätte Kurt garantiert niemals Widerworte oder Vorwürfe zu befürchten, wie er sie von mir nur allzu oft zu hören bekommt …

»Charlotte?«

Sie schob das Tagebuch unter den alten Rosenschal, den sie gestern seit langer Zeit wieder einmal getragen hatte, und starrte ihn an. Seit jener unseligen Hochzeitsnacht hatte er ihr Schlafzimmer nicht mehr betreten. »Was willst du hier?«, fragte sie. »Mich besuchen?« Sie lachte schrill. »Soll ich diesen Tag für die Nachwelt im Kalender mit einem goldenen Kringel markieren?«

»Ich hatte das Mädchen schon vor einer Stunde gebeten, dir Bescheid zu geben, dass ich dich sprechen möchte. Aber du hast nicht reagiert. Deshalb bin ich hier.«

Wie gut er aussah, in seinem grauen Anzug, dem blütenweißen Hemd, der gestreiften Krawatte in dezenten Silbertönen und den handgenähten schwarzen Schnürschuhen! Sein störrisches Fuchshaar, das er seit einiger Zeit kurz geschoren trug, begann immer noch nicht grau zu werden. Ja, der Reichtum stand ihm! Sobald Richard Bornstein sich endgültig zu Tode gesoffen hätte, was laut Auskunft der behandelnden Ärzte nicht mehr lange dauern konnte, würde ihm auch die Fabrik gehören, denn in ihrer blinden Verliebtheit und dem unbedingten Wunsch, Max und Lilli zu retten, hatte sie keinen Ehevertrag abgeschlossen.

»Wir sollten uns zusammentun, du und ich«, hatte er einmal zu ihr gesagt und sie dabei angesehen, dass ihr ganz anders zumute geworden war. Obwohl das erst zwei Jahre zurücklag, kam es Charlotte vor, als sei es in einem anderen Leben gewesen. »Wer weiß, was daraus eines Tages noch entstehen könnte …«

Wie sehr hatten diese Worte sie damals aufgewühlt und gleichzeitig froh gestimmt! Eine glänzende gemeinsame Zukunft hatte sie sich ausgemalt, und was war stattdessen geschehen? Nichts als Kummer, Schmerz und Enttäuschung hatte diese Ehe ihr eingebracht. Niemals hatte sie sich einsamer gefühlt als an Kurt Keplers Seite, der den Ehemann nur nach außen vorgab, ihr aber keiner war. Der Zorn überrollte Charlotte wie eine riesige heiße Welle, und plötzlich wusste sie, dass ein Punkt überschritten war, an dem es kein Zurück mehr gab.

»Ich habe die Nase gründlich voll«, sagte sie. »Von dir. Von dieser Ehe. Von dem ganzen elenden Theater. Wenn das so weiterläuft, gehe ich noch vor die Hunde. Aber diesen Gefallen werde ich dir nicht erweisen!«

»*Du* wolltest mich heiraten«, sagte Kurt gelassen. »Wenn ich dich freundlicherweise daran erinnern darf. Der Vorschlag kam von dir.«

Schlagen hätte sie ihn können, mitten hinein in dieses ruhige, lächelnde, entspannte Gesicht, doch diese Blöße würde sie ihm nicht gönnen. »Verschwinde!«, sagte sie. »Und zwar schnell. Ja, wir reden, aber nicht hier!

»Umso besser. Du findest mich im Herrenzimmer«, sagte er. »Aber beeil dich bitte. Wir erwarten gegen Mittag eine Regierungsabordnung, die die neuen Maschinen besichtigen will. Da muss ich unbedingt dabei sein.«

Sie riss sich den Bademantel vom Leib, rannte unter die Dusche, trocknete sich ab und lief zurück zum Kleiderschrank. Drei, vier, fünf Kleider flogen auf das Bett, bis sie endlich wieder zur Besinnung kam. Was tat sie hier eigentlich? Kurt war ihr Ehemann. Und er hatte sie keinen einzigen Tag verdient!

Charlotte nahm das kornblumenblaue Sommerkleid, das obenauf lag, schloss den Reißverschluss und schlang sich schon halb im Hinausgehen noch die lange Perlenschnur ihrer Großmutter um, die sie niemals gekannt hatte. Dann lief sie den langen Flur entlang, straffte die Schultern und ging hinein.

Kurt saß am Schreibtisch ihres Vaters, der augenblicklich in der Klinik lag, wie so oft im vergangenen Jahr, da neben Leber und Milz nun auch sein Pankreas kurz davor war, den Dienst aufzukündigen. Natürlich *durfte* er hier sitzen, im einzigen Arbeitszimmer der Rosenvilla – und doch störte es sie enorm.

Er schien zu spüren, was in ihr vorging, erhob sich und ging zur Couch, auf der er sich niederließ.

»Du bist erregt«, begann er, »da sagt man manchmal Dinge, die man sich nicht gut überlegt hat. Ich schlage vor, wir beginnen einfach noch einmal ganz von vorn. Als hätte es diese unschöne Szene eben gar nicht gegeben.«

»Nein, das werden wir nicht.« Sie setzte sich nicht, sondern blieb steifbeinig in einiger Entfernung stehen. »Ganz im Gegenteil, Kurt. Wir beenden diese Farce. Je eher, je besser!«

»Du willst die Scheidung?« Er klang immer noch erstaunlich ruhig, nur seine Stimme war eine Spur höher geworden. »Das allerdings könnte sich sehr ungünstig für *Klüger-Schokolade* auswirken.«

»Wieso? An der Leitung der Fabrik bin ich nicht interessiert, zumal jetzt, wo ihr Rauschgift in Schokolade mischt, damit Soldaten andere Soldaten und Zivilisten besser töten können. Das überlasse ich gern einem Ehrenmann wie dir!«

Sein linker Mundwinkel begann zu zucken.

Ja, dachte sie voller Genugtuung. *Du hast eben doch Gefühle, auch wenn du sie vor mir verbirgst und mich wie eine Idiotin dastehen lässt. Und jetzt will ich sehen, ob noch echtes Blut in deinen Adern fließt oder nur eiskaltes grünes Drachenwasser!*

»Du lebst ganz gut davon, Charlotte.« Seine Geste umschloss den Raum, aber sie wusste genau, dass er *alles* damit meine: die Villa, den Garten, die Rosen, die in diesem Sommer besonders verschwenderisch blühten. »Ohne mich …«

»… hätte ich längst einen gesunden jungen Mann gefunden, der mich liebt und ehrt. Und keinen perversen alten Fiesling wie dich!«

Ihre Worte hatten ihn getroffen. Sein Ausdruck veränderte sich.

»Ich wusste nicht, dass du so über mich denkst«, sagte er. »In diesem Fall sollten wir tatsächlich Klarheit schaffen. Ich habe dich im Übrigen niemals über meine Absichten getäuscht, Charlotte. Ich mag dich. Sehr sogar. Ich bewundere dich und achte dich seit jeher. Daran hat sich bis heute nichts geändert.« Er kam auf sie zu und berührte sanft die weißliche Narbe über der Braue.

»Was fällt dir ein!« Sie schlug nach seiner Hand, als das Telefon klingelte.

»Du entschuldigst mich einen Augenblick?« Kurt ging zum Schreibtisch, um abzuheben.

»Ja«, hörte sie ihn sagen. »Wann? Verstehe. Und ist er denn wenigstens einigermaßen friedlich …

Charlotte musste nicht länger zuhören, um zu wissen, was geschehen war. »Er lebt nicht mehr«, flüsterte sie, während ihre Hand sich so fest in die Perlenschnur krallte, bis sie riss. *Perlen bedeuten Tränen*, das kam ihr plötzlich in den Sinn, und zu ihrer eigenen Überraschung wurden ihre Augen feucht. »Richard Bornstein ist tot.«

*

Dresden, September 1940

Der Tod des Mannes, den ich jahrelang für meinen Vater gehalten habe, hat alles verändert. Warum hat er nicht noch ein paar Monate länger leben können, wenigstens bis zu meinem 21. Geburtstag? Darüber trauere ich, nicht über seinen Verlust, obwohl es ein paar wenige Erinnerungen aus früher Kindheit gibt, wo er halbwegs nett zu mir war. Doch das Gefühl der Fremdheit, das ich ihm gegenüber stets empfunden habe, ist mindestens ebenso alt. Die Nähe und Vertrautheit, die mich mit meiner Mutter verbanden, habe ich mit ihm niemals erlebt, und seit der Ohrfeige war es gänzlich verschwunden.

Wir sind nun reich, besitzen eine Fabrik, Aktien, Goldbarren und die Rosenvilla – das heißt, Kurt besitzt es in meinem Namen, denn er ist mein Vormund, bis ich 21 bin. Für ihn hätte es nicht besser ausgehen können, das sehe ich an seinem Gesicht, obwohl er eine ernste, tragende Miene aufsetzt, solange Personal oder Angestellte in der Nähe sind.

Doch ich weiß, dass er nachts heimlich durch den Garten streift und pfeift, obwohl Richard Bornstein noch nicht lange in seinem Grab liegt. Ich beobachte ihn, wie er Gegenstände im Haus in die Hand nimmt, liebevoll berührt und wieder zurücklegt, als wollte er sie damit endgültig in Besitz nehmen.

Was hat er vor?

Ich spüre doch genau, dass etwas in ihm arbeitet, etwas, das ihn oftmals mitten im Satz abbrechen und nach draußen in den Garten starren lässt. Etwas, das ihn so beschäftigt, dass er

sogar den gesunden Appetit verloren hat, mit dem er sich
vor mir stets gebrüstet hat.

Ich wappne mich innerlich gegen dieses »Etwas«, das mich
einschüchtert und mir Angst macht, weil ich ganz genau
weiß, dass es gegen mich gerichtet sein wird.

Mehr denn je vermisse ich in diesen Tagen meine Mutter,
die mit ihrem Witz, ihrer Leichtigkeit, ihrem schnellen,
sprühenden Verstand sicherlich die passenden Worte gefunden hätte, um ihn in die Enge zu treiben.

Und ich vermisse Max, den Vater, den ich niemals haben
durfte – bis auf ein paar kurze Begegnungen. Warum haben
er und meine Mutter es nicht zusammen gewagt? Waren sie
zu feige, zu eigenwillig, zu wenig ineinander verliebt, obwohl sie ein gemeinsames Kind gezeugt haben? In meinen
Augen hätten sie so gut zusammengepasst!

Doch dafür ist es jetzt zu spät. Wenigstens sind meine drei
in London noch am Leben, das tröstet mich, und herrschte
kein Krieg, ich flöge auf der Stelle zu ihnen. So aber bin ich
an dieses verhasste Deutschland gefesselt, an einen Mann,
der mich flieht, an die Trauer an einen angeblichen Vater,
der mir nie viel bedeutet hat.

Ob er wusste, dass ich nicht sein Fleisch und Blut war?
Er hat meine Milchzähne aufbewahrt und die hellblonden
Babyhärchen, die ich nach Mamas Tod in ihren Sachen
gefunden habe. Er hat mir das Eiserne Kreuz gezeigt, das
man ihm im letzten Krieg verliehen hat, und die Armeepistole, mit der Frieda und ich manchmal heimlich Sheriff
und Indianer gespielt haben, als wir beide noch klein waren.
Als ich acht war, hat er mir eine Mundharmonika geschenkt
und kaum geschimpft, als ich schlecht in der Schule wurde

und mein Heft nur noch eine einzige Seite enthielt, weil ich
all die anderen mit den bösen Noten einfach rausgerissen
hatte.

Mit einigem guten Willen wäre er wohl gar kein so schlechter Vater gewesen ...

»Charlotte?« Dieses Mal überschritt er ihre Schwelle
nicht. Immerhin.

Sie versteckte das Tagebuch und ging zur Tür. »Was
willst du?«

»Wir müssen reden. Ich bin in meinem Arbeitszimmer.« Er hatte Arbeitszimmer gesagt und *mein*, nicht
Herrenzimmer, das fiel ihr sofort auf.

Wie er dasaß, als sie eintrat, gewichtig, fast breit, obwohl er doch in den letzten Monaten einiges abgenommen hatte, die Unterarme fest auf die Lederablage gestützt. In der kurzen Zeit seit Richards Tod war hier schon
einiges verändert worden. Die klobigen Sessel und der zu
niedrige Beistelltisch waren verschwunden, ebenso wie der
alte Perser. Stattdessen lag ein heller Teppich auf dem
Parkett, gegenüber vom Fenster stand ein Konferenztisch
aus Buchenholz, umgeben von hochlehnigen blauen Stühlen, auf denen man unwillkürlich gerade sitzen und Haltung annehmen musste.

»Du bist mit der Aufhebung unserer Ehe also einverstanden«, sagte er, als sie auf dem Hocker vor dem Schreibtisch Platz genommen hatte, der jeden unweigerlich in die
schlechtere Position brachte.

Sie war zuerst überrascht darüber gewesen, da sie ausschließlich an Scheidung gedacht hatte. Doch bei länge-

364

rem Nachdenken leuchtete ihr diese Variante der Trennung durchaus ein.

»Notar König hat mir alles erklärt«, sagte Charlotte. »Er meint, das würde mir den Neuanfang leichter machen. Allerdings weiß jeder in Dresden, dass wir verheiratet waren.«

»Ach …« Kurt zog an seiner Zigarette. »Die Menschen vergessen schnell. Besonders in diesen turbulenten Zeiten! Du bist jung, schön und wohlhabend. Viele Männer werden dich zur Frau haben wollen. Sehr viele!«

Aber nicht du, dachte sie trotz allem. *Warum nicht du?*

»Ich leite als Geschäftsführer weiterhin die Fabrik, wie ich es als dein Ehemann bisher getan habe«, fuhr er fort. »Die Gewinne werden vertragsgemäß auf ein Treuhandkonto überwiesen, von dem aus du deine Apanage erhältst – solange das Geschäft noch so weiterläuft.«

»Du meinst, wenn erst einmal alles endgültig zerstört ist, werden die Piloten auch keine Aufputschschokolade mehr brauchen?«, fragte sie. »Dann musst du dich um neue Märkte umsehen, armer Kurt!«

»Zynismus steht dir nicht«, erwiderte er ernst. »Ich mochte sehr viel lieber den Enthusiasmus, mit dem du damals die Rettung deiner jüdischen Familie betrieben hast. Derzeit sind sie in England in Sicherheit. Aber wer weiß, wie lange noch. Für die Juden hier im Land sieht es allerdings wesentlich übler aus.«

Sie brauchte ein paar Sekunden, um zu verstehen. Er drohte ihr. Unmissverständlich. Das hatte er noch nie zuvor getan.

Weshalb gerade jetzt?

»Ich habe nicht vor, dein Vertrauen zu missbrauchen, Charlotte, aber ich will die Rosenvilla. Du wirst sie mir überschreiben. Als offizielle, notariell beglaubigte Schenkung. Ist das vollzogen, willige ich in die Aufhebung unserer Ehe ein – und du bist ledig und frei.«

»Die Rosenvilla? Hast du den Verstand verloren?«

Kurt schob den schwarzen Lehnstuhl zurück, stand auf und öffnete die Balkontür. »Ich könnte sie mir auch einfach nehmen«, sagte er. »Als dein Ehemann und Vormund hätte ich jedes Recht dazu. Und das bereits, ohne die wahren Umstände deiner Abstammung aufzudecken. Aber daran liegt mir nichts. Ich möchte sie aus deiner Hand – der Hand einer Klüger, auch wenn auf deinem Taufschein Charlotte Helene Marie Bornstein steht. Seitdem ich sieben Jahre alt war, habe ich davon geträumt, dass das alles hier eines Tages mir gehören wird.« Er schaute hinaus in den nächtlichen Garten. »Noch bevor ich als kleiner Konditorlehrling anlässlich einer glanzvollen Soiree unten im Speisesaal Torten für euch schleppen musste.«

»Du willst mir mein Zuhause wegnehmen?« Tränen standen in ihren Augen. »Um deine Alma hier anzusiedeln, denn nichts anderes hast du doch seit Langem schon vor. Und wo soll ich dann hin?«

»Nach Lockwitz zum Beispiel«, sagte er ungerührt. »In das Stammhaus der Bornsteins. Oder wo immer du hinwillst. Du hast Vermögen, Charlotte. Du kannst dir ein neues Haus kaufen. Als dein Vormund werde ich dir dabei keine Steine in den Weg legen.«

»Was bedeutet dir denn diese Villa? *Meine* Vorfahren

haben hier gelebt – nicht deine. Du bist ein Fremder, Kurt. Du hast nichts bei uns verloren!«

Er war leichenblass geworden, und sein markantes Kinn trat noch deutlicher hervor als sonst.

»Da täuschst du dich ganz gewaltig, liebes Kind«, sagte er heiser. »Ich habe ein Anrecht auf dieses Haus – mehr als jeder andere Mensch auf der Welt!«

*

Dresden, Oktober 1940

Morgen früh muss ich die Rosenvilla verlassen. Ich bin nicht länger Charlotte Kepler, sondern heiße wieder Bornstein, ein Name, der mir so lästig ist wie ein altes Kleidungsstück, das nicht mehr richtig passen will. Seit Tagen habe ich alles zusammengetragen, was ich mitnehmen will, Mamas alte Sachen gepackt, sogar in Großmamas Fundus gestöbert, um nichts zurückzulassen, was mir wichtig ist. Nur den alten Rosenschal, den ich so liebe, kann ich nirgendwo entdecken. Ich muss ihn irgendwo vergessen haben, ein schmerzlicher Gedanke, der jedoch nicht zu ändern ist.

Ich trage Helenes Mondsteine, die mir Glück bringen sollen. Die kostbaren Juwelen meiner Großmutter habe ich für schlechte Zeiten in einen Mantelsaum eingenäht. Doch einiges von ihrem Schmuck lasse ich zurück. Er gehört zur Rosenvilla, zu den Leben, die hier geführt wurden, den Freuden und Tragödien, die sich in diesem Haus abgespielt haben.

Notar König hat mir ein altes Bankschließfach besorgt,

»haltbar auch in Kriegs- und Krisenzeiten«, wie er gesagt hat. Natürlich hat er keine Ahnung, was ich damit anfangen will, und das ist gut so.

Jetzt knie ich im Wohnzimmer und packe alles hinein, hastig, denn Kurt wird bald aus der Fabrik zurück sein, und dann darf nichts mehr mein Tun verraten:

Den goldenen Schlangenarmreif, der Mama so gut gestanden hat.

Die zerrissene Perlenschnur.

Eine Locke von ihrem roten Haar.

Den Umschlag mit meinen hellen Babyhärchen.

Das Seidensäckchen mit meinen Milchzähnen.

Richards Armeepistole mit ein paar uralten Patronen.

Die Spiegelscherbe, die mich an meine eigene Dummheit erinnert.

Ein Paar Manschettenknöpfe aus Onyx, die ich wenige Male an Richard gesehen habe.

Sein Eisernes Kreuz vom letzten Krieg.

Die verbeulte Mundharmonika, auf der ich jahrelang nicht mehr gespielt habe.

Mein Schulheft mit der einen verbliebenen Seite.

Ein Bündel Briefe mit blauem Band, das ich erst heute in einer Art Geheimfach in Mamas altem Schrank entdeckt habe. Sicher Liebesbriefe, da ohne Absender, und garantiert nicht von Richard Bornstein verfasst. Nur zögernd lege ich sie dazu, weil es mir wie ein Sakrileg erschiene, sie zu lesen.

Die Fotografie einer mir gänzlich unbekannten Frau, die ich in einem Umschlag zwischen den Tagebüchern meiner Großmutter gefunden habe. Mathilde Kepler steht auf der Rückseite. Konditorsgattin.

Eine Verwandte von Kurt? Seine Mutter, von der er kaum gesprochen hat? Aber wie kam diese Fotografie dann in Helenes Sachen? Haben die beiden sich gekannt? Und wenn ja – woher? Und warum hatte sie sie aufbewahrt?

Leider hatte ich niemals Gelegenheit, meine Großmutter kennenzulernen, um sie das und so vieles andere zu fragen. Aber offenbar war sie mir ähnlicher, als ich bisher ahnen konnte. Denn, und das ist die Überraschung, die mich bis jetzt stark bewegt: Wir alle haben unsere Gefühle und Gedanken in freudigen und schlimmen Zeiten zu Papier gebracht – Helene, Emma und auch ich.

Ich habe all die alten Tagebücher entzweigerissen, damit sie nicht in falsche Hände fallen, und wollte sie zuerst sogar verbrennen, doch als die ersten Seiten im Kamin schwarz wurden, erkannte ich die Sinnlosigkeit meines Tuns und zerrte heraus, was noch zu retten war. Inzwischen weiß ich, dass ich sie von diesem Ort nicht entfernen darf. Hierher gehören sie und nirgendwo sonst, in *unser* Zuhause, das es immer bleiben wird, mag Kurt Kepler behaupten, was er will.

Ich streiche seinen Namen für alle Zeiten aus meinem Herzen. Es hat ihn nie gegeben, ebenso wenig wie unsere Ehe, die niemals existiert hat.

Als Letztes kommt die Blechbüchse mit den Rosensamen in die Schatulle, die ich danach sorgfältig verschließe, damit Wetter und Zeit dem Inhalt nichts anhaben können. Wer immer diesen Schatz heben wird, den ich nun sorgfältig unter den geliebten Stauden vergrabe, soll wissen, wem er zusteht: den Frauen der Rosenvilla …

16

Was sollte sie jetzt tun?

Die halbe Nacht hatte Anna zwischen Wut und schlechtem Gewissen geschwankt. Wie konnte der geliebte Großvater ihr das antun – seiner einzigen Enkelin Haus und Grund zu vererben, die er auf solche Weise an sich gebracht hatte! Mit einem Mal war die ganze Freude verflogen, die Anna stets beim Anblick der Rosenvilla empfunden hatte, auch damals schon, als alles noch baufällig und heruntergekommen gewesen war. Sie erinnerte sich genau, wie sie ihre heiße Kinderhand in seine geschmiegt und was sie aufgeregt zu ihm gesagt hatte.

»Ist das ein Schloss, Opa Kuku?«

Hatte er gelacht? Ausgerechnet das wusste sie nicht mehr.

»Nein, Anna«, hatte seine Antwort gelautet. »Das ist das Haus deiner Vorfahren. Und jetzt, da der Albtraum endlich vorüber ist, holen wir es uns wieder zurück! Du sollst einmal hier leben, mein Mädchen. Dieser Traum hat mich all die Jahre aufrecht gehalten, so tief sie mich auch in die Knie zwingen wollten.«

Der Albtraum …

Diese Worte kreisten in ihrem Kopf. Hatte er den Nationalsozialismus damit gemeint, seine Zeit im Zuchthaus, von der sie inzwischen wusste, oder die Jahre von SBZ und anschließender DDR? Sie fand keine schlüssige Antwort. Kurt Kepler hatte es stets verstanden, mysteriös zu bleiben, da musste sie Henny beipflichten, erst recht, nachdem sie nun auch die alten Tagebuchaufzeichnungen kannte.

Ein Mann mit verschiedenen Gesichtern, dachte Anna, als sie im Morgengrauen aufstand und sich mit einer großen Tasse heißer Schokolade auf die Wohnzimmercouch verzog, weil an Schlaf ohnehin nicht mehr zu denken war. *Jemand, der Juden rettete und gleichzeitig Bomberschokolade herstellte, jemand, der seine junge Frau halb in den Wahnsinn getrieben hat, obwohl ich ihn zeitlebens nur als höflich und galant gekannt habe.* Der römische Gott Janus mit den zwei Gesichtern war ein Anfänger gegen ihn!

Sie trank in langsamen, winzigen Schlucken, die ihr guttaten, wenngleich das Chaos in Kopf und Herz weiterhin anhielt.

Was glaubte dieser Felipe Morán eigentlich?

Dass sie alles über Bord werfen würde, woran sie bisher geglaubt hatte, und ihren hart eroberten Besitz mit einem Lächeln zurück in die Hände seiner Großmutter legen würde?

Das hat er nicht verlangt, meldete sich eine vernünftige innere Stimme, die Anna rasch wieder zum Schweigen brachte. *Warum macht er mir dann solche Schuldgefühle?,* hielt sie wütend dagegen. *Hätte ich diese unselige Schatulle doch niemals unter den Rosen gefunden!* Aus einem jähen Impuls trug sie sie nach nebenan ins Esszimmer und legte sie auf einen der Stühle, doch auch das half ihr nicht weiter. Es gab kein Zurück mehr, keine Flucht in ein seliges Nicht-Wissen. Die Fakten lagen auf dem Tisch, auch wenn Anna nach dem, was vorgefallen war, gründlich die Lust vergangen war, weiter in den alten Blättern zu stöbern.

»Das ist jetzt der Rest«, hatte Hanka mit seltsamer Miene gesagt. »Eigentlich fast schade. Inzwischen sind mir die Schreiberinnen so nah, dass ich fast das Gefühl habe, ich sei mit ihnen verwandt. Sie werden mir fehlen, deine Frauen der Rosenvilla! Zum Glück ist die netteste von ihnen ja meine beste Freundin. Das tröstet mich ein wenig.«

Anna starrte hinaus in den Regen, der den Großen Garten fast tropisch aussehen ließ, wenngleich die passende Temperatur leider fehlte. Viele Flüsse in Tschechien und Ostdeutschland führten bereits übermäßig viel Wasser, darunter auch die Elbe, für die in Dresden Alarmstufe drei ausgegeben worden war. Das Blaue Wunder war schon aus Statikgründen für den Autoverkehr gesperrt; nur Fußgänger und Radfahrer durften den Übergang noch benutzen. Zum Glück war heute Samstag und damit schulfrei. Aber man hatte angekündigt, dass, sollte es in diesem Ausmaß weiterregnen, montags in elbnahen Regionen der Unterricht ausfallen müsse.

Ihre Tasse war leer, und sie schlurfte in Pantoffeln in die Küche, um sich eine zweite zuzubereiten. Schokolade geht immer, in allen Lebenslagen, das hatte der Großvater ihr schon als Kind eingeschärft. Aber sie muss edel sein, so rein wie möglich, ohne Schnickschnack, der den Geschmack verdirbt. Ohne Opa Kuku hätte sie sicherlich niemals diesen Weg beschritten. Ohne ihn würde sie aber auch nicht in diesem Schlamassel stecken, aus dem sie im Moment keinen Ausweg wusste.

Was tun? Phil anrufen und ihn am Telefon zusammen-brüllen?

Mit welchem Recht? Seine Großmutter Charlotte war es doch gewesen, die ihr Zuhause vor mehr als siebzig Jahren durch Kurt Keplers Machenschaften verloren hatte!

Und trotzdem: Sosehr Anna alles auch drehte und wendete, irgendetwas stimmte nicht an der Geschichte. Offensichtlich hatte sich ihr Großvater an Wohlstand und Macht erfreut. Und er war nicht davor zurückgeschreckt, beides durch Bomberschokolade zu erringen, die vielen Menschen Elend und Tod gebracht hatte. Doch was ge-nau hatte ihn dazu bewogen, seinen Rachefeldzug an der Familie Bornstein zu vollziehen?

Es musste etwas sein, das in seiner Biografie lag. Etwas, das sie bislang übersehen oder als zu unwichtig erachtet hatte. Etwas, das wahrscheinlich nicht einmal ihr Vater wusste, der in seiner eingefleischten Abneigung gegen sei-nen Erzeuger ohnehin mit Scheuklappen durch die Welt lief. Aber hatte Fritz vielleicht genau so werden müssen, weil sein Vater für ihn niemals richtig zu greifen gewesen war?

Was bedeutete das für sie selbst? Auf einmal fühlte sie sich bedrückt, fast mutlos.

War auch sie bindungsscheu, weil ihr so viele Halb-wahrheiten und Lügen aus früheren Zeiten den Weg zum Glück verbauten? Würde sie deshalb einsam und weiter-hin kinderlos bleiben? Es gab nur eins, was sie jetzt tun konnte: Sie musste abermals in die vergangenen Welten eintauchen.

*

Dresden, Juli 1928

Kann man in Vergessen und Lüge ein glückliches Leben führen? Wie fest war ich dazu entschlossen gewesen — und wie kläglich bin ich daran gescheitert!
Ich bin Max wiederbegegnet, anlässlich der Aufführung einer Premiere in der Semperoper, bei der ich meinen verehrten Richard Strauss kaum wiedererkannt habe, als so seicht empfand ich die Musik, und so dünn kam mir Hofmannsthals Libretto vor. Die Dresdner freilich waren vom Werk »Die ägyptische Helena« begeistert, klatschten und trampelten, und auch Charlotte auf dem Sitz neben mir hatte vor Freude und Aufregung rosige Wangen bekommen. Ihr erster Opernabend — und keine Kinderaufführung wie »Hänsel und Gretel«, zu der schon einige Klassenkameradinnen hatten gehen dürfen, sondern etwas Echtes, Richtiges, etwas für Erwachsene!
»Ich könnte sterben vor Glück, Mama«, murmelte sie immer wieder, ihre heiße Hand fest in meine geschmiegt. »So wunderschön habe ich mir das alles gar nicht vorgestellt!«
Wie hübsch sie aussah in ihrem gesmokten Kleid aus himmelblauer Seide, das den zart olivfarbenen Teint besonders gut zur Geltung brachte, den Lackschuhen, vorsichtshalber eine Nummer größer gekauft, damit sie an ihren empfindlichen Zehen nicht scheuerten, und den Stöpsellocken, in die wir ihre Haare mittels unzähliger Papierpapilloten heute verwandelt hatten! Ich hatte sie ihr seit Papas Tod nicht mehr abschneiden lassen, der mehr als zwei Jahre zurückliegt, und inzwischen hat sie eine richtige Mähne bekommen, die sie über alles liebt. Richard findet es schrecklich und kommt

ständig mit biederen Frisurvorschlägen daher, doch mein
wildes, kluges, hinreißendes Mädchen, das ich dem Schicksal
abgetrotzt habe, und ich, wir haben nur darüber gelacht.
Und dann stand das Schicksal plötzlich wieder leibhaftig
vor mir. Es gab keinerlei Fluchtmöglichkeit. Charlotte und ich
waren in der Pause direkt auf ihn zugesteuert – und auf
Lou. Beide hielten ein Sektglas in der Hand, beide rauchten,
was mich nicht verwunderte, und in diesem Moment
wünschte auch ich mir sehnlichst einen Glimmstängel in der
Hand, an dem ich mich hätte festhalten können. Stattdessen
blieben mir nur die geraden Schultern meiner Tochter, die
mich sicherlich in wenigen Jahren überragen würde.
»Das ist dein Kind, Emma?«, fragte er, und sein Gesicht
verwandelte sich in eine nackte Wunde. »Wie groß sie geworden ist!«
»Charlotte Bornstein«, antwortete sie statt meiner. »Das ist
mein Name. Sie kennen mich? Aber ich kenne Sie nicht!«
»Das glaube ich gern, dass du dich daran nicht erinnern
kannst«. Max ergriff sofort den rettenden Strohhalm. »Du
warst noch sehr klein, gerade mal ein Jahr alt. Mir verdankst
du übrigens diese hübsche Narbe über deiner Braue.«
Er streckte die Hand aus und berührte sie sanft.
Charlotte, die es sonst nicht ausstehen konnte, wenn fremde
Menschen sie anfassten, hielt ganz still. Wie damals, dachte
ich unwillkürlich, nach dem Unfall, als sie zum ersten Mal
in deinen Armen lag!
»Dann haben Sie mich aus dem Kinderwagen geworfen?«,
fragte sie nach einer kleinen Weile. »Waren Sie denn wütend
auf mich?«
Sein befreites Lachen nahm der Situation die Spannung.

»Ganz und gar nicht. Ich habe die Wunde nur genäht, so gut ich konnte«, sagte er. »Nicht ganz mein Fachgebiet, wie ich allerdings einräumen muss. Ich bin nämlich Zahnarzt und kein Chirurg. Aber damals wart ihr zufällig ganz in der Nähe, und so habe ich dir geholfen.«

Ich hörte, wie Lou ausatmete, und fasste sie scharf ins Auge. Raffiniert geschminkt war sie, nobel angezogen mit einem eng anliegenden schwarzen Kleid. Ihre Nägel waren blutrot lackiert. Mondän wirkte sie — und irgendwie traurig.

»Es tut mir leid, Emma«, sagte sie leise. »Das wollte ich dir schon ganz lange sagen. So hättest du es niemals erfahren dürfen.« Ich setzte gerade zu einer Antwort an, da redete sie schon weiter. »Nimm es einfach als eine Art Ausgleich des Lebens. Oder als himmlische Gerechtigkeit, ganz wie du willst. Ja, ich habe jetzt vielleicht, was du dir immer ge- wünscht hast, doch etwas anderes, das dir geschenkt wurde, bleibt mir verwehrt. Drei Fehlgeburten in sechs Jahren. Wir haben die Hoffnung inzwischen aufgegeben.«

Ich muss gestehen, dass ich es ihr für ein paar Augenblicke von Herzen gegönnt habe. Doch als mein Blick wieder auf Max fiel, der sich lebhaft mit Charlotte unterhielt, fiel mein billiger Triumph wie eine Fieberblase in sich zusammen. Sein Gesicht schien von innen zu leuchten, er gestikulierte tempe- ramentvoll und wirkte überglücklich. Was für eine Ver- schwendung, wenn dieser Mann kein Vater sein konnte! Charlottes Augen hingen unverwandt an ihm, sie lachte, tippelte von einem Fuß auf den anderen und strich sich dabei das Haar aus der Stirn, wie sie es immer tat, wenn sie beson- ders aufgeregt war. Dass die beiden sich auf Anhieb mochten, war unübersehbar. Ich hatte sie bis jetzt von ihm ferngehalten, um ihn für seinen Verrat zu bestrafen und mich vor meinen Gefühlen zu schützen, aber besaß ich überhaupt das Recht dazu? Hatte nicht ich Max hintergangen und dazu benutzt, um mir vom Glück ein großes Stück zu stehlen?

»... musst mich ganz bald einmal besuchen kommen«, hörte ich ihn noch sagen, als die Klingel ertönte, die das Ende der Pause anzeigte. »Darüber würde ich mich sehr freuen!« »Aber nur, wenn Sie versprechen, mir keinen Zahn zu ziehen! Und mir kein neues Loch in den Kopf zu machen ...« Sogar ihr Lachen klang ähnlich. Charlotte würde bald die Kinderstimme verlieren und einen sanften Alt bekommen, der sehr melodisch zu werden versprach.

Mit weichen Knien brachte ich sie zu unseren Plätzen im Parkett zurück und versagte es mir, mich umzudrehen und in den Rang zu schauen, wo die beiden saßen, obwohl ich mich zwingen musste, es nicht zu tun. Wie ich den Rest der Oper überstanden habe, weiß ich nicht mehr. Das seltsame Gewusel auf der Bühne erreichte mich jedenfalls kaum, und dennoch verstand ich haargenau, worum es ging, als sei diese Aufführung allein meinetwegen inszeniert worden: Man kann nicht glücklich werden in Lüge und Verdrängung. Und ich kann nicht glücklich sein ohne Max Deuter.

*

Dresden, Juli 1928

Sein erster Brief erreichte Emma drei Wochen später, und als sie ihn im Pavillon öffnete, in dem sie sich endlich ungestört fühlte, wurde ihr heiß und eiskalt zugleich.

All die Jahre habe ich versucht, dich zu vergessen, Emma, aber ich kann es nicht. Erst recht nicht, nachdem ich dein Kind gesehen habe – unser Kind. Charlotte hat die Nase meiner Großmutter und das Kinn meiner Tante Judith, sie redet wie mein kleiner Vetter Emil und erinnert mich gleichzeitig so sehr an dich, dass ich es kaum für möglich halte.

Wie kann sie gleichzeitig wie du und ich aussehen?

Und dabei tut sie das ja eigentlich gar nicht, sondern ist ein eigenständiges, gescheites, zutiefst anbetungswürdiges kleines Geschöpf.

Lou weiß Bescheid, das sehe ich ihr an, auch wenn sie kein Wort darüber verliert. Ich werde ihr sehr wehtun müssen – und kann doch nicht anders. Ich muss dich wiedersehen, bald. Sehr bald.

Sonst kann ich nicht mehr atmen. Dein Max …

Und so begann die schlimmste, die schönste, die verrückteste Zeit ihres Lebens. Es traf sich gut, dass Richard jetzt oft nach Berlin reisen musste, wo er einen Partner aufgetan hatte, der ihm neue Verpackungen liefern würde. Doch die Verhandlungen liefen umständlich und zäh, sie feilschten erbittert um die Preise, die angesichts der angespannten Wirtschaftslage zu explodieren drohten, und zudem fehlte ihm die Entschlusskraft, die Gustav Klüger in jungen Jahren angetrieben hatte. Gezeichnet vom ausschweifenden Nachtleben der Hauptstadt, kehrte er meist müde und verdrossen nach Dresden zurück, um schon alsbald erneut nach Berlin aufzubrechen.

Max hatte die Wohnung eines Freundes in der Regerstraße gemietet, der nach Frankreich in die Sommerfrische gereist war, ein ältlicher Maler, verrückt und exzentrisch, der alle Räume mit riesigen bunten Gemälden bestückt hatte. Während sie sich unter Nixen, Trollen und Faunen liebten, während sie Wein tranken, Oliven aßen oder Schokolade naschten und stundenlang redeten, versank die Welt da draußen, als habe sie niemals existiert. Emma genoss die atemlosen Fahrten auf dem Fahrrad an diesen geheimen Ort, der kaum mehr als einen Kilometer von der Rosenvilla entfernt war, und Max hatte nur ein paar Schritte zu Fuß von seiner Praxis, um diese Tür zum Paradies zu öffnen. So jung, so begehrt hatte sie sich noch nie im ganzen Leben gefühlt.

Dazwischen immer wieder seine Briefe, die er heimlich in den Briefkasten warf oder unter dem Abstreifer für sie versteckte, als seien ein paar wenige Stunden Trennung bereits mehr, als er ertragen könne: atemlos, kühn, erotisch, unverschämt, poetisch, eben ganz und gar Max. Manchmal legte er kleine eigene Zeichnungen bei, wie nebenbei gekritzelt, die sein künstlerisches Talent verrieten und Emma immer wieder zum Lachen und Staunen brachten.

Natürlich war das Nachhausekommen nach solchen Nachmittagen schwierig, zumal Charlotte einen sechsten Sinn für die aufdringlich gute Laune ihrer Mutter zu entwickeln schien und dezidierte Nachfragen über deren Verbleib stellte. Sie begann die Schule zu schwänzen, erledigte ihre Hausaufgaben nicht mehr und riss, als sie öffentlich vor der ganzen Klasse getadelt wurde, alle Seiten aus ihrem Heft, um die schlechten Noten zu vertuschen. Emma reagierte gereizt, Richard jedoch zeigte sich ungewohnt sanftmütig, redete lange mit Charlotte und schenkte ihr schließlich sogar eine Mundharmonika.

Doch Charlotte blieb misstrauisch, das spürte Emma. Um sich nicht zu verraten und aus Angst, der Name Max könne ihr versehentlich doch einmal entschlüpfen, brachte sie ihre Tochter ganz offiziell in seine Sprechstunde, ließ das kindliche Gebiss untersuchen und reagierte erleichtert, als er versicherte, wie makellos die zweiten Zähne wuchsen, nachdem die Milchzähne durch zu viel Süßigkeiten im frühen Kindesalter ein paar hässliche braune Flecken gehabt hatten.

»Jetzt bleiben sie drin, bis du ganz alt bist, Charlotte!«, versicherte er und legte seine Hand auf ihren schnurgerade gezogenen Mittelscheitel, was sie zu genießen schien. »Dann erst fallen sie dir vielleicht wieder aus. Es sei denn, du reinigst sie besonders gründlich.«

»So wie das Gebiss von Opa Gustav?«, stieß sie erschrocken hervor. »Das im Glas gewohnt hat?«

»Möglich. Aber dazu musst du mindestens hundert Jahre alt werden!«

Emma liebte es, wie sie beide zusammen lachten.

Als der Sommer in den Herbst überging, kehrte der Maler aus der Provence zurück, und sie verloren ihr Liebesnest. Lou machte Szenen, beklagte eine Unpässlichkeit nach der anderen und tauchte eines Tages unangemeldet bei Emma in der Rosenvilla auf.

»Du wirst ihn mir nicht wegnehmen«, sagte sie, kaum dass sie beide allein waren, in Emmas altem Mädchenzimmer, das nun Charlotte bewohnte, die gerade beim Klavierunterricht war. »Wenn du nicht zur Vernunft kommst, sag ich es deinem Richard. Auch das mit dem Kind. Das wird ihm nicht gefallen. Was meinst du, macht er dann mit dir – mit euch beiden?«

»Nichts, was dich etwas anginge«, sagte Charlotte. »Im Übrigen weiß ich gar nicht, wovon du sprichst.«

»Ich kann mir vorstellen, dass ihr heimlich vom Fortgehen träumt«, sagte Lou, die immer wütender wurde. »In den Süden. Nach Frankreich. Oder warum nicht gleich nach Marokko – je weiter, je besser? Wer weiß, was er dir versprochen hat! Aber hast du auch schon mal daran gedacht, dass Max Deuter seine Versprechen bricht – und zwar alle?«

Ganz nah kam sie Emma, roch nach Zigaretten, nach Kummer und Einsamkeit. Nach Verzweiflung.

»Die, die er dir gegeben hat, vielleicht. Und jetzt geh bitte!«

Nachher fühlte sie sich schuldig und schlecht und sehnte doch nichts mehr herbei als das nächste Wiedersehen.

Doch dazu kam es nicht.

»*Lou ist wieder schwanger, du musst verzeihen, mein Herz*«, so sein nächster, offenbar in höchster Eile verfasster Brief. »*Eine neuerliche Fehlgeburt würde sie in den Wahnsinn treiben – und mich dazu. Wir versuchen alles, damit sie das Kind behält. Jetzt müssen wir beide stark sein, du und ich, Liebe, Süße, Einzigartige. Meine Emma! Stark wie zwei alte, knorrige Bäume …*«

Er schlief noch immer mit Lou, während sie Richard inzwischen ganz aus dem Schlafzimmer verbannt hatte! Max hatte mit seiner Frau sogar ein neues Kind gezeugt, für das er alles zu opfern bereit war, sogar ihre große Liebe …

Emma weinte die ganze Nacht. Als es hell wurde, packte sie das Bündel Briefe, das er ihr während der letzten Wochen geschrieben hatte, und trug es hinunter zum Kamin. Die Mamsell hatte frisch eingeschürt, denn die letzten Tage waren empfindlich kühl gewesen.

Nur ein einziger Schwung – und die Flammen würden sie in Asche verwandeln. Doch sie konnte es nicht. Emmas Arm war wie gelähmt und weigerte sich, die Bewegung auszuführen, die sie ihm diktieren wollte. Wohin sonst damit? Oben in die Säule im Pavillon, die schon ihre Mutter manchmal als Versteck für Dinge benutzt hatte, die niemand sehen sollte?

Sie durfte es nicht riskieren. Richard war so misstrauisch geworden in den letzten Tagen, dass ihm nahezu alles zuzutrauen war. Ausgerechnet jetzt, wo es mit Max vorbei war, war sein Argwohn erwacht, und nicht in diesem glühenden, schwebenden Sommer, der ihr Leben verändert hatte.

Welch ein Hohn!

Irgendwann ging Emma zurück nach oben in ihr Schlafzimmer, wo sie eine hellblaue Kordel aus der Schublade nahm und das Bündel sorgsam damit verschnürte. Es gab ein doppeltes Fach, ganz unten in ihrem Schrank.

Eines Tages würde sie es Charlotte zeigen …

*

Dresden, Mai 2013

Dann waren das also die Liebesbriefe von Max an Emma! Etwas hatte Anna bislang daran gehindert, die Schnur zu lösen und sie zu lesen – und nun würde sie es erst recht nicht mehr tun, das stand für sie fest.

Nachdenklich wog sie das Bündel in der Hand.

Die Einzige, die diese Briefe etwas angingen, war Charlotte. Anna wusste aus den Tagebüchern, dass der Gedanke, ihre Eltern hätten einander nicht genug geliebt, Charlotte oft gequält hatte. Sie könnte die alte Frau aus dieser Not erlösen – aber sollte sie ihr überhaupt etwas über die Zinkschatulle sagen, mit deren Inhalt sie inzwischen so vertraut war?

Die Vorstellung, sich davon zu trennen und den Fund in andere Hände zu geben, ließ Anna ganz elend werden.

Durfte sie es anderseits verschweigen? Auch und gerade gegenüber Phil?

Da war er wieder, jener Name, der ihr Herz schneller schlagen ließ, auch wenn der Abschied gestern hastig und reichlich seltsam gewesen war. Nach allem, was er über seine Mutter und ihr Leben erzählt hatte, war Phil plötzlich verstummt und hatte sie wütend angefunkelt. Weil er vielleicht befürchtete, einer Kepler zu viel verraten zu haben? Dann wollte er nur noch los. Schon halb im Gehen hatte er ihr noch seine Handynummer in die Hand gedrückt und gemurmelt, dass er sich bei ihr melden würde.

Was bislang nicht geschehen war.

Konnte Anna ihm glauben, nach allem, was zwischen

ihnen stand? Oder war sein Zorn auf sie so groß, dass sie ihn niemals wiedersehen würde?

Nichts als offene Fragen, die in ihr rumorten.

Dabei verspürte auch sie Wut auf Phil, auf ihren Großvater, der ihr das alles eingebrockt hatte, auf ihre Eltern, die sie unwissend gelassen hatten, weil plötzlich alles in ihrem Leben durcheinandergerüttelt wurde und sie nicht mehr wusste, wo sie sich gerade befand. Anna starrte nach draußen, wo der Regen gerade eine winzige Pause eingelegt hatte, als die Türglocke ertönte. Noch immer in Schlafanzug und Bademantel, schlurfte sie in die Halle.

»Hallo, Prinzessin«, sagte Jan, nachdem sie geöffnet hatte. »Dein treuer Sklave meldet sich zum Dienst, um die neuen alten Rosen einzupflanzen. Allerdings ist Kito krank geworden. Würdest du mir stattdessen ein wenig zur Hand gehen?«

Eine Ablenkung, die ihr nur zu gelegen kam! Sie rannte nach oben, schlüpfte in Pulli und Jeans, angelte, wieder unten angelangt, an der Garderobe nach Gummistiefeln und Regenjacke und folgte ihm in den Garten, wo er die neuen Stöcke bereits aufgestellt hatte. Ja, die Auswahl war ausgezeichnet, und die Idee, sie nach Helenes Vorbild so einzupflanzen, dass sie ein stilisiertes Herz bildeten, gefiel inzwischen sogar Jan. Doch die Freude, die Anna bei diesem Gedanken noch vor ein paar Tagen erfüllt hatte, wollte sich heute nicht mehr richtig einstellen. War das überhaupt noch ihr Garten, für den sie sich so einsetzte?

Wetter und Boden machten es ihnen heute alles andere als leicht. Sie mussten sich gegen Nässe und schweres Erdreich behaupten, gegen die Steigung am Hang und eine abgebrochene Schaufel, die einfach im Boden stecken blieb. Als *Queen of Denmark* und die anderen Sorten schließlich einträchtig nebeneinanderstanden, nickte Anna nur kurz, dann ging sie zurück ins Haus.

»Was ist denn jetzt schon wieder los?«, fragte Jan, als sie danach, jeder mit einer dampfenden Kaffeetasse, in der Küche standen. Beide nass, beide schmutzig, beide erschöpft vom Kampf gegen die Elemente. Wieder fiel draußen Regen, dicht, grau, unerbittlich. »Hast du Angst, sie würden dir zu nass? Das passiert garantiert nicht. Rosen halten so einiges aus. Und ich habe sie tief genug eingegraben! Da müsste es jetzt schon wochenlang durchregnen ...«

»Vielleicht reißt der neue Besitzer sie ja ohnehin wieder raus«, entfuhr es ihr. »Und alles andere mit dazu. Wer weiß, wie lange mir das hier überhaupt noch gehört!«

Er starrte sie an. »Machst du Witze?«, fragte er schließlich. »Anna ohne ihre Rosenvilla – unvorstellbar! Wer könnte dir sie streitig machen wollen?«

»Alte Geschichte.« Inzwischen bedauerte sie, dass sie überhaupt davon angefangen hatte.

»Komm schon, so einfach lass ich dich jetzt nicht von der Angel!«

»Wieder mal mein Großvater«, sagte Anna schließlich. »Ja, er hat mir Haus und Grundstück vererbt. Aber durfte er das überhaupt?«

»Es gibt doch schließlich Gesetze ...«

»Die gibt es. Aber in diesem Fall geht es eher um Anstand und Moral«, sagte Anna. »Und das ist alles andere als einfach.«

»Hat das mit der Schatulle zu tun, die wir ausgebuddelt haben?«

Sein Instinkt war wirklich phänomenal. Anna nickte.

Jan trank seinen Espresso aus, dann sah er sie lange an. »Man kämpft um das, was man liebt«, sagte er. »Das habe ich mühsam lernen müssen. Auch wenn es manchmal verdammt wehtun kann.«

Kaum war er fort, griff sie zum Handy und wählte Phils Nummer. Zu ihrer Überraschung nahm er den Anruf sofort an, als habe er bereits darauf gewartet.

»Ich bin so wahnsinnig wütend«, sagte sie. »Und gleichzeitig vollkommen durcheinander. Komm her. Ich muss mit dir reden!«

»Das trifft sich gut. Ich bin ganz in deiner Nähe. Und wütend und durcheinander bin ich übrigens auch.«

Tatsächlich vergingen nur ein paar Augenblicke, bis es klingelte und Anna ihn einließ. Schweigend starrten sie sich in der großen Halle an, zwei Kämpfer, von denen jeder auf den ersten Schachzug des anderen wartete.

»Du warst im Garten?«, fragte er schließlich.

»Sieht man das nicht?« Sie hatte noch keine Zeit gehabt, die schmutzige Kleidung zu wechseln.

»Machst du das gern?«

Heute konnte sie nicht in seinen Augen lesen, was Anna verunsicherte.

»Ich wollte nicht, dass du herkommst, damit wir Smalltalk austauschen«, sagte sie brüsk. »Hör zu, Phil, mein Großvater hat die Villa erst Jahre nach der Wiedervereinigung zurückerhalten, nachdem sie 1949 enteignet worden war. Sein halbes Leben musste er darauf warten!

Wäre es juristisch nicht sauber gewesen, hätte er keinerlei Anspruch darauf gehabt. Nach der Wende waren die Behörden mehr als penibel, das darfst du mir glauben, haben jeden Vorgang viele Male gedreht und gewendet. Nur weil alles korrekt war, konnte er sie schließlich an mich vererben. Jetzt gehört sie mir, verstehst du – mir! Und den Kindern, die ich leider noch nicht habe, aber auf die ich sehr hoffe.«

Phils Blick war umhergeschweift, während sie redete, zur Treppe, dem eingelassenen Glas mit den Sonnenstrahlen, zu den Flügeltüren, die ins Wohnzimmer führten. »Müssen wir das unbedingt im Stehen besprechen?«, fragte er schließlich.

»Nein. Natürlich nicht. Komm weiter.« Anna ließ ihn ins Wohnzimmer vorangehen. Sie wusste, wie stark der erste Eindruck sein würde – die Weite, die hohen Glastüren zur Terrasse, der Kamin, der Deckenstuck, das schöne Holz, das Sofa, der dicke weiße Teppich. Und so wunderte es sie nicht, dass Phil ein überraschter Laut entfuhr.

»Du lebst im Paradies, Anna Kepler«, sagte er, und dieses Mal klang sein Aenna sehr viel weniger freundlich.

»In einem Paradies, das ich mit Herzblut, Mühe, Zeit und allem Geld, das ich zur Verfügung hatte, erst erschaffen musste«, korrigierte sie und versetzte der Tür zum Esszimmer einen verstohlenen Schubs. Phil hatte sie mit seinem Besuch überrumpelt. Sonst wäre die Kassette mitsamt Inhalt längst wieder an einem sicheren Ort.

Ohne ihre Aufforderung abzuwarten, hatte er bereits auf dem Sofa Platz genommen.

»Mir gefällt, was du daraus gemacht hast«, sagte er.
»Sehr sogar. Und auf dem Papier mag alles ja auch seine
Ordnung haben. Aber was ist mit der Wahrheit, Anna?
Und der Moral, die dabei mit Füßen getreten wurde? Ich
nehme an, du weißt, wie dein Großvater an diesen Besitz
gekommen ist. Er hat es dir erzählt?«

Leider nicht, dachte sie, während sie nach den richtigen
Worten suchte. *Sonst säße ich nicht hier. Ich musste alles selbst
herausfinden, Stück für Stück, und bin damit noch nicht am
Ende.* Unwillkürlich schaute sie dabei in Richtung Esszimmer. Der Stoß, den sie der Tür versetzt hatte, war zu
schwach gewesen. Man konnte alles sehen – den Stuhl, die
Kassette …

Phil war ihrem Blick gefolgt, sprang auf und war, bevor
sie einen Einwand erheben konnte, bereits nebenan. Zuerst blieb er stumm, dann aber hörte sie ein kräftiges *dam-
mit!,* und als er sich zu ihr umwandte, sah er so wütend aus,
wie sie ihn noch nie zuvor gesehen hatte.

»Was ist das?« Seine Stimme bebte vor Zorn.

»Das siehst du doch. Eine alte Zinkschatulle.« Annas
Kehle war auf einmal ganz eng. »Reiner Zufallsfund, als
ich kürzlich neue Rosen setzen ließ. Ich hatte zunächst
keine Ahnung, wem sie gehören könnte.« Doch sie merkte selbst, wie dünn und flach sie klang, obwohl es die
Wahrheit war.

»Aber inzwischen weißt du es?«

»Ja«, sagte sie.

»Du also hast sie«, fuhr er sie an. »Grandma hat so oft
davon erzählt, wie sie sie vergraben hat, als sie die Villa
verlassen musste. All die Jahre hat sie davon geträumt, sie

wiederzufinden, mit all den Erinnerungen, die ihr so am Herzen liegen. Und jetzt sehe ich sie hier, auf deinem Stuhl, und du verlierst kein einziges Worte darüber!«

»Ich hätte es dir schon noch gesagt …«

»Gib sie mir!« Jetzt klang er gebieterisch. »Grandma hat jedes Recht darauf. Es ist ihr Leben. Das Leben ihrer *family* – und damit auch meiner!«

Anna lief zu ihm und zog den Stuhl weg. »Du fasst sie nicht an«, sagte sie zornig. »Geschweige denn nimmst du sie mir weg. Nicht, bevor ich weiß, wie ich mich entscheiden werde.«

Seine Augen sprühten Blitze.

»Es hätte ein Märchen zwischen uns werden können, Anna«, sagte er. »Aber inzwischen ist daraus ein hässlicher Albtraum geworden.«

Phil drehte ihr brüsk den Rücken zu und lief hinaus. Sie hörte noch, wie die Haustür ins Schloss fiel, dann war sie allein.

17

Wie leer das Haus plötzlich wirkte, nachdem Phil gegangen war! Rastlos war Anna durch die Räume gewandert, um immer wieder ins Esszimmer zurückzukehren, wo die Schatulle noch immer stand. *Sie gehört mir,* dachte sie trotzig, obwohl sie wusste, dass es so nicht stimmte. *Sie war auf meinem Grund und Boden vergraben, in dem Garten des Hauses, das ich als legitime Erbin meines Großvaters schon vor Jahren übernommen habe. Die Rosenvilla ist mein Kunstwerk, meine ganz persönliche Verbindung von Alt und Neu – mein Leben. Und niemand wird sie wegnehmen. Auch nicht er!*

Warum hatte sie trotzdem diesen entsetzlichen Kloß im Hals, der das Schlucken so schwer machte?

Als sie es gar nicht mehr aushielt, ging sie erst unter die Dusche, zog sich danach frisch an und setzte sich schließlich ins Auto. Auf dem Weg nach Meißen kamen nichts als Schreckensmeldungen über steigende Wasserpegel, für Dresden wurde Alarmstufe 4 angedroht, und der Moderator verlor sich in weitschweifigen Erinnerungen über frühere Fluten, vor allem die von 1900, die tagelang die Schließung aller damaligen Brücken notwendig gemacht hatte. Schließlich kam er zum letzten großen Hochwasser von 2002, das große Teile der Altstadt unter Wasser gesetzt hatte. Seitdem war Dresden besser gerüstet, aber würden diese Maßnahmen auch halten, wenn der Pegel weiterhin unaufhaltsam nach oben kletterte?

Anna musste die Scheibenwischer auf Höchststufe schalten, um irgendwas sehen zu können, und war froh, als sie endlich die A4 verlassen und weiter auf der Bundesstraße nach Meißen fahren konnte. Auf dem Parkplatz der Klinik blieb sie noch eine Weile im Auto sitzen und dachte nach.

Was wollte sie eigentlich von ihren Eltern?

Ihnen vorwerfen, sie nicht von einem Erbe abgehalten zu haben, das ihr eigentlich nicht zustand? Mit einem Mal kam sie sich lächerlich vor. Doch jetzt war sie schon einmal hier, und es regnete so stark, dass sie keine Lust hatte, die gleiche Strecke sofort noch einmal zu fahren. Anna stieg aus, hastete zum Eingang und versuchte dabei, den Schokoladenkuchen, den sie schon vor zwei Tagen als Mitbringsel gebacken hatte, unter ihrem Trenchcoat unbeschadet nach innen zu bringen.

Zu ihrer Überraschung war die Tür zum Zimmer der Eltern angelehnt, und sie hörte schon von draußen erregte Stimmen.

»Ich war sieben, als ich sie zum letzten Mal gesehen habe – ganze *sieben!*« Das war ihr Vater, der so erregt klang. »Was erwartest du eigentlich von mir?«

»Du darfst dich nicht so aufregen, Fritz!«, rief Greta. »Aus diesem Grund sind wir doch hier, damit du lernst, das nicht zu tun!«

»Aber ihr solltet nur einmal sehen, wie schlecht es ihr geht, meiner lieben Elaine …«

Anna betrat den Raum und schaute in das aufgelöste

Gesicht von Mama Sigi. »Sie heißt Charlotte«, sagte sie ruhig. »Und ich finde es reichlich seltsam, dass sie nun auch noch dich für ihre Zwecke einspannt!«

»Aber das hat sie doch gar nicht!«, rief Sigi. »Sie hat nicht die geringste Ahnung, dass ich hier bin. Kannst du dir nicht vorstellen, wie ich mich fühle, Anna? Wäre ich nicht bei ihr und Lilli Rozier eingezogen, wärst du ihnen niemals begegnet!«

Und das Gras wäre weiterhin über etwas gewachsen, das schon lange von unten her faul, dachte Anna.

»Dich trifft keinerlei Schuld«, sagte sie und begann den Kuchen aufzuschneiden. »Ich habe Charlottes Enkel in einem Café kennengelernt. Die Liebe zur Schokolade hat uns ins Gespräch kommen lassen. Ich hab ihm meine Karte gegeben, nur so hat Phil Morán überhaupt meinen Namen erfahren. Und nun hat ebendieser Name uns wieder entzweit. Ich bitte dich von Herzen, dich nicht auch noch einzumischen. Die Angelegenheit ist auch so schon vertrackt genug.«

Vier exakt gleich große Stücke lagen auf dem Teller. Fritz nahm sich eines davon und begann genussvoll zu kauen.

»Den gab es immer bei uns, wenn ich Geburtstag hatte«, sagte er. »Natürlich erst, als mein Vater wieder zurück war. Er hat behauptet, sein Vater habe den Kuchen für seine Mutter erfunden. Hermann Kepler muss seine Mathilde sehr geliebt haben. Nach ihrem frühen Tod war er offenbar nicht mehr derselbe.«

»Wann ist sie denn gestorben?«, fragte Anna, die froh um eine Ablenkung war, während nun auch die anderen zugriffen.

»1913«, sagte Fritz. »Das weiß ich, weil mein Vater und ich ganz oft gemeinsam ihr Grab besucht haben. Da ist er immer ganz komisch geworden, hat vor sich hingestiert und seltsames Zeug gemurmelt. Sie muss ihm unendlich wichtig gewesen sein. Schließlich bezahlen wir bis heute für die Grabstelle auf dem Trinitatisfriedhof. Das hat er testamentarisch verfügt.«

1913, das war das Jahr, in dem auch Mathildes Fotografie aufgenommen worden war. Und dasselbe Jahr, in dem man Helene Klügers Leichnam aus der Elbe gefischt hatte.

Zufall? Oder mehr als das?

Die beiden hatten sich gekannt, das wusste Anna aus Helenes Aufzeichnungen. Und die hatte sich vor der Konditorsgattin regelrecht gefürchtet. Weil sie etwas von ihr zurückfordern konnte, das sie unter keinen Umständen hergeben wollte?

»Und woran? Weißt du das auch?« Anna schob ihr Stück Kuchen zur Seite. Ihre Haut hatte zu prickeln begonnen.

»Eine Art Unfall, glaube ich. Irgendetwas Schreckliches. Mein Vater wollte nie darüber reden.«

»War er eigentlich Mathildes einziges Kind?«, bohrte Anna weiter. »Oder gab es vor ihm weitere Geschwister?«

»Eine Schwester, sieben Jahre älter. Tot geboren oder unmittelbar nach der Geburt gestorben. So steht es auf dem Grabstein: *Emma Geißler. Vom Herrn geschenkt und sogleich wieder genommen am Tag ihrer Geburt.*«

»Geißler? Wieso denn nicht Kepler?«

»Geißler war ihr Mädchenname. Damals hat meine Großmutter Mathilde noch in der Zigarettenfabrik gearbeitet. Zusammen mit ihrer Tante Josefine. Eine verheiratete Kepler und somit Konditorsgattin wurde sie erst 1905.«

Ein totes Mädchen, unehelich geboren, womöglich am gleichen Tag zur Welt gekommen wie Emma Klüger, die heiß ersehnte Fabrikantentochter. Eine junge, mittellose Arbeiterin, verstrickt in eine soziale Notlage. Und dann auch noch diese verblüffende Namensgleichheit der beiden Kinder …

Was hatte Helene Klüger gleich noch einmal im Tagebuch über den Verlust ihres Diamantarmbands geschrieben?

»Es war der Tag der großen Flut in Dresden«, fuhr Fritz fort. »Am 11. April 1900, das hat mein Vater mir erzählt, obwohl er damals ja selbst noch gar nicht gelebt hat. Er muss es seinerseits von seinem Vater gehört haben. Aber er hat immer wieder davon gesprochen.« Er deutete zum Fenster. »Wenn wir Pech haben, ist es womöglich bald wieder so weit. Dieser Regen da draußen will ja gar nicht mehr enden!«

Anna hatte genug gehört. Sie wollte zurück in die Rosenvilla, um die Daten der Aufzeichnungen nochmals zu überprüfen und herauszufinden, ob es weitere Beweise für diesen ungeheuerlichen Verdacht gab, der sie nicht zum ersten Mal streifte. Bislang hatte sie ihn jedes Mal als unhaltbar wieder beiseite geschoben. Was aber, wenn es doch die Wahrheit war? »Ich muss los«, sagte sie. »Arbeit wartet auf mich.«

»Sogar am Samstag?«, fragte ihr Vater ein wenig spitz. »Ich dachte, wir haben heute mal etwas länger was von dir.«

»Läden fragen nicht nach Wochentagen.« Er brauchte nicht zu wissen, dass Henny und die neue Springerin heute für sie übernommen hatten. »Außerdem komme ich ja bald wieder.« Jetzt fasste sie Mama Sigi fest ins Auge. »Und keine tollkühnen Einzelaktionen, ich warne dich!«

»Versprochen«, sagte sie kleinlaut. »Ihr seid euch wirklich so ähnlich wie Schwestern! Jetzt redest du schon genauso wie Hanka.«

*

Zurück in der Rosenvilla, breitete Anna den Inhalt der Schatulle auf dem Esstisch aus. Alle Gegenstände kamen auf die Stirnseite, damit auf der langen Querfläche genügend Platz für die Aufzeichnungen von Helene, Emma und Charlotte blieb, die Hanka so ordentlich für sie sortiert hatte.

Helenes Einträge legte sie oben aus, in der Mitte folgten Emmas und ganz unten die von Charlotte. Anna hatte gelbe Post-its auf die jeweils erste Seite geklebt, damit sie mit der Datierung besser zurechtkam. Danach ging sie jede Reihe noch einmal sorgfältig durch und stellte dabei fest, dass sie zwei kürzere Einträge offenbar bislang übersehen hatte. Der eine stammte von Helene und datierte vom Mai 1913, der andere war von Emma und trug das Datum 1933.

Ihr Sterbejahr …

Anna wurde leicht schwummrig. Hatte das Geheimnis

der Mutter, falls sie mit ihrer unglaublichen Vermutung richtig lag, auch etwas mit dem Tod ihrer Tochter zu tun?

Aus einem Impuls, den sie sich selbst nicht genau erklären konnte, begann sie mit Emmas letztem Eintrag.

Dresden, April 1933

In diesem entsetzlichen Jahr, da alles in Deutschland auf den Kopf gestellt wird und ein kalter brauner Wind durch das Land weht, nehmen die Schrecken für mich kein Ende. Die Nazis haben bei den Wahlen gesiegt, in Bayern wurde ein Arbeitslager für Regierungsfeinde errichtet, und vor wenigen Tagen kam es zu Ausschreitungen und Verletzten in Dresden, als jüdische Geschäfte, Kanzleien und Praxen boykottiert wurden.

Wie es Max wohl ergehen mag?

Ich bin nicht mehr zu ihm gegangen, doch von Charlotte, die darauf besteht, dass er ab und zu nach ihren Zähnen sieht, weiß ich, dass Lou und er nach wie vor kinderlos sind. Sie ist also nicht dem Wahnsinn verfallen, als sie vor fünf Jahren erneut eine Frühgeburt erleiden musste, wie er damals glaubte. Mein großes Opfer, unsere Liebe, die wir abtöten mussten, alles, alles umsonst …

Mir fehlt die Kraft, um weiter darum zu trauern. Max zu verlieren hat mich unendlich müde und schwach gemacht. Ohne ihn sind Licht und Glanz aus meinem Leben verschwunden, so viel Heiteres, Leichtes, Spielerisches, das er mir in jenem gestohlenen Sommer geschenkt hatte. Nach außen hin spiele ich noch immer die alte Emma, bin frech, munter, ein wenig schnippisch, doch die Komödie kommt mich immer schwerer an. Wäre da nicht Charlotte, mein Kind, mein Leben, ich könnte mich vielleicht sogar für den Weg entscheiden, den meine Mutter vor mir gegangen ist. Kein Unfall, inzwischen bin ich mir fast sicher. Dagegen sprechen die kurzen Haare, mit denen sie kurz vor ihrem Tod plötzlich nach Hause kam, die langen Stunden, in denen sie sich in ihrem Zimmer eingeschlossen hatte. Ihr bleiches Gesicht, die Tränenspuren, die ich immer wieder auf ihren Wangen entdeckt habe. Etwas hatte ihr die Luft genommen, doch sie wollte niemandem verraten, was es war.

Seit heute jedoch glaube ich Gewissheit zu haben, dass sie den Tod gesucht hat. Denn ich habe tief vergraben unter ihren Sachen einen Brief gefunden, der an mich gerichtet ist.

Ein Abschiedsbrief...

Einmal lese ich ihn, zweimal, dreimal, doch alles in mir weigert sich, ihn zu verstehen.

Was hatte sie getan?

Das passte doch um Himmels willen nicht zu meiner sanftmütigen, heiteren, goldenen Mutter, die ihre Rosen liebte und mich zeitlebens wie einen Schatz behütet hat!

Und womit hatte jene Frau ihr gedroht?

Papa, den ich hätte fragen können, lebt schon lange nicht mehr, ebenso wenig wie Großtante Marianne, die ich kaum gesehen habe, als ich noch ein Kind war. Oder jene exzentrische Ida aus Hamburg, die ich nur ins Spiel brachte, um Charlottes Anomalie zu erklären. Niemand bleibt mir, der dieses laute, dieses entsetzliche Rauschen in meinem Schädel zum Schweigen bringen könnte: die eigene Mutter mit Blut an den Händen...

Dresden, Mai 1933

*Und nun kommt es, wie es vielleicht kommen muss, wenn
du ohnehin schon ganz unten bist: Charlotte, die nach der
Schule noch am Schillerplatz war, die schwere Mappe in der
Hand, die sie partout nicht mehr auf dem Rücken tragen will,
weil ihre Freundin Frieda angeblich auch keinen »Kinder-
schulranzen« mehr hat.*

*»Sie kriegen ein Kind, Mama! Max und Louise kriegen end-
lich ein Kind. In drei Monaten schon kommt es auf die Welt.
Die ganze Zeit hat sie ganz weite Kleider angezogen, damit es
niemand sieht und sie darauf anspricht, weil sie doch schon so
viele Babys verloren hat, bevor sie groß genug waren, um
leben zu können. Sie haben geweint, alle beide, als sie es mir
gesagt haben, so glücklich waren sie. Wenn es ein Mädchen
wird, soll es Lilli heißen. Lilli Deuter – das klingt doch wunderschön, Mama!«*

*Ausnahmsweise ist Richard zu Hause, der bei der Er-
wähnung des Namens Deuter sofort den Mund verzieht.
»Muss er jetzt unbedingt auch noch eine arische Frau
schwängern?«, bellt er los, und ich könnte vor Scham, Angst
und Zorn auf der Stelle im Boden versinken. »Dieses jüdische
Ungeziefer?«*

*»Dr. Deuter ist kein Ungeziefer.« Charlottes weicher Alt
klingt auf einmal scharf. »Und seine Frau auch nicht. Das
sind sehr nette, anständige Leute.«*

*»Du gehst mir dort jedenfalls nicht mehr hin. Und damit
basta!«*

*»Und ob ich hingehe! Du hast mir gar nichts zu verbie-
ten!«*

»*Das werden wir ja sehen. Ich bin dein Vater, und du hast mir gefälligst zu gehorchen!*«

Sie stampft auf, schaut ihn mit blitzenden Augen an.

Richard gehen die Argumente aus, das ist ihm deutlich anzusehen. Sein Gesicht läuft rot an, er holt aus und schlägt sie, etwas, das er in dreizehn Jahren noch nie getan hat.

Ich sehe, wie Charlotte taumelt, so fest war seine Backpfeife, aber sie weicht keinen Schritt zurück. Mit weißem Gesicht schaut sie ihn an, die Abdrücke seiner Hand als rotes Mal gut sichtbar auf der Wange.

»*Ich hasse dich!*« *Sie klingt ganz ruhig dabei.* »*Und ich denke und tue, was ich will!*«

Damit lässt sie ihn stehen …

*

Dresden, Mai 2013

An dieser Stelle brach das Tagebuch ab. Anna durchsuchte alle Blätter, die Emma zugeordnet werden konnten, noch einmal von vorn, aber so war und blieb es.

War sie vielleicht noch an diesem Tag gestorben, irgendwann im Mai 1933, wie Charlotte an einer Stelle in ihrem Tagebuch geschrieben hatte, blindlings in einen Eiswagen gerannt, den sie übersehen hatte?

Oder war es Absicht gewesen, weil es zu schwer für sie geworden war, weiterhin am Leben zu bleiben? Aber hätte sie ihr einziges Kind jemals auf diese Weise zurückgelassen, gekettet an einen schwachen Trinker, der nicht einmal ihr Vater war? Sie hatte doch selbst erlebt, wie hart der Verlust der Mutter war.

Hätte Emma das ihrer Charlotte ebenso zugemutet?

Ihr Tod im Mai 1933 war für mich ein eisiger Grenzstein ...

Anna musste in den Blättern der unteren Reihe nicht lange suchen, bis sie diesen Eintrag gefunden hatte.

In ihren Armen hab ich mich als Kind unsterblich gefühlt ...

Charlotte hatte sich in ihrem Tagebuch die Seele aus dem Leib geschrieben – ebenso wie ihre Vorfahrinnen. Jahrzehntelang waren ihre Aufzeichnungen vergraben gewesen, bis Anna darauf gestoßen war. Durfte sie sie einer Frau vorenthalten, die vermutlich nur noch eine kurze Lebensspanne vor sich hatte?

Bevor sie das abschließend entschied, beschloss Anna, noch die letzten Zeilen von Helenes Eintragungen zu lesen.

*

Mai, 1913

Mein Haar ist ab, doch das reicht dem Himmel offenbar noch nicht als Buße. Gustav zürnt und schimpft mit mir, sobald wir allein sind, und Emma schaut mich fassungslos mit ihren großen Augen an, als erkenne sie ihre Mutter nicht wieder.

Ich kenne mich ja kaum selbst noch, dieses weinerliche, halb aufgelöste Geschöpf, das sie aus mir gemacht hat. Mathilde Kepler – dieser Name steht für mich als Inschrift über dem Höllentor, solche Qualen bereitet mir das, was sie von mir

fordert. Inzwischen reicht es ihr längst nicht mehr, mir
nachzurennen oder mich irgendwo abzupassen. Sogar ihre
Fotografie hat sie mir aufgenötigt, die ich bei nächster
Gelegenheit wieder loswerden will. Und reden will sie mit
mir, *reden*, hat mir schon ihr ganzes unseliges Schicksal
aufgezwungen, obwohl ich doch nichts davon wissen wollte,
um mich in die Knie zu zwingen.

Der fesche Zimmermann auf Wanderschaft, mit dem sie
sich im Sommer 1899 leichtsinnig eingelassen hatte, obwohl
die Tante von Anfang an dagegen war. Den Himmel auf
Erden hat er ihr versprochen, doch als die Rosen viel zu bald
ausblieben, war er schneller fort, als sie schauen konnte.
Die Schande, wie Tante Josefine sagte, die das Malheur erst
entdeckte, als auch keine Engelmacherin mehr helfen
konnte. Allein dieses Wort – alles in mir sträubt sich, es
zu Papier zu bringen, und doch muss ich es, will ich nicht
endgültig den Verstand verlieren. Sie wäre sogar bereit
gewesen, das eigene Kind zu töten – welch grauenhafte
Vorstellung, erst recht für mich, die ich so viel Schmerz und
Angst auf mich nehmen musste, um überhaupt zu einem
Kind zu kommen!

Dann die Geburt und jenes merkwürdige Schicksal, das mich
nach Pieschen gespült hat, am Tag der großen Flut …
Tausendmal hab ich schon bereut, allein zu Lore aufgebrochen zu sein, mich und das Ungeborene der Unbill von
Wetter, Fluss und diesem Verbrecher ausgesetzt zu haben,
der den Sturz herbeiführte!

Doch das Schicksal war ja auch gnädig zu mir, hat mir mein
Kind geschenkt, mein Kind, mein wunderschönes Kind …
Das sie mir nun stehlen will – dieses unverschämte, dieses

dreiste Weib! Alles, was wir damals vereinbart haben, sei gegen das Gesetz und damit null und nichtig, behauptet sie. Sie kennt nun die Freuden der Mutterschaft, da sie ihren kleinen Sohn in ehelicher Gemeinschaft aufzieht, und ist nicht bereit, länger auf die Tochter zu verzichten. Wie sie vor mir steht – mit ihren roten Haaren, den dunklen Augen und der fordernden Stimme! Sähe ich nicht Emma in ihren Zügen, ich hätte ihr schon längst in dieses anmaßende Gesicht geschlagen, um sie endlich zum Schweigen zu bringen.

Vielleicht kann ja Geld das zuwege bringen, viel Geld. Dass sie empfänglich dafür ist, hat sie ja schon einmal bewiesen, obwohl mich der Verlust der Diamanten nicht einen Tag gereut hat. Zwar prahlt sie jetzt ständig mit ihrem Konditor und mit der Ehrbarkeit, die er ihr geschenkt hat, aber hätte er sie auch mit einem Bankert genommen, der fesche Hermann Kepler mit seinem blonden Schnauzer, anstatt der hübschen Summe, die sie stattdessen in seine Konditorei investieren konnte? Und was würde Mathilde ihm wohl sagen, wenn sie plötzlich mit einer halbwüchsigen Tochter ankäme?

Geld könnte also die Lösung sein, die mich wieder aus dem Alb erwachen lässt, denn sie hat gedroht, nun auch noch Gustav anzugehen und ihm alles zu erzählen, wenn ich nicht einlenke! An größere Summen Bares zu gelangen ist allerdings nicht einfach für mich, obwohl ich in den letzten Wochen im Haushalt an mich gerafft habe, was irgend möglich war, ohne Gustav misstrauisch zu machen. Aber ich habe ja noch den Schmuck, mit dem er mich überhäuft hat, und keinerlei Skrupel, ihn ihr zu geben. Soll sie ihn doch haben – soll sie meinetwegen *alles* haben!

Wie ich Gustav das erkläre, überlege ich mir später. Jetzt geht es erst einmal darum, diese brandrote Gefahr zu bannen, die über meine Familie hereinzubrechen droht wie eine glühende Sturmflut …

*

Dresden, Mai 1913

Sie hat Emma aufgelauert. Sie hat es tatsächlich gewagt! Die Kleine hat mir ganz unbefangen davon erzählt und fand es sogar amüsant, dass die fremde Frau, die sie vor der Schule angesprochen hat, ebenso rote Haare hatte wie sie. Ich bin in mein Kind gedrungen, so tief ich konnte, ohne mich zu verraten. Wenigstens hoffe ich das.

Nein, noch ahnt, noch weiß Emma nichts, aber ich kann nicht riskieren, noch länger zu warten. Ich *muss* diese Frau zum Schweigen bringen – mit Geld, mit guten Worten, mit Flehen und Betteln, mit irgendetwas, das mir in meinem müden, ausgebrannten Gehirn hoffentlich noch einfallen wird, sonst bin ich verloren.

Sonst sind wir alle verloren.

Morgen Nachmittag ist es so weit. Wir treffen uns an der Elbe, in der Nähe eines Gasthofs. Ich nehme alles mit, was ich besitze.

Und dann, gütiger Gott im Himmel, steh mir bei …

*

Die allerletzte Eintragung. Anna fühlte sich wie im Fieber. Der Kreis hatte sich geschlossen. Es gab keine zwei Linien, die nichts miteinander zu tun hatten. Die Familien Kepler und Klüger/Bornstein waren untrennbar miteinander verbunden!

Jetzt hätte sie nur noch Helenes Abschiedsbrief gebraucht, um wirklich einen Beweis in der Hand zu haben. Hatte Emma ihn zerrissen, nachdem er sie innerlich derart in Aufruhr versetzt hatte?

Es passte nicht zu ihr. Nicht einmal die Briefe von Max, deren Entdeckung fatale Folgen für sie hätten haben können, hatte sie vernichtet, sondern wieder aus dem Feuer geholt.

Wo also war dieser Brief?

Sie nahm das Handy und rief Hanka an. »Geht es dir besser?«, fragte sie. »Endlich! Da bin ich froh. Aber du fühlst dich noch immer schwächlich und kuschelst gerade mit Libro auf der Couch? Dann hast du ja jetzt Zeit, dir eine ungeheuerliche Geschichte anzuhören.«

18

Dresden, Juni 2013

Über die Wahl der Schokolade hatte Anna lange gegrübelt und schließlich sogar Gianni angerufen, um seine Meinung einzuholen. Er riet ihr zu Zartbitterkuvertüre mit 65 % Kakaoanteil und empfahl eine Marke, die sich unter anderem durch ein besonders seidiges Braun auszeichnete.

»Alles in Ordnung, Anna?« Seine Stimme verriet Besorgnis. »Wir haben so lange nichts von dir gehört.«

»So ziemlich das größte Chaos meines Lebens! Ein Labyrinth ist nichts dagegen. Aber jetzt habe ich, so hoffe ich wenigstens, den rettenden Faden gefunden. Ein bisschen Licht schimmert bereits in die Dunkelheit.«

»So schlimm war es mit deinem Vater?«

»Der kommt inzwischen ganz gut wieder auf die Beine! Nein, es ging um die ganze Familie, um Großpapa, dessen Mutter – und um die Frauen der Rosenvilla, von deren Aufzeichnungen du ja auch einen kleinen Teil mit angehört hast. Es ist zu kompliziert, dir das alles am Telefon zu erklären, ich verstehe es ja selbst gerade erst. Ihr kommt zur Schlossführung nach Dresden, sobald ihr zu viert seid, und dann erzähle ich dir alles!«

»Emma wollen wir sie nennen«, sagte er. »Emma Leonora.«

Annas Kehle war auf einmal ziemlich kratzig, als sie in die Küche ging, um mit den Pralinen zu beginnen. Sie hatte sich Zeit freigeschaufelt, ein ganze Menge freier Zeit, die sie Henny und Linda verdankte. Inzwischen wusste sie auch mehr über die Monate der Rosenvilla als Russenbordell. Eva Kretschmar hatte dort gearbeitet, allerdings nur als Barfrau, wie Henny mehrfach betonte. Dort hatte auch Kurt sie kennengelernt, der nicht gleich nach dem Sieg der Alliierten verhaftet und eingesperrt worden war, sondern erst Monate später.

»Mutter hat immer gesagt, die Rosenvilla habe ihm den Allerwertesten gerettet. Die Russen waren verrückt danach, das hat vielleicht geholfen. Von irgendwelchem Gold, das er auf die Seite gebracht haben sollte, war ihr nichts bekannt. Aber ich weiß noch, wie ich Kurt zum ersten Mal gesehen habe, als er seinen Sohn abholen kam: Ganz schmal war er, gezeichnet vom Zuchthaus, bleich wie ein Leintuch, die Haare stoppelkurz geschoren. Trotzdem war er ein Ritter für mich, jemand, der die bösen Drachen besiegen kann. Ich glaube, ich hab mich schon als Sechsjährige in ihn verliebt. Und das ist so geblieben bis zu seinem Tod.«

Und jetzt hast du ihm sogar den Wunsch aus dem Traum erfüllt, dachte Anna, während sie Sahne und Butter erwärmte. *Charlotte Bornstein, die eine Wiedergutmachung verdient hat.*

Sie nahm das Gemisch vom Herd und fügte Rosenwasser hinzu. Gemeinsam goss sie alles zur geschmolzenen Kuvertüre und begann zu rühren, bis eine homogene Masse entstand, die abkühlen musste.

Die Türglocke unterbrach sie – endlich!

Anna ging zur Eingangstür, um zu öffnen.

»Du bist gekommen«, sagte sie, als sie Phil erblickte. »Das ist gut.«

Er war ernst, doch seine grünen Augen blickten sie lange nicht so kalt und feindselig an wie beim letzten Mal. »Ich hoffe, du hast einen verdammt guten Grund, um mich herzubestellen, Anna Kepler«, sagte er.

»Den habe ich. Den besten der Welt.«

»Dann kann ich die Sachen für Grandma mitnehmen?«

Sie zog die Schultern hoch. »Ich möchte, dass du erst die Tagebücher liest«, sagte sie. »Und zwar hier. In der Rosenvilla.«

»*Why?*«

»Das Haus wird dir helfen, die Frauen besser zu verstehen, die hier gelebt haben. Und nicht nur die Frauen – auch die Männer. Ich bin da auf etwas gestoßen, das vieles erklärt. Ich möchte es dir nicht mit meinen Worten erzählen, sondern die zum Sprechen bringen, die es erlebt haben.«

Seine Brauen schnellten nach oben. »Aber das ist verdammt viel Stoff«, sagte er. »Das habe ich auf den ersten Blick gesehen. Ich bin zwar kein langsamer Leser, dazu liebe ich Literatur viel zu sehr, aber es könnte viele Stunden dauern, wenn nicht Tage.«

»Und wenn schon?« Anna gab sich Mühe, nicht fordernd zu klingen. »Du hast hier alles, was du brauchst – Sofa, gutes Licht, einen Garten, um dir zwischendurch die Beine zu vertreten. Sogar das Wetter spielt mit. Und für Essen und Trinken sorge ich.«

»Du willst mich wie einen mittelalterlichen Mönch in die Kemenate sperren, bis ich fertig bin?«

Jetzt lächelte sie. »Zelle«, korrigierte Anna. »In der Kemenate befanden sich die Damen. Die Mönche im Kloster hatten Zellen. Ich verspreche dir, du hast es gemütlicher als sie damals. Und das wirst du auch brauchen, denn die Lektüre, die ich dir anbiete, ist stellenweise alles andere als das.«

»Aber warum, Anna?«

Da war es wieder, dieses Aenna, auf das sie so gehofft hatte!

»Du wirst mich verstehen, sobald du fertig bist«, sagte sie. Vertrau mir! Ich bin sicher, du bereust es nicht.«

So stieg Phil schließlich mit allen geordneten Blättern hinauf in das Obergeschoss, wo Anna in Emmas und Charlottes ehemaligem Kinderzimmer alles vorbereitet hatte. Sie sah, wie ihm der Raum mit dem beigen Sofa und den bunten indischen Kissen gefiel. Wie er die lackrote Wand dahinter mochte, an der nur eine einzige Gouache hing, ein zarter Frauenkopf in Beige und Grau, den sie vor Jahren in Paris gekauft und der sogar gewisse Ähnlichkeit mit ihr hatte. Sie hatte einen Tisch hineingestellt, auf dem er alles ablegen konnte, sowie Schreibmaterial und reichlich Papier für eventuelle Notizen. In der Ecke stand ein Samowar mit Tassen; daneben ein Schälchen mit frischen Pralinen aus der *Schokolust*.

Er ließ sich auf das Sofa fallen und streckte die langen Beine aus. »Wirst du kommen und mich aus dem Turm lassen, wenn ich pfeife?«, sagte Phil.

»Du bist frei zu gehen, wann immer du willst«, sagte sie.

»Aber ich bin sicher, du wirst es nicht tun. *Buen viaje, Señor Marón.* Ihr Zug in die Vergangenheit fährt jetzt los.«

Wieder unten in der Küche angelangt, war Anna froh, dass sie sich heute so viel vorgenommen hatte. Die Arbeit mit Sahne, Kuvertüre und alle den anderen Ingredienzien, die sie dazu brauchte, erforderte so viel Konzentration, dass ihr Kopf nicht ständig zu dem Mann flüchten konnte, der ein Stockwerk über ihr las. Sie mahlte kandierte Rosenblätter in einem Mixer sehr fein und vermischte sie anschließend mit Zucker. Danach begann sie Kugeln aus der Rosenganache zu formen und wälzte sie darin.

Anschließend kam »Sommerwiese« an die Reihe. Anna erwärmte Sahne mit getrockneten Blüten und ließ sie zehn Minuten darin ziehen.

Von oben kam ein seltsamer Laut.

Sie lauschte hinauf, doch alles war wieder ruhig. Anna goss die Masse durch ein feines Sieb und gab grob gestoßenen Mohn dazu. Nebenbei schmolz im Wasserbad weiße Kuvertüre, nicht ihr Lieblingsmaterial, aber für dieses Rezept unbedingt erforderlich. Sie verrührte alles, bis es glatt war und die Blüten sich gleichmäßig verteilt hatten. Danach ließ sie es abkühlen.

Jetzt war Zeit für einen Kaffee.

Mit der Espressotasse in der Hand ging Anna ins Wohnzimmer und hörte aus dem Radio die neuesten Elbmeldungen. Augustusbrücke: 8,27 Meter. In Radebeul-Weintraube konnten keine Züge mehr verkehren, Keller liefen voll, die Neustadt war über weite Straßenzüge mit Sandsäcken verbarrikadiert, die das Schlimmste abhalten sollten. Der Stadtteil Laubegast war nur noch über die Leubener Straße erreichbar. 170 Feuerwehrmänner aus Hamburg sowie weitere Mannschaften aus Hessen und Sachsen wurden in Dresden begrüßt, um zusätzlich gegen das Hochwasser anzukämpfen.

Vielleicht bleibt er ganz bei mir, wenn die Brücken gesperrt werden, dachte Anna, während sie die Tür zum Garten weit öffnete. *Aber will ich das eigentlich? Vielleicht läuft er auch gleich davon, und ich sehe ihn niemals wieder. Und wie würde ich mich dann fühlen – todtraurig, oder doch auch ein wenig erleichtert?*

Sie fischte ein Buch aus Hankas Lesefuttertasche, doch obwohl der Krimi spannend begann und sie Fred Vargas schon immer gemocht hatte, fielen ihr nach ein paar Seiten die Augen zu.

Eine federleichte Berührung an der Schulter ließ sie wieder hochfahren.

»*Que locura!*«, sagte Phil, der am Kopfende der Couch stand. »*That's really crazy!*«

»Wie weit bist du?«, murmelte Anna.

»Immer noch bei Helene. Alles, was sie schreibt, ist so lange her und damit auch irgendwie weit weg. Aber ich mag sie. Wie sie um ihr Glück ringt, das gefällt mir! Allerdings habe ich mit der Handschrift ganz ordentlich zu kämpfen. Der altmodische Tonfall – und dann auch noch die vielen Schnörkel.«

»Du wirst dich daran gewöhnen«, sagte Anna. »Ich hatte anfangs auch meine Probleme damit. Außerdem lag ja alles bunt durcheinander. Hanka, Sigruns Tochter, ist gelernte Bibliothekarin und hat die Seiten sortiert, in

Reihenfolge gebracht und den verschiedenen Frauen zugordnet.«

»Sie sollte einen Orden verliehen bekommen! Kann ich mir Käse nehmen und ein Stück Brot?«

»Findest du alles in der Küche. Ich koche später, wenn du willst. Mahlzeiten sind im Kloster ja bekanntlich inbegriffen.«

Er machte eine freche kleine Geste, und Annas Laune stieg. *Vielleicht finden wir ja wieder zueinander, dachte sie. Ich wünsche mir so sehr, dass uns das gelingt!*

Sie betrat die Küche erst, als Phil wieder nach oben verschwunden war. Sie musste »Sommerwiese« noch einmal kurz anwärmen. Dann formte sie mit dem Spritzbeutel kleine Zipfelmützen auf ein Backpapier und stellte sie kühl.

Inzwischen war ihre Rosenkreation zum Probieren bereit. Anna nahm eine Kugel in den Mund und ließ sie langsam auf der Zunge zergehen. Es schmeckte zart und kräftig zugleich, angenehm duftig, ungewöhnlich, aber ohne Showeffekte. Eine gute, erfreuliche Basis. Nur das Feuer fehlte noch, das Herzblut, das dem Ganzen Tiefe und Schmelz verleihen würde.

Sie ging in die Speisekammer, um nach dem Rosenlikör zu suchen, den sie im letzten Sommer – damals noch mit fremden Blüten – spaßeshalber angesetzt hatte, und entdeckte ihn auf dem obersten Brett. Nach einigem Strecken gelang es ihr, die Flasche zu erwischen, doch Annas Hände waren nicht ganz trocken gewesen. Sie entglitt ihr und zerschellte auf dem Kachelboden. Beim Aufklauben der Scherben ritzte Anna sich am Handballen, der heftig zu bluten begann.

»*Shit, shit, shit!*« Sie lief die Treppe nach oben, um Verbandsmaterial aus dem Badezimmer zu holen.

Plötzlich stand Phil vor ihr. »Du blutest! Was ist passiert?«

»Zu viel Herzblut«, sagte Anna. »Wieder einmal. Sieht schlimmer aus, als es ist. Ich komme schon zurecht.«

Sichtlich widerstrebend zog er sich zum Weiterlesen wieder zurück. Sie säuberte die Wunde, verband sie und ging nach unten, um die Schweinerei zu beseitigen und weiterzuarbeiten. Küche, Vorratsraum, ja sogar das Esszimmer waren getränkt von Rosenduft. Annas Herz begann zu klopfen. War sie auch hier auf dem richtigen Weg? Geduldig wiederholte sie die Prozedur vom Vormittag, nur gab sie dieses Mal anstatt Rosenwasser aus der zweiten Flasche, die sie noch besaß, etwas von dem Rosenlikör dazu.

Als alles fertig war, rührte sie eine kräftige Tomatensauce an, in die fein geschnittene Sardellenfilets, Kapern schwarze Oliven und Oregano kamen. Die dünnen Spaghettini, die dazu passten, wären im Nu gar. Sie öffnete eine Flasche Rotwein und goss sich ein halbes Glas ein. Irgendwann musste Phil Hunger bekommen. Darauf war sie nun vorbereitet.

Doch dieses Mal ließ er sich Zeit. Draußen wechselte das Wetter, die Sonne schien, ein paar Tropfen fielen, die Wolken verschwanden. Nach einer ganzen Weile kam Phil wieder nach unten.

»Ich lache und ich weine«, hörte sie ihn neben sich sagen.

»Wo bist du gerade?«, fragte Anna.

»Als Emma Max zum zweiten Mal verliert. Grandma hat mir von ihrem echten Vater erzählt. Aber natürlich nicht so.«

»Was meinst du, wie sie darauf regieren wird?«

»Die eigenen Eltern als Liebende zu sehen?« Er zuckte die Achseln. »Ich hatte als Kind eine ordentliche Portion davon, für meinen Geschmack sogar zu viel. Mein Vater Miguel hat jede Menge Temperament. Gegen ihn bin ich eine Schlaftablette.« Er wurde wieder ernst. »Grandma hatte immer Angst, ihre ›Engländer‹, wie sie Max, Louise und Lilli genannt hat, durch einen Angriff der deutschen Luftwaffe zu verlieren. Als deren Wohnung in Soho ausgebombt war, hat sie sie flehentlich beschworen, nach Coventry zu fliehen. Dort allerdings fielen sie im April 1941 einem Bombardement zum Opfer. Max und Louise waren sofort tot. Lilli lag wochenlang schwer verletzt im Krankenhaus. Erst nach dem Krieg hat Grandma die kleine Schwester zu sich nach Frankreich geholt. Da war sie schon mit Marc Corbeau, meinem Großvater, zusammen. Und Lilli verliebte sich später in Jean Rozier.«

»Aber hast nicht gesagt, deine Mom sei aus Dresden?«

»Lilo, wie alle sie nennen? Ist sie auch. Geboren in der Nacht des 13. Februars 1945 in einem Luftschutzkeller, als draußen die Stadt in Rauch und Blut ertrank. Schwanger war sie von Marc, der die Resistance unterstützt hatte und als Zwangsarbeiter im fernen Dresden landete. Grandma hat ihn in der Munitionsfabrik kennengelernt. Ohne sie wäre er fast verhungert. Im Gegenzug hat er ihr gezeigt, dass sie nicht verlernt hatte, zu lieben.« Er grinste kurz, das erste Mal, seitdem er die Rosenvilla betreten hatte. »Scheint, dass die Frauen unserer Familie Gefallen an exotischen Männern finden! Ein Jude, ein Franzose, ein Mexikaner – ziemlich bunte Mischung, würde ich sagen!«

Was für aufregende Geschichten! Es war noch lange nicht vorbei, sondern ging eigentlich gerade erst richtig los. Am liebsten hätte Anna weitergefragt, weitergebohrt, um alles auf der Stelle zu erfahren, aber sie durften sich nicht verzetteln.

»Ich bringe dir die Pasta und den Wein nach oben«, sagte sie. »Ich möchte gern, dass du am Ball bleibst. Du wirst gute Nerven brauchen, wenn du zu Charlottes Eintragungen kommst.«

Phil nickte und war wieder verschwunden.

Sein dunkler Kopf, gebeugt über den Tisch, der warme Schein der Lampe, ein halbes, sehr verletzliches Lächeln, als sie das Tablett abstellte und gleich wieder hinausging. Wie gern wäre sie bei ihm geblieben! Doch er brauchte den Raum für sich, um zu begreifen.

Sie kuschelte sich mit einer Decke ins Wohnzimmer, hörte Miles Davis. Dachte, wartete, träumte.

Irgendwann hielt sie es nicht länger aus und ging zu ihm nach oben. Der Raum war dunkel bis auf den schmalen Kegel der Tischlampe. Vor dem Fenster stand Phil auf dem Kopf, was sie zunächst verblüffte und dann zum Lächeln brachte.

Yoga, dachte sie. *Noch etwas Neues, das ich gerade über ihn erfahren habe.*

Er ließ sich Zeit, bis er wieder auf die Füße kam.

»Fertig?«, fragte Anna leise.

»Sie hat ihr Kind nach der Geburt an Helene Klüger verkauft. Emma war eigentlich Mathildes Tochter – *que locura!* Sie haben die Kinder vertauscht, das tote gegen das lebende. Damit fing alles an, die Lügen, die Geheimisse, die Schuldzuweisungen.«

»So habe ich es auch gelesen«, sagte Anna. »Aber später hat Mathilde diesen Schritt zutiefst bereut und wollte Emma wieder zurück. Nachdem sie verheiratet war und einen Sohn geboren hatte.«

»Kurt – deinen Großvater. Jetzt weiß ich, wieso er Grandma niemals angerührt hat. Er war ihr Onkel! Aber wieso hat er sie so gehasst?«

»Er hat sie nicht gehasst«, widersprach Anna. »Ich bin sogar überzeugt, dass er sie gern hatte. Denk doch nur an die Narbe und wie er ihr bei der Emigration der Deuters geholfen hat! Charlotte war für ihn lediglich Mittel zum Zweck. Alles, was er wollte, war die Rosenvilla.«

»Weil er es leid war, arm zu sein und die anderen reich?«

»Das ist zu einfach gedacht, glaube ich. Es ging um einen Ausgleich, eine Sühne für ein großes Unrecht. Ja, und vielleicht auch um Rache. Mathilde starb durch einen Unfall. Was aber, wenn es mehr als das war, und Helene sie umgebracht hat? Denn dass sie kurz darauf Selbstmord beging, steht für mich fest!« Anna klammerte sich an die Sessellehne.

»Ein Haus gegen ein Leben – aber wir haben keine Beweise.«

»Helene wird es kaum zu Papier gebracht haben, wenn sie es wirklich getan hat«, sagte Anna. »Dazu war sie zu klug.«

»Und dieser Brief, von dem Emma schreibt? Hast du wirklich überall nachgeschaut?«

»Du kannst dich gern mit eigenen Augen davon überzeugen«, sagte Anna. »Alles Schriftliche ist oben bei dir – bis auf Max' Briefe an Emma. Ich finde, die gehören allein Charlotte. Der Rest liegt in der Schatulle, so, wie ich es gefunden habe.«

Schweigend standen sie sich gegenüber.

»Ich hab dir unrecht getan«, sagte Phil. »Verzeih mir!«

»Und ich habe gemauert, weil ich solche Angst hatte, die Rosenvilla zu verlieren«, sagte Anna. »Die habe ich übrigens noch immer. Was soll nun werden? Wie wollen wir uns einigen …«

Das Handy klingelte. Anna zog es aus dem Hosenbund. »Ja«, sagte sie. »Es ist schon ganz schön spät … Du hast – was? Ja, natürlich, das könnte sein! Wir werden uns gleich mit eigenen Augen davon überzeugen. Und danke – du bist und bleibst die beste Freundin der Welt!«

Phil starrte sie an.

»Was ist los?«, fragte er, nachdem sie das Handy auf den Tisch gelegt hatte. »Du siehst aus, als hättest du gerade mit einem Geist telefoniert!«

»Das war Hanka«, sagte Anna. »Sie hat noch einmal nachgedacht und eine Idee, wo der Brief sein könnte.«

*

Sie rannten in den Garten, Anna mit der Taschenlampe voraus, während Phil eine Leiter aus dem Geräteschuppen mit sich schleppte.

»Morgen will ich das alles noch einmal im Hellen sehen«, keuchte er. »Und zwar Rose für Rose!«

Am Pavillon angekommen, stürzte Anna sofort hinein, während Phil schwer atmend draußen stehen blieb.

»Ein Märchen!«, sagte er und schaute über den nächtlichen Garten. »Sogar im Dunkeln kann ich die Liebe spüren, mit der alles hier gepflanzt und gepflegt wurde.«

»Worauf wartest du noch?« Anna kam ungeduldig wieder heraus. »Ich will es jetzt endlich wissen! Du steigst auf die Leiter, und ich halte sie. Und pass bitte auf. Das Holz ist über hundert Jahre alt und könnte splittern!«

Er kletterte auf die höchste Stufe und streckte die Arme aus. »Da ist ein Spalt!«, sagte er. »Ja, ich kann etwas fühlen – etwas aus Metall.«

»Metall?«, wiederholte Anna enttäuscht.

»Metall! Und es ist ziemlich klein … Warte! Ich hab es gleich …« Phil stieg hinunter und drückte ihr eine kleine Blechschachtel in die Hand.

»Eine Zigarrenschachtel!«, sagte Anna. Und darin …«

Sie öffnete den Deckel, hielt den Strahl der Taschenlampe darauf. »Das ist Helenes Handschrift!« Ihre Stimme drohte zu kippen. »Ich glaube, Hanka hat recht gehabt.«

»Sollen wir ins Haus gehe und es lesen?«

»Ins Haus? Bist du wahnsinnig? Das halte ich nicht aus. Nein, wir lesen es gleich hier im Pavillon!«

Sie setzten sich auf die Bank mit den marokkanischen Kissen, ganz nah nebeneinander.

»Lies vor«, bat Anna.

Dresden, Juni 1913

Dieser Brief ist an Dich gerichtet, meine geliebte Emma,
obwohl er Dich niemals erreichen darf, selbst dann nicht,
wenn meine Augen für immer geschlossen sind. Aber ich
muss ihn schreiben, weil die Schuld mir sonst den Atem
raubt.

Während ich hier an dem zierlichen Biedermeiersekretär
aus Wien sitze, der noch von Gustavs Großmutter
Hermine stammt, schläfst Du nur wenige Türen weiter in
Deinem Himmelbett – kein Kind mehr, das kann ich
deutlich sehen, und dazu wären nicht einmal die bewundernden Männerblicke nötig, die jetzt immer öfter Dir
anstatt mir folgen, wenn wir beide zusammen im Großen
Garten flanieren.

Aber natürlich bist Du auch noch keine erwachsene Frau.
Noch lange nicht.

Ich weiß, Du bräuchtest die Mutter, die Dich auf diesem
schwierigen Weg begleitet. Niemand hätte es mehr verdient als Du, mein Zaubermädchen! Mit Deinem Lachen,
Deiner Fröhlichkeit, der Lebendigkeit, die aus Dir sprudelt, hast Du uns alle angesteckt, vom allerersten Tag an,
als ich in Deine dunklen Augen geschaut habe.

Manche behaupten ja, alle Kinder kämen blauäugig zur
Welt, doch Deine Augen waren so rund und groß wie
polierte Kastanien, und genauso sind sie bis heute geblieben. Ich kann mich in ihnen verlieren, Dein Vater tut es
für sein Leben gern – und nicht anders wird es einmal
dem Glücklichen ergehen, der in Liebe zu Dir entbrennt.
Wie sehr würde ich mir wünschen, sein Werben um Dich

mit jeder Faser auskosten zu können, doch es wird mir nicht vergönnt sein, meine Emma. Ich spüre, wie meine Kraft schwindet, von Tag zu Tag ein wenig mehr. Sie rinnt aus mir heraus, und ich finde nichts, womit dies aufzuhalten wäre.

Was habe ich getan!

Und tat es doch nur Deinetwegen ...

Bis jetzt ist mir noch niemand auf der Spur, aber ich rechne jeden Tag mit einem herrischen Pochen an unserer Tür. Ob Dein Vater das überleben wird, weiß ich nicht. Gustav ist nicht so stark, wie er scheint. Das wirst Du auch noch bemerken, falls Du es nicht schon längst weißt, was ich vermute. Sein Ordnungssinn, sein Streben nach Redlichkeit und Anstand sind nichts anderes als eine geschickt kaschierte Furcht vor den starken, wilden Gefühlen, die in ihm brodeln. In dieser Hinsicht ist er wirklich Dein Vater, Emma.

Manchmal kann ich es kaum ertragen, welch starke Verbündete Ihr beide geworden seid, obwohl es auch ganz anders hätte kommen können, so, wie die Dinge nun einmal liegen ...

Es gibt Tage, da fühle ich mich fast wie eine Fremde, wenn ich Euch beide zusammen sehe. Ich erschrecke darüber und bin gleichzeitig froh, denn es wird dir den Abschied von mir leichter machen. Das niederzuschreiben fällt mir schwer. Und doch muss ich es tun, wenigstens ein einziges Mal, bevor ich Euch verlasse.

Ja, Du hast richtig gehört, Emma: Ich kann nicht länger bleiben, obwohl ich mir nichts anderes wünsche. Das Glück mit Euch beiden war alles, was ich jemals wollte.

Dafür habe ich alles riskiert – und alles verspielt. Das Unsagbare lässt sich nicht mehr abwischen. Wie ein feiner roter Film hat es sich auf meine Haut gelegt, verfolgt mich im Wachen, im Träumen.

Wenn ich überhaupt noch schlafe ...

Die Nächte, früher Freunde, die mir bunte Träume geschenkt haben, sind längst zu Feinden geworden. Ich liege im Bett neben deinem Vater, hellwach und mit entzündeten Augen, in denen ungeweinte Tränen brennen. Du würdest dich voller Grauen von mir abwenden, hättest Du nur die geringste Ahnung, Du, die jedes aus dem Nest gefallene Vögelchen, jedes weinende Kind, jedes Unrecht dieser Welt berührt. An Gustavs Reaktion will ich lieber erst gar nicht denken ...

Ich habe den Faden zerschnitten, der mich unlösbar an Euch beide band. Dabei habe ich sie niemals gehasst – nicht einmal an jenem schrecklichen Tag, an dem sie mir alles nehmen wollte. Denn was ich in ihr sah, hat mich weich gemacht, versöhnlich. Ich spürte ihre Not, hatte sie ja viele Jahre selbst durchlitten. Doch dann kam jener kalte, jener entsetzliche Moment, in dem sie mir drohte – und ich außer mir geriet.

Eine schwarze Wand. Dumpfes, leeres Rauschen. Und dann – nichts.

Ich weiß nur noch, dass sie plötzlich auf dem Boden lag. Leblos. Unfassbar jung, fast wie ein schlafendes Mädchen, wäre da nicht ein rotes Rinnsal aus ihrem Kopf geflossen ...

Ich wusste, dass ich fliehen musste, so schnell wie möglich. Niemand war in der Nähe. Keiner hatte uns beobachtet – bis auf jenes seltsame Kind. Ein Junge. Sechs, höchstens sieben Jahre alt. Mager, fast schon spillerig. Auf dem Kopf eine dunkle Schiebermütze, unter der er beinahe verschwand. Darunter ein weißes, dreieckiges Gesicht mit einem energischen Kinn. Nie werde ich seinen Blick vergessen. Kieselgraue Augen, wissend und abwägend, als würden sie einem erwachsenen Mann gehören.

Einem Mann, der seine Rache plant ...

Ach, meine Emma, ich verliere mich in Ängsten und habe dabei noch nicht einmal das Wichtigste zu Papier gebracht:

Du bist das Licht meines Lebens.

Das Kind, das ich mir stets gewünscht habe.

Mein über alles geliebtes, kluges Mädchen.

Verzeih mir, wenn Du kannst! Und bring mir eine Rose, wenn sie mich gefunden haben, eine cremeweiße Damaszenerrose mit zartrosa Innenleben, wie wir beide sie so sehr lieben.

Ich fürchte, ich bin die schlechteste Mutter der Welt. Und wollte Dir doch vom ersten Tag an die allerbeste sein!

Ich küsse Dich und schicke Dir einen Engel, der über Dich wachen soll.

Leb wohl, geliebtes Herz!

Deine Mutter

Als Phil geendet hatte, blieb Anna noch eine Weile stumm.

»Er war dabei«, sagte sie dann. »Kurt hat alles mit angesehen. Das hat ihn getrieben – und ein Leben lang so einsam und verschlossen gemacht.«

»Wahrscheinlich hat er sich schon damals vorgenommen, seine Mutter eines Tages zu rächen. Und dabei ist ihm Grandma über den Weg gelaufen, die eigene Nichte. Sie muss es endlich erfahren. Sie muss wissen, wer Kurt war und weshalb er so gehandelt hat. Das wird auch sie dazu bringen, die Dinge, die geschehen sind, in einem neuen Licht zu sehen.« Seine Stimme wurde weich. »Dann wird sie dich nicht mehr hassen, Anna Kepler. Das weiß ich. Sondern sehr mögen.«

»Wie ich das hoffe«, murmelte Anna. »Du kannst die Schatulle jetzt für sie mitnehmen. Ich brauche sie nicht mehr.«

Er drehte sich zu ihr um, nahm ihren Kopf in beide Hände und küsste sie.

»Nein, du wirst sie ihr geben, Anna«, sagte er leise. »Sobald es hell geworden ist. Und bis dahin lasse ich dich nicht mehr los!«

19

Eng umschlungen kehrten Anna und Phil in die Rosenvilla zurück, ließen sich selbst auf der Treppe nicht los und
landeten schließlich im Schlafzimmer. Es gab keine
Fremdheit zwischen ihnen, als sie sich gegenseitig auszo-
gen, keinen Moment von Verlegenheit oder Scham, sondern nur Freude und Erwartung. Sie mochte seinen Körper mit den schlanken, leicht gebräunten Gliedmaßen, die
sich unerwartet zart anfühlten, obwohl sie die Kraft dahinter fühlen konnte.

»*That's yoga*«, antwortete Phil lachend, als sie es ihm ins
Ohr flüsterte. »Neben Büchern und Schokolade eine
meiner großen Leidenschaften. Obwohl seit Neuestem
eine weitere dazugekommen ist, die allen anderen den
Rang ablaufen könnte – nämlich die für eine gewisse
Aenna …«

Der Rest des Satzes ging in einem Kuss unter.

Wie gut er sich darauf verstand!

»Bis ich all deine Sommerssprossen geküsst habe, werden Lichtjahre vergehen«, sagte er atemlos, nachdem er im
warmen Schein der kleinen Nachttischlampe festgestellt
hatte, dass die aufregenden braunen Pünktchen, die ihm
so gefielen, sich wie ein Sternenschweif auch über Annas
Rücken zogen.

»Und macht dir das Angst?«, murmelte sie.

»Ganz im Gegenteil! Ich hab schon als kleiner Junge ein Faible für die Ewigkeit gehabt.«

Es war sehr aufregend, ihn in ihrem Bett zu haben, aber gleichzeitig auch so selbstverständlich, als wären sie Liebende seit langer Zeit. Zärtlich und kundig erforschte er ihren Körper, ein Mann, der wusste, was Frauen wollten, Anna aber gleichzeitig wissen ließ, wie einzigartig sie für ihn war. Schließlich war sie es, die ihn in sich spüren wollte, und sie wunderte sich keinen Augenblick, dass Phil scheinbar beiläufig ein Kondom so elegant überstreifte, dass das Liebesspiel davon nicht gestört wurde.

Das gilt für heute, dachte sie, *und genauso ist es richtig. Doch zusammen mit dir kann ich mir vorstellen, dass mein Traum endlich in Erfüllung geht: die Rosenvilla voller Kinderlachen!* Es war, als hätte sie eine stumme Einladung ausgesprochen. Für einen Moment waren sie alle bei ihr, die vor ihr hier in diesen Wänden gelebt, gestritten und geliebt hatten – Helene, Gustav, Emma, Max, sogar Richard Bornstein, Charlotte, ihr Großvater Kurt, seine stille Frau Alma, als würden sie ihr gemeinsam Kraft und Energie senden.

Dann aber verschwanden die Gestalten der Vergangenheit, und es gab nur noch Gegenwart: sie und ihn, seine Lippen an ihrem Hals, auf ihren Brüsten, ihre Hände, die ihn an sich zogen. Anna hatte das Gefühl zu schmelzen, so glücklich war sie, in seinen Armen so nachgiebig und weich zu werden, wie sie es zuvor bisher noch nicht gekannt hatte.

»Du bist ein Zauberer«, flüsterte sie zwischendrin. »Weißt du das eigentlich?«

»Nein, du irrst dich. Die Magie entsteht zwischen uns beiden«, widersprach er lächelnd. »Und das ist erst der Anfang!«

Als schließlich nur noch ihre Körper sprachen, setzte draußen erneut Regen ein, kein unheilvolles Rauschen wie die Tage zuvor, sondern zartes, sanftes Fließen, das wie Musik klang und den Rhythmus ihrer Bewegungen begleitete, bis zuerst Anna leise aufschrie und kurz danach auch Phil.

»Wie schön du bist«, sagte er, als ihr Atem nach einer Weile wieder gleichmäßig ging. »Eine Sinfonie aus Eis und Feuer!«

»Ich werde hummerrot, sobald ich länger als zehn Minuten ungeschützt in der Sonne bin.« Anna schmiegte sich enger an ihn. »Dein Kalifornien ist möglicherweise nicht der allerbeste Ort für mich.«

»Dein Dresden gefällt mir von Tag zu Tag besser.« Er küsste ihre Nasenspitze. »Außerdem liebe ich Veränderungen, seitdem ich denken kann.«

»Soll das heißen ...«

»Scht!« Phil legte einen Finger auf ihre Lippen. »Ein Versprechen nach dem anderen. Das für heute heißt, dass ich dich festhalte, bis es hell wird – und genau das werde ich jetzt tun!«

*

Sie fuhr zum Bahnhof, um Blumen zu kaufen, und danach zu Hanka, die sie noch im Nachthemd an der Wohnungstür empfing.

»Was ist los?«, fragte sie verblüfft und drängte Libro mit

dem Knie nach hinten, der sofort die Chance nutzen wollte, um nach draußen zu laufen. »Etwas passiert?«

Anna streckte ihr den Strauß entgegen, gelbe Rosen mit einem roten Herzen. »Für dich, meine Liebe! Das sind nur die Statthalter, bis meine eigenen Rosen endlich so weit sind – ach, Hanka, Phil und ich haben uns versöhnt. Und wie!«

»Du leuchtest ja geradezu vor Glück«, sagte Hanka. »Jetzt komm erst einmal richtig herein. Ich habe gerade Kaffee gemacht. Da redet es sich leichter.«

»Ich bin jetzt viel zu aufgeregt, um Kaffee zu trinken«, sagte Anna. »Und das alles haben wir nur dir zu verdanken!«

»Mir? Wieso? Ich verstehe nicht …«

»Dein Anruf gestern, Hanka – das war der Volltreffer! Ja, Helenes Brief war tatsächlich im Pavillon versteckt, oben, in der Säule, die das Dach trägt. Geschützt in einer alten Zigarrendose. Ein Abschiedsbrief, genauso wie Emma es in ihrem Tagebuch geschildert hat. Ihr Tod war kein Unfall, sondern sie ist in die Elbe gegangen, weil sie Mathilde Kepler umgebracht hat. Die Schuld und die Angst vor einer Entdeckung haben sie zu diesem einsamen Entschluss gebracht.«

»Jetzt muss ich mich erst einmal setzen.« Hanka ließ sich auf die Couch fallen. »Die brave Helene …«

»Da, lies selbst!« Anna gab ihr eine der Kopien, die sie heute Morgen vorsorglich auf ihrem alten Drucker gemacht hatte.

Hanka brauchte ungewöhnlich lange für den kurzen Brief. »Es könnte auch ein Versehen gewesen sein«, sagte sie schließlich. »Oder der Streit zwischen den beiden Frauen ist plötzlich eskaliert …«

»Jedenfalls war Mathilde tot, und Helene ist darüber nicht hinweggekommen. Die ganze Zeit aber war Mathildes kleiner Sohn ganz in der Nähe und hat alles beobachtet.«

»Dein armer Großvater!«, sagte Hanka. »Das hat ihn ein Leben lang nicht mehr losgelassen.« Sie starrte auf den Brief. »Aber das ist nicht das Original, oder?«

»Natürlich nicht«, sagte Anna. »Das Original liegt in der Schatulle. Zusammen mit allem anderen. Ich denke, Phil überreicht sie gerade seiner Großmutter.«

»Du hast sie ihm tatsächlich gegeben? Respekt!«

»Ja, das habe ich. Charlotte soll endlich zurückerhalten, was ihr gehört.«

Hanka begann Libro zu kraulen. »Das sind aber ganz neue Töne«, sagte sie. »Töne, die mir ausnehmend gut gefallen.«

»Dann gefällt dir ja vielleicht auch das hier.« Anna zog die Eintrittskarten aus der Jackentasche. »David Garrett. Heute Abend auf dem Theaterplatz. Eigentlich seit Wochen restlos ausverkauft, aber ich hatte da so meine ganz spezielle Quelle. Vielleicht hast du ja Zeit und Lust.«

»Das sind aber zwei Karten!«

Ein verschmitztes Lächeln zeigte sich auf Annas Gesicht. »Sagtest du nicht, dass der nette Kunde mit dem Dreitagebart *Eulenbuch* inzwischen fast täglich besucht? Du hast ihn viel zu lange nicht mehr erwähnt. Aber seine Telefonnummer hast du doch sicherlich. Und möglicherweise steht er ja auch auf fetzige Geigenmusik unter freiem Himmel.«

Hanka küsste sie auf die Wange. »Du bist und bleibst unmöglich«, sagte sie. »Wunderbar unmöglich! Und was wird jetzt aus euch – aus Phil und dir?«

Anna war auf einmal wieder ganz ernst. »Ich kann mir *alles* mit ihm vorstellen«, sagte sie. »Und mein Gefühl sagt mir, dass es ihm ähnlich geht. Aber vorher müssen wir noch die Vergangenheit aufräumen. Und genau das werden wir beide heute tun.«

*

Der Weg nach Meißen fiel ihr leicht und schwer zugleich. Leicht, weil sie noch immer das warme Gewicht von Phils Kopf in ihrer Armbeuge zu spüren glaubte und den langen, innigen Kuss, mit dem er sich von ihr verabschiedet hatte. Schwer, weil nun das Gespräch mit den Eltern bevorstand und sie noch immer nicht genau wusste, was sie ihnen sagen sollte. Die Autobahn war sonntäglich leer, und die Sonne schob sich zögerlich durch die Wolken. Anna war erleichtert. Die ganze Crew der *Schokolust* freute sich auf das abendliche Konzert, und es sah ganz danach aus, als ob es auch stattfinden würde. Sie hatte Eierschecken eingekauft, um wenigstens ein kleines Mitbringsel zu haben, doch als sie auf dem Parkplatz vor der Reha angekommen war, wurde sie plötzlich unsicher.

Süßes, um ihren Eltern schmackhaft zu machen, dass sie den Mann ihres Lebens gefunden hatte, der eigentlich Anspruch auf die Rosenvilla hatte, in die sie seit Jahren alles hineingesteckt hatte?

Nun, ihr würden schon die richtigen Worte einfallen. Energisch nahm Anna die Stufen zum ersten Stock und lief auf dem Flur fast in ihre Mutter hinein.

»Anna!«, rief sie erstaunt. »Was ist mit dir? Du leuchtest ja geradezu!«

»Das hat Hanka heute auch schon gesagt.« Auf einmal war die Ruhe wieder zurück. Und mit ihr auch die Zuversicht. »Ich muss euch etwas Wichtiges zeigen, Papa und dir. Und Eierschecken hab ich auch dabei.«

»Dann komm!«, sagte Greta. »Er sitzt am Fenster und liest.«

»Anna – wie schön!«, rief er ihr entgegen, als sie das Zimmer betreten hatte. »Die Ärzte sind übrigens äußerst zufrieden mit mir. Meine Werte haben sich verbessert. So ziemlich alle. Und so schnell wütend wie früher werde ich auch nicht mehr. Ich kann also bald wieder nach Hause.« Er schmunzelte, wie sie es lange nicht mehr an ihm gesehen hatte. »Und das ausgerechnet jetzt, wo ich mich gerade so gut eingelebt habe!«

»Das freut mich, Papa!« Anna umarmte ihn und danach ihre Mutter, die es sich auf einem der Betten gemütlich gemacht hatte. Sie zog sich einen Stuhl heran, stellte das Kuchenpaket vor sich auf den Tisch. Dann zog sie die bedruckten Blätter heraus. »Das hier habe ich gestern Abend im Pavillon gefunden. Von den Tagebüchern in der Zinkschatulle wisst ihr ja bereits. Inzwischen habe ich sie alle durch. Aber etwas hat noch gefehlt, sozusagen ein *missing link*, das die Lücken geschlossen hat. Hier ist es. Ich habe jedem von euch eine Kopie davon gemacht. Bitte lest.«

Ihr Vater musste die Brille nur von der Stirn auf die Nase schieben, während die Mutter länger in ihrer Handtasche herumzunesteln hatte, bis auch sie lesebereit war.

Stille breitete sich aus. Anna glaubte, drei verschiedene Atemgeräusche zu hören.

»Der Junge war mein Vater Kurt?«, sagte Fritz Kepler nach einer langen Weile. »Jetzt beginne ich zu verstehen!«

Anna nickte.

»Aber uns hat er nie auch nur ein Wort darüber gesagt!«, rief ihre Mutter. »Wie schrecklich für ihn! Was für ein Trauma …«

»Irgendwann muss er beschlossen haben, sich an den Klüger/Bornsteins zu rächen«, sagte Anna. »Er ist nicht einmal davor zurückgeschreckt, seine eigene Nichte zu heiraten, um diesen Plan durchzuziehen, obwohl er sie niemals angerührt hat. So verbohrt war er in seine Idee.«

»Aber dann kam ihm die Niederlage Deutschlands im Zweiten Weltkrieg dazwischen«, sagte ihr Vater. »Er hat alles verloren – die Fabrik. Meine Mutter, die in den letzten Kriegstagen an einer Lungenentzündung gestorben ist. Schließlich sogar die Rosenvilla, die in den Anfangsjahren der DDR enteignet wurde.«

Anna stand auf. »Und jetzt habe ich mich ausgerechnet unsterblich in Phil verliebt«, sagte sie. »Felipe Morán, Charlotte Bornsteins Enkel aus San Francisco. Ich fahre anschließend zu ihr. Und ich werde ihr anbieten, die Villa zurückzugeben – falls sie sie noch haben will.«

»Und du bist dir ganz sicher?« Die Augen ihres Vaters hingen an ihr. »Immerhin sind Haus und Garten ja so etwas wie dein Lebenstraum!«

Anna nickte. »Ganz sicher, Papa! Und mein Leben fängt gerade erst so richtig an.«

»Das ist mein Mädchen!« Greta war aufgesprungen, um ihre Tochter stürmisch zu umarmen. »Ich wusste ja kaum etwas, all die ganzen Jahre, doch das Wenige hat schon gereicht, um mich stets von der Villa auf Abstand zu halten. Ich hab dir dein Erbe von Herzen gegönnt, Anna-Kind! Und doch war mir immer, als läge ein Fluch darauf.«

»Es ist kein Fluch.« Anna machte sich frei. »Es sind nur die Ruinen der Vergangenheit. Aber Ruinen lassen sich niederreißen und wegräumen, wenn man nur will. Drückt mir bitte die Daumen! Mir liegt so viel an diesem Mann.«

Epilog

Es fühlte sich an wie vor einer Prüfung. Nein, eher so, wie Anna sich als Kind die Pforte zum Jüngsten Gericht vorgestellt hatte. Sie atmete tief aus. Dann drückte sie auf den Klingelknopf. Heute öffnete nicht Mama Sigi, aber sie hörte ihre Stimme bis in die Diele.

»Guten Abend«, sagte Lilli Rozier. »Wir haben Sie schon erwartet.«

Es gelang Anna, die Kassette so auf den Armen zu balancieren, dass die Porzellanschale, die darauf stand, nicht ins Rutschen kam. Sie folgte ihr ins Wohnzimmer, vorbei an der gerahmten Kinderzeichnung mit den drei Menschen auf dem grünen Gras, zwei groß, einer klein, von denen zwei sechs Zehen hatten, und dem gelben Engel, ebenfalls sechszehig, der über ihnen schwebte.

Dort thronte Charlotte in einem hellen Lehnstuhl. Phil stand hinter ihr und zwinkerte Anna aufmunternd zu, während Sigi auf der Couch saß.

»Ich wollte ja gehen«, murmelte sie entschuldigend. »Aber die beiden haben es nicht zugelassen.«

»Danke, dass ich kommen durfte.« Anna sah Charlotte fest in die Augen. »Und Ihnen das hier bringen kann. Wo soll ich sie abstellen?«

»Auf dem Tisch«, sagte Charlotte. »Ich bin noch immer ganz benommen von dem, was Phil mir heute alles erzählt hat. Aber er war so aufgeregt, so glücklich, so strahlend dabei, wie ich ihn noch nie zuvor erlebt habe. Das nimmt mich für Sie ein.«

Anna neigte den Kopf. »Das freut mich sehr«, sagte sie.

»Und er hat mir meinen alten Schatz wiedergebracht: nicht nur mein Leben, sondern auch das meiner Mutter und meiner Großmutter – obwohl Helene Klüger das ja eigentlich gar nicht war, wenn ich meinen Enkel richtig verstanden habe.« Sie presste ihre Hände fest aufeinander. »Ich bin eine alte Frau. Lesen fällt mir nicht mehr so leicht. Ich werde brauchen, bis ich alles aufgenommen und verdaut habe.«

»Natürlich«, sagte Anna. »Lassen Sie sich alle Zeit der Welt!«

Für ein paar Augenblicke war es sehr still im Raum.

»Und Sie sind also seine Enkelin«, sagte Charlotte schließlich. »Kurt Keplers einziges Enkelkind.«

Jetzt, mit freien Händen, fühlte sich Anna bedeutend wohler. »Er war ein wunderbarer Großvater«, sagte sie. »So vieles, was wichtig für mein Leben ist, habe ich von ihm gelernt. Aber er hatte auch andere Seiten – früher habe ich das allenfalls geahnt, aber inzwischen weiß ich es. Wenn ich könnte, würde ich Sie in seinem Namen um Verzeihung bitten. Rache ist kein guter Beweggrund, so verständlich das Bedürfnis danach manchmal sein kann. Aber ich fürchte, das würden Sie nicht annehmen.«

Charlotte schaute nach links, dann nach rechts.

»Ich fürchte, jetzt werdet ihr uns doch kurz verlassen müssen«, sagte sie. »Sigi, Phil, und sogar du, Lilli. Ich möchte mit Anna allein sprechen.«

Alle folgten ihrer Aufforderung.

»Es war ein Schock für mich«, sagte Charlotte, nachdem alle das Zimmer verlassen hatten. »Ein Riesenschock! Zuerst wollte ich gar nicht glauben, was Phil mir da erzählt hat. Mit dem eigenen Onkel verheiratet! Wie konnte er nur – das war mein erster Gedanke. Denn er hatte es ja gewusst, im Gegensatz zu mir. Ist Kurt denn vor gar nichts zurückgeschreckt? Doch dann gab Phil mir Helenes Brief zu lesen, und ich bin von Zeile zu Zeile immer noch nachdenklicher geworden. Kurt war Zeuge, als seine Mutter vor seinen Augen starb – ein Kind von gerade mal sieben Jahren! Ich war fast doppelt so alt, als ich meine Mutter verlor – und habe es bis zum heutigen Tag nicht überwunden.«

»Mathilde war die Erste in unserer Reihe«, sagte Anna. »Von ihr stammen wir alle ab.«

»Und Sie gleichen ihr fast aufs Haar! Alte Kleider, eine andere Frisur – man könnte meinen, sie sei wieder auferstanden!«

Jetzt kam es auf jedes Wort an. Anna überlegte lange, bevor sie antwortete. »Das kann Mathilde nie mehr«, sagte sie schließlich. »Aber in unseren Herzen kann sie weiterleben, genauso wie auch Helene. Sie war verzweifelt, in einer Notsituation, und hat ihr Kind einer Frau gegeben, die sich nichts mehr auf der Welt gewünscht hat. Wer will aus heutiger Sicht eine von beiden verdammen? Sie waren in ihrer jeweiligen Situation gefangen und hatten vielleicht keine andere Wahl.«

»Emma war meine Mutter und Ihre Großtante, Kurts leibliche Schwester. Somit stammen wir alle aus einer

Familie – wir, die Frauen der Rosenvilla! Und Sie, Anna, gehören auch dazu.« Charlotte streckte die Hand aus, die Anna bereitwillig ergriff. Die Finger waren warm und weich, trotz des hohen Alters erstaunlich kräftig. »Ja, ich bin bereit, *Ihre* Entschuldigung anzunehmen«, sagte sie. »Was allerdings nicht bedeutet, dass ich jemals vergessen werde, dass Kurt Kepler wie ein Torpedo in mein Leben gefahren ist.«

»Und was soll jetzt aus der Rosenvilla werden?«, fragte Anna. »Ich bin hier, um sie Ihnen zurückzugeben – auch wenn mein Herz dabei weint. Nehmen Sie mein Angebot an?«

Charlotte schwieg, und die Stille bekam etwas Lastendes.

»Das müssen Sie nicht«, sagte sie schließlich. »Ich habe ja bereits ein Dach über dem Kopf. Außerdem ist mein Leben fast vorüber – und ich habe alles, was ich brauche: meine Schwester, meine Tochter, meinen Enkel. Und nun sogar die Erinnerungen aus dem Rosenbeet, die ich so lange für immer verloren glaubte. Die Dinge ändern sich, wenn man so alt wird, wie ich es geworden bin. An Besitz liegt mir nichts mehr. Nur noch an innerem Frieden. Und davon haben Sie mir eine ganze Menge zurückgegeben.«

Ihr Blick fuhr zur Tür.

»Und jetzt können Sie, bevor ich zu rührselig werde, die anderen wieder reinlassen!«

Sigi hatte sich in die Küche verzogen, wo ein Wasserkessel pfiff, aber Phil und Lilli kamen mit neugierigen Gesichtern zurück.

»Ich glaube, wir vertragen uns ganz gut«, sagte Charlotte an ihn gewandt. »Wenn es jetzt endlich noch anständigen Tee geben würde, könnte vielleicht sogar mehr daraus werden.«

»Das hier gehört Ihnen auch.« Anna nahm den alten Rosenschal von der Schulter und wollte ihn Charlotte geben, doch die schüttelte energisch den Kopf.

»Der sieht an einer jungen Frau doch viel schöner aus«, sagte sie. »Freuen Sie sich an ihm und denken dabei ab und zu an uns, die wir ihn früher getragen haben, das ist mehr als genug.« Sie reckte den Hals. »Und was ist das da? Das Braune in der Schale?«

»Elbfeuer«, sagte Anna, ohne lange nachzudenken. »Meine neueste Pralinenkreation. Mit Herzblut und Rosenlikör.«

Charlotte nahm eine Praline und steckte sie sich in den Mund. Lilli und Phil taten es ihr nach.

»Interessant«, sagte sie nach einer Weile. »Edel und leicht, und ja, hinten kommt auch das Feuer. Aber Sie könnten noch weiter daran arbeiten. Sie haben Kurts ungewöhnlichen Geschmackssinn geerbt? Wie ich ihn darum beneidet habe! Und wie ich es gehasst habe, wenn er sich damit gebrüstet hat!«

Anna nickte. »Manche behaupten das«, sagte sie. »Aber ich mache wenig Aufhebens davon.«

»Wenn das so ist, dann müssen Sie sich noch ein wenig mehr anstrengen. Der Weg stimmt. Nur das Ziel scheint mir noch nicht ganz erreicht zu sein.« Sie hatte es exakt auf den Punkt getroffen. Besser hätte Opa Kuku es nicht formulieren können.

Anna fasste mehr Mut. »Phil und ich haben überlegt, ob Sie Ihren Geburtstag nicht vielleicht zusammen mit uns in der Rosenvilla feiern mögen«, sagte sie und spürte, wie ihre innere Anspannung immer mehr nachließ. Vielleicht konnten die alte Dame und sie sogar Freundinnen werden. »Dann können Sie sehen, wie das Haus und der Garten heute gestaltet sind. Ich habe übrigens Helenes Rosenherz gerade erst neu anpflanzen lassen. Um sich vorzustellen, wie es in ein paar Monaten wirken wird, braucht man allerdings noch ein wenig Fantasie.«

»Phil und Sie zusammen in der Rosenvilla«, wiederholte Charlotte langsam, während Lilli zu lächeln begann. »Phil und du – ja, ich finde, das hört sich gut an!«

»Wir müssen jetzt auch los«, sagte Phil, der sich bislang dezent im Hintergrund gehalten hatte, küsste zum Abschied die Wange seiner Großmutter und griff gleich danach nach Annas Hand. »Dresden ist dem Hochwasser gerade noch einmal entkommen. Das Konzert findet also statt. Und David Garrett wartet nicht auf uns!«

»Wir sehen uns«, sagte Charlotte. »Pass gut auf dich auf, Anna Kepler!«

Schweigend verließen sie das Haus, und auch im Golf blieben beide zunächst stumm.

»Sie ist absolut Respekt einflößend. Und einfach nur wunderbar«, sagte Anna schließlich und griff nach seiner Hand. »Genauso, wie ich mir Charlotte Bornstein immer vorgestellt habe.«

»Sie mag dich auch«, sagte er. »Sehr sogar. Über kurz oder lang wird sie deine Eltern kennenlernen wollen. Und ich wette, spätestens zur Hochzeit schenkt sie dir Helenes blaue Mondsteine. Sie hat immer gesagt, dass die Frau meines Herzens sie einmal tragen soll.«

Anna ließ seine Worte in sich nachklingen. *Ein Märchen,* dachte sie. *Ein Märchen, so wie ich es mir immer erträumt habe!*

»Wieso sind wir eigentlich so abrupt aufgebrochen?«, fragte sie. »Wir müssen doch gar nicht zu David Garrett.«

»Das fragst du noch?«, fragte Phil mit steinerner Miene, um Anna im nächsten Moment schelmisch anzulächeln. »Das mit dem Nicht-mehr-Loslassen habe ich todernst gemeint, und ganz wörtlich noch dazu. Und deshalb fahren wir beide jetzt in die Rosenvilla. Und machen dort genau da weiter, wo wir heute Morgen aufgehört haben!«

Nachwort

Dresden ist um 1900 die Stadt der Luxusindustrie im Deutschen Reich. Alles, was gut ist und Spaß macht, wird hier produziert und vertrieben – Schaumwein, Zigarren, Zigaretten und eben auch Schokolade, und das so intensiv, dass das berühmte Elb-Florenz nicht nur Marktführer bei den Genussmitteln ist, sondern geradezu als »Schokoladestadt« tituliert wird.

Die Verarbeitung von Zucker und Kakao hatte bereits im 17. Jahrhundert ihren Siegeszug angetreten und erreichte neben den europäischen Höfen bald auch breitere Bevölkerungsschichten. Im 19. Jahrhundert sank der Preis des Zuckers rapide, als der aus Übersee importierte Rohrzucker vom heimischen Rübenzucker verdrängt wurde. Im ersten Drittel des 19. Jahrhunderts entstand dann schließlich die uns noch heute vertraute Schokolade zum »Rohessen«. Der Einsatz der Dampfmaschine und die Mechanisierung der Produktion verbilligten die Herstellung von Schokolade. Die steigende Nachfrage wurde gespeist vom wachsenden Wohlstand. Sachsen profitierte von diesem Boom, und Dresden insbesondere. In Dresden entstanden zahlreiche Unternehmen zur Hellstellung von Schokolade. Ein Fünftel des 1877 gegründeten Verbandes deutscher Chokolade-Fabrikanten stammte aus dieser Stadt.

Doch der Boom währte nicht ewig. Für die traditionsreiche Schokoladenstadt Dresden brachten der Erste Weltkrieg, die Weltwirtschaftskrise sowie der Zweite Weltkrieg schwere Einschnitte und schließlich sogar das Erliegen der gesamten Produktion. Nach 1945 wurde in Dresden der »VEB Elbflorenz« gegründet, in dem nach und nach frühere Privatunternehmen aufgingen. In der Wiedervereinigung kam für den Betrieb das Aus. Gleichwohl tragen bis zum heutigen Tag Dresdener Firmen den Ruf der Schokoladestadt weit über die Grenzen Dresdens hinaus.

Ein neuer Trend ist unübersehbar: Schokolade wird wieder zur Luxusware. Dresdener Schokolademanufakturen bieten exotische Köstlichkeiten an – so, wie es früher schon einmal war!

Und so kam ich zur Schokolade: Vom Schicksal mit einem Vater beschenkt, der nichts mehr liebte als Nougat und Vollmilch, blieben für mich als Kind stets die Zartbittereier im Osternest und die dunklen Anhänger am Christbaum übrig. Und siehe da – sie schmeckten mir sehr viel besser als all das süße Zeug!

Leider verfüge ich nicht über den absoluten Geschmack meiner Protagonistin Anna Kepler, aber ich habe mich schon in Kinderjahren zu allem »Schokoladigen« hingezogen gefühlt, das »herb« und »anders« schmeckte.

Auf diese frühe Erfahrung konnte ich bei meinen umfangreichen Recherchen zu »Die Frauen der Rosenvilla« zurückgreifen – dass ich zudem ein Fan alter Rosen bin, erübrigt sich wohl zu sagen –, und ich traf dabei auf das Ehepaar Wirth von der Schokoladengalerie München, die meine Eindrücke erweitert und vervollkommnet haben. Von ihnen stammen auch die Pralinenrezepte, die sie speziell für diesen Roman komponiert haben, sowie die Anleitung zur Herstellung vom »Eierlikör nach Großmutters Art«, der so köstlich schmeckt, dass ich ihn keinesfalls vorenthalten möchte.

Ich wünsche Ihnen beim Lesen viel Spaß und viel Spannung – und lassen Sie sich bitte ganz nebenbei zum Schlemmen verführen!

Teresa Simon, im Herbst 2014

Die Rezepte

Die Pralinen des Monats

März: »Mandel-Eier«

100 g weiße Kuvertüre mit 25 g Butter schmelzen. 75 ml Eierlikör und 125 g geröstete gemahlene Mandeln zugeben und vorsichtig zu einer homogenen Masse verrühren. Erkalten lassen. Mit zwei Teelöffeln »Eier« formen und in Mandelzucker wälzen.

April: »Zitronen-Nuss-Kuss«

300 g Vollmilchkonfitüre schmelzen. 75 ml Sahne und 25 ml Zitronensaft erwärmen und zur geschmolzenen Kuvertüre geben; eine homogene Masse herstellen. Abrieb einer Zitrone unterrühren und bei Zimmertemperatur in vorgefertigte ovale Hohlkörper aus Vollmilchschokolade gießen. Mit einer halben Pekanuss bedecken und für zwei Stunden kühl stellen.

Mai: »Waldspaziergang«

350 g Zartbitterkuvertüre (60 % Kakaoanteil) mit 100 g Butter und 100 ml Cassislikör zugeben und verrühren. In einer flachen Form 2 Stunden kühl stellen. Danach zügig gleich große Kugeln rollen und in Puderzucker wälzen.

Juni: »Luculluskirsche«

250 g Zartbitterkuvertüre (65 %
Kakaoanteil) schmelzen. 100 g Sahne mit dem Mark einer Vanilleschote, 20 g Butter und 25 ml
Sherry kurz erhitzen und durch ein
Sieb zur geschmolzenen Kuvertüre
rühren. Bunte Eiskonfektschalen
mit je einer Amarenakirsche besetzen, die Schälchen mit der
Ganache durch eine Sterntülle
dekorativ füllen.

Juli: »Sommerwiese«

150 g Sahne mit 125 g getrockneten
Sommerblüten erwärmen und
10 Minuten ziehen lassen. Durch ein
feines Sieb gießen und 25 g grob
gestoßenen Mohn dazugeben.
300 g weiße Kuvertüre schmelzen
und mit der Heu-Mohn-Sahne zu
einer homogenen Masse verrühren.
Sobald sie spritzfähig ist, kleine
»Zipfelmützen« mit einer Lochtülle
durch einen Spritzbeutel auf Backpapier spritzen und kühl stellen.

August: »Elbfeuer«

200 g Zartbitterkuvertüre (65 %)
schmelzen. 75 ml Sahne mit 25 g
Butter erwärmen. Vom Herd nehmen und 25 ml Rosenlikör zufügen.
Gemeinsam zur geschmolzenen
Kuvertüre gießen und zu einer
homogenen Masse rühren. 50 g
kandierte Rosenblüten im Mixer
fein mahlen, mit 200 g Zucker vermischen und darin Kugeln aus der
Rosenganache wälzen.

Eierlikör »*alla nonna*«

(nach Großmutters Rezept)

Die Zutaten:

- 8 frische Eigelb (heute Größe M)
- 175 g Puderzucker
- Mark einer frischen Vanilleschote
- 250 ml gesüßte Kondensmilch
- 200 ml weißer Rum
- 150 ml Grand Marnier

Eigelb und Puderzucker mit den Quirlen eines Handrührers circa 5 Minuten cremig rühren. Vanilleschote halbieren und das Mark herauskratzen; unter die Eimasse rühren. Nacheinander Kondensmilch, weißen Rum und Grand Marnier in dünnem Strahl unter weiterem Rühren zugießen und über einem Wasserbad cremig rühren (dauert circa 5–6 Minuten). Danach 2 Stunden in der Schüssel kalt stellen und gelegentlich umrühren. Den Eierlikör durch ein feines Sieb gießen und den entstandenen Schaum abschöpfen. Den Likör zuletzt in mehrere kleine Flaschen umfüllen und gut verschließen.

Guten Appetit und Prost!

Danksagung

»Angestiftet« zu diesem Roman hat mich meine Freundin Dr. habil. Hannelore Putz, die eine Vertretungsprofessur nach Dresden führte. Ihren Schwärmereien von den schönen Villen am Elbufer verdanke ich meine allerersten Ideen …

Ein herzliches Dankeschön geht an meinen lieben Freund Michael Behrendt, der trotz akuter Hochwasser-Warnung mit mir nach Dresden aufgebrochen ist, um gemeinsam die Geheimnisse dieser wundervollen Stadt zu erkunden. Dort nahm uns der Historiker und Stadtführer Albrecht Hoch in Empfang und führte uns liebenswürdig und äußerst kundig durch »sein Dresden«. Meinen herzlichen Dank an ihn und an seine zauberhafte Mutter, die uns später auch noch so herzlich in ihrer schönen Elbvilla mit Kaffee und Eierschecke bewirtet hat.

Danke auch an meinen charmanten Kollegen Frank Goldammer, sozusagen »Spion vor Ort«, der mich bei kniffligen Fragen schnell und stets freundlich auf den neuesten Stand gebracht hat.

Danke an die Historikerin und Garten-Expertin Bettina Kraus für ihre Einführung zum Thema Rosen.

Ein großes Dankeschön an meine wunderbaren Erstleserinnen Brigitte, Sabine, Babsi, Moni und Rita – mit euch macht es immer wieder so großen Spaß!

Last, not least: Die »wissenschaftliche« Unterstützung in Sachen Schokolade lieferten Sandra und Pascal Wirth von der Schokoladengalerie München in der Triftstraße 4. Liebenswürdig und stets geduldig erläuterten sie mir viele Fragen rund um das Thema, ließen mich ihre tollen Kreationen kosten und wiesen mich in einem strammen Ein-Frau-Lehrgang in die Kunst der Pralinenherstellung ein. Von ihnen stammen auch die Rezepte in diesem Buch, ebenso wie der Eierlikör, der auf Aufzeichnungen einer ihrer Großmütter zurückgeht. Ein Besuch in diesem verführerischen Laden ist nach der Lektüre des Romans sozusagen Pflicht!